人民共和國文化與文學叢書

六 編

李 怡 主編

第 **7** 冊

鐵凝小說敘事研究

周 雪 花 著

花木蘭文化事業有限公司

國家圖書館出版品預行編目資料

鐵凝小説敘事研究／周雪花 著 — 初版 — 新北市：花木蘭文化
事業有限公司，2018〔民107〕
序4+ 目2+250 面；19×26 公分
（人民共和國文化與文學叢書 六編：第7冊）
ISBN 978-986-485-466-0（精裝）
1. 鐵凝 2. 中國小説 3. 文學評論
820.8   107011336

特邀編委 （以姓氏筆畫為序）：

吳義勤　孟繁華　張　檸
張志忠　張清華　陳思和
陳曉明　程光煒　劉福春
（臺灣）宋如珊
（日本）岩佐昌暲
（新西蘭）王一燕
（澳大利亞）鄭　怡

人民共和國文化與文學叢書
六　編　第七　冊　　　　　ISBN：978-986-485-466-0

鐵凝小說敘事研究

作　　者　周雪花
主　　編　李　怡
企　　劃　四川大學中國詩歌研究院
總 編 輯　杜潔祥
副總編輯　楊嘉樂
編　　輯　許郁翎、王　筑　美術編輯　陳逸婷
印　　刷　普羅文化出版廣告事業
出　　版　花木蘭文化事業有限公司
發 行 人　高小娟
聯絡地址　235 新北市中和區中安街七二號十三樓
　　　　　電話：02-2923-1455 ／傳眞：02-2923-1452
網　　址　http://www.huamulan.tw 信箱 hml 810518@gmail.com
初　　版　2018 年9月
全書字數　207507 字
定　　價　六編7冊（精裝）台幣13,000 元　　　　版權所有·請勿翻印

鐵凝小說敘事研究

周雪花　著

作者簡介

周雪花，1970 年生，河北新樂市人。1998 年畢業於河北師範大學中文系，獲文藝學碩士學位。2010 年畢業於北京師範大學文學院，獲文學博士學位。現爲河北師範大學文學院副教授，碩士生導師。主要研究方向爲鐵凝小說研究，中國當代文學與電影。曾在《文藝爭鳴》《小說評論》《電影文學》等報刊發表學術論文 40 餘篇。專著《永遠的瞬間——鐵凝小說敘事研究》獲河北省文藝振興獎，論文《鐵凝小說的三維立體式敘事》獲河北省文藝評論一等獎。

提　要

　　《鐵凝小說敘事研究》主要從敘事時空、敘事結構、敘事視角、敘事語言、敘事的文化心理等五個方面展開了對鐵凝小說的研究。從敘事時空的角度來看，鐵凝小說的地域空間是從城市與鄉村之間的空間轉換，這種轉換帶來的是人的心理上的時間落差，也是現代生活體驗與田園詩意之間的強烈反差。從敘事結構來說，鐵凝小說的敘事結構是歷時性的生命結構與共時性的生存結構以及隱形的社會歷史結構的交織。在敘事視角的選用上，鐵凝小說的敘事視角不是單一的，而是雙重的，既有現代性質的內心呈現，又有傳統意義的外部觀察。既有女性身份的第三性視角，又有讀者的期待視野，體現著鐵凝小說敘事的現代性與傳統性相融合的特質。在敘事語言的運用上，鐵凝小說中的知識分子話語與民間話語、語言的節奏以及語言的色彩都體現著小說現代性與田園性的雙聲話語。鐵凝小說敘事的文化心理主要受到三個方面的因素影響：一是「前行與回望」的時間意識，二是長女情結和多種身份的認同，三是西方現代繪畫藝術的薰陶。

　　通過上述分析可以看出，鐵凝的小說在敘事上形成了其獨特的價值與意義，既是寫實的，又是想像的；既是現代的，又是田園的，是現代背景下精神家園的回望與守護。

人民共和國時代的文學史料與文學研究
——《人民共和國文化與文學》第六輯引言

李 怡

　　人民共和國文學的研究同樣以文學史料工作爲基礎，這些史料既包括共和國時代本身的文學史料，也包括在共和國時代發現、整理的民國時代的史料，後者在事實上也影響著當前的學術研究。

　　討論共和國文學的問題，離不開對這些史料工作的檢討。

　　中國新文學創生與民國時期，其文獻史料保存、整理與研究、出版工作也肇始於民國時期。不過，這些重要的工作主要還在民間和學者個人的層面上展開，缺乏來國家制度的頂層擘劃，也未能進入當時學科建設的正軌。

　　作爲國家層面的新文學文獻史料的搜集整理工作始於新中國成立以後。

　　十七年間，作爲新文學總結的各類作家文集、選集開始有計劃地編輯出版。如在周揚主持下，由柯仲平、陳湧等編輯了《中國人民文藝叢書》。該工作始於 1948 年，1949 年 5 月起由新華書店陸續出版。叢書收入收作家創作（包括集體創作）的作品 170 餘篇，工農兵群眾創作的作品 50 多篇，展現了解放區文學，特別是自《在延安文藝座談會上的講話》以來的文學成果，從此開啓了國家政府層面肯定和總結新文學成績的新方式。此外，開明書店、人民文學出版社等也先後編選了一些現代作家的選集、文集，通過對新文學「進步」力量的梳理昭示了新中國所認可的新文學遺產。

　　除了文學作品的選編，文學研究史料也開始被分類整理出版，如上海文藝出版社影印了二、三十年代的革命文學期刊四十餘種，編輯了《魯迅研究資料編目》、《中國現代文學期刊目錄》等專題資料，還創辦了《中國現代文藝資料從刊》；作爲「內部讀物」，上海圖書館在 1961 年編輯出版了《辛亥革

命時期期刊總目錄》。這樣的基礎性的史料工作在新文學的歷史上，都還是第一次。第二年 5 月，在《中國現代文藝資料叢刊》的創刊號上，周天提出了對現代文學資料整理出版的具體設想，包括現代文學資料的分類法：「一、調查、訪問、回憶；二、專題文字資料的整理、選輯；三、編目；四、影印；五、考證。」〔註1〕標誌著中國新文學史料文獻研究之理論探討的起步。

作家個人的專題資料搜集、整理開始受到了重視，在十七年間，當然主要還是作爲「新文學旗手」的魯迅的相關資料。1936 年魯迅逝世後即有不少回憶問世，新中國成立後，又陸續出版了許廣平、馮雪峰、周作人、周建人、唐弢等親友所寫的系列回憶，魯迅作爲個體作家的史料完善工作，繼續成爲新文學史料建設的主要引擎。

隨著新中國學科規劃的制定，中國新文學（現代文學）學科被納入到國家教育文化事業的主要組成部分，對作爲學科基礎的文獻工作的重視也就自然成了新中國教育和學術發展的必然。大約從 1960 年代開始，部分的高等院校和國家研究機構也組織學者隊伍，投入到新文學史料的編輯整理之中。1960 年，山東師範學院中文系薛綏之等先生主持編輯了「中國現代作家研究資料叢書」，名爲內部發行，實則在高校學界傳播較廣，影響很大。叢書分作家作品研究十一種，包括《郭沫若研究資料彙編》、《茅盾研究資料彙編》、《巴金研究資料彙編》、《老舍研究資料彙編》、《曹禺研究資料彙編》、《夏衍研究資料彙編》、《趙樹理研究資料彙編》、《周立波研究資料彙編》、《李季研究資料彙編》、《杜鵬程研究資料彙編》、《毛主席詩詞研究資料彙編》等；目錄索引兩種，包括《中國現代作家著作目錄》、《中國現代作家研究資料索引》；傳記一種，爲《中國現代作家小傳》；社團期刊資料兩種，有《中國現代文學社團及期刊介紹》和《1937～1949 主要文學期刊目錄索引》。全套叢書共計 300 餘萬字。以後，教研室還編輯了《魯迅主編及參與或指導編輯的雜誌》，收錄了十七種期刊的簡介、目錄、發刊詞、終刊詞、復刊詞等內容。這樣的工作在當時可謂聲勢浩大，在整個新文學學術史上也是開創性的。另據樊駿先生所述，中國社會科學院文學研究所現代文學研究室在五十年代末也做過類似工作。〔註2〕

〔註 1〕 周天：《關於現代文學資料整理、出版工作的一些看法》，載《中國現代文藝資料叢刊》第 1 輯，上海文藝出版社 1962 年版。

〔註 2〕 《這是一項宏大的系統工程——關於中國現代文學史料工作的總體考察》上，《新文學史料》1989 年 1 期。

　　當然，這些文獻史料工作在奠定我們新文學學術基礎的同時也構製了一種史料的「限制性機制」，因為，按照當時的理解，只有「革命」的、「進步」的文獻才擁有整理、開放的必要，在特定政治意識形態下，某些歷史記敘和回憶可能出現有意無意的「修正」、「改編」，例如許廣平 1959 年「奉命」寫作的《魯迅回憶錄》，1961 年 5 月由作家出版社，周海嬰先生後來告訴我們：「這本《魯迅回憶錄》母親許廣平寫於五十年前的 1959 年 8 月，11 月底完成，雖然不足十萬字，但對於當時已六十高齡且又時時被高血壓困擾的母親來說，確是一件為了「獻禮」而「遵命」的苦差事。看到她忍受高血壓而泛紅的面龐，寫作中不時地拭擦額頭的汗珠，我們家人雖心有不忍，卻也不能攔阻。」「確切地說許廣平只是初稿執筆者，『何者應刪，何者應加，使書的內容更加充實健康』是要經過集體討論、上級拍板的。因此書中有些內容也是有悖作者原意的。」〔註3〕

　　而所謂「反動」的、「落後」的、「消極」的文獻現象則可能失去了及時整理出版的機會，以致到了時過境遷、心態開放的時代，再試圖廣泛保存和利用歷史文獻之時，可能已經造成了某些不可挽回的物理損失。

　　1950 年代中期特別是「大躍進」以後，以研究者個人署名的文學史著作開始為集體署名的成果所取代，除了如復旦大學中文系、吉林大學、中國人民大學、北京大學師生先後集體編著出版的《中國現代文學史》外，以「參考資料」命名的著作還包括東北師範大學中文系中國現代文學教研室《中國現代文學參考資料》（1954）、北京師範大學中文系編《中國現代文學史參考資料》（高等教育出版社 1959）、吉林師範大學中文系現代文學教研室《中國現代文學參考資料》（1961）等，所謂「資料」其實是在明確的意識形態框架中對文藝思想鬥爭言論的選擇和截取，東北師範大學中文系中國現代文學教研室《中國現代文學參考資料》在文學史的標題上彙編理論批評的片段，讀者無法看到完整的論述，而其他保留了完整文章的「資料」也對原本豐富的歷史作了大刀闊斧的刪削，甚至還出現了樊駿先生所指出現象：

　　　　「大躍進」期間，採用群眾運動方式編輯出版的一些「中國現代文學參考資料」書籍，有的不知是因為粗心大意，還是出於政治需要，所收史料中文字缺漏、刪節、改動等，到了遍體鱗傷的地步，

〔註3〕周海嬰、馬新云：《媽媽的心血》，見許廣平《魯迅回憶錄：手稿本》1～2 頁，長江文藝出版社 2010 年。

叫人慘不忍睹，更不敢輕易引用。理論上把堅持階級性、黨性原則和爲無產階級政治服務的要求簡單化、絕對化了，又一再斥責史料工作中的客觀主義、「非政治傾向」，也導致了人們忽略這個工作必不可少的客觀性和科學性。〔註4〕

不過，較之於後來的「文革」，新中國十七年間得文獻工作還是值得充分肯定的，新文學的史料整理和出版在此期間的確在總體上獲得了相當的發展，——雖然「大躍進」期間也出現過修正歷史的史料書籍，不過，比起隨之而來的十年文革則畢竟多有收穫，在文革那浩劫的歲月了，不僅大量的文學文獻被人爲地破壞，再難修復和尋覓，就是繼續出版的種種「史料」竟也被理直氣壯地加以增刪修改，給後來的學術工作造成了根本性的干擾，正如樊駿痛心疾首的描述：

> 「文化大革命」後期，有的高校所編的現代文學參考資料，竟然把胡適的《文學改良芻議》和陳獨秀的《文學革命論》，與林紓等守舊文人反對新文學的文章一起作爲附錄。這就是說，他們不但不是「五四」文學革命最早的倡導者，而且從一開始就是這場變革的反對者、破壞者。顛倒事實，以至於此！不尊重史料，就是不尊重歷史；改動史料，就是歪曲歷史眞相的第一步。這樣的史料，除了將人們對於歷史的認識引入歧途，還能有什麼參考價值呢？

> 「文化大革命」期間，朝不保夕的「黑幫」和準「黑幫」、他們的膽戰心驚的親屬友好、還有「義憤填膺」的「革命小將」，從各不相同的動機出發。爭先恐後地展開了一場毀滅與現代歷史有關的事物的無比殘酷的競賽。很少有人能夠完全逃脫這場劫難。不要說不計其數的史料在尚未公諸世人之前，或者尚未爲人們認識和使用之前，就都化爲塵土，連一些死去多年的革命作家的墳墓之類的歷史文物都被搗毀了。江青、張春橋等人爲了掩蓋自己三十年代混跡文藝界時不可告人的行徑，更利用至高無上的權力查禁、封鎖、消滅有關史料，連多少知道一些當年剛青的人也因此成了「反革命」，甚至遭到「殺人滅口」的厄運。眞可以說是到了「上窮碧落下黃泉」的乾淨徹底的地步。

> 這類出於政治原因、來自政治暴力的非正常破壞所造成的損

〔註4〕樊駿：《這是一項宏大的系統工程——關於中國現代文學史料工作的總體考察》上，《新文學史料》1989 年 1 期。

失，更是不知多少倍於因爲歲月消逝所帶來的自然損耗。試問有誰
能夠大致估計由此造成的史料損失？更有誰能夠補救這些損失於萬
一呢？」〔註5〕

至此，我們可以說，中國新文學的文獻史料工作出現了中斷。

中國新文學文獻史料工作的再度復蘇始於新時期。隨著新時期改革開放
的步伐，一些中斷已久的文化事業工作陸續恢復和發展起來，中國新文學研
究包括作爲這一研究的基礎性文獻工作也重新得到了學界的重視。1980 年，
在中國現當代文學研究剛剛恢復之際，作爲學科創始人的王瑤先生就提醒我
們，「必須對史料進行嚴格的鑒別」，「在古典文學的研究中，我們有一套大家
所熟知的整理和鑒別文獻材料的學問，版本、目錄、辨僞、輯佚，都是研究
者必須掌握或進行的工作，其實這些工作在現代文學的研究中同樣存在，不
過還沒有引起人們應有的重視罷了。」〔註6〕

新時期的文獻史料工作首先體現在一系列扎扎實實的編輯出版活動中。
其中，值得一提的著作如下：

作爲文獻史料的最基礎的部分——作家選集、文集、全集及社團流派爲
單位的作品集逐漸由各地出版社推出，人民文學出版社與各省級出版社在重
編作家文集方面作了大量的工作，中國社會科學院文學研究所現代文學研究
室主編的《中國現代文學創作選集》叢書，人民文學出版社編輯出版的《中
國現代文學流派創作選》叢書，錢穀融主編的《中國新文學社團、流派叢書》
等都成爲學術研究的重要文獻，大型叢書編撰更連續不斷，如《延安文藝叢
書》、《上海抗戰時期文學叢書》、《抗戰文藝叢書》、《中國抗日戰爭時期大後
方文學書系》、《中國解放區文學研究叢書》、《中國淪陷區文學大系》等，《中
國新文學大系》的續編工作也有序展開。

北京魯迅博物館於 1976 年 10 月率先編輯出版不定期刊物《魯迅研究資
料》，人民文學出版社於 1978 年秋季也創辦了《新文學史料》季刊。稍後，
各地紛紛推出各種專題的文學史料叢刊，包括《東北現代文學史料》〔註7〕、

〔註5〕 樊駿：《這是一項宏大的系統工程——關於中國現代文學史料工作的總體考
察》上，《新文學史料》1989 年 1 期。

〔註6〕 王瑤：《關於中國現代文學研究工作的隨想》，載《中國現代文學研究叢刊》
1980 年第 4 期。

〔註7〕 黑龍江、遼寧社會科學院文學研究所共同編印，不定期刊物，1980 年 3 月出
版第一輯。

《抗戰文藝研究》、〔註8〕《延安文藝研究》、〔註9〕《晉察冀文藝研究》〔註10〕
等，創刊於六十年代初期的《中國現代文藝資料叢刊》於七十年代末期復刊〔註
11〕，創刊較早的《文教資料簡報》也繼續發行，並影響擴大。〔註12〕

　　1979 年中國社會科學院文學研究所現代文學研究室發起編纂大型史料叢
書《中國現代文學史資料彙編》，該叢書包括甲乙丙三大序列，甲種爲「中國
現代文學運動、論爭、社團資料彙編」30 卷，乙種爲「中國現代作家研究資
料叢書」，先後囊括了 170 多位作家的研究專集或合集近 150 種，丙種爲「中
國現代文學期刊目錄彙編」、「中國現代文學總書目」等大型工具書多種。甲
乙丙三大序列總計劃五六千萬字，由 70 多所高校和科研機構的數百位研究人
員參加編選，十幾家出版社分擔出版事務。這是自中國新文學誕生以來規模
最大的一項文獻整理出版工程。2010 年，知識產權出版社將已經面世的各種
著作盡數搜集，在《中國文學史資料全編・現代卷》之名下再次隆重推出，
全套凡 60 種 81 冊逾 3000 萬字，蔚爲大觀。

　　一些較大規模的專題性文學研究彙編本也陸續出版，有 1981～1986 年天
津人民出版社出版的由薛綏之先生主編的《魯迅生平史料彙編》，全書分五輯
六冊計三百餘萬字，是對於現存的魯迅回憶錄的一種摘錄式的彙編。除外，
先後上海社會科學院文學研究聽主編的《上海「孤島」時期文學資料叢書》、
廣西社會科學院主編的《抗戰時期桂林文化運動史料叢書》、中國社會科學院
文學研究所魯迅研究室主編的《1923～1983 年魯迅研究學術論著資料彙編》
以及《中國人民解放軍文藝史料叢書》、《新文學史料叢書》、《江蘇革命根據
地文藝資料彙編》等。

〔註8〕 四川省社科院文學所與重慶中國抗戰文藝研究會聯合編輯，1981 年底開始「內
　　　　部發行」，至 1983 年 1 期起公開發行，到 1987 年底共出版 27 期，1988 年 3
　　　　月起改由四川省社科院出版社出版，重新編號出版了 3 期，1990 年由成都出
　　　　版社出版 1 期。
〔註9〕 陝西省社會科學院文學研究所和陝西延安文藝學會合辦的《延安文藝研究》
　　　　雜誌，於 1984 年 11 月創刊。
〔註10〕 天津社科院文學所創辦，最初作爲「津門文藝論叢」增刊，1983 年 10 月出版
　　　　第一輯。
〔註11〕 上海文藝出版社 1962 年 5 月創刊，出版 3 輯後停刊，第 4 輯於 1979 年復刊。
〔註12〕 最初是南京師範學院內部編印的資料性月刊，創辦於 1972 年 12 月，1～15
　　　　期名爲《文教動態簡報》，從第 16 期（1974 年 3 月）起更名爲《文教資料簡
　　　　報》，並沿用至 1985 年底。1986 年 1 月該刊改名《文教資料》，1987 年 1 月
　　　　改爲公開發行。

　　上述「文學史資料彙編」中涉及的著作、期刊目錄可謂是文獻史料工作的「基礎之基礎」，在這方面，也出現了大量的成果，除了唐沅等編輯的《中國現代文學期刊目錄彙編》〔註13〕外，引人注目的還有董健主編的《中國現代戲劇總目提要》，〔註14〕賈植芳等主編的《中國現代文學總書》，〔註15〕《中國現代作家著譯書目》，〔註16〕郭志剛等編《中國現代文學書目匯要》〔註17〕，應國靖《現代文學期刊漫話》，〔註18〕吳俊、李今、劉曉麗等編《中國現代文學期刊目錄新編》等。〔註19〕此外，來自圖書館系統的目錄成果也為釐清文學的「家底」提供了幫助，如國家圖書館、上海圖書館編《1833～1949 全國中文期刊聯合目錄》（補充本）、〔註20〕《民國時期總書目》〔註21〕等。

　　隨著史料文獻的陸續出版，文獻工作的理論探索與學科建設工作也被提上了議事日程。

　　20 世紀 80 年代以來，學術界即不斷有人發出建立「中國現代文學文獻學」的呼籲。《中國現代文學研究叢刊》1985 年第 1 期刊登了馬良春《關於建立中國現代文學「史料學」的建議》，他提出了文獻史料的七分法：專題性研究史料、工具性史料、敘事性史料、作品史料、傳記性史料、文獻史料和考辨性史料。《新文學史料》1989 年第 1、2、4 期連續刊登了著名學者樊駿的八萬字長文《這是一項宏大的系統工程——關於中國現代文學史料工作的總體考察》。樊駿先生富有戰略性地指出：「如果我們不把史料工作僅僅理解為拾遺補缺、剪刀漿糊之類的簡單勞動，而承認它有自己的領域和職責、嚴密的方法和要求、特殊的品格和價值——不只在整個文學研究事業中佔有不容忽視、無法替代的位置，而且它本身就是一項宏大的系統工程，一門獨立的複雜的學問；那麼就不難發現迄今所做的，無論就史料工作理應包羅的眾多方

〔註13〕上下冊，天津人民出版社，1988 年。
〔註14〕南京大學出版社，2003 年。
〔註15〕福建教育出版社，1993 年。
〔註16〕兩冊（含續編），書目文獻出版社分別於 1982、1985 年出版。
〔註17〕小說卷、詩歌卷各一冊，書目文獻出版社，1994 年。
〔註18〕花城出版社，1986 年。
〔註19〕上海人民出版社出版，2010 年。
〔註20〕中央民族大學出版社，2000 年。
〔註21〕北京圖書館編，書目文獻出版社 1986 年～1997 年陸續出版。它以北京圖書
　　　　館、上海圖書館、重慶圖書館的館藏為基礎，收錄了 1911 年至 1949 年 9 月
　　　　間出版的中文圖書 124000 餘種，基本反映了民國時期出版的圖書全貌。

而和廣泛內容，還是史料工作必須達到的嚴謹程度和科學水平而言，都還存在許多不足。」

1986 年北京語言學院出版社出版了朱金順先生的《新文學資料引論》，這是關於中國現代文學史料學的第一部專著。

1989 年，中華文學史料學學會成立，著名學者馬良春任會長，徐迺翔任副會長，並編輯出版了會刊《中華文學史料》，〔註22〕2007 年，中華文學史料學會在聊城大學集會成立了中國近現代文學史料學分會，標誌著新文學（現代文學）文獻學學科的建設又上了一個臺階。

進入 1990 年代，從學術大環境來說，新文學研究的「學術性」被格外強調，「學術規範」問題獲得了鄭重的強調和肯定，應當說，文獻史料工作的自覺推進獲得了更加有利的條件。近 20 年來，我們的確看到有越來越多的學者自覺投入了文獻收藏、整理與研究的領域，河南大學、清華大學、中國現代文學館、重慶師範大學、長沙理工大學等都先後舉辦了現代文學文獻史料研討的專題會議。2004 年至 2007 年，《學術與探索》、《中國現代文學研究叢刊》、《河南大學學報》、《汕頭大學學報》《現代中文學刊》等刊物闢專欄相繼刊發了專題「筆談」，《中國現代文學研究叢刊》還在 2005 年第 6 期策劃了「文獻史料專號」，《現代中國文化與文學》設立「文學檔案」欄目，每期發表新文學史料或史料辨析論文。新文學文獻史料的一系列新的課題得以深入展開，例如版本問題、手稿問題、副文本問題、目錄、校勘、輯佚、辨偽等等，對文獻史料作為獨立學科的價值、意義及研究方法等多個方面都展開了前所未有的研討。

陳子善先生及其主編的《現代中文學刊》特別值得一提。陳子善先生長期致力於中國現代文學史料研究，尤其對張愛玲佚文的搜集研究貢獻良多。2009 年 8 月，原《中文自學指導》改刊成為《現代中文學刊》，由陳子善先生主持。這份刊物除了對中國現代文學研究突出「問題意識」之外，最引人矚目之處便是它為現代文學的史料文獻研究提供了大量的篇幅，不僅有文獻的考辨、佚文的再現，甚至還有新出版的文獻書刊信息及作家家故居圖片，《現代中文學刊》的彩色封底、封二、封三幾乎成為學人愛不釋手的歷史文獻的櫥窗。

劉增人等出版了 100 多萬字的《中國現代文學期刊史論》，既有「中國現代文學期刊敘錄」，又有「中國現代文學期刊研究資料目錄」的史料彙編，從

〔註22〕《中華文學史料（一）》由上海百家出版社 1990 年 6 月推出。

「史」的梳理和資料的呈現等方面作了扎實的積累。〔註23〕2015 年 12 月，劉增人，劉泉，王今暉編著的《1872～1949 文學期刊信息總匯》由青島出版社推出，全書分四巨冊，500 萬字，包括了 2000 幅圖片， 正文近 4000 頁，涵蓋了 1872～1949 年間中國文學期刊的基本信息。

　　一些著名學者都在新文學的文獻學理論建設上貢獻了的重要意見。楊義提出「文獻還原與學理原創」的「八事」：1、版本的鑒定和對這些鑒定的思考；2、作家思想表述和當時其他材料印證；3、文本真偽和對其風格的鑒賞；4、文本的搜集閱讀和文本之外的調查；5、印刷文本和作者手稿，圖書館藏書和作家自留書版本之間的互補互勘；6、文學材料和史學材料的互證；7、現代材料和古代材料的借用、引申和旁出；8、圖和文互相闡釋。〔註24〕

　　徐鵬緒、逢錦波試圖綜合運用文獻學、傳播學、闡釋學、接受美學等理論方法，對中國現代文學文獻學的基本概念進行界定，嘗試建構中國現代文學文獻學理論體系的基本模式。〔註25〕

　　2008 年，謝泳發表論文《建立中國現代文學史料學的構想》，〔註26〕先後出版《中國現代文學史料概述》（廈門大學出版社 2009 年版）和《中國現代文學史料的搜集與應用》（臺北秀威信息科技股份有限公司 2010 年版）、《中國現代文學史研究法》（廣西師範大學出版社 2010 年版），就「中國現代文學史料學」問題闡述了自己的詳盡設想。

　　劉增傑集多年現代文學史料研究和研究生教學成果而成《中國現代文學史料學》，〔註27〕此書被學者視為 2012 年現代文學史料考釋與研究方而的「重大突破」。

　　最近十多年來，在新文學文獻理論或實際整理方面做出了貢獻的學者還有孫玉石、朱正、王得后、錢理群、楊義、劉福春、吳福輝、林賢次、方錫德、李今、解志熙、張桂興、高恆文、王風、金宏宇、廖久明、李楠、魏建等。

　　隨著中國文學傳播與研究的國際化，境外出版機構也開始介入到文獻史料的整理與出版活動，如香港牛津大學出版社出版蕭軍《延安日記》、《東北

〔註23〕 新華出版社，2005 年。
〔註24〕 楊義：《文獻還原與學理原創的互動》，《河南大學學報》2005 年 2 期。
〔註25〕 徐鵬緒、逢錦波：《中國現代文學文獻學之建立》，《東方論壇》2007 年 1～3 期。
〔註26〕 《文藝爭鳴》2008 年 7 期。
〔註27〕 中西書局 2012 年。

日記》，臺灣秀威信息科技出版的謝泳整理現代文學史稀見資料，臺灣花木蘭文化事業有限公司自 2016 年起推出劉福春、李怡主編《民國文學珍稀文獻集成》大型系列叢書。

在中國現代文學的史料文獻意識日益強化的同時，當代文學的史料文獻問題也被有志之士提上了議事日程，洪子誠、吳秀明、程光煒等都對此貢獻良多，〔註 28〕這無疑將大大的推動新文學學科的文獻研究，更爲新文學研究走向深入，爲現代新文學傳統的經典化進程加大力度，甚至有人據此斷言中國新文學研究已經出現了現代文學研究的「文獻學轉向」〔註 29〕

但是，與之同時，一個嚴峻的現實卻也毫不留情地日益顯現在了我們面前，這就是，作爲新文學出版的物質基礎——民國出版卻已經逼近了它的生存界限，再沒有系統、強大的編輯出版或刻不容緩的數字化工程，一切關於文獻史料的議論都會最終流於紙上談兵，對此，一直憂心忡忡的劉福春先生形象地說：「歷史正在消失」：「第一，我們賴以生存的紙質書報刊已經臨近閱讀的極限；第二，歷史的參與者和見證者現在很多都已經再沒有發言的機會了。2005 年，《人民日報》海外版的消息，國家圖書館民國文獻，中度以上破壞已達 90%。民國初期的文獻已 100%損壞。有相當數量的文獻，一觸即破，瀕臨毀滅。國家圖書館一位副館長講：若干年後，我們的後人也許能看到甲骨文，敦煌遺書，卻看不到民國的書刊。而更嚴重的是，隨著一批批老作家的故去，那些鮮活的歷史就永遠無法打撈了。」〔註 30〕

由此說來，中國新文學的文獻史料工作不僅僅是任重道遠的沉重感，而且另有它的刻不容緩的緊迫性。

2018 年 6 月 28 日成都

〔註 28〕參見洪子誠《當代文學的史料問題》（《長沙理工大學學報》2016 年第 6 期）、吳秀明、章濤《當代文學文獻史料研究的歷史與現狀——基於現有成果的一種考察》（《文藝理論研究》2012 年 6 月期）、吳秀明、章濤《當代文學文獻史料研究的歷史困境與主要問題》（《浙江大學學報》2013 年 3 期）等。

〔註 29〕王賀：《現代文學研究的「文獻學轉向」》，《長沙理工大學學報》2016 年第 6 期。

〔註 30〕劉福春：《尋求中國現代文學文獻學學科的獨立學術價值》，《長沙理工大學學報》2016 年第 6 期。

呼喚超越「苦役」的學術智慧
——序周雪花博士的新書

張　檸

　　我不大支持女孩子攻讀博士學位，相信很多老師都同意我的想法。但這並不影響滿校園走著低頭踟躕的女博士生，尤其是文學專業。她們作出這種選擇的原因是多種多樣的，有眞心喜歡研究文學的，有害怕面對社會而要在校園多「賴」幾年的，也有已經在大學裏工作而不得不拿一個博士學位的。無論出於什麼原因，這一選擇都是一件很折磨人的事情。

　　我的這一想法一直不便說出來，擔心會被人誤以爲是「輕視女性」。其實我很尊重女性，特別喜歡閱讀智慧的女性批評家的文章，它往往能夠彌補男性思維的天然局限。女性不僅僅形象思維能力超常，邏輯思維能力同樣也可以是超常的。能夠將兩者結合得天衣無縫的女性，往往是一些男性望塵莫及的學者和批評家。女性思維的邏輯起點，總是與生命的眞實經驗密切相關，她們拒絕冰冷的、毫無生命感的邏輯，哪怕那種邏輯再嚴謹、再有體系。就人文學科領域而言，國外的如美國作家兼文化批評家蘇珊・桑塔格、英國作家兼文學批評家弗吉尼亞・伍爾芙、德國哲學家兼文學批評家漢娜・阿倫特等；國內的如作家兼文學史家馮沅君、作家兼文學批評家蘇雪林、作家兼古典文學專家程俊英等。就這些天才的女性而言，其形象思維能力和邏輯思維能力，其直覺能力和推理能力的相互支持、相互參證，使得她們往往能發前人之所未發，言常人之所未言，並能以優美的文字表達其獨特的見解。

　　我認爲在人文學科研究中，思辨能力和直覺能力兩者不可偏廢。思辨主推理和綜合，直覺主發現和判斷。所以，直覺能力可以幫助思辨能力節省體

力，不至於在材料堆裏累得氣喘吁吁且不得要領。直覺能力強但思辨能力弱的，不適合做學術研究，但不影響她們成為優秀的作家或詩人。思辨能力強但直覺能力弱的，不適合從事文學創作，但可能會成為一位學者。如果我們的思維中直覺能力欠缺，只知道抱住「三段論」這件古老的「冷兵器」，那麼學術研究一定會變成一件「體力活」，結果是在材料堆裏折騰得半死，而且收效甚微。目前，人文學科研究淪為一種「體力活」的趨勢非常明顯。幾年來審讀博士論文的經驗告訴我，那些論文從總體上看，問題意識不強甚至缺席！材料多如牛毛，觀點難見蹤影。表面上一看，論文一章一節的，很有邏輯似的，但大多數是一種邏輯的平行排列，像一個「並聯電路」，而不是對一個問題的縱深邏輯的推衍。或者說像教材寫法而不像論文寫法。

　　儘管有「某某數據庫」、「某某期刊網」在幫助我們，好像在為我們節約時間，就學術研究和學位論文的寫作而言，這種數據庫思維或期刊網思維，是無法真正解決問題的。面對海量信息、大堆材料，如何判斷？如何選擇？如何與真正的問題意識接軌？如何納入整體敘事邏輯？如何把握邏輯推衍中「問題域」的複雜演變？依然是一個大疑問。除非超越那種「搜索器」思維和體力活思維，將敏銳的直覺能力和嚴謹的思辨能力結合起來，才可能會收到事半功倍的效果，才可能將大量的精力放到對真問題的思辨和論述之中。也就是說，我們是在做一件智慧的事情，而不是一件材料搬運工一樣的重活。

　　如果是一件「體力活」，那麼女性，特別是體質較弱的女性，就不大合適做這件事。如今北京一些著名大學的文學博士論文，動輒 15 萬、20 萬字。此外，還有進校之後一年之內大約 5 萬到 10 萬字不等的「開題報告」，然後是畢業前夕的「預答辯」，基本上可以說是一件繁重的體力活，博士生普遍感到不堪重負，女博士生更是如此。「青燈黃卷伴更長，花落銀釭午夜香」，青春年華卻面帶菜色，眼珠兒轉得越來越慢，腦子卻並沒有快起來，苦不堪言的樣子，讓人於心不忍。

　　對於人文學科研究而言，沒有什麼比生命的封閉狀態更可怕的了。真正的創造性，固然需要紮紮實實的材料佔有和梳理的工夫，但更重要的是真正的問題意識和敏銳的直覺發現能力。「發現」本身就是一種創造性的思維。只有創造和發現，才是生命的本質屬性，才不至於在重複中將生命消耗殆盡而兩手空空，而是與生命經驗的展開並肩同行。我甚至覺得，具有創造性的人才會青春煥發、目光有神。這是不是人文學科研究和寫作的神髓呢？

　　周雪花博士任教於河北師範大學文學院，2007 年考入北京師範大學文學院，師從張健教授攻讀博士學位。她曾經選修過我為博士生開設的《中國當代文學熱點難點問題研究》討論課。我也目睹了她的論文寫作的整個過程，從選題、寫開題報告，到學位論文的寫作、修改。她很認真，也寫得很辛苦，但進步也是神速和明顯的。在開題報告和論文寫作的過程之中，她的刻苦精神令人欽佩。周雪花不但對自己的研究對象（鐵凝的小說）有了深入全面的把握和理解，而且對研究方法（敘事學理論）也有了更深的掌握，特別是在將一種新的方法用於作家作品的全面研究時，下了很大的工夫。其博士論文中對鐵凝小說敘事的「空間經驗」研究的那一部分，尤見功力。通過幾年的瞭解，我欣喜地看到，她已經能夠更為自如地運用理論思維，對文學的判斷和表達，也達到了較高的水平。

　　用一種既成的理論去研究一個既成的作家，可以算是一種「應用研究」，但也存在一定的危險。一種理論的發明，是建立在對作家作品的批評和細讀基礎上的。換句話說，對一位作家作品的細讀，有可能產生一種新的理論。這是一件極具挑戰性的工作，也是對「批評的世紀」的一種回應和召喚。在周雪花即將離校的時候，我們有過一次交談。我對她說，要保持和發揮敏銳的藝術直覺這種女性的長處，從細讀和批評開始，從個性化的批評寫作開始，從給學生講述一首詩歌及其語言的「元素構成」開始，從講述一個短篇的「分子結構」開始，積少成多，然後才有真正的學術上的歸納和總結。更重要的是，將學術研究變成一個愉快的精神秘密的呈現過程，而不是一種搬運材料的苦役。

　　周雪花的博士論文就要出版了。她的導師張健教授因工作繁忙，委託我代他為周雪花的新書寫一個序言。根據自己的經驗，我隨手寫下一些感想，不僅僅是寫給周雪花的，也希望對那些正在準備博士論文的人有幫助。我想提醒的是，要經常從「某某期刊網」或者「某某數據庫」上面下來一陣子，「掩網靜思」，仔細琢磨一下：自己究竟在幹什麼？為什麼要寫這篇論文？除了拿一個學位之外還有沒有其他的意義？它與我們生命價值的關聯是什麼？對這些基本問題的再思考，或許會讓我們從材料的重負和苦役中解放出來，重返人文學科研究的心靈起點，直指問題的核心。

張　檸

2010 年端午節　寫於北京師範大學

目
次

導　言

一、問題的提出

（一）選題的意義和價值

　　1975 年，鐵凝的第一篇大作文《會飛的鐮刀》發表，自此，懷揣著對文學的希冀和夢想，鐵凝立志要當一名作家。在四十年來的創作旅程中，鐵凝辛勤而快樂地耕耘著，以自己的創作實績帶給文壇一個個驚喜。從數量上看，鐵凝在小說、散文、影視文學劇本、畫論、日記等多種文學樣式上，創作近 500 萬字，結集出版 40 餘種。從質量上來看，其創作成就斐然，寫出了一個又一個文學精品，並獲得最為廣泛的讚譽。鐵凝在當代文壇的成就和地位使鐵凝研究日益成為重要的研究課題。接下來對鐵凝的創作和取得的成就做一歷時性概述，從而對她的小說有一個總體的認識和把握。概括不可能全面，而是主要集中在其最具代表性和影響力的作品。

　　《哦，香雪》發表於 1982 年，是鐵凝的成名作，是其短篇小說中的代表性作品。鐵凝曾這樣概括這篇小說：「這是一個關於女孩子和火車的故事，我寫一群從未出過大山的女孩子，每天晚上是怎樣像等待情人一樣地等待在她們村口只停留一分鐘的一列火車。」〔註1〕而這群女孩子中的香雪的等待不僅與火車有關，還與一個塑料泡沫鉛筆盒有關，最終她用一籃子雞蛋換回了她渴望的鉛筆盒。那個挎著籃子等候火車的香雪永遠定格在了讀者的心中。孫犁曾這樣評價《哦，香雪》：「這是一首純淨的詩，即是清泉。她所經過的地

───────────────

〔註1〕　鐵凝：《又見香雪》，見《女人的白夜》第 155 頁，江蘇文藝出版社 1996 年版。

方，也都是純淨的境界。」〔註2〕這篇小說獲得 1983 年全國優秀短篇小說獎。在 1990 年至 1991 年，鐵凝將《哦，香雪》改編成同名電影，由中國兒童電影製片廠拍攝，獲第 41 屆柏林國際電影節青春片最高獎。

《沒有紐扣的紅襯衫》發表於 1983 年，是鐵凝的又一成名作，是其中篇小說的代表性作品。小說的主人公名叫安然，是一名女中學生，她眞誠、坦率、樂觀、向上，她身上那件沒有紐扣的紅襯衫是跳動的火焰，是對世俗陳腐觀念的燃燒。這部作品獲得第三屆全國優秀中篇小說獎，根據《沒有紐扣的紅襯衫》改編的電影《紅衣少女》獲 1985 年中國電影「金雞獎」「百花獎」最佳故事片獎。「電影於 1985 年在全國上映，所帶來的社會反響更甚於小說。……安然穿的紅上衣也成爲當時的一種時裝樣式，被命名爲『安然服』。」〔註3〕

《麥秸垛》發表於 1986 年，被認爲是鐵凝的轉型之作。故事的發生地是冀中平原上的一個村莊——端村，那裡還有一個知青點，可以說是端村村民和知青們的故事，而將這些故事連起來的是矗立在原野上的一簇簇的麥秸垛。因此，它不是對某個人或某類人的故事敘述，而是對人類深層欲望的思考。用鐵凝的話來說是：「我思考的是在這些物質注視下的人類景況」。〔註4〕在《麥秸垛》之後，鐵凝又創作了《棉花垛》（1989 年）、《青草垛》（1995 年），這三部中篇小說被評論界稱爲「三垛」，與王安憶的「三戀」齊名，被認爲是新時期女性文學的代表性作品。

《玫瑰門》發表於 1988 年，是鐵凝的第一部長篇小說，也是影響最爲深廣的長篇小說：「《玫瑰門》從出版到今天，六年之間再版五次，使我不能不感謝讀者對它的厚愛；也斗膽感謝《玫瑰門》本身，感謝它能夠在五彩繽紛、令人眩暈的書的森林裏持久地釋放出沉著的光澤。」〔註5〕《玫瑰門》將小說的敘事時空置放在文革期間的北京四合院，在特定的歷史時期、特定的歷史空間中展開了一場繪聲繪色的女人之戰，揭示了人性的欲望、殘忍以及殘存的善意，並塑造出外婆司猗紋這一有著無盡言說意味的人物形象。

〔註2〕 孫犁：《談鐵凝的〈哦，香雪〉》，見《小說選刊》1983 年第 2 期。

〔註3〕 賀紹俊：《鐵凝評傳》第 58 頁，鄭州大學出版社 2004 年版。

〔註4〕 鐵凝：《寫在卷首》，見《鐵凝文集》之一《青草垛》，江蘇文藝出版社 1996 年版。

〔註5〕 鐵凝：《寫在卷首》，見《鐵凝文集》之四《玫瑰門》，江蘇文藝出版社 1996 年版。

　　《無雨之城》出版於 1994 年，可以看做是鐵凝小說的又一轉型之作，這是應「布老虎」叢書的邀請而創作的一部長篇小說，因此也就有著一定的通俗性寫作性質，是關於一位市長與一位女記者的婚外戀的故事。「布老虎」叢書的要求是寫得「好看」，因此，在這部作品中顯示了鐵凝高超的講故事與結構小說的才能。《無雨之城》由春風文藝出版社出版後，連續 4 個月列為上海、深圳、北京暢銷書排行榜第一名。並與《情愛畫廊》、《渴望激情》等布老虎叢書一起在深圳、廣州等地「不間斷地暢銷」。〔註 6〕

　　《永遠有多遠》發表於 1999 年，獲得了最為廣泛的讚譽。小說中的女主角白大省是北京胡同中沒心沒肺的女孩子中的一個，「永遠空懷著一腔過時的熱情，迷戀她喜歡的男性，卻總是失戀」。〔註 7〕然而就是這個相貌平平，仁義得有點過了頭的白大省成為了倍受人們喜愛的典型人物形象。2001 年，《永遠有多遠》獲第二屆「魯迅文學獎」。此篇同時獲首屆「老舍文學獎」，《十月》文學獎，《小說選刊》年度獎，《小說月報》百花獎，北京市文學創作獎等。2002 年，由《永遠有多遠》改編的 15 集同名電視連續劇在電視臺播出。

　　《大浴女》出版於 2000 年，是鐵凝的又一部長篇小說。「大浴女」這一書名來自塞尚的繪畫作品《大浴女》。小說的時間跨度比較長，從文革一直到當下，是主人公尹小跳從精神的負罪到精神的昇華的自我拯救的過程，並開闢出一個獨特的人類的精神花園。小說在 2000 年春季全國文藝圖書訂貨會上以 20 萬冊的輝煌業績位居榜首。2005 年，《大浴女》入圍第六屆茅盾文學獎，由《大浴女》改編的 26 集同名電視連續劇在電視臺播出。

　　《笨花》出版於 2006 年，是鐵凝潛心六年寫出，時空跨度最大的一部長篇小說。從光緒年間一直到抗日戰爭結束近半個世紀的歷史煙雲，在冀中平原上的笨花村以向家為核心逐次展開。展現了在歷史風雲中，以笨花村人為代表的中國人的生活，「他們不屈不撓的生活之意趣，人情之大美，世俗煙火中的精神的空間，閉塞環境裏開闊的智慧和教養，一些積極的美德。」〔註 8〕小說初版即印刷 20 萬冊。2007 年，《笨花》獲第十屆五個一工程獎。

〔註 6〕安波舜：《「布老虎」的創作理念與追求》，《南方文壇》1997 年第 4 期。
〔註 7〕鐵凝：《永遠有多遠》第 6 頁，人民文學出版社 2006 年版。
〔註 8〕鐵凝：《透過歷史，窺視「日子的表情」──關於〈笨花〉的對談》，見散文集《像剪紙一樣美豔明麗》第 226 頁，人民文學出版社 2006 年版。

此外，短篇小說《六月的話題》、《孕婦和牛》、《秀色》，中篇小說《對面》、《埋人》等也都是鐵凝極有影響力的作品。

上面是對鐵凝最具代表性的作品所做的一個概述，而其中又突出了其作品的獲獎情況。雖然獲獎情況不是評價作品質量的唯一指標，但也是最為重要的一項指標。從《哦，香雪》開始，鐵凝獲得了十多個獎項，包括政府與準政府獎，如五個一工程獎、魯迅文學獎、老舍文學獎、文藝振興獎、北京市文學創作獎等；還有文學期刊獎，如《十月》文學獎，《小說選刊》年度獎，《小說月報》百花獎；還有一類為圖書市場獎，如「布老虎」叢書的「金布老虎」獎，暢銷書排行榜第一名等。由此可以看出，鐵凝的作品獲得了最為廣泛的認可，從主流意識形態，到精英知識分子，到普通的大眾群體。在文壇如此多變的情況下，能夠獲得如此廣泛的認可，這本身說明，鐵凝在敘事上有一種超乎尋常的能力，她能將各種異質的因素融合在一起，並使它們相互和諧。發現這些異質因素以及它們的融合方式，就能發現鐵凝小說敘事上的獨特魅力，以及對當代文壇的獨特貢獻。但是這種發現卻是一個較為困難的過程，因為在鐵凝的小說中沒有一個特別顯而易見的敘事模式，她的創作一直處於變動之中，這就為鐵凝小說研究帶來了挑戰。正如陳超所言：「鐵凝像一個快樂的精靈，在捉弄批評家張開的大網，她不斷說『我在這兒呢』」。〔註9〕對這個令人捉摸不定的，愛捉迷藏的鐵凝以及鐵凝的創作，研究者又各持一端，莫衷一是。因此，鐵凝的研究還是一個開放的空間，有待研究的領域還有很多。下面我們就來梳理一下鐵凝作品的研究歷史和現狀。

（二）研究資料述評

伴隨著鐵凝創作的發展，對鐵凝作品的評論與研究也處於不斷地發展之中。縱觀這些評論文章可以發現，對鐵凝小說的研究主要集中在主題學和女權主義研究兩個方面，此外，文化研究和敘事學研究方面，文章雖然不是很多，但也是比較重要的研究角度。下面來做一個具體的分析。

主題學研究：這是最為主要的一種研究方法，從鐵凝初登文壇到新世紀的現在，主題學研究與鐵凝的創作同步。在早期，主要是對鐵凝《哦，香雪》和《沒有鈕扣的紅襯衫》的評論。如孫犁給鐵凝的兩封信，雷達的文章《敞開了青少年的心扉——讀鐵凝〈沒有鈕扣的紅襯衫〉》（《十月》1983 年第 4 期），

〔註 9〕陳超：《寫作者的魅力——我認識的鐵凝》，《時代文學》1997 年第 4 期。

楊世偉的文章《美──在於眞誠》（《文學評論》1983 年第 5 期），王蒙的文章
《香雪的善良的眼睛──讀鐵凝的小說》（《文藝報》1985 年第 6 期），馮健男
的《散論鐵凝的十年創作》（《河北學刊》1985 年第 4 期）等。其中以孫犁寫
給鐵凝的信最具代表性，且影響最大，信中寫到：「這篇小說，從頭到尾都是
詩，它是一瀉千里的，始終一致的。」〔註 10〕，這些文章在明確了鐵凝創作
風格的同時，也使鐵凝的小說在文壇上被定格爲「純淨善良」之美。此外，
對《玫瑰門》、《秀色》、《孕婦和牛》、《大浴女》、《永遠有多遠》、《笨花》等
單篇（單部）作品的研究，也多運用主題學方法。如崔道怡的《令人落淚的
短篇小說──我讀鐵凝的〈秀色〉》（《文藝報》1997 年 2 月 20 日），郝雨《鐵
凝近期小說的新開掘與新創造》（《小說評論》2000 年第 1 期），謝有順《發現
人類生活中殘存的善──關於鐵凝小說的話語倫理》（《南方文壇》2002 年第
6 期），南帆《快與慢，輕與重──讀鐵凝的〈笨花〉》（《當代作家評論》2006
年第 5 期），郜元寶《柔順之美：革命文學的道德譜系──孫犁、鐵凝合論》
（《南方文壇》2007 年第 1 期）等。而對鐵凝小說進行總體研究並連接起早期
研究成果的當屬謝有順的文章《發現人類生活中殘存的善──關於鐵凝小說
的話語倫理》，文章寫到：「起初，我也懷疑鐵凝在小說中所寫的人類殘存的
那種根本的善，會不會也是一種無視 20 世紀那筆絕望的遺產而表現出來的假
性樂觀。但當我讀完鐵凝這些年有代表性的中短篇小說時，我是確定地知道，
那個我們久違了的善，那個被惡和絕望徹底放逐了的善，那個惟一能緩解內
心寒冷的善，在鐵凝的筆下，是被堅定地呈現了出來。」〔註 11〕謝有順將鐵
凝的創作放在極爲廣闊的 20 世紀的文學背景上，指出鐵凝的小說不是一種不
諳世事的天眞，而是在存在主義人性惡與荒誕、絕望等主題意義上昇華出的
善，有著極爲厚重的歷史與社會文化內含。這也正好呼應了王蒙早期對鐵凝
小說創作的期望：「她應該在不失赤子之心的同時，艱苦地、痛苦地去探尋社
會、人生、藝術的底蘊。眞正地高標準的善良應該是通曉並戰勝了一切不善、
吸收並揚棄了一切膚淺的或初等的小善、又通曉並寬容了一切可以寬容的弱
點和透視洞穿了邪惡的汪洋大海式的善。」〔註 12〕自此，對鐵凝小說主題學
的研究達到了一個高度。主題學的研究以鐵凝小說的內容主題爲視角進行探

〔註 10〕　孫犁：《談鐵凝的〈哦，香雪〉》，見《小說選刊》1983 年第 2 期。
〔註 11〕　謝有順：《發現人類生活中殘存的善──關於鐵凝小說的話語倫理》，《南方文
　　　　　壇》2002 年第 6 期。
〔註 12〕　王蒙：《香雪的善良的眼睛──讀鐵凝的小說》，《文藝報》1985 年第六期。

討，出現了優秀的文章，產生了深遠的影響。這一研究還在繼續之中，並有望得到進一步的深化。

女性主義研究：這種研究方法的運用與鐵凝創作的轉型和女權主義批評的興起有關。在二十世紀八十年代末，女權主義批評在中國登陸，到九十年代中期達到高潮。而鐵凝的創作也完成了一次轉型，其中篇小說「三垛」——《麥秸垛》、《棉花垛》、《青草垛》，中篇小說《對面》，長篇小說《玫瑰門》等更多地關注女性命運，從而被看作是具有女性主義意識的文本，並被拿來作為女性主義研究的經典範本。評論文章中以王緋的《鐵凝：欲望與勘測——關於小說集〈對面〉》（《當代作家評論》1994 年第 5 期），戴錦華的《真淳者的質詢——重讀鐵凝》（《文學評論》1994 年第 5 期）最具代表性。戴錦華作為中國女性主義批評的領軍人物，對眾多的女性作家的創作進行了評論，在對鐵凝小說進行評論時提出了「無邪的赤裸」、「對文明的質詢」等觀點，同時也認為：「她是當代文壇女性中絕少被人『讚譽』或『指斥』為『女權（性）主義的作家；但她的作品序列，尤其是八十年代末至今的作品，卻比其他女作家更具鮮明的女性寫作特徵，更為深刻、內在地成為女性命運的質詢、探索。」戴錦華以她的敏銳發現了鐵凝的女性創作與女性主義批評之間的縫隙，而這種縫隙也正是鐵凝小說作為女性創作文本的獨特之處。此外女性主義批評文章還有：馬雲的《男性敘事話語中的孕婦情境——鐵凝小說〈孕婦和牛〉引起的話題》（《河北師範大學》1995 年第 3 期），梁靜的文章《尋找女性經驗世界的真我——對〈玫瑰門〉的一種女性閱讀》（《江西師範大學學報》1999 年第 1 期），齊紅《拒絕與誘惑——〈玫瑰門〉與當代女性寫作的可能性》（《齊魯學刊》2001 年第 1 期），于晨綏《從鐵凝、陳染到衛慧：女人在路上——80 年代後期當代小說女性意識流變》（《小說評論》2002 年第 1 期等。但用女性主義的理論對鐵凝的小說進行解讀的研究方法受到了質疑，其中有易光的文章《非女性主義文學與女權主義批評——兼讀鐵凝》（《當代文壇》1995 年第 5 期），文章認為：「戴錦華，特別是王緋，將解構理論置放於文學／女性寫作的點校場作暢心暢意的操練，並不是像我們舶來西方其他理論產品那樣半生不熟，捉襟見肘。這種『自來熟』使我們頗有幾分驚異。我們同時也看到，在解構主義／女權主義的雙重操作中，仍顯出某種鈍重和力不從心。」〔註13〕

〔註13〕易光：《非女性主義文學與女權主義批評——兼讀鐵凝》，《當代文壇》1995 年第 5 期。

易光對女性主義批評的批評確有偏頗之處，但同時也從一個側面說明了女性主義批評在運用於女性作家，尤其是如鐵凝這類非女權主義作家時的捉襟見肘。

文化研究：賀紹俊的專著《鐵凝評傳》（鄭州大學出版社 2004 年版）、《作家鐵凝》（崑崙出版社 2008 年版）從生平與創作角度，評與傳相結合，論與述相交通，勾勒出鐵凝創作的全貌，並提供了大量有價值的研究資料。但是，既然是評傳，評論的內容和特色勢必會減弱，因此，也就影響了對鐵凝小說進行評論的深度。馬雲的文章《翩翩起舞的小說家鐵凝》（《河北師範大學學報》2004 年第 2 期），以及其專著《鐵凝小說與繪畫 音樂 舞蹈——兼談西方藝術對中國文學的影響》（河北人民出版社 2006 年版），擴大了鐵凝小說研究的範圍，提供了新的研究視角。這確實是一個極為獨特的視角，將鐵凝小說創作放在現代西方藝術之中，從而揭示出鐵凝小說與眾不同之處。這是鐵凝小說的特色，也是馬雲作為一個研究者的獨具慧眼。但是，不足之處在於，作為研究文章還缺乏深入的展開，給人以點到為止的感覺，在論述上闡發不夠。王一川《探訪人的隱秘心靈——讀鐵凝的長篇小說〈大浴女〉》（《文學評論》2000 年第 6 期），對《大浴女》中人物的深層心理進行了探尋，尤其是對人的怨羨情結進行了分析，有一定的深度和啟發意義。宋菲的文章《解讀鐵凝小說中的文化內涵》（《名作欣賞》2005 年第 24 期）有意識地從文化角度對鐵凝小說進行解讀，但沒有提供有價值的觀點。對鐵凝的小說進行文化研究已經開始受到評論界的關注，但真正深入地進行研究的文章還是太少。或者也可以這樣認為，文化研究在小說研究中或多或少的有所顯現，只是與其他的研究方法交織在了一起，被其他的研究方法所遮蔽，其本身的特色沒有得以彰顯。

敘事學研究：崔志遠《解讀〈大浴女〉》（《河北師範大學學報》2001 年第 2 期），袁靖華《建築小說結構藝術的七寶樓臺——〈玫瑰門〉〈大浴女〉的啟示》（《石家莊師範專科學校》2002 年第 1 期），是從敘事結構上進行的研究，有一定的見解和發現，但是太拘泥於敘事理論，反而無法真正靈活地切入文本。范川鳳《鐵凝小說的語言藝術》（《石家莊學院學報》2006 年第 1 期），陳超、郭寶亮的《「中國形象」和漢語的歡樂——從鐵凝的長篇小說〈笨花〉說開去》（《當代作家評論》2006 年第 5 期），從敘事語言的角度展開了研究。陳超、郭寶亮的文章首先談到了語言，尤其是方言在小說中的作用：「方言是和

使用它的人的精神和身體『長』在一塊兒的。像敘述中的按鈕，不同的方言會打開不同地方的人的性情、地緣文化。」（陳超）。但他們的文章又決不是只談語言，而是說開去，談到歷史敘事、日常生活敘事以及人物所顯現出來的中國形象等。趙豔的《罪與罰——關於鐵凝小說的道德倫理敘事》（《小說評論》2004 年第 1 期），謝有順的《鐵凝小說的敘事倫理》（《當代作家評論》2003 年第 6 期），從敘事倫理上進行研究，聽起來是敘事研究，其實是注重於倫理，是更接近於主題學研究的。如謝有順在《鐵凝小說的敘事倫理》中依然注重於從倫理的角度對鐵凝的小說進行評論。「在鐵凝所出示的敘事倫理中，除了對生命的信心，還有一點也是非常突出的，那就是她對人性善的品質的守護。」〔註14〕這其實依然是其發表於 2002 年《南方文壇》上《發現人類生活中殘存的善——關於鐵凝小說的話語倫理》的話語擴充。王一川的文章《探訪人的隱秘心靈——讀鐵凝的長篇小說〈大浴女〉》重點是談人的隱秘心靈中的怨羨情結，但是在文章中，王一川提出了鐵凝小說中的一個文體特徵「反思對話體」，並進行了詳細地論述。雖然鐵凝小說的文體特徵不只是這一種，但也是一種極為獨特的發現。由上述分析發現，真正從敘事學形式角度出發對鐵凝小說進行研究的論文是少的，而更多的是將敘事學的形式研究與主題學、文化學的內容研究結合起來，以達到一種新敘事學的形式與內容兼而有之的總體研究。這不失為一種有效的研究方法，並為本書的敘事研究提供了可資借鑒的思路和批評文本。

二、版本選擇和研究方法

（一）小說版本的選擇

　　鐵凝的創作成果最集中地體現在 2006 年人民文學出版社出版的九卷本《中國當代作家・鐵凝系列》和出版於同一年的長篇小說《笨花》中。這九卷本中包括短篇小說兩卷、中篇小說兩卷、長篇小說三卷，這些小說集幾乎囊括了鐵凝小說創作的大部分作品。當然，也有一些作品沒有收到這一系列當中，而散見於其他的小說集，尤其是其早期的兩個小說集《夜路》（百花文藝出版社 1980 年版）和《鐵凝小說集》（1985 年花山文藝出版社）。這一時期的作品雖然有些單薄，但也顯現著鐵凝小說創作的心路歷程，做為研究，這

〔註14〕謝有順：《鐵凝小說的敘事倫理》，《當代作家評論》2003 年第 6 期。

些作品是不可漏掉的。因此，對鐵凝小說的研究我主要是以 2006 年的九卷本和《笨花》爲主，同時也參照 1996 年江蘇文藝出版社出版的《鐵凝文集》五卷本，早期小說集《夜路》、1985 年版《鐵凝小說集》，以及能夠找到的不同時期，不同出版社出版的鐵凝小說集。

（二）研究方法一：經典敘事學

　　本書主要從敘事學的角度對鐵凝的小說創作進行研究。因爲任何敘事類作品，其魅力最終來自於作品的敘事技巧。而且，敘事理論也是發展較爲完善的文學理論。從二十世紀六十年代以來，敘事學得到了長足的發展，並成爲一門顯學，得到中國學者推崇的理論學著作有托多洛夫的《敘事作爲話語》、熱奈特的《敘事話語》、布斯的《小說修辭學》、華萊士的《當代敘事學》等。在《敘事話語》中，熱奈特對普魯斯特的《追憶逝水年華》進行了詳細地解讀，主要從敘事時間、敘事語式、敘事語態等方面展開研究，並具體研究了敘事時間中的順序、時距、頻率，認爲敘事時間是作家重要的敘事話語和敘事策略。布斯的《小說修辭學》側重於對作者、敘述者、人物和讀者之間的關係進行探討，認爲這種關係就是一種修辭關係，並提出了「隱含作者」等概念。華萊士的《當代敘事學》，從敘事結構、敘事視點，作者與讀者的關係等角度入手，對不同敘事理論進行探討，並形成了不同理論之間的對話。這些著作對敘事進行了深入的研究並對敘事方法進行了規範和界定。尤其是熱奈特的《敘事話語》幾乎是敘述學研究的典範之作，再加上羅鋼教授的《敘事學導論》的具體闡發，使得敘事時間、敘事語式、敘事語態等概念爲我國學界津津樂道，其研究方法也得到推崇，並且成爲研究敘事文學作品的指導性理論。但是敘述學在中國的傳播與應用也有一個中國化的問題，那就是中國學者在敘述學研究的過程中，結合中國的敘事作品，結合中國的文化背景所進行的中國式闡釋，如楊義所言：

　　　　遵循「對行原理」，我們在以「行」去借鑒西方敘事學成果的時候，首先應考察清楚用以相對待的自己本身。中西文化是兩個雖然有所相交（隨著現代信息交流的加速，相交部分會愈來愈大），但依然不同心的圓。倘若不加消化和變通地把另一個圓所引導出來的理論體系，硬套在這一個圓上，就有可能失去這個圓心附近屬於精華、或屬於自身特色的一些東西。〔註15〕

〔註15〕楊義：《敘事理論與文化戰略》，見《中國敘事學》第 10 頁，人民出版社 1997年版。

以此為出發點，中國學界開始了西方敘事學理論的中國化研究，並在這一研究過程中，出現了中國式的敘事學著作，如楊義的《中國敘事學》、陳平原的《中國小說敘事模式的轉變》等，從敘事時間、敘事視角和敘事結構等方面對小說敘事進行探討。雖然在他們的著作中有著西方經典敘事學理論的影響，卻已經是經過改造的敘事學理論，如陳平原在談到他所運用的敘事理論時說：

> 敘事學研究可以有各種各樣的理論模式，熱拉爾·熱奈特在《敘述話語》中列出五種敘述分析的重要門類：次序、延續、頻率、心境與語態；茲韋坦·托多洛夫在《敘事作為話語》中則把話語手段分為三部分：敘事時間、敘事語態、敘事語式。在為本書設計理論框架時，我受到這兩位小說理論家的啟發；但作為文學史研究者，我不能不更多考慮中國小說發展的實際進程，而不是理論自身的抽象性與完整性。〔註16〕

由此，不照搬某一種現成的理論，而是從具體的敘事作品出發，尋找到作家和作品獨特的敘述風格，當是卓有成效的研究方法。在這種對敘事學理論與應用的認識基礎之上，本書以敘事學理論為指導，立足於鐵凝的小說文本，通過對鐵凝創作文本的細讀，發現屬於鐵凝的敘事風格與特徵。經過對作品和理論的反覆閱讀與領悟，擬定出鐵凝小說研究的總體框架。

（三）研究方法二：新敘事學

敘事學理論本身也處於不斷地發展之中，申丹在為《新敘事理論譯叢》所做的總序中寫到：「迄今為止，國內的研究論著，一般都局限於 20 世紀 80 年代末以前的西方經典敘事學，忽略了 90 年代以來西方的『新敘事理論』。誠然，對於後經典或後現代敘事學的研究應當以對經典敘事學的研究為基礎。以前，在國內對於經典敘事學尚未達到較好瞭解和把握的情況下，集中翻譯和研究經典敘事學無疑有其必要性和合理性。但從現在開始，應該拓展視野，對近十年來西方新的後經典敘事理論展開翻譯和研究。」〔註17〕那麼，「新敘事理論」與經典敘事理論有怎樣的不同呢？申丹指出：作為以文本為

〔註16〕陳平原：《中國小說敘事模式的轉變》第3～4頁，北京大學出版社 2003 年版。
〔註17〕申丹：《新敘事理論譯叢總序》，見（美）詹姆斯·費倫《作為修辭的敘事——技巧、讀者、倫理、意識形態》，北京大學出版社 2002 年版。

中心的形式主義批評派別，敘事學有其局限性，尤其是它在不同程度上隔斷了作品與社會、歷史、文化環境的關聯。而新敘事學的學者們則彌補了這一不足，使小說的形式審美研究與小說的社會歷史環境研究互爲補充，從而出現了對敘事理論研究興趣的回歸。

以熱奈特等爲代表的經典敘事學由於過於注重形式而使讀者失去了閱讀的興趣，九十年代新敘事學的興起不僅擴充了敘事學研究的內容，而且恢復了讀者對敘事學的興趣。因此，敘事學研究要走出純形式的局限，吸收和接納形式之外的社會、歷史、文化、心理等多種研究成果，從而形成新敘事學的研究框架。而其中，文化研究受到研究者的青睞。（荷）米克·巴爾在其《敘述學 敘事理論導論》中專門列出一章來闡發敘述學的文化分析運用。在這一章中他寫到：「在此書的較早版本出版的約十年時間裏，我越來越意識到並開拓了敘事所包含的文化內涵的探討。」〔註 18〕並指出：「一種界定與描述敘述性的理論並不是敘事，不是類型或對象，而是一種文化表達模式。」〔註 19〕從敘事的形式模式到文化表達模式，敘事學從早期的形式主義的研究方法中走了出來，涵蓋了更多的文化內容，擴大了理論的視野。

由此，本書在對鐵凝小說進行敘事研究的過程中，首先是對經典敘事學理論的借鑒與運用。即以經典敘事學的研究模式爲切入點，確定敘事研究的幾個方面，它們是：敘事時間、敘事結構、敘事視角、敘事語言等。這使得論文有一個完整而清晰的研究框架。但是，在具體的研究過程之中，不再是對熱奈特等經典敘事學理論的照搬挪用，那種純形式化的過於技術性的操作，只會把小說研究搞得枯燥無味，而失去了文學研究應有的鮮活與靈動，以及文學自身所具有的深刻的文化心理內涵。於是，在敘事學形式主義研究的理論框架之內，對小說所蘊含的文化內涵進行研究。這是本書研究的第二點，也是更爲重要的一點，就是對新敘事學理論的吸收與借鑒，即在小說文本中提煉出隱含在文本背後的社會、歷史、文化、心理內涵，做到形式分析與文化分析的融合。這樣，不僅擴大了敘事學研究的範圍，而且也加深了對作品內涵的理解。這樣的一種研究思路使整個論文看起來不像是純粹的、經

〔註18〕 （荷）米克·巴爾：《敘述學 敘事理論導論》第 263 頁，中國社會科學出版
　　　　社 2003 年版。
〔註19〕 （荷）米克·巴爾：《敘述學 敘事理論導論》第 266 頁，中國社會科學出版
　　　　社 2003 年版。

典的敘事學研究，可能要受到研究方法上的質疑，但是，敘事學研究與文化研究的結合已經成爲敘事學研究的一個新方向。在西方學界已經歷了經典敘事學向新敘事學的轉向，米克·巴爾在他的研究專著中獨立一章進行了論述，巴赫金的對話理論、狂歡化理論中也有著更多的歷史文化內涵。在中國，申丹教授主編的「新敘事學理論」的翻譯和出版，也是力倡形式研究之上的以文化爲主的多種內容的研究。因此，對於新敘事學的吸收和借鑒，必將開拓新的研究思路，提出新的研究成果。

在對小說文本進行具體的研究中，中國學者對敘事中的文化研究也極爲重視。楊義在《中國敘事學》一書中，將導言的題目命名爲「敘事理論與文化戰略」，開宗明義地提出了文化對敘事的影響。陳平原也認爲：「沒有理論模式的形式研究，只能是零星的點評；而一旦建立起理論模式，又不能不時刻防止人爲的封閉。因此，本書努力引進歷史的因素，把小說形式研究與文化背景研究結合起來。」〔註20〕童慶炳則提出了文化詩學理論，指出：「『文化詩學』仍然是『詩學』（廣義的），保持和發展審美的批評是必要的，但又是文化的。從跨學科的文化視野，把所謂的『內部研究』與『外部研究』貫通起來，通過對文學文本的分析，廣泛而深入地接觸和聯繫現實仍然是發展文學理論批評的重要機遇。」〔註21〕內部與外部，形式與內容，文本與現實融會貫通，是童慶炳提倡的文化詩學研究的新思路，而且，這種思路在其博士生論文寫作中得到了體現，並取得了可喜的成績，如郭寶亮的《王蒙小說文體研究》（北京大學出版社2006年版），楊紅莉《汪曾祺小說文體研究》（北京大學出版社2008年版）等。因此，敘事學的文化研究越來越受到重視，並在學界趨於一種共識。

從經典敘事學的角度切入鐵凝小說的文本，發現鐵凝小說的敘事奧秘，並發現小說敘事中所蘊含的社會文化心理，以及這種敘事在新時期文壇中佔有的地位和起到的作用，是本書研究的目的。有了以上的研究思路和理論基礎，接下來具體地介紹論文的總體構架和主要內容。

〔註20〕陳平原：《中國小說敘事模式的轉變·導言》，見《中國小說敘事模式的轉變》第4頁，北京大學出版社2003年版。

〔註21〕童慶炳：《〈文藝學與文化研究叢書〉總序》，見郭寶亮《王蒙小說文體研究》第4頁，北京大學出版社2006年版。

三、總體構架及主要內容

（一）整體框架：現代背景下的田園回望

　　從經典敘事學理論出發，本書從敘事時空、敘事結構、敘事視角、敘事語言、敘事的文化心理等五個方面切入到鐵凝小說的文本分析，在具體的文本解讀中，發現鐵凝小說敘事的獨特之處。但問題是，鐵凝小說中沒有顯而易見的敘事模式，這爲敘事研究帶來了一定的難度。然而，無模式的模式也是一種創作模式，它就要求不能單純地從敘事形式上進行研究，而應把研究的範圍擴大到內在的文化心理領域，而這也是小說敘事的靈魂和依託。在對文本的細細研讀中，在多次的推敲和研討中，貫穿在鐵凝小說中的一條主線浮現出來，那就是：現代背景下的田園回望。這既是一種時間意識，又是一種敘事美學，還是一種包含著現代性與傳統性雙重文化內涵的敘事模式。有了這條主線，本書就不單是局限於敘事學的形式研究，而將敘事學研究推向了更爲深入的文化領域。

　　現代背景是指鐵凝小說創作所處的社會語境，以及其小說中所具有的現代性特質。縱觀鐵凝的小說會發現，鐵凝的小說首先是現代的，是對現代生活瞬間的捕捉和把握。在對現代性進行論述時，主要借鑒的是波德萊爾的現代性理論，在《現代生活的畫家》中，波德萊爾提到了現代性，他寫到：

> 現代性就是過渡、短暫、偶然，就是藝術的一半，另一半是永恆和不變。每個古代畫家都有一種現代性，古代留下來的大部分美麗的肖像都穿著當時的衣服。他們是完全協調的，因爲服裝、髮型、舉止、目光和微笑（每個時代都有自己的儀態、眼神和微笑）構成了全部生命力的整體。這種過渡的、短暫的、其變化如此頻繁的成分，你們沒有權利蔑視和忽略。〔註22〕

過渡、短暫、偶然的時間性構成了現代性，也構成了藝術的一半。而鐵凝小說的現代性不僅表現爲現代社會所蘊含的現代理念和現代意識，也還包括小說敘事方式和敘事手法上的現代性。鐵凝的小說創作是與時代的發展同步的，從二十世紀七十年代後期開始，到新世紀的現在，鐵凝都在捕捉著那「過渡、短暫、偶然」的現代氣息，對這些現象與觀念進行著文學上的現代性表

〔註22〕波德萊爾：《現代生活的畫家》第 32 頁，郭宏安譯，浙江文藝出版社 2007 年版。

述。如她的成名作《哦，香雪》固然是「一首純淨的詩」，但是，它打動我們的不單是純美的詩性，更是山裏的女孩子們對現代化的嚮往與追求。那一列來自北京的只在臺兒溝停留一分鐘的火車，是城市帶給山村的現代文明的信息，而且對現代性的嚮往可以溝通人類共同的情感。如鐵凝在散文《又見香雪》中寫到的：「一家名叫《毛筆》的雜誌的主編對我說：『你知道你的小說為什麼打動了我們？因為你表現了一種人類心靈能夠共同感受到的東西。』」〔註23〕而這一共同感受到的東西當是對現代生活的希冀與嚮往。不僅是《哦，香雪》，縱觀鐵凝的小說，我們總能感受到鐵凝小說中強烈的現代氣息：鄉村人對城市現代化進程的追求與嚮往，城裏人欲衝破權力政治的束縛獲得自由時間與空間的渴望，即便是其回歸鄉村之作《笨花》，也表達著對知識和文明崇敬的現代性體驗。

鐵凝小說中的現代性不僅體現在觀念意識上的現代性，還表現在敘事手法上的現代性。如在敘事時間上所運用的時間倒錯的表現手法，敘事語言上的自由直接引語，敘事視角上限知視角的運用等，都表現出鐵凝在敘事上對現代敘事方式的吸收與運用，也表明鐵凝小說的現代性質。而小說中現代觀念的表達，現代敘述技巧的運用，是鐵凝高出傳統小說作家的地方。

但是，現代性並不能概括鐵凝小說敘事的全部特點，她的小說中還有波德萊爾提到的「藝術的另一半」──「永恆和不變」。鐵凝從不在任何新潮小說作家之列，她的創作有別於新時期以來被命名的各種現代派作家、尋根作家、先鋒作家，也就是說，雖然鐵凝的小說中有著鮮明的現代性特徵，但是你卻不能把她歸入到任何一個小說新潮之中。如陳超所言：「現實主義？精神分析？意象結構？寓言型？象徵派？荒誕派？意識流？羅曼司反諷？黑色幽默？潛傳記？女性主義？……這一串嚇人的名詞，都很難恰當地罩在鐵凝頭上。反過來說，她的小說與這些都有關。」〔註24〕那麼，在鐵凝的小說中還呈現著異質於現代性的因素，而這些因素又使她的小說遊走於先鋒潮流之外，並具有了永恆性。那是什麼呢？我們或許可以從鐵凝的表述中獲得啟示，她說：「疾行在 21 世紀的我們為什麼有時候要回望歷史？也許那本是對我們心靈的一次又一次回望吧？也許因了我們正在疾行向前，才格外應該具備回

〔註23〕鐵凝：《又見香雪》，見《像剪紙一樣美豔明淨》第 233 頁，人民文學出版社 2006 年版。

〔註24〕陳超：《寫作者的魅力──我認識的鐵凝》，《時代文學》1997 年第 4 期。

望心靈的能力。讓我們攜帶上我們本該攜帶上的，而不至於在不斷的前行中不斷地丟失。」〔註25〕

「回望」與「攜帶」是這段話語中的兩個主題詞。回望歷史、回望心靈，而其中的歷史又是一個很寬泛的概念，它既是過往的時間，也可以是過住的經驗，還可以是傳統的價值理念，以及敘事上的傳統表現手法。因此可以說，在現代社會前行的時間進程之中，不斷地對歷史文化傳統進行反思和借鑒，攜帶而不是丟棄人類曾經擁有的優秀文化財產，並將它們運用於現代的小說敘事之中，以此也便具有了永恆性。由此可以說，傳統性是鐵凝小說創作的又一特色。傳統的美與善，傳統的為廣大讀者所喜聞樂見的敘事方式，在鐵凝的小說中得到了保留。在現代社會中，傳統性大多保留在民間，所以對傳統的回望也可看做是對民間生活的貼近與敘述。而民間又有藏污納垢的民間，也有充滿情趣與純樸風情的民間，在鐵凝的小說中，雖然有對民間落後與閉塞一面的展現，但更多的是對民間的純樸與情趣的敘寫，可看做是田園風情。這樣，就有了鐵凝小說中現代背景下的田園回望。值得強調的是，鐵凝對田園的回望又不同於新時期的反現代性小說作家們，偏執地堅守著固有的道德傳統，而對現代社會中的價值理念進行激烈的抨擊，有著明顯的反現代性。鐵凝的小說是現代性與傳統性的結合，是傳統的民間的田園風情與現代意識與現代技巧的巧妙對接。

由此可以說，田園性從時間上看，是對歷史的回望，從空間上看，是對民間詩意社會的嚮往。巴赫金在談到《小說中田園詩的時空體》時指出：「不論田園詩的各種類型及其變體多麼不同，它們在我們所研討的這個問題上，都有某些共同點，這是受它們對民間文學時間的完全統一所持的共同態度所決定的。」〔註26〕這些共同點為地點的統一、時間的迴環、人的生活與自然界節奏的統一，也即田園牧歌式的生活節奏和生活色彩。在這個意義上說，田園性呈現為文學傳統的詩意表達。

因此，「現代背景下的田園回望」是本書貫穿始終的一條主線，現代性是社會前行中所具有的時代特質，田園性是歷史進程中存留下來的文化精髓；現代性是小說敘事的基調，田園性是敘事中的詩意表達，兩者相輔相成，共同形成鐵凝小說敘事的美學風格。

〔註25〕鐵凝：《〈笨花〉與我》，《人民日報》2006 年 4 月 16 日。
〔註26〕巴赫金：《巴赫金全集》第三卷第 424～425 頁，河北教育出版社 1998 年版。

（二）各章節主要內容

以「現代背景下的田園回望」為主線，以敘事學的理論為依託，通過文本細讀，對鐵凝的小說從四個方面進行研究。

第一章是敘事時空。敘事學注重於敘事時間的研究，如熱奈特在《敘事話語》一書中，用三章來闡釋故事時間與敘事時間的關係，並對敘事時間中順序、時距、頻率等進行了細緻的研究。在對鐵凝的小說進行研究時發現，鐵凝小說固然有現代敘事時間的運用，如小說文本中常用到的時間倒錯，但是其小說中的時間性不僅表現為敘事方式上的現代性，而更多的體現為一種思想意識上的現代性。因此，在第一章敘事時空的論述中，熱奈特等人的敘事時間的理論和方法只作為一種借鑒，而研究的重心則放在了地理空間的轉換與時間意識的變遷，以此來闡明人的現代觀念的生成，以及對精神田園的回望與眷戀。這種論述或多或少地偏離了小說結構中的時間敘事，偏離了熱奈特等的經典的時間敘事，但我想，這對於理解鐵凝小說的時間性與現代性更為重要。在這一章中，我更多的參閱了巴赫金的小說時空體理論。巴赫金在《小說的時間形式和時空體形式》中對小說的時空體形式進行了考察和論述，雖然在實際的運用中基於具體的小說文本，本書對巴赫金的時空體理論也有所偏離，但時間敘事與時空體理論為第一章的寫作提供了理論上的指導。

第二章是敘事結構。對小說進行敘事研究，敘事結構是無法繞過去的。但是，鐵凝小說的敘事在形式上沒有顯而易見的敘事模式，這就為敘事結構的研究帶來了難度。如果單從小說的表層形式去發現鐵凝小說的結構特點，那是徒勞無功的，而當我們換一個思路，從宏觀的角度，從小說敘事的深層結構去研究就會發現，鐵凝小說中蘊含著一個明顯的結構體。這個結構體由兩層敘事結構構成，一層是顯形結構，由關於生命成長的歷時性結構和關於生存的共時性結構構成，一層是隱形結構，即隱含在生命敘事與生存敘事結構之下的結構，那是關於社會歷史的敘事結構。這樣就形成以對社會歷史的敘述作為小說的敘事背景，以對人的生命與日常生活的關注作為敘述重心的整體結構，從而形成鐵凝小說多層次立體交叉的敘事格局。

第三章是敘事視角。敘述視角是敘事學研究的一個重要方面，也是敘事學家們論述得最多的一個方面。但也正因如此，敘述視角的研究也落入了固有的理論框架之中，很難有新的發現。因此，對小說敘述視角的研究既要在

一定的理論框架之內，又要對其有所超越。熱奈特、華萊士等對敘述視角的研究主要集中在敘事者、敘事聚焦等方面，布斯對敘述者、作者、隱含作者進行了詳細地研究。本章的研究以經典的敘事視角理論爲參照，立足於具體的小說文本，從作者——敘述者——人物——讀者之間的關係入手，展開鐵凝小說敘述視角的研究。在論述的過程之中，始終圍繞著本書的主線——小說敘事的現代性與傳統性進行，這樣，既貼近小說文本，又使論述不至於缺乏中心而太散。

　　第四章是敘事語言。敘事語言是文學作品的物質外殼，是作者與讀者交流的必不可少的媒介，沒有語言就沒有作品。而每個作家又有著屬於自己的語言體系，並且對語言的運用體現著作家不同的審美趣味和追求。敘事學家對語言並不看重，在敘事學著作中很難看到關於語言的研究和論述。但是，語言確實又是作品必不可少的構成部分，因此，在論文中把敘事語言列爲一章。自索緒爾在《語言學概論》中對語言和言語進行了區分，對敘事語言的探討也就更爲精細起來。而本章無意於糾纏於語言、言語和話語的區分，只是以這些研究的成果爲依託，通過感悟式閱讀，對鐵凝的語言進行探討。巴赫金在《長篇小說的話語》中對小說語言進行了研究，提出了雜語現象。而鐵凝小說的語言也呈現出雜語敘事，最突出的是民間的身體狂歡化話語和知識分子的啓蒙話語。這是比較宏觀的探討，而在具體的句式運用和語言色彩上，鐵凝小說也呈現出獨特的語言風格。

　　第五章是敘事的文化心理。這一章可看做是對前四章所做的一個總結與提煉，從歷史文化心理角度對前四章的敘事做一個深入的透析。這多少也依照了米克・巴爾在其《敘述學 敘事理論導論》中的做法，專門列出一章「敘述學的文化分析運用」作爲結語，只是他是虛寫，而我這裡是實寫。在這一章中，主要是從「前行中的回望」的兩種時間意識，對鐵凝小說敘事中的「現代背景下的田園回望」的敘事美學做一闡述。這一敘事美學在導言中提到了，在結論中做了更爲詳細的論述。此外，本章還從長女情結與多種身份認同，現代西方繪畫藝術的影響兩個方面，對鐵凝小說敘事的獨特性給予了闡釋。現代繪畫藝術的耳聞目染，使鐵凝的小說具有著現代性的內涵卻不同於其他現代作家的創作，儒家文化的心理積澱，使鐵凝的小說敘事更趨向於傳統，而家庭中長女身份以及由長女身份而形成的多種社會身份認同，形成了鐵凝小說中以大愛爲核心的，開放而自由的敘事模式。

第一章　鐵凝小說的敘事時空

　　在鐵凝的小說中，地理空間是故事發生之地，也是人物生存之所。而鐵凝小說最有特色的地方是，其小說中的空間由於人物的遊動而處於不斷地位移之中。具體地說，是城市與鄉村之間的空間轉換，而這種轉換帶來的是傳統習俗與現代觀念的矛盾與衝突，是人的現代體驗與田園詩意的心理變遷。鐵凝小說的地域空間極為鮮明，它的北終點是北京——那是她出生和成長的地方，是其母系家族所在地；它的南終點是河北趙縣，是她祖先生長的地方，是其生命之根。而在這兩點之間，是鐵凝曾經生活、工作過的地方，是堆放麥秸垛、棉花垛、青草垛的鄉間原野，是有著奇山怪石大森林清亮河水的群山，是省城中的辦公樓、編輯部……雖然北京與趙縣空間距離並不遙遠，但是京都——省城——鄉村卻代表了中國三種不同的行政、經濟與文化區域，並隨之呈現出空間上的時間性。鄉村的貧困閉塞，省城的緩慢發展，京都的繁華開放，以三級跳的形式在鐵凝的小說中鋪展開來，鋪就出一片開闊的地理與人文地帶，並呈現出各具特色的人間圖景。而將三者連接起來的一個重要的意象就是奔跑在大地上的火車。第一節就從鐵凝小說中的「火車」談起。

第一節　火車所承載的敘事時空

一、「火車」意象與現代性敘事

　　在鐵凝的小說中，奔跑在大地上的「火車」構成了一個主要的意象，並且

這一意象貫穿在她文學創作的始終，從二十世紀八十年代初到二十一世紀。在鐵凝的小說中，「火車」表現爲兩種不同的空間形式，一種是奔跑躍動的載體，一種是相對靜止的短暫的居留場所。而對空間的不同選擇，就是對故事時間與敘事時間的選擇。火車以它富於動感的形態，在大地上呼嘯著前行，連接起一個個空間上的點，讓人感知著空間的變化與時間的前行。這時，火車所代表的時間是直線前進的現代性時間。火車又以它的靜態，構成了諸如車廂這樣相對封閉的空間，在這一空間中，積聚起各色人等，上演著人與人之間的故事，人自己內心深處的故事，展現著現代人的生活感受與生命體驗。

在八十年代初，鐵凝小說中的火車是動態的，是流動的，是奔跑著的。那呼嘯著前行的姿態是力與美的音符。火車從遠方而來，又向遠方而去，遠方總是帶有某種神秘之感，而通過遠距離的觀望，存留在心中的總是一種關於遠方的想像。因了一份美好的想像，火車也閃爍著一層神秘的光環。可以說，此時的火車所承載的是關於城市現代性的想像，而「火車」本身也成爲了流動著的城市。

鐵凝最早爲讀者熟知似乎就是從香雪以及那列在臺兒溝停留一分鐘的火車開始的。在鐵凝的成名作《哦，香雪》中，鐵軌和火車是那樣得動人心弦：

> 兩根纖細、閃亮的鐵軌延伸過來了。它勇敢地盤旋在山腰，又悄悄地試探著前進，彎彎曲曲，曲曲彎彎，終於繞到臺兒溝腳下，然後鑽進幽暗的隧道，沖向又一道山梁，朝著神秘的遠方奔去。（《哦，香雪》，見鐵凝小說集《巧克力手印》第 285 頁，人民文學出版社 2006 年版。）

這一敘述視角是臺兒溝人的視角，對於常年居於大山褶皺中的山裏人，鐵軌與火車都是新奇而神秘的，臺兒溝人來看火車，就如同在觀看外面的世界，因此，他們是懷著欣喜之情的，而對鐵軌的描述也就具有了陌生化的效果。對於渴望瞭解大山之外的世界的山裏人來說，遠方是新奇的神秘的，而將遠方運到眼前的火車則更加神秘。在那個「流動的城市」中，遠方——更具體些說是北京，是一個現代化高度發展的地方，有讓鳳嬌們羨慕不已代表物質現代化的「髮卡、手錶、紗巾」，還有讓香雪喜歡的代表著知識與文化現代性的塑料泡沫鉛筆盒。因此，在這遠遠大於一分鐘的敘事時間裏，火車成爲城市與鄉村兩個空間的撞接點。對撞的結果是，火車播撒下了城市現代化的種子，從而鼓蕩起山裏人關於願望、理想與未來的期冀與想像。

　　《哦，香雪》敘寫了在車站停留一分鐘的火車，而創作於 1984 年的小說《不動聲色》卻將故事的場景直接安置在了站臺，站臺上那個被廢棄了的公用廁所——被稱爲「大使館」的地方。這個經過改裝的「大使館」是幾個年輕人進行美術創作的場所，同時，也是他們的理想與信念揚帆起航的地方。「火車」雖然近在咫尺，卻是一個處於遠觀中的物，那從遠方來又到遠方去的匆匆的身影，使得火車成爲了一個不斷前進的、奔向光明的象徵與隱喻。同時，《不動聲色》不同於《哦，香雪》的地方是，火車不只是關於現代性的想像，而是理想與現實的連接物，它連接著現在與未來，正如小說中寫到的：「奔跑著的還是火車。但火車畢竟是奔跑在大地上。」（《鐵凝小說集》第 206 頁，花山文藝出版社 1985 年版。）

　　在鐵凝創作於八十年代初的小說中，雖然有著傳統與現代的碰撞，但火車大都是從明媚的地方來，到明媚的地方去，它不單單是一個靜物，而是一個載體，運載著知識、理想、信念、進步等現代啓蒙思想。而且，在這時，鄉村是一種擁抱的姿態，城市是一種輸送的歡欣，城市與鄉村共同演奏著和諧的樂章：

　　　　我沒來過這個山村，但對連貫這一帶村子的這條山區鐵路卻很熟悉。鐵路在山腰間小心翼翼地穿行，火車驚叫著穿過無數個隧道和峽谷，黑夜和白天在車廂裏交替。不知什麼時候，一條散漫的沙河跟了上來，和鐵路若即若離。陽光下，河裏泛起一片片斑斕的光點，像故意嬉鬧著跟火車奔跑。盯住它，它會使你的眼睛迷離，周圍的一切突然消失，你像在縹緲的天地間張開了惶恐的翅膀。（《東山下的風景》，見鐵凝小說集《有客來兮》第 243 頁，人民文學出版社 2006 年版）

這是《東山下的風景》中的一段，敘述者「我」是省報的一位記者，是一個「經常在城市和農村之間漂遊不定的人」。在「我」看來，火車、峽谷、沙河三者相輔相成，相映成趣，共同構成了自然與人文景觀的美與和諧。

　　火車依然奔跑在大地上，但是，時代的列車已經發生了變化。火車的意象發生改變大概應從《玫瑰門》開始，但是，最明顯的變化應該是在九十年代初。在這時，火車已經不再是一種遠距離的觀照和想像，而是一種近距離的接近。火車更多地被表現爲靜止的空間，那是車廂、候車室等人群聚集、人聲嘈雜之地。火車由動態向靜態轉化，它運載的不再是知識與文化等現代

性的啓蒙思想，而成爲了方向不明的載體——沒有起點，也沒有終點，車上坐著的是表情冷漠，彼此隔絕的乘客。可以說，這依然是一個現代性的主題敘事，只是啓蒙現代性已經讓位給了存在的現代性。這是鐵凝創作於九十年代初的幾篇非現實主義小說中的火車意象，這些作品大都是超時空的小說敘事，表現爲主題及敘述手法的荒誕。

《唇裂》就敘寫了這樣一列火車，它從南方的某地而來，要向北方的某地而去，但那又實在不是具體可知的地方，列車是零次車，主人公名「荒」，車廂裏滿載了唇裂的乘客，這些都使得這篇小說具有了荒誕的色彩。我們先來看一下這列被稱爲零次列車的火車：

> 零次開進站來，南國的太陽一路將車身曬得滾燙，綠色油漆竟然像清水鼻涕一邊融化著一邊自車頂向下垂落，它們流過車窗流向輪下，點點滴滴淌在路基涼爽的石子上。它們把所有的玻璃弄得模糊不清，使這火車狼狽而又嚇人，好似正掩著面無聲地痛哭。荒奔向離她最近的車門。車門打開了，一個蒼白的男乘務員不掀踏板就那麼騰地跳上站臺，審視地望著荒。荒請他把踏板掀起來，他不回答，沖荒打了一個巨大而又徹底的呵欠，一股微酸的熱氣立刻炙紅了荒的臉……（《唇裂》，見鐵凝小說集《有客來兮》第 189 頁。）

與《哦，香雪》相似，這也是一列在車站停留的火車，火車車身爲綠色油漆，但與「雄壯地噴吐著白霧，撼天動地的轟鳴」著的《哦，香雪》中的火車相比，它是那樣得疲憊與醜陋：「綠色油漆像清水鼻涕，火車狼狽而嚇人，」乘務員也不再是那個「身材高大，頭髮烏黑，說一口漂亮的北京話」的「北京話」，而是「蒼白的，哈欠連天」的乘務員。接下來，作者的敘述視角轉向了車廂內，於是，《哦，香雪》中那一群活潑歡快的女孩子也被車廂裏沉默不語的乘客所取代，而因了他們的沉默與冷漠，乘客們都變成了唇裂者。在這裡，開放的視角轉爲封閉的視角，開放的空間轉爲封閉的空間，未來的時間轉換爲此在的時刻。鐵凝用荒誕的手法表達了對這個變得越來越冷漠的世界的恐慌與不理解。

《我的失蹤》講述「我」要乘坐火車出差，在嘈雜混亂的火車站，裝有八萬塊錢的提包被一個男子拎走了。爲了追到錢，「我」尾隨著搶包者而行，經過了幾天的行程，最後終於找回了提包，可我卻無法解釋自己這幾天的行蹤。一切都是那樣的匪夷所思：搶包者並非真地竊賊，我的行程充滿了疑點，在亦真亦幻中表達了我對現代生活的逃離。

《甜蜜的拍打》則把候車室的骯髒與污穢書寫到了極致，那不僅是環境的污濁，更是利慾薰心者靈魂的污濁。那個只有四歲身高的女子在車站，以「甜蜜的拍打」的形式索取著自己的所需，並且這種索取成爲了她的生活方式，而且理直氣壯：

> 她揉搓一陣又伸出小巴掌拍打起我的手，並且把握著我的手伸向我的衣袋。我發現她的手很有力量那力量幾乎不可能源於四歲的人。這時我明白了她是要我掏錢給她。……我掏出一毛錢給她，覺得這一毛錢對於她總算是個分量了。她卻蔑視地瞥了我一眼，嫻熟而又敷衍地給我作了個揖就轉向了另外的旅客。(《甜蜜的拍打》，見鐵凝小說集《巧克力手印》第 169 頁。)

這是車站上的一幕，而且又是每時每刻都在發生著的一幕。不僅是在車站，而且在鄉間，也能看到這個似曾相識的四歲女性的身影。乘坐鐵獅子普度眾生的文殊菩薩不見了，恍惚間，那個塗抹著廉價頭油，滿頭卷髮的四歲女性坐在了鐵獅子上。這種帶有濃重商業氣息的道德敗壞與價值淪喪令人痛心而焦慮。

除了這三篇小說之外，還有《遭遇禮拜八》、《世界》等小說。這類超時空的荒誕小說在鐵凝的作品中並不多見，也往往被評論者所忽視。其實，如果我們細細地體味，這些作品雖然帶有某種形式實驗的性質，但是，由於時空的隱匿，情節的淡化，人物外在形象的模糊，反而使人的內心世界得以呈現，並讓我們體味到作者那難以言表的心跡。由這些作品的創作年代可以看出，它們表達了一個共同的主題，那是在商業大潮席捲下的現代人的精神分裂，而此時的火車也成爲了被欲望所侵蝕的支離破碎的意象。

九十年代中後期，由於全球化進程的加快，飛機、輪船、轎車等更爲現代的交通工具成爲了鐵凝小說中「火車」的變體，但它們所承載的依然是現代性的想像與體驗。

二、時間倒錯與田園回望

火車連接起的是不同的空間，而在空間變換中人的生活和觀念的變遷則是小說所要表現的重點，那是從封閉走向開放的人的現代性的追求與體驗。而在這追求與體驗中，湧動著一條不變的溪流，它規約著鐵凝小說的情感走向，那就是對精神田園的回望。巴赫金曾在《小說中田園詩的時空體》中對

田園有一個界定：「田園詩裏時間同空間保持一種特殊的關係：生活及其事件對地點的一種固有的附著性、黏合性，這地點即祖國的山山水水、家鄉的嶺、家鄉的谷、家鄉的田野河流樹木、自家的房屋。田園詩的生活和生活事件，脫離不開祖輩居住過、兒孫也將居住的這一角具體的空間。」〔註1〕

在鐵凝的小說中，不僅有田園詩中的家園——故鄉這一具體的生存空間，更為重要的是人類心靈棲息的精神家園。表現為大自然的清新秀美，故園的血脈情深，人與人之間的關懷與撫慰，去除雜草鮮花永在的心靈世界。那是愛，是美，是溫暖，是體貼，是一切高尚的精神品質，正如鐵凝經常談到的「人類精神的健康和內心真正的高貴。」〔註2〕因此，在鐵凝對未來進行遙望的現代性敘事中，時時伴隨著的便是對精神田園的回望，在這種回望中，鐵凝小說中的美與善都找到了依託。我們的論述還是從火車，從時間敘事談起。

《哦，香雪》是關於現代性的憧憬的，在臺兒溝停留一分鐘的火車帶給山裏孩子無限的想像。為了得到一個塑料泡沫鉛筆盒，香雪勇敢地踏上了火車。可是，她還是從火車上走了下來，並在返家的途中，有了對家園的重新發現：

> 她站了起來，忽然感到心裏很滿意，風也柔和了許多。她發現月亮是這樣明淨。群山被月光籠罩著，像母親莊嚴、神聖的胸脯；那秋風吹乾的一樹樹核桃葉，捲起來像一樹樹金鈴鐺，她第一次聽清它們在夜晚，在風的慫恿下『豁啷啷』地唱歌。……大山原來是這樣的！月亮原來是這樣的！桃樹原來是這樣的！香雪走著，就像第一次認出養育她成人的山谷。（《哦，香雪》，見《巧克力手印》第294頁）

這是她的家鄉，曾經被忽略了的美麗的家鄉，那裡有明淨的月亮，金鈴鐺似的核桃樹葉，母親胸脯般的群山。這是未曾被現代氣息浸染的土地，是大自然純真的美麗，是人的純樸的精神依戀。

《杯水風波》講述的是火車上發生的故事，是人與人之間，更確切地說是城裏人與鄉下人之間的故事，是來自鄉下的老人與來自城市的中年婦女和

〔註1〕巴赫金：《巴赫金全集》第三卷第425頁，白春仁、曉河譯，河北教育出版社1998年版。

〔註2〕鐵凝：《文學應當有捍衛人類精神健康和內心真正高貴的能力》，見鐵凝散文集《像剪紙一樣美豔明麗》第211頁，人民文學出版社2006年版。

一對去度蜜月的新婚夫婦之間的聚散衝突。在萍水相逢的火車上，由於習俗與觀念的不同，產生了一些矛盾和衝突，而衝突的焦點則是那只用於喝水的杯子。我們既能理解鄉下老人的納悶：「『一個』為什麼就不能用？老哥們兒在一起喝酒，不是淨拿一個大碗傳著喝嗎？」，我們也能理解新郎的話：「在公共場合借人家的杯子，才是不文明禮貌。」在這種城鄉觀念或說是傳統與現代觀念的碰撞中，作者的情感處於一種充滿張力的矛盾之中。第三人稱的敘述視角似乎掩蓋了作者的主觀判斷，其實不然，在回望性敘事中，作者的價值判斷以隱含的方式表露了出來：

> 老人空下來的座位立刻被幾個站著的旅客爭搶起來，其中一位還想讓三位「老旅客」作證：是他最先靠近這座位的。但三位老旅客的表情都很漠然。（見《有客來兮》第242頁）

老人下車了，火車的座位上留下了一個空白。當我們回望那個空白，才在其他乘客的漠然中，發現了鄉下老人的純樸、熱情、大度與寬容。如果缺乏了這些可貴的品格，就將上演《唇裂》那樣的現代荒誕劇了。

此外，《東山下的風景》中既有火車與沙河相映成趣的和諧，也有著現代與傳統觀念的衝突，當「我」離開村莊時，再一次對它進行回望，它的顏色已經不再如我遙望時的明麗，而是有了些許的暗淡。那是會計媳婦精明的算計在純樸山村製造的不和諧音符，而鐵凝回望到的是「東山人的尊嚴」，那純樸熱情、慷慨大度的傳統品格。雖然在現代社會中它有些過時，但卻是人間不可或缺的一種真摯情感。

在現代性的追求中，鐵凝保持著對於精神田園的探尋，而在現代性的體驗中，詩意的田園更是現代人的一種精神撫慰。

《我的失蹤》與其說是去追趕搶包者，勿寧說是尋找一片精神的淨土，因為在「我」返回城市之後，讓「我」念念不忘的是那曾經去過的綠色的草地：

> 我從車上下來，腳下是一片肥嫩的青草，露水打濕了我的鞋和褲腳。在我的眼前，那遼闊、舒展的草地中間陷著一個平整如鏡的湖。湖水在東方天邊那高貴無比的孔雀藍的映照下，閃著深不可測的光亮。這便是到過草原的人講起的那種淖吧，在朦朧的晨曦之中，它就像這芳香的大地上一塊清純坦蕩的心跡。……當我蹲在湖邊伸手打破了那寧靜的湖水時，忽然有種感恩的心情。甘洌的湖水使我

品嘗著大自然賦予的恩惠，那的確是種恩惠，我面對它們充滿感激。

（《我的失蹤》，見鐵凝小說集《有客來兮》第 209 頁）

這是「我」回到城市後，對自己曾經去過的地方的回望性敘事，在回望中寄託著作者對詩意田園的尋找。那是遼闊的草地，寧靜的湖水，孔雀藍的天空，清純坦蕩的心跡，這些構成了現代人的田園尋找與精神想像。

除此之外，鐵凝小說中還有一種回望性時間敘事，通過這種敘事，不僅使現在——過去——未來這三種時間結構緊湊，體現出現代小說的敘事技巧，而且現代性背景下的田園回望這一主題更鮮明地呈現在我們面前。

鐵凝小說中的「回望」式時間敘事表現爲時間上的倒錯，即敘事從現在開始，然後往回追溯，是現在——過去——現在——未來的敘事時間模式，我們來看其中幾篇極具代表性的敘事時間：

從現在開始後退二十年，嫦娥在離 B 城一百五十公里外的西部山區種蓧麥。（《寂寞嫦娥》，見《有客來兮》第 87 頁）

從現在開始後退二十年，佟先生五十歲。那時候全中國稍微識字的人對小說都有好感。（《寂寞嫦娥》，見《有客來兮》第 88 頁）

二十多年前，老宋從北部山區來到這個城市，這個劇團。（《逃跑》，見《有客來兮》第 32 頁）

上世紀九十年代初，我應邀去挪威參加一個國際女性文學研討活動。從莫斯科乘火車赴哥本哈根，計劃在哥本哈根換飛機再去奧斯陸。傍晚，我獨自穿過哥本哈根商業街，朝有「美人魚」的海濱走，不想在國家歌劇院門前巧遇齊叔。（《小格拉西莫夫》，見《巧克力手印》第 44～45 頁）

何咪兒今年二十八歲，用這個數字除以二，是她初次戀愛的年齡。（《何咪兒尋愛記》，見《永遠有多遠》第 315 頁）

白大省在七十年代初期，當她七八歲的時候，就被胡同裏的老人評價爲「仁義」。（《永遠有多遠》第 6 頁）。

此外，《玫瑰門》、《大浴女》也是類似的時間敘事。

在這些作品中，小說的敘述時間開始於現在，但是作者卻要在小說一開始，就把時間追溯到過去，而這過去的故事往往佔據小說三分之二的篇幅，在小說最後的三分之一處，接上「現在」的時間，完成故事的敘述。由此可

以看出，鐵凝的敘事體現為一種追溯性敘事，而這種回溯性時間敘事，是對永恆的瞬間的時間回放，這種回放在鐵凝的小說中被賦予了重要的意義。在散文《又見香雪》中，鐵凝表達了這一時刻的精彩：「香雪並非從前一個遙遠的故事，並非一個與小玉的『早先』衣束相像的女孩，那本是人類美好天性的表現之一，那本是生命長河中短暫然而的確存在的純淨瞬間。有人類就永遠有那個瞬間，正是那個瞬間使生命有所附麗。」〔註3〕

永遠有多遠，我們不得而知，但未來卻可能由歷史來昭示，而歷史是由一個個閃光的瞬間組合而成，而這些閃光的瞬間又構成人生閃光的片段，銘刻在歷史記憶的深處，歷久彌新。因此可以說，這種回望式時間敘事，不單單使得小說情節緊湊，而實在是表現了鐵凝對生命的體察和對人生的感悟。而且愈到後期，這種回溯式時間敘事在鐵凝小說中運用得越來越多，越來越自然順暢。

而且更耐人尋味的是，鐵凝小說的敘述時間開始於現在，追溯於過去，而在小說結尾處，主人公大多在繞了一個圓圈之後，又回到了他們的來處，或者回歸故里，或者回到他們原來的生存狀態。這也正暗合了巴赫金的論述：「在田園詩裏，一般根本不出現與田園世界格格不入的主人公。在鄉土小說中偶爾出現這樣的主人公，他脫離了一個完整的局部地區進入城市，後來或者死去，或者浪子回頭，重返家鄉這塊完整的地方。」〔註4〕而在現代小說中，這種出發——歸來的敘事結構模式則成為了常態，尤其是鐵凝這樣在城鄉之間飄遊的作家的作品中。

《逃跑》中的老宋從北部山區來到城市，最後又逃回了北部山區；《寂寞嫦娥》中的嫦娥從西部山區來到了B城名作家佟先生家，最後又搬出了佟家，雖然沒再回山區，卻也回到了與土地打交道——種花的生活軌道上來；《永遠有多遠》中的白大省，雖然一再地要改變自己，可最終也無法擺脫掉固有的仁義的品質……而最為典型的當屬《何咪兒尋愛記》中的何咪兒，以及她的「尋愛」。何咪兒從十四歲便開始尋愛，邁開自己的腳步，一步步越走越遠，可最終發現，她的愛就在她出發的起點。在經過了十幾年的尋找之後，她又坐著火車回來了，「從虛渺的天空又回到了沉實的地面。」，不顧一切地要尋

〔註3〕鐵凝：《又見香雪》，見《女人的白夜》第158頁，江蘇文藝出版社1996年版。
〔註4〕巴赫金：《巴赫金全集》第三卷第431頁，白春仁、曉河譯，河北教育出版社1998年版。

回那曾經丟失了的愛。在對過去的回望性時間敘事中，在永恆的瞬間中，我們感受到了生活的愛與暖意，正如鐵凝在評論父親的繪畫時寫到的：

他筆下那些對象，深邃而又純真地寄託著他對人類的生命、對永恆的自然的寬厚和體貼，在本世紀即將結束的時刻，鐵揚無疑是一個有力量影響一個時代的情緒的藝術家之一，他並且以自己誠實的勞動，有效地撫慰著世紀末的喧囂和被無限誇張了的疑惑與冷漠。他使我們渴望感恩自然，回到生活。〔註5〕

感恩自然，回到生活，撫慰世紀末的喧囂和冷漠，我想，這不單是鐵揚的藝術貢獻，也是鐵凝自覺的藝術追求。而更為重要的，是鐵凝的小說既有對現代性的追求，又有對傳統價值觀念的認同。在空間的轉換中，在線性時間與迴環時間相交織的敘事中，鐵凝的藝術之門徐徐打開。而在本書中，論述的順序按照從北到南的空間順序依次排列，即京都敘事、山村敘事、城市敘事、故園敘事。

第二節　童年記憶與京都敘事

對鐵凝來說，北京是一個難以忘懷的城市，那是她的出生地，也是童年成長之地。對北京來說，鐵凝曾經是一個寄居者，一個外省人，她的童年是作為寄居者在北京度過的。然而這不多的幾年卻為鐵凝留下了至為寶貴的人生記憶，那是文革、童年、胡同、四合院以及以外婆為首的母系家族。而寄居者、外省人的視角也成就了鐵凝小說的京都敘事，那是一種獨特的打量與審視的視角，是愛恨交織的複雜情感。於是，她的京都系列小說就多了些沉甸甸的分量，也成就了鐵凝著名小說家的地位。其中最具代表性的作品是長篇小說《玫瑰門》，中篇小說《永遠有多遠》，短篇小說《銀廟》，這些是直接以北京為敘事對象的。此外，還有與北京有密切關係的長篇小說《大浴女》，在這幾部作品中，鐵凝為我們講述了童年記憶中的北京，那個四合院中的北京，文革中的北京。

一、四星級與四合院

北京，日益崛起的現代化、國際化大都市，北京，頑強地保持著淳樸民

〔註5〕鐵凝：《遙遠的完美》第164頁，廣西美術出版社2003年版。

風民俗的歷史文化古都。在鐵凝的小說中，這兩個北京並存，參差錯落，彼此交叉，構成一幅既是現代的，又是傳統的城市圖景。而這樣的圖景，又構成了鐵凝對北京的獨特觀照，這是鐵凝筆下的北京，而不是其他任何人的北京。

　　童年、四合院、文革成為鐵凝揮之不去的北京記憶，然而，讓我們感到奇異的是，鐵凝的京都敘事小說《玫瑰門》、《永遠有多遠》在開篇之處並不是直接切入這一記憶中的北京，而是先從現代的、開放的北京寫起。《玫瑰門》的第一章可以看做是小說的引子，而這第一章作者提供給我們的是如下一些意象：四星級「麗都」假日飯店，嫁給美國人的妹妹，單純幼稚的美國佬尼爾，北京機場。而在《永遠有多遠》中，小說在開篇提到的也是極具現代都市化的空間場景，是四星級的凱倫飯店，王府井的「世都」百貨大樓，「世都」二樓現代化的咖啡廳。雖然這些現代化的場景在鐵凝的小說中往往只佔有一個很小的比例，但是，它卻佔據著小說開篇的重要位置。因此，我們不得不思考這樣一個問題：在鐵凝的小說中，「四星級」又起著怎樣的一個作用？

　　我們還是從小說文本中來尋找答案，在《玫瑰門》第一章，蘇眉送走妹妹蘇瑋和妹夫美國人尼爾，坐著出租車從北京機場返回，在市區看到了許多的人和許多的車，於是有了下面一段議論性文字：

　　　　這是一份實在的日子，人們還是需要實在。四星級飯店從來不屬於任何人，那是過客們匆匆的驛站。人是那裡的過客，但人不是光陰。「光陰者百代之過客」，誰的詩？上一句應該是「夫天地者萬物之逆旅」，對，李白的《春夜宴諸從弟桃李園序》，一個複雜的標題。逆旅，諸弟，春夜，光陰，過客，都像是與她們的別離不謀而合。車停了，這次不是紅燈，響勺胡同到了。（《玫瑰門》第 7～8 頁，人民文學出版社 2006 年版。）

四星級飯店被敘述為人生的驛站，驛站只是稍做停留的地方，而實實在在的日子是在胡同中，在四合院，在世俗世界的日常生活之中。鐵凝的京都敘事更多的是一種回憶，一種童年四合院的記憶，那麼就需要為這樣的回憶尋找一個時間與空間上的點。於是就有了與童年相對的成年，與傳統相對的現代。由此可以說，「四星級」是一個背景，一個視角，一個平臺，站在這個平臺上回望，隔了空間的距離，隔了歲月的風雨，更易於看清楚來路。於是，鐵凝

筆下就出現了兩個北京，一個留存在記憶中的北京：胡同、四合院、棗樹、廊下的炊煙、紅袖章、樣板戲。一個正在經驗中的北京：世都大廈、咖啡廳、凱倫飯店。而且有意味的是，它們比鄰而居，麗都對響勺胡同，凱倫對附馬胡同。這種比鄰而居不單單構成一種視覺效果，一種強烈的空間差，更為重要的是不同的空間所代表的歷史、文化和價值觀念，以及由於觀念的不同而產生的傳統與現代的激烈碰撞。

《永遠有多遠》中的主人公白大省是這種碰撞的直接體現者。白大省的故事更多地是發生在附馬胡同的院子裏，這一空間不僅是老北京的見證，更為重要的是它連接起了悠遠的歷史與文化，並傳承著古老的美德，「用九號院趙奶奶的話說，這孩子仁義著吶。」（《永遠有多遠》第6頁）。在趙奶奶等老輩人看來，仁義無疑是一種美德，然而，這種美德在現代社會卻遭遇了尷尬。仁義是好人的表徵，現代社會卻沒有人再去欣賞這種好人，白大省也成為了時代僅存的「古董」。鐵凝從現代視角看過去，發現了白大省許多的「不可救藥」：她的善良和仁義帶給了自己太多的傷害，而她卻渾然不知，或者說她是知了，卻已經形成了一種思維慣性而無力改變。鐵凝曾在一次訪談中說到：「實際上這篇小說更深層次的東西，我更想討論的是人要改變自己的合理性，但同時這改變幾乎又是不可能的，她的悲劇構成一種存在。」〔註6〕白大省無力改變自己的好人形象，結果她被盤剝得一無所有，連僅存的附馬胡同的房子也被弟弟換走了。附馬胡同快要拆遷了，這是實指，但誰又能說它不是一個隱喻呢？胡同被拆了，由胡同所孕育出來的胡同文化是不是也將被其他的文化所覆蓋呢？

《永遠有多遠》的故事還有一個空間，就是將胡同包圍或說遮掩起來的現代樓群。現代樓群帶來的是現代觀念，那是更多的利己意識：表妹小玢可以搶走表姐的未婚夫，親弟弟為了有自己的獨立空間可以去厚著臉皮和姐姐換房，男友在一無所有之後跑回來要與被拋棄的女友結婚……這也許不是現代社會所特有，但是可以說，確實是現代社會的現代觀念助長了它的氣焰。在這些現代觀念的轟擊之下，白大省所固有的善良和仁義是多麼得不堪一擊。

於是，在現代視角的觀照之下，也便形成了鐵凝小說中的複雜情感：愛與恨的交織。「就為了她的不可救藥，我永遠恨她。」，「就為了她的不可救藥，

〔註6〕 朱育穎：《精神的田園——鐵凝訪談》，《小說評論》2003年第3期。

我永遠愛她。」但是，在這愛恨之中，還是有著一種主旋律的存在的，那便是愛：「就爲了這恨和愛，即使北京的胡同都已拆平，我也永遠會是北京一名忠實的觀眾。」（《永遠有多遠》第 45 頁）

　　在四星級與四合院的參差對照中，鐵凝進行著自己的京都敘事。陳平原曾對老北京和懷舊進行過論述，他認爲：「隨著舊城改造的積極推進，『老北京』已走上了不歸之路。古都風貌的迅速失落，與北京記憶的日漸清晰，二者之間不無聯繫。也正是因爲痛感逝者不可追，才突然間出現那麼多關於老北京的追憶──如果連『追憶』都沒有了，那『老北京』可就被徹底埋藏了。」〔註 7〕由此也可以說，鐵凝的京都敘事是站在四星級所代表的現在，對已逝或將逝的歷史與文化的追懷。

　　但我想，鐵凝開始於四星級飯店的京都敘事不僅僅是懷舊的需要，還有就是一種敘述方式的選擇──在傳統與現代的技巧與理念中構建自己的藝術大廈，這也是鐵凝有意識的藝術追求。在《玫瑰門》中，作者借蘇眉的繪畫表達了對於創作的看法：

> 　　她既不願讓人說這個年輕畫家老氣橫秋循規蹈矩，也不願讓人把她形容成瘋瘋癲癲的夢囈者。同行們說她：「行，又新又能接受。」說內行點是有現代意識又注重傳統，說「專業」點是放得開又有基本功。蘇眉要的就是這「又新又能接受」，她站住了。（《玫瑰門》第397 頁）

在新與舊，傳統與現代中，鐵凝撫摸著北京的都市脈絡，凝望著曾經過往的悠悠歲月。

二、文革記憶與童年成長

　　在四星級與四合院的比照中，鐵凝的情感是傾向於四合院的，因此，我們讀到的鐵凝的京都敘事是四合院的北京，而不是四星級飯店的北京。而那個四合院又是站在現代的視角進行歷史回望的四合院，是文革時期的四合院，童年時期的四合院。這樣，文革記憶與童年記憶成爲北京記憶的最爲重要的組成部分。

〔註 7〕陳平原：《北京記憶與記憶北京──〈北京：都市想像與文化記憶〉序》，見《北京記憶與記憶北京》第 92 頁，三聯書店 2008 年版。

　　「親歷過的歷史是生命中最大的福祉」〔註8〕，更何況那歷史又是千年難遇的文革歲月。鐵凝親身經歷的北京正是文革時期的北京，而文革時間又是鐵凝的童年成長時間，於是，文革與童年纏繞在了一起。童年在文革中成長，文革在一個孩子眼中發生。而這一切又發生在北京外婆家的四合院。於是，文革、童年構成了鐵凝京都敘事的時間標度，而四合院則構成了空間標度。

　　鐵凝的京都小說中都有文革的影子，並佔據了了時間敘事的絕大部分。文革的記憶主要表現爲兩個流向，一個是令人震驚的歷史記憶，一個是有著樂趣的童年記憶。

　　在長篇小說《大浴女》中，鐵凝用了一個很形象的句子來形容文革時期的北京，即「吃屎的北京」。這個意象雖然不雅，卻也形象地標識出了城市與時代的關係。在《大浴女》中，鐵凝描寫了燈兒胡同小學老師唐津津在批鬥中被迫吃屎的場面，在唐津津的私生女重返北京時，對北京有一段感慨：

> 　　北京是唐菲出生的城市，當一九六六年唐醫生把她從燈兒胡同小學領走之後她就再也沒有回來過。北京令她百感交集，北京所有的胡同都能讓她聞見屎味兒，那久遠的盛在茶缸裏的屎味兒。她卻不恨北京。她有點兒粗魯，但關鍵時刻她倒也不糊塗。她想，不能說是北京逼迫她母親吃了屎，也許應該說，北京本身就曾經吃過屎。是時代要一座城市吃屎，時代使很多城市都變成過吃屎的城市。（《大浴女》第170頁，人民文學出版社2006年版。）

時代是文革時代，作爲政治的中心，北京在文革中首當其衝，在劫難逃。往事不堪回首卻又能勇敢而理性地面對，這是對歷史最好的記憶方式，鐵凝記錄下的就是這一特殊時代的北京。因爲記憶的過於深刻和慘烈，文革作爲一個時代一再地出現在鐵凝的小說敘事之中。《玫瑰門》總共十五章，而文革時間卻占去了從第二章到第十一章的絕大部分篇幅。環繞在小說中的一個主旋律就是革命，那句「要革命的站出來，不革命的滾他媽蛋。」的口號成爲小說的最強音。武鬥的恐怖氣氛一直籠罩在小說的上空，奠定了小說的一個基調。那是紅衛兵小將在街上的遊行，是達先生半夜的慘叫，是令人髮指的對大黃和姑爸的毒打以及對姨婆身心的蹂躪。如果說，這些是看得見的戕害，那看不見的還有對人性的扭曲，是忍氣吞聲，是提心弔膽，是婆婆司猗紋對

─────────────
〔註8〕　（匈）阿格尼絲・赫勒：《現代性理論》第253頁，李瑞華譯，商務印書館2005年版。

自我及家人的壓抑：「因了一塊合用的電錶，司猗紋願意讓羅大媽看到自己的眼色。於是爲了一個眼色，司猗紋又自編自演了許多難忍的謹慎。」（《玫瑰門》第 119 頁）在這謹慎中，司猗紋一次次地化險爲夷，卻也一步步地走向了人格的扭曲與變異。

　　文革的政治氣氛是慘烈的，因此，文革中的童年也就成爲了一個被驚嚇、被壓抑的童年。在揮舞的棍棒和淒厲的慘叫中，童年在驚嚇中成長。在《玫瑰門》中，作者站在對文革進行反思的角度，更多地敘述了在驚嚇中成長的童年。在大黃被撕裂，姑爸被毒打後，眉眉不停地做惡夢，她夢見自己「跑到一個荒無人煙的地方，遍地都有人的骨頭遍地都有成堆的血肉，再後來有個老太太向她走來。那老太太生著紅眼睛白指甲，臉像灰鸚鵡頭髮像白馬鬃。她信手從地上撿起一塊血淋淋的肉就往眉眉嘴裏塞，眉眉不吃她也不惱，伸手就去胳肢眉眉。」（《玫瑰門》第 153 頁）

　　這惡夢其實就是姑爸被毒打景象的變形，也是姑爸生吃大黃貓的寫照。不僅是姑爸，在眉眉看到姨婆被燙焦的乳房後，她同樣受到了驚嚇，她在驚嚇中狂奔：「這由人給予她的震顫使她不能不逃脫人類，爲了這逃脫她必須自顧自地向前走，她堅信這走一定能變作飛，飛過馬路飛過風馳電掣的車輛。」（《玫瑰門》第 210 頁）

　　童年在驚嚇中成長，但是，每個人的童年畢竟是人生中最無憂無慮的一段時光，雖然是在文革中，女孩子們也能找到屬於自己的樂趣。《玫瑰門》中就有一個特別玫瑰的春天，在那個特別玫瑰的春天裏，眉眉從一個小女孩兒長大爲一個少女。在成長的季節，鐵凝不僅寫出了成長的驚喜，更有對生命的感動，這是鐵凝不同於九十年代私人化寫作最明顯的地方。感動，滋潤著乾澀的生活，那裡有等待，也有著朦朧的愛意：「眉眉開始等待大旗，最好每天都有特大喜訊。眉眉不知什麼時候將這儀式變作了對大旗的等待，但她又不相信那就是對他的等待。那本是一天一度最莊嚴的儀式，在那個時刻她是全院的領導，那一句頂一萬句的語言是由她傳達給全院的，她一呼百應，鏗鏘的語言將化作每個人的行動。等待，那豈不成了對這個時刻的不敬重。然而每天的清晨，眉眉還是第一個站在棗樹下等待。棗子已經綴滿枝頭，青青的每一顆都沉重，她望著她擁抱過的流過淚的這棵老樹，有一種背叛了它的感覺。那樹新棗懸在她的頭頂，就彷彿要隨時襲擊她的這種背叛。大旗來了，撫慰了眉眉的不安。」（《玫瑰門》第 220 頁）

特別玫瑰的春天是令人驚悚的文革歲月中的一枝玫瑰，是在文革間隙釋放出的瞬間的溫馨，體現著鐵凝對生命的熱愛。在那個特別玫瑰的春天裏，有四合院中棗樹的新芽對生命的見證，早請示的莊嚴儀式對自我能力的確認，還有那朦朦朧朧的愛與等待。成長的欣喜取代了文革的驚嚇，成為文革陰霾歲月中的一絲光亮。

而《永遠有多遠》中，文革的恐怖退場，只留下了更多的童年趣事：電影《賣花姑娘》引起的電影院的哭泣，對電影《寧死不屈》的模倣秀，最有趣味的故事就是在九號院趙奶奶家，與英俊的趙叔叔排練「大春」、「喜兒」的童年記憶：「這場戲的高潮是大春手拉喜兒，引她一步高似一步地走完三層『臺階』，走到『洞口』，使喜兒見到了洞口的陽光，驚喜之中，二人挺胸踢腿，做一美好造型。這是一個激動人心的設計，這是一個激動人心的場面，是我們的心中的美夢。胡同裏很多孩子都渴望著當一回此情此景中的喜兒……」（《永遠有多遠》第 9 頁）這是童年的美好記憶，而又有著鮮明的文革色彩。文革與童年，一個是民族的集體記憶，一個是個體的生命記憶，而二者的結合構成了鐵凝對一段歷史與生命瞬間的回望與書寫。

三、日常生活的對弈與弒母情結

文革與童年，是社會史與個人成長史，是歷時性的時間。而鐵凝小說京都敘事中最為精彩的則是四合院中日常生活時間的敘事，唯有這一敘事時間的存在，北京才成為北京。而作者將這種對弈放在了特定的歷史時期，這種日常也便具有了時代特色和文化意義。那是文革時期四合院中的一場場對弈，對弈的主角是《玫瑰門》中的外婆司猗紋，她的最大、最強的對手是佔據了原屬於司猗紋的、高大氣派北屋的街道主任羅大媽。司猗紋精心設計著一場場對弈，那是南屋對北屋的較量，是弱勢對強勢的退讓與挑戰。而這一場場對弈又都暗藏在日常生活的衣食住行之中，較量的地點就是四合院：

> 司猗紋和羅大媽如兩個對弈的棋手，這方磚墁地的院子便是棋盤。原來一直居於守勢的司猗紋，此刻由於眼前的空白，像是第一次看見了平局。她決心守住這平局。棋手要守住平局不能只靠進攻，有時還得「讓一步」。司猗紋要讓，必然還要在她和羅大媽之間加些你來我往。關於油鹽醬醋，關於米麵水煤和關於蒸窩頭。（《玫瑰門》第 166 頁）

四合院猶如棋盤，而棋盤上的對弈集中了中國傳統文化中鬥爭文化的精髓。司羅之間的對弈沒有車馬炮，但是同樣緊張與精彩。可以說，這一場場對弈，是《玫瑰門》中最為精彩之筆。而她們之間的爭鬥全是從日常生活出發，在你來我往，你退我進中盤點著彼此的戰果。從最早的暗示院子裏有溝眼，給羅大媽找窗戶紙，到接過羅大媽打掃姑爸遺物的掃帚，在接掃帚的那一刻，司猗紋已將劣勢扳成了平局。向羅大媽學蒸窩頭，送給羅大媽清蒸鱖魚，為大旗、二旗做褲子，這是退了一步，但又是為下一步的進做準備。最後，在精確計算和巧妙安排的捉姦計後，在經過反覆掂量、走出給羅大媽送大旗褲子這一棋子後，司猗紋反敗為勝，成了最後的贏家。

司猗紋不僅有一步步的行動，而且這行動是有理論指導的，那就是從中國傳統的京劇表演程序中悟出的道理：

> 懂得京劇表演程序的司猗紋，更懂得亮相後你還要一步一步地朝臺前走，觀眾才能徹底看清你的臉。司猗紋常想，新社會就像個大戲臺，你要不時亮相，要不時地一步步朝臺前走。有時你就要走到臺前了，不知誰又把你截了回去；你還得再亮相，再一步步地往前走。有時沒人截你可戲臺忽然塌了，舊臺塌了你眼前又有了新戲臺，你還得亮相，還得走。（《玫瑰門》第160頁）。

鐵凝將四合院比作棋盤、比作舞臺，而這棋盤、這舞臺又是與表演、與爭鬥連在一起的，這不僅是文革時期的鬥爭哲學的體現，更是中國傳統文化中鬥爭哲學的體現。唯有這棋盤之爭，才讓我們看到了文革時期的北京，政治文化中心的北京，這鬥爭雖然只是縮微在四合院中。

如果說司猗紋與羅大媽的鬥智還有令人理解與同情的地方，那是文革中弱者的生存策略，但是，在與四合院其他人的爭鬥中則讓人覺出了司猗紋的刁鑽刻薄。而正是這刁鑽刻薄，也成就了一個豐富的人物形象。無疑，司猗紋是新時期文學畫廊裏最為光彩照人的形象之一。司猗紋的鬥爭哲學彌漫在整個四合院，四合院中的每一個人都是她爭鬥的對象，與西屋的姑爸、西屋的後來者葉龍北的鬥，與同屋的兒媳竹西、外孫女眉眉、小瑋的鬥，每一場鬥都被敘述得有聲有色、緩急相間、錯落有致，活脫脫地將這一個惡之花呈現了出來。

可以說，鐵凝的北京記憶是和母系家族的記憶聯繫在一起的，北京就是外婆四合院中的北京，而她的京都人物系列就是以外婆為首的母系家族

系列。在《玫瑰門》中是外婆司猗紋、舅媽竹西，在《大浴女》中是母親章嫵，在《永遠有多遠》中是表妹白大省，此外，還有小說的隱含作者蘇眉（《玫瑰門》）、尹小跳（《大浴女》），妹妹的形象蘇瑋（《玫瑰門》）、尹小帆（《大浴女》）等。這些人物共同構成了一個母系家族的女性畫廊。由於作者自身的經歷與小說敘事情境的相近，可以將現實與虛構看成一種同構的關係。在對這個有著血緣親情的母系家族的敘事中，敘述者表現出更多的審視的眼光，由此而顯露出對於母系價值體系的懷疑，以致於產生出弒母的衝動。

在《玫瑰門》中作者寫到：「每逢婆婆把外孫女激得走投無路她可以生出要掐死婆婆的動機」（《玫瑰門》第 358 頁）。掐死婆婆是因為婆婆把外孫女激得走投無路，是無端地「找茬」，是窺探，是不斷地規訓。而在《大浴女》中，尹小跳殺死了同母異父的妹妹尹小荃，那實在是在間接地殺母，因為母親不僅不能給予博大的母愛，還以她對家庭的背叛刺傷著孩子脆弱的心靈：「（章嫵）她不關心她們姐妹，她沒發現尹小帆掉了門牙，她甚至一次也沒問過這半年多的日子她們每天吃些什麼。尹小跳從北京初來福安市時不會講當地話，她因此受到歧視——這些章嫵從來也沒有問過。所以尹小跳心中更多的是不相信，她不相信章嫵不相信。她這年深日久的不相信就從織毛衣這件事開始變得明晰、確定了。對於一個母親來說這是令人傷心的，是雙方無奈的一個事實，因為無奈，也更顯殘忍。」（《大浴女》第 58 頁）

在一場場與外婆的對弈中，在一場場對母親的審視中，作者敘寫了母愛的缺失。而弒母情結的由來也許不僅僅來自母愛的缺失，更緣於對「壞女人」根深蒂固的認識：

> 眉眉從來就不願看見婆婆那兩條經過描畫的細眉，她覺得最使婆婆有著舊社會痕跡的莫過於那兩條假眉了。從小她就是把那些地主婆、姨太太們和假眉聯繫在一起的，那時她對「臭美洋媳婦」的概念便是基於她們那一臉怪粉和兩條又彎又細的假眉，而「洋媳婦」又是她對一切壞女人的一種混合看法。（《玫瑰門》第 180 頁）

> 這枕頭，這枕頭呵，她禁不住懶洋洋地，又有幾分嬌嗔地在枕頭上轉動了幾下她的後腦勺。她用她的後腦勺揉搓著雪白的枕頭，用她的後腦勺跟久違了的貨真價實的枕頭撒著嬌。（《大浴女》第 45 頁）

《玫瑰門》中外婆的假眉，《大浴女》中母親對枕頭的依戀，都有著鐵凝童年記憶的影子，並與她心目中理想的母親與外婆的形象構成強烈的反差：「那房間的闊大、梳粧檯散發出的香氣卻從來沒有給過我奶奶家那般的歡樂。但離開外婆前我必須吻她的臉。我不記得我那時有過發愁的事，若有，這便是有生以來第一件。我不情願地吻了外婆那很美的臉，趕緊撲向奶奶。當奶奶那粗糙的手撫摸我的臉時，我才又感受到舒心和安慰。我需要保姆奶奶的那種感情一直延續到長大後去農村插隊，當我生病躺在床上，最渴望的便是一雙粗糙的、老年婦女的手的撫慰。」〔註9〕美麗的臉與粗糙的手構成了強烈反差，而作者的情感也是如此得不同，她對「粗糙的手」有著一種天然的認同，而對「美麗的臉」有著一種本能的排斥。那美麗的臉上印刻著與新社會不同的帶有資產階級尾巴的東西，使敘述者深感厭惡。於是，對北京的逃離也是對母系所代表的舊有的生活方式的逃離。

　　「永遠成為北京一名忠實的觀眾」，拉開了作者與北京的距離，北京不是家園，是臨時戶口，是寄居，是匆匆來去，更可怕的是沒有愛的歸屬。於是，去大地、去田園尋找真正的愛的家園，成了鐵凝心中不滅的夢。而且，在尋找的同時，她也奉獻著愛，並構建著自己愛的花園。「那是兩歲的尹小荃吧，仙草一樣的生命。這是她心房的花園裏第一株嫩芽，這嫩芽卻成全了一座花園。」（《大浴女》第 343 頁）這是《大浴女》中尹小跳的內心獨白，其實，與其說是尹小荃成全了一座花園，還不如說是對母輩的憤恨以及久藏心底的弒母情結而產生的懺悔意識與補償心理成全了她的大愛。

　　對文革與童年的回望以及審母情結，使鐵凝的京都小說系列成為其全部小說中最為深刻的文本。

第三節　山村小說的時空敘事 〔註10〕

　　從北京往南便進入冀中的山區，這裡曾是鐵凝做知青插隊和九十年代初掛職副縣長的地方，有著鐵凝的青春記憶和對村民們生命與生存的深切體察。鐵凝山村小說有其獨特的魅力，一是從敘事空間來看，作品為我們展現

〔註 9〕　鐵凝：《我的小傳》，見散文集《女人的白夜》第 462 頁，江蘇文藝出版社 1996
　　　　年版。
〔註10〕　此節內容見拙作：《鐵凝山村小說的時空敘事》，《海南師範大學學報》2009
　　　　年第 3 期。

了一幅山村田園風景畫，這幅畫卷是處於自然狀態的民間生活圖景，有峽谷、深澗、怪石等大自然的造化天成，也有柿子、核桃、大棗、荊條、龜背石山路的山村景物，還有別具風味的鄉土人情，以及潑辣健美的山野女子。如果單從靜態的角度來看，這是一幅絕美的山村田園圖。可是，作為有著極強現實感的作家，鐵凝是不滿足於這樣的一幅靜態圖景的，這便有了鐵凝山村小說的第二個方面，即現代時間對山村的介入。現代時間的介入打破了既有的田園詩風光，為大山增添了新的異質元素，那是現代商品、現代理念對大山的衝擊。在現代性的碰撞之下，大山在變化，而更為重要的是山裏人命運的變遷──他們渴望著現代文明，嚮往著大山之外的世界。鐵凝的小說就一直關注著從新時期到新世紀二十年來山村的現代化之旅，並在現代化發展的三個重要的階段留下了自己的追問與反思。

一、空間性與小說的田園詩風情

在鐵凝的山村小說中，空間是一個既具有恆定性又富於變化性的廣闊的區域。它的恆定性表現為大山所固有的自然風光，其變化性在於不同的歷史時期，大山所具有的美學和社會功能。以二十世紀九十年代為界，可以分為未開發的大山和開發後的大山，但不管歷史有著怎樣的流動，鐵凝筆下的大山總是帶給我們一個獨具特色的美麗景觀。

大山是具有審美功能的，它的美在於其自然風光的美麗，用鐵凝小說中的一個詞來表達就是「秀色」。在八十年代的歷史與文化語境中，大山只是一個自然存在，以原始的沉默和靜美與山民互為觀照。這時的空間毗鄰關係為：大山──山村──山裏人──山裏的民風民俗，在這種毗鄰關係中，形成前工業時代的田園詩風情。

依照巴赫金的說法，田園詩的最主要特點是空間的具體性，地點的統一性，這個特點對現代鄉土小說產生了一定的影響。鐵凝早期的山村小說中，雖然已經呈現出現代時間的影子，但它還處於較為朦朧的狀態，是一種希望與想像，而更多的是山民們在大山和山村中的生存狀態。那是一種自然的無限綿長的時間，然而又是一種迴環往復的時間。山裏人的時間就是大山的時間，是大山的指令。時間被淡化了，空間成為實體。在鐵凝的山村小說中，大山、溪流、山路、村莊、房屋、樹木不僅成為審美觀照的對象，也是山裏人的生存、庇護之所。我們來看幾段描寫：

> 群山被月光籠罩著，像母親莊嚴、神聖的胸脯；那秋風吹乾的
> 一樹樹核桃葉，捲起來像一樹樹金鈴鐺，她第一次聽清它們在夜晚，
> 在風的慫恿下「豁啷啷」地唱歌。（《哦，香雪》，見小說集《巧克力
> 手印》第 294 頁）
>
> 正是初秋，花椒樹挑著繡球般的果實，把低垂的枝條從那些青
> 石小院裏伸到街上，搭在靠牆碼著的山柴上：通紅的半人高的薦草，
> 乾綠的苦艾，還有帶刺和不帶刺的各種樹條。……地上，被人踏扁
> 了的穀草和牛羊糞的碎末，遮住了龜石路面，只有那些高出地面的
> 大石塊精光地裸露著，使人想到正在門內彎腰幹活的婦女的光脊
> 樑。（《束山的風景》，見小說集《有客來兮》第 243～244 頁）

大山是美麗而神聖的，山村是充滿了人間煙火的，它們共同構成了田園小說中的自然生態園。在這個自然生態園中，大自然美麗而溫暖，「母親的胸脯」、「婦女的光脊背」讓人感到一種諸如博大、親切與溫馨的情感。這些自然景觀的營造，一下子就能把我們帶到一個闊大而美麗的藝術境界，這是和鐵凝的藝術胸懷相匹配的藝術空間。

在山村的自然生態園之上，是山村的人文生態。這裡的人文生態不是指受到現代思想啓蒙的人文精神，而指山裏人從祖輩那裡傳承下來，積澱在民間的民風民俗以及民間文化與氣質。

由於民間社會集體時間的存在，也便有了山民們集體的節日，形成了他們特有的狂歡文化，這是在一個共同體中所形成的民間的節日狂歡。這些節日一方面表現爲中國曆法中與農業生產息息相關的節日，在民間大都以廟會的形式出現，另一方面就是個人、家庭、家族或村莊的特殊慶典，如婚喪嫁娶，如待人接客的禮儀方式。

《燈之旅》中正月十五鬧花燈的歡慶場面就是一個典型的狂歡節日的展現。在這一天，來自各村的花會在傅家峪匯聚一堂，踩著高蹺，扮成各路山鬼與山共舞，我們來看其中的一段描寫：

> 那時黑暗隱去了，跳躍著的光明把人的巨影投映在幽暗的山壁
> 上，山舞了起來，於是嗩呐叫起來了：「大四景」「小五更」；鑼鼓敲
> 起來了：「水底魚」「緊急風」……各路花會進場鬧起來了。鬧，要
> 擁進那九曲十八彎的燈場鬧；在那燈火通明的「卍」字中間疾步、

> 跳躍、奔跑。跳出一身熱汗，跳走一身晦氣和災難，跑出一個「卍」
> 世如意。(《燈之旅》，見小說集《有客來分》第 284 頁)

這是與山共舞圖，是來自民間的狂歡儀式。「在狂歡節上，生活本身在演出，這裡沒有舞臺、沒有腳燈、沒有演員、沒有觀眾，即沒有任何戲劇藝術特點的演出，這是展示自己存在的另一種自由（任意）的形式，這是自己在最好的方式上的再生與更新。在這裡，現實的生活形式同時也就是它的再生的理想形式。」〔註11〕

此外，還有《青草垛》中的在青草垛中過家家，結婚頭三天鬧新娘的習俗，《兩個秋天》中的蓋房蒸糕，《東山下的風景》中送客人離去時的年糕宴等，這些民風民俗使小說的民間性得以彰顯。

除了狂歡的風俗儀式，山裏人的方言俚語也成為山村人文風情的特有成分，在鐵凝的筆下煥發著獨有的魅力。「知青作者寫鄉村，較之土生土長的作者，有時有更濃厚的方言興趣，也因作者係外來者、城裏人，更有對鄉氣、土氣的敏感，對方言的鑒賞以至研究態度。」〔註12〕這就使得方言在小說文本中呈現出一種特有的語言和文學上的修辭效果。下面我們摘兩段來看：

> 提起意大利，一直不曾開口的老宋突然插了句嘴，說，意大利
> 屬南歐，從地圖上看像隻靴子，高跟的。他把「高跟」說成「高更」。
> 團長笑了，不是笑他的口音，是驚奇老宋的出其不意，聰慧和文化
> 兼而有之的出其不意。(《逃跑》，見《有客來分》第 33 頁)

> 當地人給我講過許多關於他們自己的大舌頭笑話，笑話裏有挖
> 苦也有自慚。比如：買了個小居（豬）不其席（吃食）；比如：有個
> 人進城買藥，花了五摸怯（毛錢），買了個大藥窩（丸）。這藥丸是
> 老式中藥丸，皮是蠟做的。買藥人一出藥鋪就掰開藥丸把蠟皮吃了
> 把藥丸扔了，還怨怨地說：白花了五摸怯，敢情包著這麼大個合（核
> 兒）。(《小格拉西莫夫》，見《巧克力手印》第 48 頁)

這種帶有冀中民間風味的方言在鐵凝的小說中一再地出現，使得其山村鄉土小說生出一種幽默與詼諧，具有了獨特的文化性和趣味性。

大山的自然風雨，山村的民間風情，養育出了獨具大山性情的山中女子。她們潑辣健壯，迎著山風，沐浴著河水，成為與大山相媲美的大山的精靈。

〔註11〕巴赫金：《巴赫金全集》第六卷第 9 頁，河北教育出版社 1998 年版。

〔註12〕趙園：《地之子》第 154 頁，北京大學出版社 2007 年版。

大山鑄造了她們的體魄和性情，使她們身上洋溢的力與美也帶有著純樸的大自然的氣息。敢於說出「你敢不要，怕是不行」，並如「從天而降的巨人般」的張品（《秀色》），對著漂亮的「北京話」說「嘖，我們小，你就老了嗎？」的鳳嬌（《哦，香雪》），和畫家老白站個臉對臉，斥打著老白說「沒完啦，你這個人！」的小黃米（《小黃米的故事》），穿起新潮服裝闖世界，「披肩髮一留，小胸脯一露」想做公關或是當明星的十三苓（《青草垛》），「翻身上馬，馬蹄驚起伏在路邊的蝴蝶、螞蚱」的大妮子（《大妮子和她的大披肩》），穿著大紅襖在空中蕩來蕩去，彷彿要把自己拋到天上融入雲端的年輕時的大姑（《第十二夜》）。這些女孩子們簡直可以構成一個獨特的人物畫廊。山裏的男子在鐵凝筆下大都是萎瑣的，缺少些氣度的，而女子們，尤其是那些十幾歲的女孩子，卻是敢作敢為。她們大膽率真，她們懷揣著理想與渴盼，她們義無反顧，勇往直前。即使你覺得她們有些幼稚有些莽撞，可是誰又能不對她們的熱情與率真生出許多的喜愛呢？她們和大山相映成趣，她們是大山的精靈，如同山裏的植物一樣健壯地成長。也大部分是因為她們的存在，鐵凝的小說中總是湧動著一股生生不息的清新健康的生命泉流。

在外來知識分子的關照下，大山、山村、山裏人都具有了一種審美意蘊，他們在空間上形成一個相互依存的共同體。如果沒有現代性的侵入，這些元素就在田園空間中構成了一個自足的世界。但是如同列菲伏爾所斷言的「（社會）空間就是（社會）產品。」〔註13〕那樣，「空間從來不是一個與社會無關的自然事實，相反，它是社會和實踐的產物，是歷史的產物。」〔註14〕

於是，大山和山民這個自足的空間終於也要被納入現代化的歷史進程之中，成為現代時間的載體。

二、時間敘事與小說的現代性

鐵凝的山村小說有一個田園詩般空間場景的存在，但她又無意將這山村繪製成一個純粹的與世隔絕的靜默的自足體，在鐵凝的筆下，現代的生活方式、現代的價值理念已經在不知覺中進入了大山，並對山裏人產生著強烈的衝擊。因此，鐵凝小說中的田園詩風情只是一層淡淡的背景，是故事發生的地理空間，她的山村小說要表現的是一種強烈的時間意識，以快速的敘事時

〔註13〕汪民安：《身體、空間與後現代性》第 103 頁，江蘇人民出版社 2007 年版。
〔註14〕汪民安：《身體、空間與後現代性》第 111 頁，江蘇人民出版社 2007 年版。

間節奏表現現代文明對山村的進入以及對山裏人造成的視覺和心理衝擊。這成爲鐵凝小說中最爲主要的情節設置，也是其作品最爲深刻之處。

現代文明的進入首先表現爲現代時間的進入。田園詩綿長而迴環的時間被來自城市的鐘錶的精確時間所分割和修正，時間刻度改變著山裏人的生活節奏，也終將改變他們的生活方式與思維方式。《哦，香雪》中的一分鐘是一個具有標誌性的時間，這短短的一分鐘打破了山村的靜默，使大山沸騰了起來，使山裏人近距離地呼吸到了外面的現代氣息，並生出了蠢蠢欲動的現代嚮往。

一分鐘的時間是短暫的，短暫到可以忽略不記，可是就因爲它代表了一種現代時間和現代文明，所以也就具有了非同尋常的意義。因此，這一分鐘在小說敘事中就被無限地拉長了，變成了一種漫長的等待。這種等待是前現代文明一種自覺的歷史重塑，是對代表著先進的科學文化的現代文明的期盼。

不僅如此，現代時間還對舊有的時間進行一場革命，那是民主對蒙昧的對抗，是現代時間對原有的時間政治的反叛。《燈之旅》也是一個關於「等待」的時間敘事。小說的故事源起於一個有趣的正月十五鬧花燈的民間風俗，但小說的高潮卻是靜默中的時間等待：

> 燈場依舊黑著。人們在等時辰。等雖難熬，卻像燈會一道必不可少的程序。鄉親們耐著心。……傅雙印沒有立刻意識到往年人們是怎樣等他來喊「上燈」的，他只是想到了屬於他的那些等待。等指示，等部署，等計劃，等指標，等口號，等上級的臨場指導，甚至看戲也得等一兩位不到不開幕的人。幾個椅子空著，大幕就永遠緊閉。（《燈之旅》，見《有客來兮》第 286 頁）

這裡的「時辰」是一種時間政治，標誌著一種身份，一種地位，一種強權，是人的自主性和主體性地被扼殺。所以，當傅雙印以一個表演者「大鬼」的身份而不是「鄉黨委書記」的身份喊出「上——燈！」的時候，是人的主體性的覺醒。以這「上——燈！」被喊出的時間爲界，被規訓的時間遭到了質疑，一個具有自我意識的時間即將到來。「燈之旅」也是時間之旅，是自由、民主、人性之旅。

《那不是眉豆花》中，新嫂子把理想寄託在走出大山到城裏讀大學的弟弟身上；《灶火的故事》中，從北京來的小蜂帶來了新的氣息，給恪守著既有

的「黨的原則」的灶火以極大的衝擊；《明日芒種》中「芒種」是農耕文明中的一個節氣，農耕文明如何匯入現代文明也是鐵凝這一時期的思考。

八十年代初鐵凝以前瞻性的未來視角描繪出讓人歡心鼓舞的山村即將到來的現代性圖景，從這些作品中，我們能感到一種現代時間攜裹著現代意識正在悄然而至，它的到來將對傳統的封閉落後的時間觀念和生存理念造成一種衝擊。所以，這一時期鐵凝小說中的時間主題是「等待」，但是，它不是貝克特《等待戈多》中的無聊與無奈，而是充滿了希望與理想的未來之光。雖然小說中也不乏後視視角，如《哦，香雪》中香雪因貧窮而在學校受到的歧視，如《燈之旅》中人們對等時辰的麻木與認同。但這種後視視角所提供的故事聲音是微弱的，而且它似乎又構成一種反證，即現代化的到來會橫掃以往一切的不合理，並帶來一個光明美好的新世界！鐵凝早期所具有的現代啟蒙思想使得其作品充滿著一種清新的未來之風，並揭開了「歷史生活的潛能」。〔註15〕

時間一路高歌著前進，時代的列車從八十年代初行進到了九十年代初，經濟的發展使九十年代成為了一個商品的時代，消費的時代。商品現代性已經滲入到大山之中，大山成了商品，空間成為了商品。正如列菲伏爾所認為的那樣，空間是可以生產的，生產，是將空間對象化。〔註16〕在消費社會裏，遠離城市的大山以它原始自然的生態空間成為了審美和消費的對象。

此時大山與外界的聯繫不再是一列火車和一分鐘，至少是一天，也許是兩天或更多的時間，因為大山和山裏人都成為了被觀看、被消費的對象，而被消費則意味著能得到金錢。空間、時間和金錢被牢牢地捆綁在了一起。

《峽谷歌星》中的時間以一天為單位，在一天結束的時候，山裏的孩子們就要來結算他們的收穫。而這收穫中不單有旅遊者對他們勞動的剝削——那實在是太廉價的勞動力了，而且也有山裏人對旅遊者的欺詐——用他們無中生有的哭來騙取同情和小費。山裏孩子們的最高理想就是每天能多哭幾次，以得到更多的同情和小費。而「歌星」的收費標準是以公共汽車的票價為標準——公共汽車也是山裏人想像現代化的一種方式。一對城裏來的青年男女不經意的玩笑話激起了「歌星」的城市夢，他達到了興奮的極至。可是

〔註15〕巴赫金：《巴赫金全集》第三卷第 425 頁，第 251 頁，河北教育出版社 1998 年版。

〔註16〕汪民安：《身體、空間與後現代性》第 101 頁，江蘇人民出版社 2007 年版。

在一夜之間，在他不停歇地唱了一百多首歌之後，他的夢就破滅了，他不僅唱不出來歌，也說不出來話，他成了啞吧。從昔日的峽谷歌星到現在的啞巴，歌星的理想破滅了，或者說，在商業化的時代，理想是失語的。

《小黃米的故事》更是講述了藝術與美在商業化面前的潰敗。將身體作爲消費品的小黃米與將身體視爲藝術的畫家在一個特定的時空——九十年代初的充滿了曖昧氣息的玫瑰門餐廳相遇，小黃米的話很耐人尋味：「辦事」和照相哪個重要？小黃米理直氣壯的認爲「辦事」更重要，畫家老白在潛意識中不也一再地想：幹一回風流韻事吧！老白最終保住了自己的清白，可是又總覺得跟那個玫瑰門餐廳，跟整個的時代有些格格不入。畫家老白心目中那個美的瞬間——健美、明麗的農村少女裸著自己在炕頭上勞作的瞬間，是如此得難以尋覓，不僅僅是個人化的具體動作——納底子、做被子等勞動已經被現代社會機器化生產所取代，更重要的是，當身體成爲了商品，炕頭上的勞動場景也便消失了。公共性的勞動與私人化的裸體是有著不可調和的矛盾的，那實在是藝術與美的尷尬境地。

鐵凝對商品現代性帶給大山以及山裏人的變化給以了生動的刻畫，並沒有做太多的價值判斷，這使她的小說充滿了多義性而耐人尋味。但是，鐵凝面對商品現代化的發展時態度又是猶豫的，她無法象八十年代迎接知識啓蒙現代性時所感到的激動與歡欣鼓舞，她明顯地感到了商品時代帶來的人的精神的退化，於是在一些作品，如《大妮子和她的大披肩》、《青草垛》中，鐵凝則表現出對商品現代性的質疑與委婉的批判。但也由於這兩篇文章過於鮮明的傾向性，反而削弱了小說的藝術審美價值。

在經濟浪潮的衝擊之下，人的現代性又何以完成？這可能是鐵凝最爲關心的問題。山裏孩子們也充滿著對理想的憧憬，但是，在九十年代的歷史語境中，山裏孩子們的理想已經不再是香雪們對知識的渴望與擁有，而是在商業化語境中對商品和金錢的嚮往，即他們的「明星」夢。那沒有任何根基的明星夢，只能使他們掉進欲望和商品的陷阱之中，尋找與失落成爲他們人生命運的必然。於是，他們的未來在還沒有開始的時候就已經結束了，沒有知識和文化的依託，他們的未來只能是物欲化的沉迷，是理想的最終破滅。《峽谷歌星》中，「歌星」又返回到生活的起點，時間的未來也就是時間的結束。《小黃米的故事》中，掛在房門上的明星畫是她關於城市的想像，而她生活中的現代生活只是放進湯裏的醬油。如果說《小黃米的故事》中的小黃米的

未來之路還沒被昭示出來，那《青草垛》中的十三苓則是小黃米的未來，那是一個經歷了風塵之後的破敗之身——一個活潑健美的少女變成了一個只知道要吃喝的傻女子。

時間的前進，現代化的發展使沉默的大山喧嘩了起來，山裏人接受了更多的現代氣息，也從中得到了更多的經濟上的收益。但是，在一個拜物、拜金的時代，現代化給山裏人的精神帶來什麼呢，是山裏孩子們的裝「哭」來騙取同情，是「歌星」輕信他人而變成了啞巴，是小黃米最終如十三苓般的呆傻？在九十年代的山村小說中，鐵凝對現代性進行著反思，這種反思也使得鐵凝從《哦，香雪》的純淨瞬間向更為深邃寬廣的藝術境界進發。

在世紀之交，全球化帶來的時間的流動性消解著城鄉之間，國內與國際間的空間差距，城市與鄉村、國內與國際的交往日益增多，在這樣的一個歷史背景下，存在現代性取代了認識現代性。鐵凝在一個更為廣闊、更為多樣的空間背景下展示人物的命運。山裏人走出了大山，來到了他們嚮往已久的有著現代氣息的城市。在城市與鄉村的碰撞中，在大山的時間指令與大樓作息習慣的轉換中，山裏人又如何來演繹自己的生命旅程？

《小鄭在大樓裏》、《寂寞嫦娥》、《逃跑》是山裏人在城市的人生境遇。《小鄭在大樓裏》講述了大樓所代表的城市時間和空間對人的生命擠壓。大樓取代了大山，城市的生活空間取代了山村的生活空間，城裏的工作時間取代了山中的自由時間。小鄭不僅經歷著時間和空間轉變後生活和心理上的落差，更重要的是人際關係的交往帶給他的身心的疲憊。大樓是被圍困的城堡，或如福柯所說的監獄，小鄭在大樓裏也由一個山裏人被規訓為一個「看起來頗有些閱歷」的城裏人。《寂寞嫦娥》則表現了一個反規訓的主題，在城市裏，嫦娥終究以她山裏人的本色，從佟先生家的大樓裏走出了寂寞，以種花、賣花的方式，貼近了自然，並為自己在城裏爭得了一片自由的生存空間。

不僅是在城市與鄉村中，鐵凝還在一個更為寬廣的時空背景下展開故事。《小格拉西莫夫》是鐵凝短篇小說中最富於變化的一篇，時空的變化使這篇小說蘊藏著豐富的歷史與文化底蘊。鐵凝的短篇小說通常是在一開頭便進入故事，以極快的敘事速度進入到故事時間之中，並以快節奏的速度推進著故事的發展，如《小黃米的故事》、《寂寞嫦娥》、《大妮子和她的大披肩》等等。可是，在《小格拉西莫夫》中，作者遲遲不進入故事，而是引出畫家齊叔，齊叔的畫展，齊叔與我在歐洲的相遇，並且要一起乘船到某地，是一種

慢節奏的敘述。在大篇幅的海外相遇的鋪排之後，齊叔才開始了山村業餘畫家「小格拉西莫夫」的故事講述，而這故事又不時地被我的提問，被船艙裏正在發生的事件所打斷，那是關於蘇聯解體的消息的報導，以及船上的一個蘇聯青年。這樣，《小格拉西莫夫》就形成了歷時性和共時性兩條線索，歷時性的故事是太行山區一位對蘇聯畫家充滿了崇拜之情因而被稱爲「小格拉西莫夫」的業餘畫家，從「文革」到九十年代商業化時代的人生歷程。共時性上則是西歐的發展、蘇聯的解體、蘇聯人民物質的匱乏和對藝術的熱愛，以及中國的現代化進程，還有中國人那難以釋懷的紅色情結。

二十多年的歷史時間，橫跨東西半球的存在空間，「小格拉西莫夫」的命運已經不單是太行山下那個山裏人「二旦」的命運，而是蘇聯畫家的命運、蘇聯年青人的命運，以及整整一代受了蘇聯文化影響的中國人的命運。也許還不止於此，在這樣廣闊的時空背景上，鐵凝或許還想到了更多。

隨著全球化的發展，空間被切割成了碎片，鐵凝從認識論的時間走向了存在論的時間，這使她具有了更開闊的視野和更廣闊的胸懷。《第十二夜》與《小格拉西莫夫》有著異曲同工之妙，而且情節更爲集中。地理空間是固定的，一些被山裏人逐漸廢棄，卻被城裏人爭相搶購的山上的房屋，敘事時間也是固定的，就是女畫家「我」爲了買房而在山裏住的七天。但在這短短的幾天裏，卻連接著半個世紀的歷史。那是山上的房主大姑年輕時的故事時間，以及畫家老秦的十歲女兒與「我」對話的時間，以此引出的現代與傳統觀念的碰撞。大姑的故事是一個始亂終棄的陳年舊夢，老秦十歲的古怪女兒的頭腦裏已經沒有了身體和倫理的禁忌，作爲現代女性的「我」處於兩個時代和兩種思想的對接之中，於是也便有了對受壓抑的大姑所代表的前現代女子的同情，和對具有超前意識的十歲女孩所代表的後現代女子的一種驚疑。時代是否在進步？這似乎變成了一個難以回答的問題。於是，鐵凝也不再糾纏於這些問題，而是以更爲博大的胸襟去關注、去體貼山裏人的現代化之旅。

在鐵凝的小說中，現代性的時間投影到大山的民間世界之中，使鐵凝對大山以及山裏人的生存與命運的思考具有了深刻的歷史內涵，而對山村中民間世界的展現，又使得現代時間有了一個獨特而富於詩意的載體。因此我們說，鐵凝的小說是有著詩意的美感的，又是有著歷史的厚重的；是傳統的，又是現代的。這些都緣於鐵凝小說中的現代性與民間性，緣於現代時間中民間世界的時空表達。

第四節　城市空間與「暈厥羊系列」

一、城市敘事中的空間世界

在鐵凝的山村系列小說中，有著田園詩般的秀麗風光，紅紅的柿子，清清的澗水，龜背石的彎彎山路，讓人留連忘返。而她筆下的城市，卻讓人倍感沮喪。沒有亮麗的色彩，沒有活潑歡快的女孩子，城市空間是狹窄的，擁擠的。馬路上擠滿了上下班的人群，樓群是灰暗老舊的，辦公室是破敗的，人在其中說著無聊的閒話。這裡的空間帶給人的是一種無形中的鬱悶與壓抑，以及想逃離而又不能的躁動與煩悶。我們來看其中的幾段描寫：

> 當九十年代的我們經過這些由蘇聯人設計的紡織工人住宅區的時候，我們一面端詳著那些面目相近、老舊而又略顯笨拙的樓群，端詳著樓房頂端那一溜溜薰得烏黑的排煙道，一面仍能體味出蘇式建築的用料實惠、寬大沉穩和嚮往共產主義的浪漫熱情。（《安德烈的晚上》，見《巧克力手印》第 84 頁）

這是《安德烈的晚上》中敘寫到的蘇式樓群，它們的式樣相近，老舊又略顯笨拙。在九十年代，當五十年代的熱情早已不在，留下來的只有破舊的建築與歷史的滄桑。不僅如此，舊的樓群還成為了一種象徵，代表著舊有的價值觀念和生存理念，它們和灰暗的樓群一樣，成為了對人自由生命的一種束縛。如同安德烈所感受到的：

> 他分明覺得，他連同他那個背時的名字——安德烈，又被一同網進了這片蘇式舊樓。他和這些舊樓有著一種相似的背時，所以他和它們格外容易相互愚弄。（《安德烈的晚上》，見《巧克力手印》第 95 頁）

在這個城市矗立了將近半個世紀的蘇式樓群，成為了這個城市的象徵。它是一張巨大的網，將人們網在了舊日的時光裏，成為安德烈和他那一代人無法走出的一個迷宮。

如果說，安德烈感到的是歷史空間的重壓，那麼，楊必然感到的則是城市中人的重壓。在狹小的空間中，是人的熙熙攘攘，人的牆，人的海，楊必然形象地形容為「游泳」：

> 他的妻子對他說，白天你一天往返兩趟編輯部，還沒走夠路啊。
> 楊必然對妻子說那也叫走路麼，那也配叫走路？妻子說那叫什麼？

楊必然說那叫游泳。接著補充說那叫在人海裏游泳，舉手投足伸胳
膊蹬腿，碰著的都是人，你簡直就是扒拉著人潮往前遊，哪兒有路
啊，你踩的都是人啊。（《蝴蝶發笑》，見《巧克力手印》第 111 頁）

由人充塞的街道，使城市猛然間變得更加狹小，自由空間更加稀缺。不僅是
街道，就是辦公室、家中的客廳也都是人滿為患，自由空間成為一件奢侈品，
尋找自由空間成為一種奢望。《遭遇禮拜八》中的朱小芬雖然左衝右突，依然
無法尋找到一塊屬於自己的淨土。

　　充塞在城市中的舊式樓群，舊式的院落房屋，擁擠的馬路，擁擠的辦公
室，擁擠的客廳，整個的城市空間顯得如此得擁擠而暗淡。這是缺乏生機與
活力的空間，是沒有空間自由的空間。

　　任何時間和空間的選擇都帶有作者強烈的主觀意願，就鐵凝的興趣而
言，她選擇的不是都市的摩天大樓和摩登人群，而是居於城市中的普通市民。
她筆下的城市空間是城市中的民間世界，而她所關注的則是二十世紀八十年
代以來一直到新世紀初的民間世界中的世俗煙火，即普通市民的生命感受和
生存體驗，尤其是民間世界交往過程中世俗權力的體現。於是，她筆下的城
市空間多是馬路、單位、家裏的客廳，這些人群聚集的地方，是居於擁擠城
市中的人，是社會人群中的人，是人與人構成的城市中的民間世界。

　　可是在某些時刻，陳舊的空間、人際的交往或許還能產生某種淡雅的懷
舊情緒，讓內心生出幾分溫馨。而鐵凝並不是一個帶有小資情調的懷舊主義
者，直面人生，直面社會，在最為真切的生命體驗中探究城市的現代性，尤
其是城市中人的現代性，是鐵凝小說不間斷的主題性思考。在擁擠的空間中，
在人對人過度的關懷中，時間流逝著，而現代人的自我主體性卻依然沒有實
現，暈厥羊系列成為鐵凝對沒有主體性的城裏人一種形象而生動地概括。

二、暈厥羊部落

　　在陳舊灰暗的城市空間中，人變得極其得抑鬱與萎瑣，是沒有主體性的
群體中的某一個。在鐵凝的小說中，存在著一個城市暈厥羊系列。暈厥羊的
意象出現在短篇小說《暈厥羊》中：暈厥羊是一種長不大的小羊，害怕聲音，
害怕風雨，害怕比它們大的動物，外界稍有響動就會導致它們暈厥，動物學
家命名它們為「暈厥羊」。（見《巧克力手印》第 22 頁）

　　「暈厥羊」們有一個共同的特點，就是容易暈倒。最為典型的暈厥羊形象就是小說《暈厥羊》中的老馬和小偷，《請你相信》中的於若秀，《安德烈的晚上》中的安德烈，此外還有《省長日記》中的孟北京，《樹下》中的老於，《穿過大街和小巷》中的人群等。他們都患有一種病——暈病，也就是在某種時刻就會突然間暈了。

　　《請你相信》講述了知識分子於若秀在辦理分房手續時的遭遇。從走進辦公室的那一刻起，於若秀就處於高度的心理緊張狀態，在她看來，任何一種聲響都將是分不到住房的信號。提著心弔著膽，在經過了一道道繁瑣卻不得不走的手續後，在即將拿到鑰匙的最後一道環節中，她終於承受不住過度的心理壓力而暈倒了。小說寫到她的緊張心理：

　　　　政策？政策不是由人來施行？政策就是看打電話的那方是誰。

　　　　於若秀想伸手把桌上那已經屬於自己的房證夠過來應付萬一，但她

　　　　怎麼也抬不起胳膊，又是一陣胸悶……於若秀好像夠到了房證，接

　　　　著她就覺著墜入了一個無底的深淵……（見《有客來兮》第 302 頁）

於若秀暈倒了，暈倒在電話鈴聲中，暈倒在自己對自己的心理恐嚇之中。

　　《安德烈的晚上》中安德烈暈得似乎毫無道理，好友家的那片蘇式樓群對他來說是太熟悉不過了，每次他都能自由出入。可是為什麼會在這片樓群中暈了，以至於竟然找不到好友的家門了呢？而且這一晚過後，他又能輕車熟路毫無障礙得走進走出。可是，他真地暈了，就暈在那個與女同事約會的晚上。因此說，他不是暈在這一片看起來相似的樓群中，而實在是一種心的迷失，是內心的驚恐與道德的自律產生的極度的緊張，使他的心靈迷失了方向。

　　暈厥羊們讓我們唏噓不已，讓我們心生同情，而且讓我們倍感憋悶。因為在鐵凝的小說中，並沒有一個與暈厥羊們相對抗的對立面，他們的暈實在是一種自我折磨，如《省長日記》中鋅兒頭對孟北京的不理解：他不明白這個人為什麼要如此折磨自己。（見《有客來兮》第 110 頁）還有《馬路動作》中的杜一夫，並沒有人招惹他，他為什麼就不能過一種正常的生活，偏要從窗戶裏進進出出，並把自己緊緊地封鎖在陰暗潮濕的小屋中呢？他又何苦看到人就嚇得縮進自己的巢穴中呢？

　　因此，鐵凝小說中暈厥羊們的另一個顯著特點就是具有著某種程度的自虐傾向。在《省長日記》中，我們鮮明地看到了這種自虐性：

孟北京想著，確切地說是替別人想著，替別人想像一連串專門用來批駁他、戳穿他的話語。……他隱隱覺得他的生活如此彆扭，如此不聽他的吩咐這麼趔趔趄趄地一路跌撞下來，就是從必須不吃菜開始的，可是他錯在哪兒呢？他招誰惹誰了？但是誰又招他惹他了？他的思路亂了，腦袋嗡嗡作響，他覺得他沒有力量把這一切想清楚。（見《有客來分》第 111 頁）

孟北京因為曾在車間說過一句不吃菜的話，便在其後的生活中嚴格自律，不在公共場合吃一口菜。他的自律於是就有了自虐性。而且更為可怕的是，他總是為自己羅列罪名，總是將批判的矛頭指向自我，其實是太在意別人對自己的看法，從而沒有了自我的主體性。但可悲的是，對他這樣的小人物的言行，是沒有人在意的。這就形成了不是悲劇的悲劇，是自己為自己編織了一個走不出去的繭。

而且，鐵凝更為深刻之處在於，她筆下的暈厥羊還不是個別特殊的人群，在她看來，每個人都可能成為一隻暈厥羊。《暈厥羊》中的老馬本身就是一個倒楣蛋，是單位裏，家庭中的暈厥羊。可是，讓他驚喜的是，在自家的門廳裏，他竟然嚇暈了一個冒充水工的小偷，於是作者感慨道：一隻暈厥羊與許完全有能力去恐嚇另一隻暈厥羊。（見《巧克力手印》第 22 頁）並且，在對另一隻暈厥羊的恐嚇與憐憫中，獲得了心理的安慰與滿足。《穿過大街和小巷》中的牛小伍就是在對別人大喊「出來！」的時候，換取了生存的勇氣與力量。

「鹵水點豆腐——一物降一物，總有一些人要對另一些人說『不許』，總有一些人要聽另一些人說『不許』，這是老馬悟出的道理。這裡隱含著國民的劣根性——奴性的成分，同時也含有福柯所謂的微觀的、持續的、網狀覆蓋的權力的存在。而我們要追問的是，是什麼使得一些人有權力對另一些人說「不許」？而另一些人又心甘情願地聽一些人的「不許」？

三、時間政治

單是空間的破敗與灰暗是不足以形成暈厥羊系列的，是時間，凝固了的時間，毫無效率的時間機制，才能使人日益萎縮。因為城市雖然代表著現代性，可是幾千年根深蒂固的時間觀和價值觀，並沒有隨著城市的出現而自行消失，尤其是在城市的民間世界中，世俗的價值觀並沒有出現時間上的斷裂，而是因因相襲，代代相傳。前現代社會中的權力觀念，人治色彩，主流知識

和話語，在現代化程度並不太高的城市中依然是生活中的主導，並形成世俗的價值理念，使城裏人成為了量厥羊。

在鐵凝城市系列小說中，貫穿始終的就是對城市中人的現代性的思考。在其八十年代的小說中，作為已經具有了主體意識的作者來說，權力——包括政治權力以及由此派生的話語權力阻礙著人的主體性的建構。《羅薇來了》、《六月的話題》、《請你相信》、《色變》等都表現了權力在現實生活中的隱秘作用。

《六月的話題》曾獲得 1983 年優秀短篇小說獎，是鐵凝早期城市小說的代表作，表現了政治權力意志在社會生活中的滲透。在現代社會，在提倡民主與自由的時代，政治權力依然以隱秘的方式左右著人的行為和心理，使人們在面對一張匯款單時噤若寒蟬。因為那張匯款單不是一張普通的匯款單，而是牽連著一封檢舉信，而檢舉信又牽連著文化局的官員，而官員又掌握著全域人的命運與利益。於是，在這張匯款單面前，兩個月的時間變得如此得漫長與難耐。在匯款單被張貼到被最終取走的兩個月裏，空氣凝固了，時間凝固了，人心也凝固了。小說中寫到這兩個月的時間：

> 整整五十九天，好些人路過傳達室時，都儘量做到目不斜視，達師傅那面窗子彷彿成了讓人驚恐的暗堡。只有那幾位局長顯得光明正大，他們不僅毫無畏懼地從那張小紙片跟前經過，還常常對坐在門內的達師傅投去意味深長的一瞥。（見《有客來分》第 228 頁）

在這個時間段落裏，一切都顛倒了，犯錯誤的人因為是被檢舉者而心胸坦蕩，清白的人有可能是檢舉人而顯得鬼鬼祟祟，因為，被檢舉者手中依然掌握著權力。在如地下工作者接暗號一般的時間裏，兩個月成為了時間的政治。

《請你相信》中出現最多的是電話鈴聲，電話本來是普通的通訊工具，但是，在八十年代，電話卻成為某種特權的象徵，「打個電話」成為為官者行使權力的一種方式。主人公就是在一次次的電話鈴聲中暈倒的，因為電話鈴與某種關鍵的時刻相連，隱藏著權力對人的愚弄。面對著政治權力，人的自我主體性的建構成為一種虛妄。

90 年代以來，經過十年的改革，政治權力對人的束縛有所減緩，人的主體意識進一步覺醒。在躁動不安中城裏人開始了對自由時間和自由空間的尋找。可是，自由還是如此得難以獲得。政治權力已經不再是主要制約因素，那麼，對自由形成束縛的又是什麼呢？鐵凝這一時期的思考由政治權力轉到

話語權力，即在人際交往之中，在話語權力干擾之下，自我的時間和空間都被他者占去了。

《遭遇禮拜八》講述了自由時間的不存在，那是因為他者話語的強勁而導致的對存在的干預。「固然領袖說過：『關心他人比關心自己為重』，可也不能把他人關心得不是人了呀！」（見《有客來兮》第 172 頁）朱小芬多麼渴望有屬於自己的時間呀。可是禮拜八是不存在的，也就是說，一個週期裏沒有一天是屬於自己的，人的自由是不可得的，人終究是生活在人際關係之網中，將時間消耗在儀式化的來來往往中。當然，也有掙脫了世俗價值理念而我行我素的人，如《馬路動作》中的杜一夫，《蝴蝶發笑》中的楊必然。他們有一個共性，就是喜歡在夜間行走，在夜裏，他們才成為了一個自由而健康的人，如楊必然所說：

> 只有在夜裏，只有在深夜你才能在路上看見路。你才能比任何時候都清楚地知道，你把腳一伸，是路在下邊接住了你的腳，路迎合著你，烘托著你，抬舉著你，隨著你的重量，也不管你有多胖。……在健康的夜裏和健康的路走在一起。（《蝴蝶發笑》，見《巧克力手印》第 111 頁）

他們害怕的是人，尤其是杜一夫，把自己緊緊地封鎖住，與人隔絕，與社會隔絕，只有在夜裏，在空曠的大街上，才有自由的空間，也才有屬於自己的時間。然而，他們卻也成為了不合時宜的怪異之人。

在新世紀，鐵凝對人的現代性的思考又向縱深處發展。是什麼使得政治權力和話語權力有如此大的力量，使人掙脫不得？時間雖然已經進入到了新的世紀，在時間刻度上與上一個世紀發生了斷裂，可是，在日常生活中心理時間卻是綿延不斷的。幾千年形成的固有的民族文化心理依然是一種強大的力量，它內化到主體意識之中，制約著社會中的禮儀交往，並對自我形成強大的約束力。而在現代社會，曾有的歷史文化有些已經過時，如朱自清先生所言：「社會情形變了，人的生活跟著變，人的喜怒愛惡雖然還是喜怒愛惡，可是對象變了。那些禮的惰性卻很大，並不跟著變。這就留下了許許多多遺形物，沒有了需要，沒有了意義；不近人情的偽禮，只會束縛人。」〔註17〕

〔註17〕朱自清：《經典常談》第 39 頁，北京出版社 2004 年版。

　　《有客來兮》講述的就是主客的禮儀交往。在表姐來訪的七天時間裏，李曼金犧牲掉自己的時間、空間，陪著笑臉，全心全意以盡地主之誼，可是依然不能讓表姐一家滿意。最後，她終於扯下戴了幾十年的面具，對他人的不滿來一個「當場告訴」：

> 比方現在，就這麼一會兒的工夫，或者叫做一瞬間，李曼金突然就控制不住了，那個埋藏在她心中年深日久的願望，那個名叫「當場告訴」的願望突然來了，……今天的李曼金決定叫這心中的不速之客做一回主，她要它破壞一回她本可以熱絡一生的善始善終。（見《有客來兮》，第 31 頁）

讓我們思考的是，這個「當場告訴」為何如此之難？「討厭你們」，如此簡單的一句話，卻如此得難以啓齒。那是已經內在化了的歷史文化的制約，是中國傳統的「禮」、「仁」觀念對人的內心的影響，一張好人的面具我們一戴就是上千年。「一瞬間」和「年深日久」有著多大的時間落差呀，一瞬間要想突破年深日久的歷史積澱，那得需要多少個一瞬間的積累。

　　《小嘴不停》中的包老太太用一生的時間來阻止一個隨時都有可能解體的婚姻，維持一個家庭的體面，《誰能讓我害羞》中的小送水工用代表著現代的服裝和設備來武裝自己，他們追求的都是一個面子。這個年深日久的面子是自我對本身的束縛，自此，人走不出的，其實還是自己的內心，是那個年深日久形成的規訓之網。如福柯所言：「在本世紀 60 年代，往往把權力定義為一種遏制性的力量：根據當時流行的說法，權力就是禁止或阻止人們做某事。據我看來，權力應該比這個要複雜得多。」〔註18〕鐵凝新世紀以來的小說就表現了權力的複雜性，它不是外在壓制性的，而是生產性的，是內在化了的渾然不覺。

四、城市現代性

　　時間緩慢而又快速地流淌著，時代的前行將帶給我們怎樣的一個城市？是否更適於人類的棲居？人能否擁有自由的時間、空間和心境？

　　薩特認為人生而是自由的，沒有人能剝奪我們的自由，但是自由又是如此得難以得到，他人的存在是自我獲得自由的障礙，於是有「他人就是地獄」

〔註18〕福柯：《福柯訪談錄：權力的眼睛》第 27 頁，嚴鋒譯，上海人民出版社 1997 年版。

之說，揭示了一種荒誕的人生境遇。福柯認爲權力無處不在，現代社會中規訓與懲罰無處不在，人就生活在被監視的「全景敞視建築」之中，整個城市就是一座大的監獄。這是一種「泛權力」化的現代城市生活景觀。受這些哲學思想的影響，上世紀八十年代以來的小說中，出現了眾多表現人的荒誕生存境遇的作品，如殘雪等先鋒作家筆下時間的靜止與生存的虛無，池莉等新寫實作家所表現的空間的乏味與人生的暗淡，蘇童等新歷史小說中歷史的滄桑與生命的易朽……在對現實的體驗與文學的想像中，被譽爲「新潮」的大多數作家的作品大都指向一個光明缺失的所在。

鐵凝的城市小說固然表現了城市自由時間與自由空間的潰乏，但在她的作品中我們總是能看到生活的明媚與希望，感受到現代人以不同方式所追求的生命之光，具有著啓蒙色彩。《馬路動作》是最讓人感動的作品。白天時的杜一夫，面對人群時如此得恐慌，緊緊地把自己封鎖在自造的存在之殼中，他那發著米餿味的衣服，每天掛著鎖的陰暗的小屋，都是對外界進行抵擋的堅硬的外殼。小說在這裡表達出的是一個卡夫卡式的存在主義命題。但是，鐵凝的獨特之處便是在這近乎宿命般的存在中發現人生的美好。於是，我們就看到了夜晚來臨後杜一夫的煥然一新與精神抖擻。在夜風的吹拂下，他手勢舒展自如，禮貌而熱情地迎來送往，顯得那樣得周到而得體。夜深了，他還遲遲不願離去。這是一個虛擬而朦朧的空間與時間，它衝破了心理的禁錮，還生活以自由與溫暖。

還有《有客來兮》中的李曼金，終於突破了她本打算熟絡一生的善始善終，喊出了那句積壓在心頭幾十年的話：「我討厭你們，你們一點都不知道吧，我早就討厭你們！」（見《有客來兮》第 31 頁）雖然這句話讓她有些自我驚詫，或許還有些後悔，但她終於卸下了這幅笑的面具，還自我以眞實的情感。哪怕只有瞬間，也是向本眞的自我邁出的可貴一步。

現代性的啓蒙是從城市開始的，「19 世紀末 20 世紀初，在人們的想像中，城市發散著『光明』：啓蒙、知識、自由、民主、科學、技術、民族國家，以及從西方新引進的所有觀念。」〔註 19〕雖然歷經百年，但啓蒙的任務並沒有在全國最終完成，它依然在現代化的路途中肩負重任：「儘管啓蒙哲學難免有著這樣那樣的缺陷，但按照它的基本理念作出的制度安排，包

〔註19〕 李英進：《空間、時間與性別構形：中國現代文學與電影中的城市》第 4 頁，江蘇人民出版社 2007 年版。

括在憲法中對人權（生命權、財產權、思想權等）的保護等，畢竟使現代社會獲得比中世紀社會明顯進步的形態。個體哲學這方面的意義，是勿庸置疑的。」〔註20〕

在現代中國，在從傳統的鄉村發展而來的城市中，有效率的現代時間將會日益打破歷史規訓下的權力話語，新的價值規範和交往理念也將逐步確立，這是城市現代性的必由之路。當然，效率時間會因經濟權力的介入而使人與人之間的關係變得冷漠，在小說《誰能讓我害羞》中，鐵凝已經敏銳地觸及到了這個問題：經濟上新貴們的傲慢與窮困者的卑微構成了尖銳的衝突，並可能導致悲劇的發生。《誰能讓我害羞》有著更深層次地闡釋空間，有待更深入地解讀。在這裡我只想說，《誰能讓我害羞》既延續了又開啓了人的主體性的思考，那是關於「主體間性」的思考。在消費日益佔據主導地位，商品的符號價值日益顯著的社會中，如何構建一個既自主又和諧的城市空間，這是作家和哲學家們都在思考的問題。哈貝馬斯提出了「交往理性」，使哲學從個體主體性走向了「交互主體性」。李澤厚認爲：「交往需要眞正的情感，否則，交往也將異化，語言亦然。……這是活生生的現代人生。」〔註21〕

鐵凝的創作還在繼續，鐵凝的思考也在繼續，而她所關注的將依然是現在進行時的城市空間中，超穩定的民族文化心理結構中，城市現代性與人的現代性。

第五節　故園小說的民間想像與家族敘事〔註22〕

故鄉趙縣是鐵凝小說敘事中地理位置的最南端，與其他三個地理空間不同，故鄉對鐵凝來說是熟悉的陌生之地。故園情結在鐵凝的心中揮之不去，那是她的生命之根，血脈之根。然而，故園又是一個她未曾經驗過的地方。所以，相對於其山村系列和城市系列小說來說，故園小說的數量是極少的，短篇小說中大概只有《三醜爺》、《老醜爺》兩篇，中篇小說中也只有《棉花垛》、《埋人》。但是，那遙遠而又親近的故鄉是那樣得讓人魂牽夢繞，割捨不

〔註20〕陳嘉明：《現代性與後現代性十五講》第306頁，北京大學出版社2006年版。
〔註21〕李澤厚：《主體性的哲學提綱之三》，見《哲學文存》下冊第654頁，安徽文藝出版社1999年版。
〔註22〕此節內容見拙作：《鐵凝故園小說的民間想像與家族敘事》，《理論與創作》2009年第4期。

下。於是，她要復原祖輩的歷史，尋找到生命依託的血脈。那麼，那個親切而又陌生的，血緣情深而又無所皈依的，魂牽夢縈而又難以尋覓的故鄉到底是怎樣的一個存在呢？在《笨花》中，鐵凝終於繪製出了冀中平原上那個名叫笨花的村莊，勾畫出了笨花村人的黃昏與夜晚，復活了祖輩父輩的生活與夢想，書寫了一個看似平凡實則偉大的父系歷史神話。那麼，如何在歷史的真實與文學的想像中構築起故園的歷史性存在，這是作者的用心所在，也是研究鐵凝故園小說的關鍵所在。

我們研究的切入點是鐵凝故園小說中一再出現的幾個意象，這幾個意象透露出鐵凝的故園情結，以及對於故園的想像性敘事。進入我們閱讀視野的是：如海的棉花地、在鄉村傳教的瑞典牧師、位至管帶的先祖、壯烈犧牲的抗日女英雄。如果我們把這幾個意象連接起來看，會發現這是一個很有意味的組合，那是關於自然風情、關於家族與民族歷史、關於現代性的故園敘事。是的，鐵凝構築起的是一個鄉土中國，但又是面向世界，走向現代性的中國鄉土。

一、故園的民間敘事

故鄉是鐵凝的祖輩和父輩生活的地方，對於在城市中長大的她來說，故鄉是極為陌生的。然而，尋找出自己的血脈依託，敘寫出父系的家族史一直是她的一個夢想。於是，故鄉時時走進她的文學敘述之中。短篇小說《老醜爺》、《三醜爺》，中篇小說《埋人》，是作者近距離地對故鄉的觀照與探尋，可是，那個貧困落後還有幾分閉塞的村莊並沒有能夠滿足她對故鄉和血緣的想像，於是，她要向歷史的深處叩問，去尋找家族和民族的生命之本，去重新勾畫一幅幅祖輩們曾經生活過的民間場景與歷史場景。於是，就有了《笨花》中的民間風情：黃昏中的故事，如海的棉花地，夜晚花棚中的情調，還有那極具民間風俗特色的集市與廟會。

可以說，在鐵凝的想像中，故鄉是一個由大地、落日、棉田、民間的智慧、鄉野的風俗組成的一個充滿了情趣與生命活力的地方。民間世界的鄉村是自然生態時間中的鄉村，是與四季的播種與收穫，與生命，與繁衍，與勞動後的歡娛相連接的。於是，它成為了一首民間的歌謠。在小說中，對笨花村的描寫用的最多的一個字是「戲」字：

> 黃昏像一臺戲，比戲還詭秘。黃昏是一個小社會，比大社會故
> 事還多。是有了黃昏才有了發生在黃昏裏的故事，還是有了黃昏裏
> 的故事才有了黃昏？人們對於黃昏知之甚少。（《笨花》第7頁，人
> 民文學出版社2006年版。）

《笨花》的開篇就是對笨花村黃昏的敘寫，鐵凝以抒情的筆調敘寫出了一幅充滿了民間情趣的鄉村黃昏圖景。在這幅圖景裏，有女人在房頂上的罵街，牲口在當街的打滾，雞蛋換蔥的、賣燒餅的、賣酥魚的、賣煤油的在街上的叫賣，走動兒在街上飄逸的行走，向文成在廊下擦燈罩……「比戲還詭秘」，戲和詭秘，奠定了小說敘事的民間情感與曖昧基調。因為它是一臺戲，所以它是好看的，具有了戲劇性，因為它是詭秘的，所以就有著幾分溫薰、幾分朦朧還有幾分曖昧。這是具有民間情趣的鄉村圖景，具有了民間風俗史的特色。

《笨花》的民間敘事是沿著這一情調發展的，於是，一年四季的勞作也不再是辛苦的，而成為了充滿情趣的娛樂。《笨花》的核心意象就是棉花，而且棉花的意象在許多作品中也一再出現，《村路帶我回家》中女知青對花地的依戀，《午後懸崖》中母親不遺餘力地對棉被的收藏，《棉花垛》直接用棉花來命名，而到了《笨花》，那已經是本土性、民間性的關於棉花的書寫了。棉花是《笨花》的本體性敘事，棉花與笨花村的歷史相隨，棉花又與笨花村人的生活相伴，種花、摘花、拾花都是笨花村人的一次次盛會，而最大的盛事與狂歡則是棉花地的夜晚，「鑽窩棚」的夜晚將娛樂的時間推向了極致，棉花地中的夜晚也成為了一場場有聲有色的戲，而伴著這戲的是糖擔兒的糖鑼敲打出的鼓點：

> 花地裏起了窩棚，就像廟上起了戲，笨花的夜變得悠閒而忙碌。
> 夜又像是被糖擔兒的糖鑼敲醒的——有一種專做窩棚生意的買賣人
> 叫糖擔兒，糖擔兒在花地裏遊走著賣貨，手持一面小鑼打著喑啞的
> 花點兒。這小鑼叫糖鑼，糖鑼提醒著你，提醒你對這夜的注意；提
> 醒著你，提醒著你不要輕易放棄夜裏的一切。（《笨花》第77頁）

「花地裏起了窩棚，就像廟上起了戲」，是戲就終有散場的時刻，窩棚也有被廢棄的時候，於是，短暫的娛樂就變為了一種即時的狂歡。那麼，為什麼在看花時節，人們對花地中的「鑽窩棚」會如此得寬容，而「鑽窩棚」的女子們會如此得沒有禁忌，如此得理直氣壯呢？張檸在分析「鄉村時間」時認為：「無論什麼節日，都可能具有狂歡色彩。但與現代節日的『事件化』不同，傳統節日不是對時間的中斷，而是對時間的救贖，也是人與時間和解的特殊

方式。同時，鄉村的『節日』還是對時間（歷史）和生產（秩序）的激烈反抗方式，是對因生產和種族延續需要而產生的禁忌的違反」。〔註23〕

「鑽窩棚」是鄉村的節日時間，因此也就有著狂歡的色彩。作為一種民間風俗，花棚中的調情不僅是勞動之後的放鬆，是食色男女一年一度的身體放縱，是對於性禁忌的違反，更為重要的當是對種族延續儀式的預演。如同鐵凝在《青草垛》中寫到的新婚時鬧洞房的風俗，都屬於與生命，與種族的繁衍相連接的民間風俗。在鄉村，這種時刻屬於大眾狂歡的時刻，充滿了喜慶色彩，是不能隨意被破壞掉消解掉的。並且，這種狂歡氣氛作為一種儀式得到了傳承。此外，棉花作為一個主要的意象，它那四季輪迴的自然生命與人的出生——成長——死亡相對應，從而成為了重要的生命原型。棉花的生長代表著生命的成長，同艾初次夢見取燈是棉桃泛綠的時節；棉花的凋謝代表著生命的終結，取燈最後犧牲於被廢棄了的花棚。

如果說黃昏還有花地裏的夜晚都是如戲一般透著溫薰與熱鬧，但那終究由少數人擁有，真正的全村人的熱鬧與狂歡則是出現在廟會中，那時是戲的真正開始：

> 每年的四月二十八，是兆州縣城的大廟會。廟會連續五天，不僅附近客商到兆州來趕廟，這廟會還驚動著千里之外的南北客商。南方客商從湖廣蘇杭販來乾鮮、竹貨、洋布和綢緞；北方客商也將杈、耙、掃帚、水缸、瓦盆擺上街頭。戲班來了，河北梆子的梆子聲能傳出城外。馬戲來了，有馬戲也有大變活人。說書藝人搭起書棚，專說薛仁貴征東。……（第 119 頁）

廟會是獨具特色的民間慶典儀式，它是由「廟」和「會」組成的，沒有廟，會就缺乏了色彩，沒有會，廟就顯得冷清，而廟與會的結合才真正地顯現出民間的企盼、民間的娛樂。在向神靈乞求五穀豐登的同時，也在農忙來臨之前盡情地放鬆與狂歡。

不論是如戲的黃昏，如戲的花地的夜晚，還是如戲的廟會，鐵凝用「戲」字概括了笨花的民間世界。一個「戲」字透露出作者對於故鄉的想像，那注定是民間的風情史，是民間狂歡氣氛的再現。巴赫金在《拉伯雷小說中民間節日的形式與形象》中寫到：「我們所談到的一切都表明，為什麼遊戲、

〔註23〕張檸：《土地的黃昏——鄉村經驗的微觀權力分析》第 32 頁，東方出版社 2005 年版。

預言、謎語的那些形象和民間節日的形象能夠結合成一個有機的、意義與風格統一的整體。它們的公分母就是歡樂的時間。」〔註24〕鐵凝在《笨花》中更多地選取了民間節日的形象，創造出特有的生態時間與民間風情。

　　鄉村的黃昏、鄉村的夜晚、鄉村的廟會是如戲的歡樂時間，而鄉村白天的娛樂時間則是由「瞎話」來創造的。

> 　　笨花人願意聽瞎話說瞎話。笨花人知道瞎話說的是瞎話，也願意聽。瞎話從街東頭（或西頭）走過來，人們攔住他說：「哎，瞎話，再給說段兒瞎話喲。」瞎話正走得急，顯出一副忙碌的樣子說：「哪兒顧得上呀，孝河裏下來魚了，魚多得都翻了河，我得去拿篩子撈魚。」……聽了瞎話鼓惑的人們拿著篩子奔向孝河河堤，卻不見孝河有水。孝河的河底和先前一樣，亮光光地朝著太陽。人們才忽然想到這是聽了瞎話的瞎話，上了瞎話的當。（第96頁）

瞎話是相對於實話而言的，實話代表的是規則和秩序，而瞎話則是對秩序的違背與戲弄。如果說走動兒是黃昏戲的主角，糖擔兒是花地夜晚戲的主角，那「瞎話」則是日常生活時間上演的戲的主角，他起到了插科打諢、活躍氣氛的作用，是貫穿全戲不可缺少的小丑的角色，同時以對禁忌的違背顯現出民間的智慧與幽默。沒有瞎話，笨花村的這場戲就會少了許多看頭。

　　因此，與其說《笨花》是關於日常生活的敘事，不如說它是關於民間風俗史、風情史的敘事。

二、故園的外來文化

　　在二十世紀，中國的鄉土社會與自然生態時間相諧和，與外界的接觸較少，因此，鄉村是一個相對閉塞的空間。但是外界的氣息還是絲絲縷縷地吹拂進來，給鄉村帶來一些異質的文化，基督教文化就是來自異域，並內在化於民間的一種文化。在鐵凝的故園小說中，一個足以引人注目的人物一再出現，就是那位在鄉村傳教的瑞典牧師。由這位牧師連接起的是一座縣城的黃土教堂，還有信奉耶穌的教徒們。《三醜爺》中的瑞典牧師山牧人，《埋人》中不曾命名的傳教士，《棉花垛》中的牧師班得森，《笨花》中的山牧仁牧師。牧師在鐵凝的故鄉是真實的歷史存在，可是，並不是所有

〔註24〕巴赫金：《拉伯雷小說中民間節日的形式與形象》，見《巴赫金全集》第六卷第272頁，李兆林、夏忠憲等譯，河北教育出版社1998年版。

真實的存在都要進入到小說之中，而瑞典的傳教士與他的黃土教堂頻繁地出現在鐵凝的小說之中，就不單單是對於歷史的記錄，而實在是大有深意焉。那麼，這位牧師跟故園又有著怎樣的一種聯繫呢？在短篇小說《三醜爺》中透露出了些許內情：

> 這次秦碧達女士的到來，才又引起我對瑞典人來華傳教的興趣。我不知一個生長在斯堪的那維亞半島的外國人，當年是怎樣拉家帶口在中國農村白手起家傳播宗教的，又是怎樣在我的家鄉生活過來的。談到生活，自然又聯繫起三醜爺。山牧人和他的後代阿蘭也許還都健在，如果有機會能聽他們談談當時我的家鄉，那該是件挺有意思的事。（見短篇小說集《有客來兮》第120頁）

這裡體現出敘述者「我」的興趣和雙重敘述視角，一是外國傳教士在中國鄉下的生活起居和傳教經歷，還有就是外國傳教士如何看待中國的鄉土社會。這兩個興趣共同指向一點，就是鄉村與外來文化的關係。由此可以看出，鐵凝是有著高遠的敘述視角和創作胸懷的，那就是世界的眼光。她是要將世界的文化融入到中國鄉村中去的。那麼，外來的基督教文化在鄉土中國又起到了怎樣的作用呢？

我們還是從鐵凝的小說中來尋找答案。在小說《笨花》中有這樣的一段話，可以看做是對我們所提問題的最好注解：

> 向文成向山牧仁請教宗教的作用時，問「主真地夠我用嗎？」，山牧仁回答道：「我只能按照基督教的教義回答你的問題，離題太遠也是一種無中生有。面對像西貝梅閣那樣天真可愛的教徒，我可以說，看見了嗎，基督在天國顯聖了。而面對向先生這樣的智者，我只能傳播信仰對於人類社會的意義。我還願意把自己想像成一個罪人，罪人的存在是不利於人類的文明的，於是罪人就願意在主的面前洗清自己的罪惡。他清洗一點，自己就會離文明近一步。一個民族多了些文明，總不能說是一件壞事。（《笨花》第230頁）

瑞典傳教士千里迢迢來華傳播宗教，是在傳播一種福音，一種信仰，更是一種文明。與文明相聯繫的是罪惡，在洗刷靈魂的罪惡的同時，使人類走向文明與進步。在鐵凝的小說中，宗教在多大程度上能夠拯救人的精神是被懸置的，她的關注點在於閉塞鄉村的文明與開放。人們感興趣的可能並不是外來宗教帶來的福音，而是對外來文化的一種瞭解，如他們的建築風格（兩面有

柱廊、三面有門、四面有窗），他們的飲食習慣（喝羊奶、吃麵包），他們的服飾特點（牧師的夾鼻眼鏡、師娘的裙子），他們的生活習慣（每天的散步），還有許許多多與本土不一樣的文化。所以，與其說瑞典傳教士打開了人們的精神世界，還不如說外來文化讓中國鄉土瞭解了外在於自身的一個世界。

與瑞典牧師相映成趣的是出現在《笨花》中的日本兵松山槐多，對日本人的描寫主要突出了兩個人物，一個是意識形態領域的日本軍國主義的代表倉本，一個就是有著民間願望的友好信使松山。如瑞典傳教士山牧仁一樣，松山也是外來文化的傳播者。他不僅是向有備的美術啓蒙老師，更重要的是通過他，讓人們瞭解了日本的民間社會、民間文化和民間情感。作者從中日兩個村莊的比照上進行敘事，通過松山對故鄉的記憶和一再哼唱的故鄉的歌謠，在異質性的文化中更突出了相似的民間願望——對和平與美好生活的嚮往。

異質的外來文化融入到中國鄉土文化之中，使民間文化更多了些色彩，使故鄉更多了對世界的理解，並且也打開了一條使鄉村從閉塞走向現代文明的路徑。

三、故園的歷史敘事

在鐵凝的故園小說中，存在著兩套時間體系和話語體系，一種是來自民間的生態時間以及充滿了機趣的方言土語，一種則是來自國家統一規範的機械時間以及標準的官話。雖然故園作爲鄉土中國的一部分是與土地、與自然、與植物的循環生長連接在一起的，但是，故園又是被時代裏攜著逐漸走向現代社會的。於是，鄉村也被納入了現代性的進程之中，恆定的民間史也就有了時代的氛圍，笨花村的歷史也就成了與社會進程相一致的正史。

對現代文明的感應和吸收既有外來文明的滲入，但更主要的還是表現爲鄉村自覺地對現代性的擁抱，那就是走出村莊，走向外面的世界，並以外界的文明來影響鄉村的過程，表現爲離去——歸來的敘事模式。在故園小說中，一再出現的一位英雄原型就是那位官至管帶的先祖。《老醜爺》、《埋人》中都出現了這位先祖，他是家族的自豪和榮耀。而在作品的敘述中，他的榮耀不是來自於權力和財富，而是來自於對鄉村之外現代文明的吸收，先祖也便成爲了走出閉塞，走向廣闊世界的文明的象徵。在長篇小說《笨花》中，鐵凝復活了關於祖先的現代性想像敘事，不僅有榮升爲將軍的祖父輩，還有集民

間傳統與現代文明於一身的父輩，也有受外界文明感召的兒子輩。因此可以說，作者用恆定的緯線編織出笨花村的民間史，又用延伸的經線編織出笨花村的現代史。那延伸的經線就是以笨花村向家人的成長史爲主線的民國歷史的敘事。

　　在歷史敘事中，時間是一個重要的標度。《笨花》的時間運用是極爲講究的，起自公元一八九五年，終於公元一九四五年，這是中國歷史上起伏跌盪的一段時期，歷史發生著翻天覆地的變化，時間的標度也發生著最爲多樣的變革。在這半個世紀裏，出現了多種計時方法，拋開民間的生態時間，主要有三種計時的方法，一種是清朝末年以皇帝的年號來計時，一種是民國年間的計時，還有一種就是標準的公元計時。從計時方法的改變和時間刻度的移動，可以解讀出那段歷史的演進、時代的風雲、家族的成長以及特定文化所形成的民族性格。

　　祖輩向中和是時間刻度運用最多，變化也最大的一個，不僅是因爲他貫穿了整個家族史，而且也因爲他足跡的廣泛、經歷的複雜。光緒二十一年、光緒二十八年、宣統三年，中華民國八年、中華民國九年，一九三七年、一九四五年，「這天晚上，同艾枕著向喜的四蓬繪包袱睡覺，她摩挲著她親手織的這個包袱皮，計算著它離家的時間。她想，光緒二十八年到今天，這本是四十三年吧。」（第 503 頁）從向喜離家到英勇就義的這四十三年，他的足跡遍及保定、漢口、宜昌、吳淞口等城市，在重大的歷史時刻和獨特的歷史空間中，他的軍旅生涯與人生命運同歷史與時代的風雲捆綁在了一起。因此，標誌向中和人生歷程的時間也都是重大歷史事件發生的時間。

　　向文成的成長時間是掩藏在父親的時間之中，以父親的時間爲標度的：向喜走了四年，他們的兒子向文成也四歲了，向文成和母親同艾要去保定；向文成在漢口看南洋兄弟煙草公司的霓虹燈，這年他十四歲；向文成到了娶親的年齡，他和母親同艾從漢口回笨花是三年前的事。……因爲向文成生活在鄉間，鄉間是沒有明確的時間標度的，所以向文成乃至笨花村的機械時間刻度都是以向中和的轉戰與升遷爲標度的。於是，我們看到的是章節的開始處標出的時間——大總統令發布的時間。這些時間記錄著父輩向文成的成長，記錄著他走出笨花村，睜眼看世界的人生重大經歷。如小說中寫到的：「保定雖然使他失去了半壁光明，保定也使他心扉大開。外面的世界仍然多姿多

彩，府河的流水在他心中永遠明澈，河裏的水草，水草中的遊魚永遠清晰可見。他看世界就像兒時看府河。」（第 47 頁）城市以它的現代文明開啓了農村少年的蒙昧心靈。城市中徹夜閃亮的霓虹燈，城市中妖嬈嫵媚的女子，都引起了他的心動，但最終是城市中的《申報》和西醫眞正走進了他的心靈。他在鄉村開辦的醫療診所世安堂就是傳播現代文明的窗口，尤其是張貼在牆上的地圖，則象徵了對現代文明的自覺嚮往與追求。

　　而子輩向有備的成長時間則有一個變化，從父親向文成的時間轉到了社會歷史時間：向文成有兩個兒子，小兒子向有備，今年八歲；十四歲的有備也脫產參加了分區後方醫院。作爲子輩的向有備，是一個開放性的人物，他的成長在《笨花》中沒有最終完成。但在小說的結尾預示著他將走出笨花村，走向更廣闊的世界，走進他的藝術王國。這一人物在鐵凝的其他小說中也多次出現，《棉花垛》中的老有，《沒有紐扣的紅襯衫》中的父親。如果將這幾個人物互爲參照，便可看出他對外界文明的追求足跡。

　　從敘事時間可以看出，足可以讓人感到榮耀的家族史是關於鄉村對現代文明的追尋史，如果沒有對現代文明的擁有，向家的家族史也將暗淡無光。但是，如果只是單純的家族的現代文明史，還不能闡釋作者的胸襟和氣魄。如果我們細細觀看《笨花》的敘事時間，就會體味到作者的獨特用心，作者採取的是家國同構的敘事策略，而且，小說的起始時間和結束時間也有一定的隱喻意義。小說的敘事時間起於一八九五年中日甲午戰爭中中方的失敗，終於一九四五年中國人民抗日戰爭的勝利，整整半個世紀的歷史。而在這五十年的時間中，八年抗戰的時間在小說敘事中佔據了全書一半的篇幅，並以向喜、向取燈、尹率眞的壯烈犧牲來收束。尤其是向取燈的形象，完成了作者關於抗日女英雄的想像性敘事。由此可以看出，作者是要在小說中通過家族史與民族史的同構，表現出國民的性格與民族的氣質。

　　讓我們思考的是，作者以怎樣的敘事方式來展現家族與民族的性格？使她的敘述具有了獨特性，而成爲當代文壇的這一個呢？時間敘事是最爲主要的一方面，但是，不容忽視的還有小說的空間敘事，那還要從小說《笨花》的命名來看。與正面書寫歷史大事件的史詩性著作不同，鐵凝是要下決心書寫一部關於村莊的史傳的，而且這個村莊就取名爲「笨花」。「大多數笨花人種洋花時還是不忘種笨花。放棄笨花，就像忘了祖宗。」（第 71 頁）笨花是生於本土的棉花，本土是生命之根、血脈之根，笨花的生長植根於故鄉的豐

沃土壤。而笨花村人也如笨花一般，樸拙、仁厚、奮發有為而不張揚。笨花生長於故鄉的大地之上，笨花村人的根也在故鄉，在鄉土中國，在中國的大地之上，那是幾千年豐厚的文化土壤，是民族文化中積蓄起來的中和、仁義與浩然正氣！笨花與洋花，離去與歸來，鄉土性與現代性在這裡相伴相生。

由此，笨花村的棉花，笨花村的向家，笨花村的抗日風煙共同構成了關於鄉村民族性和現代性的想像敘事，並在精神迷茫匱乏的無父時代，建構起了一個父系的價值體系和神話體系。但是，由於這是一種想像性敘事，有著傳說與傳奇的色彩，因而也就有了對祖先的過度崇拜，而少了些面對母系家族時的審視性敘事姿態。

第二章　鐵凝小說的敘事結構

　　從宏觀的角度來看，鐵凝小說的敘事結構包括三個主要的方面，一是有關個體生命成長的線性結構，是生命個體經過出生、成長、欲望覺醒，最後歸於死亡的歷時性結構，這是一個完整的時間系列，表達著鐵凝對個體生命的關注。而且這一線性的生命敘事多採用隱喻的表現手法，體現出鐵凝小說的現代性藝術特色。另一方面是有關日常生活敘事的循環結構，鐵凝小說的日常生活敘事結構是由點點滴滴的生活細節構成的生活之流。在城市的民間世界，日常生活表現為以廚房為結構中心的人間煙火氣；在鄉村，民間的日常生活範圍要廣闊些，不僅是人間煙火氣，更重要的是與土地相連的日常的勞作，而鐵凝小說中的勞作是能帶給人暖意與情趣的物質生產，其中尤以棉花為整個勞作意象的中心。種花、摘花、拾花、織布等與棉花相關的一系列勞作使小說具有了大自然之氣。這些片斷式的卻綿延不絕的生存結構，體現著民間循環往復卻生生不息的生存與文化心理。此外，在個體生命和日常生存敘事結構之外，鐵凝小說中還有一個歷史與社會的隱形敘事結構，通過歷史與社會這一媒介，能夠呼吸到時代的氣息，傾聽到時間的足跡，發現歷史境遇下人的生命與生存的改變。於是，在生命的經線與生存的緯線之間，密密交織著社會的晴雨，歷史的風雲。而這三種敘事結構共同支撐起鐵凝小說的藝術大廈。

第一節　個體生命敘事的線性結構

一、生命敘事的線性結構

　　如果把鐵凝的小說文本放在一起進行考察，就會發現：一條清晰的生命

脈絡呈現了出來！它彎彎曲曲地流淌著，在歷史的長河中兀自奔流。那是一條歷時性的縱向的生命結構，是關於個體的生命敘事，是出生——成長——人生欲望——死亡這樣一個完整的個體生命序列。在小說《青草垛》中，鐵凝選用了一段河北鼓書唱段來表現這一生命過程：東莊的閨女要出嫁，／來了個媒人就說停當。／正月裏說媒二月裏娶，／三月裏生了個小兒郎。／四月裏會爬五月裏走，／六月裏會叫爹和娘。／七月裏進京去趕考，／八月裏中了個狀元郎。／九月裏領兵去打仗，／十月裏得勝回朝堂。／十一月得了個拉塌子病，／十二月蹬腿兒見了閻王。／這就叫來得容易去得快，／起名兒就叫兩頭忙。（《青草垛》，見中篇小說集《永遠有多遠》第180頁，人民文學出版社2006年版）

　　一段鼓書唱段以民間的智慧凝煉地概括了人的整個生命歷程。然而，人的生命又不是三言兩語所能說得清的，它帶著個人的生命體驗，讓人在不太長卻也並不太短的時間之流中體味生命的痛苦與歡樂。生命，是哲學家和文學家共同關注與思考的主題。然而，由於每個人對於生命體驗的不同，也就有了對於生命的不同看法，以及不同的言說方式。曹雪芹在《紅樓夢》通過繁華過後的衰敗敘事，發出了「落了個白茫茫大地真乾淨」的感歎，海明威在《老人與海》中，在人與自然的競爭敘事中，豪邁地宣稱：「一個人可以被毀滅，但不能給打敗」的強者之音，而卡夫卡在現代生活的重壓之下，無力走出生命的困惑，只有萎縮為蟲。那麼，鐵凝的生命敘事帶給我們的又是怎樣的生命體驗，這種生命體驗又是通過怎樣的方式傳達？讓我們沿著鐵凝生命敘事的歷時性時間，一起來領略個體生命的瞬間閃現。鐵凝的生命敘事是從「門」開始的，「玫瑰門」——人的生命之門。

（一）生命之門：門與世界

　　孩子的出生日是母親的受難日，孩子的出生與母親的臨產是聯繫在一起的。所以說，人的出生，與其說是人對於生命之初的體驗，還不如說是將為人母的女性的生命體驗。長篇小說《玫瑰門》是關於生命的文本，而「門」的意象最為直接地體現了生命的起源。當孩子破「門」而出的時候，孩子有無記憶我們不得而知，而作為母親，卻有著深刻的生命體驗。這種將為人母和初為人母的生命體驗，在鐵凝的小說中有著不同的表現，那是從《玫瑰門》的焦慮與恐慌，到《晚鐘》中的欣喜與幸福，再到《世界》時的無私與奉獻。這三個文本中的情感體驗，是鐵凝對於生命之初的多方位的思考。

焦慮與困惑的生命體驗

　　《玫瑰門》是關於母系家族的小說，敘述的主體是母系家族中的女人們，她們生命的鮮活與醜陋，生存的強勁與無奈。這種充滿張力的敘述導致了對即將迎來的新生命的焦慮、恐慌、欣喜等兼而有之的矛盾心情。小說在結尾處單立一章來寫蘇眉的生產，雖然這一章在字數上也就相當於一節，而且在地位上也就相當於尾聲，但是，它卻在敘事結構中有著重要的意義。正是這一章，將作者對女性生命與命運的思考推上了一個高度，並且使小說形成了一個首尾相接的圓形結構。這一圓形結構在後面我們還要論述，這裡重點談的是對於生命的生理與心理體驗。《玫瑰門》中詳細敘述了女性的生育體驗，那是焦慮、痛苦、甜蜜、恐慌等等多重複雜的生命情感，下面摘錄一二：

　　　　蘇眉再進產房，她來了感覺，開始了手在空中的抓撓。……她抓撓著也開始用嘴去咬枕頭，她不知她現在這咬和司猗紋咬枕頭有什麼不同，她想沒什麼不同，都是為真正的疼而咬。（《玫瑰門》第482頁）

這是痛苦的生產過程，而面對女兒的出世，蘇眉的情感是複雜的，是甜蜜與困惑交織的情感：

　　　　有人把女兒託給蘇眉看，她一眼便看見了她那顆碩大的頭顱。她迫不及待地想親親女兒的大腦袋，她想給她起名叫狗狗，她發現狗狗額角上有一彎新月形的疤痕，那是器械給予她的永恆。她愛她嗎？（《玫瑰門》第483頁）

「她迫不及待地想親親女兒的大腦袋」是一種想法而不是行動，這行動的猶豫不決是因為她思想的猶豫不決，而這思想的矛盾又緣於對女性生命的感觸。「她愛她嗎」？如果不愛，為什麼還要生她，如果愛，為什麼還要讓她來到人世，體味生命的痛，而且是作為女性的無可擺脫的痛？另外，對這一矛盾心態的表達通過幾件事的拼貼來表現，那就是在這一敘寫生育的章節中，穿插敘述了其他的幾件事：一個是竹西在找滅鼠藥，而且她首先要找的是滅女鼠的「樂得鼠」；一件事是婆婆司猗紋在病中因極度痛苦而咬枕頭；還有一件事是妹妹為新買來的德國純種母狗做絕育手術。這幾件事連在一起，可以看到一種情感傾向，即對於女性生產的恐懼，這世世代代無法擺脫的女性的宿命。給女兒起名狗狗——那隻做了絕育的德國狗的名字，也暗含著渴望這一女性苦痛經歷的最終消失。

然而，既然是宿命，它便無法消失。嬰兒與母親既是最親的人，也是一對生死冤家，《玫瑰門》中寫到嬰兒與母親：

> 一個碩大的女嬰來到人世，她靠了器械，靠了竹西羨慕過的產鉗，靠了她對母親的毀壞才來到人世。她和器械配合著撞開了母親，把母親毀壞得不輕。她把她撞開一個放射般的大洞，蘇眉想，她現在最像《赤腳醫生手冊》裏那張圖吧，一切都明白無誤。（《玫瑰門》第483頁）

這是鐵凝對於生命之初的最初思考，新生命的誕生裏包含著母親和嬰兒的共同歷險。然而，這時的鐵凝還是站在女性的立場之上對生命的思索，她還沒有細細地品味新生命所帶來的幸福與歡愉。在經過十年後，鐵凝從母性的角度重新思索這一生命歷程，則有了完全不同的體驗與表述。

幸福與奉獻的生命體驗

如果說《玫瑰門》細緻入微地敘述了女性生產時的焦慮與恐慌，那麼在創作於九十年代的短篇小說《晚鐘》和《世界》中，則表現了不同的情感體驗。那是與《玫瑰門》完全不同的情感，那是母性的生命體驗，是面對新生命時的欣喜與幸福，是無盡的愛與奉獻。

《晚鐘》講述了一對退休的夫妻，他們從醫院裏領養了一個剛出生的嬰兒，沒有人能理解他們，包括女兒和兒子。但是他們卻固執地要養育這個孩子，沒有什麼理由，也許就爲了細細體味年輕時所忽略了的，孕育生命時的那份悸動，以及因悸動而帶來的生命的痛苦與快樂：

> 她不知她爲什麼腹痛。是那生命使她腹痛，還是腹痛才有了生命？她不去細想，只覺經歷了一夜的磨難，才換來一身的輕鬆。一個生命在他們中間誕生了。（《巧克力手印》第224頁）

> 他返回身，蹲在床前觀察她。她平躺著，雙腿弓起，額上沁出大粒的汗珠。灰白的兩鬢濕了，貼上臉頰。她開始了輕輕的呻吟。她的姿態、她的呻吟終於喚起了他遙遠的回憶。那三十年前的行軍途中，她也是這樣攥著他的手，她叫喊、呻吟——她爲他生下了第一個兒子。（《巧克力手印》第223頁）

一對老人，因爲一個嬰兒的到來，重新體味到了年輕，體味到了年輕時的生命，他們的生命也因此而變得年輕起來。這可以看做是對《玫瑰門》生育體

驗的承續，只不過那時是女性的焦慮與恐慌，而現在是母性的美好回味，是漸漸老去的生命的青春想像與復蘇。這是一個很奇特的帶有虛擬色彩的構思，但有一點是眞實的，那就是對於生命本身的感動。

《晚鐘》是寫實中的虛擬，而《世界》則是虛幻中的寫實。《世界》講述了一個年輕母親的夢，在夢中，年輕的母親帶著她的嬰兒坐著大巴車去看望自己的母親。這時，他們遇到了地震，天塌地陷，年輕的母親用自己的乳汁哺育著懷中的嬰兒，呵護著嬰兒的生命：

> 嬰兒的小手和嬰兒的微笑再一次征服了號啕的母親，再一次收拾起她那已然崩潰的精神。她初次明白有她存在世界怎麼會消亡？她就是世界；她初次明白她並非一無所有，她有活生生的呼吸，她有無比堅強的雙臂，她還有熱的眼淚和甜的乳汁。她必須讓這個世界完整地存活下去，她必須把一世界的美好和蓬勃獻給她的嬰兒。

（《有客來兮》第 73 頁）

「知道世界在哪兒麼？世界就是搖籃裏微笑的嬰兒。知道誰是世界麼？世界就是我。」這是年輕母親醒來後的問與答，嬰兒是母親的世界，母親是嬰兒的世界。這是一種博大的母愛，這是對《玫瑰門》中「她愛她嗎？」的肯定回答，這不僅是愛，而且還是最爲無私的生命奉獻。母與子／女的關係，即便有著痛苦的體驗，但那依然是美好的生命記憶，是兩個生命相互偎依而獲得的生的勇氣與力量。

從《玫瑰門》的沉重問詢，到《晚鐘》的生命感動，再到《世界》的愛的奉獻，鐵凝呈現著對於生命之初的理解與關注。《玫瑰門》關注的是即將做母親的女性自身的體驗，而《晚鐘》和《世界》則從母親與嬰兒雙重的角度來感知生命的可貴與偉大。可以說是從女性的窄門走向母性的寬廣博大之門的生命書寫。而這不同的體驗，有著不同的心理與文化內涵，但都是對於生命之初的眞切體察與表述。

（二）鐵凝小說的成長敘事

毫無疑問，出生之後是成長，成長敘事是出生敘事的繼續。但成長是一個漸進的時間歷程，哪段時間更能代表成長時間呢？在歐洲十八世紀曾出現過一個小說類型，稱爲成長教育小說。巴赫金在《教育小說問題的提出》中對這一小說類型進行了概括，他認爲成長小說：「塑造的是成長中的

人物形象。這裡主人公的形象，不是靜態的統一體，而是動態的統一體。主人公本身、他的性格，在這一小說的公式中成了變數。主人公本身的變化具有了情節意義；與此相關，小說的情節也從根本上得到了再認識、再構建。時間進入人的內部，進入人物形象本身，極大地改變了人物命運及生活中一切所具有的意義。這一小說類型從最普遍涵義上說，可稱爲人的成長小說。」〔註1〕

可以說，成長是一個動態的過程，在十八世紀以歌德爲主的成長小說中，成長是一個人心智的成長。但是在二十世紀的現代社會，隨著對人的身體的重視，身體的成長，尤其是性生理與心理的成熟，成爲成長小說的重要組成部分。在鐵凝的小說中，從敘事時間來看，《玫瑰門》中女性身體的成長敘事佔據了一章中整整一節的篇幅，從敘事情感來看，這段成長敘事最爲光彩奪目，是小說中的抒情詩。因此說，《玫瑰門》中眉眉的身體成長成爲鐵凝小說成長敘事中的重要方面。此外，與《玫瑰門》中身體成長相映成趣的是《大浴女》中的精神成長，這也是成長敘事中的重要部分，或許更符合成長教育小說的內涵。此外，還有一類是身體的成長與精神的拒絕成長，或說是精神的反成長，主要指《永遠有多遠》中白大省的反成長敘事。這些都是關於女性成長的，關於男性的成長敘事當推《笨花》中向有備的成長，雖然敘述得並不完備，但卻能看出作者一種潛在的敘事走向。在本章中重點論述的是女性身體與精神的成長，男性的成長敘事在這一章中就不再多述。

女性的身體成長

女孩子的身體成長是其成長的重要階段，只有經過身體的成長與發育，她們才能從女孩子變成爲女人，也才有對女性身份的認同。對這一身體的變化，不同的人會有不同的身體體驗與心理感受，在《第二性》中，波伏娃對進入青春期的女孩子的生理和心理進行了分析，她寫到：「女孩子當然是從幼年期發育到青春期的，但她沒有意識到自己的發育：日復一日地，她的身體依然如故，是定了形的、健全的，然而現在她卻在『發育』。這個詞似乎令人生畏。生命現象，只有在達到一種平衡狀態，像花一般鮮豔、玉一般光滑地達到完全固定的外貌時，才會讓人安心。但女孩子在乳房發育時，卻覺得『有生命』這個詞的含義是模棱兩可的。她既不是金子，

〔註1〕 巴赫金：《巴赫金全集》第三卷第230頁，白春仁、曉河譯，河北教育出版社1998年版。

也不是鑽石，而是一種奇怪的物質形式，永遠在變化且含糊不清，內部的不潔成分在被提煉。」〔註 2〕

在波伏娃看來，女孩子對身體的發育是害羞的，恐懼的，並以大量的實例論述女孩子面對初潮時的恐慌心理。而在鐵凝的《玫瑰門》中，出現的不是害怕與恐慌，而是驚喜與期待。《玫瑰門》中的眉眉是在十二歲的時候迎來了身體的變化與成長，面對身體的成長，眉眉的內心體驗是激動與喜悅，她細細地品味和感受著身體的神奇變化。對她來說，這個身體成長的春天是一個特別的春天，是一個充盈著玫瑰色的春天。對這個特別玫瑰的成長的春天，作者採用了一種不同於全書風格的明媚的語調來描寫與敘述：

> 晚上她平躺在床上，兩腿並得很緊，雙臂伸得很直，彷彿嚴肅地迎候著一種變化的到來。她的迎候悄悄地實現著：她的胸脯開始膨脹，在黑暗中她感覺著它們的萌發。她知道有了它們她才能變成女人變成母親。而現在她就是它們的母親。它們的萌發正是因了她的血液在它們體內的奔流。（《玫瑰門》第 213 頁）

這是一種愛惜，一種渴望擁有的盼望。而且身體的成長如同植物的成長，是一種新生，是一種自然的勃勃生機。與生命成長相對應，小說中出現了一個重要的意象——棗樹，以棗樹的新芽來隱喻身體的成長：

> 在春天的那個中午她第一次肯定這是一棵棗樹，她就像從來也沒有見過它那樣驚奇。它正在發芽，她覺得世上沒有比棗樹的新芽更晶亮的新芽了，那不是人們常說的青枝綠葉，那是一樹燦爛的鵝黃一樹欲滴的新雨。……從前她每天都和這黑褐色的樹身謀面，她並沒有意識到它蓬勃著一樹生命的成長，現在她才覺得那整整的一樹生命靠了它的蓬勃才成為一樹生著的生命，連她的生命也被它蓬勃著。（《玫瑰門》第 216～217 頁）

以春天棗樹的新芽來隱喻身體的成長，人也成為了生命力蓬勃的樹，這一敘述使我們感到了生命的健康、自然、生機與活力。而且，植物的生命與人的生命互為一體，相互蓬勃著感動著。這種人與樹互為參照，融為一體的敘述方式，在鐵凝創作的長篇小說《大浴女》中再一次得到了展現。

〔註 2〕 （法）西蒙娜·德·波伏娃：《第二性》第 354 頁，陶鐵柱譯，中國書籍出版社 1998 年版。

　　女孩子的成長不僅是胸脯的發育帶來的新奇與激動，而且還有初潮時的生命體驗。這種生命體驗在《玫瑰門》中也有著獨特的表述：

> 　　她站不起來，捂住臉抽噎著。在這抽噎之中她忽然覺得自己變成了一條春日薄冰消融的小溪，小溪正在奔流。她的心緊縮起來，臉更加潮紅。於是身體下面一種不期而至的感覺浸潤了她。她就是小溪，她浸潤了她自己。她想起她和馬小思在一起的那期待，她「來了」。（《玫瑰門》第 390 頁）

對於身體的成長，鐵凝以如詩般的話語方式進行表述，並運用棗樹、小溪等自然生命意象來展現生命成長的過程，讓我們感受到生命成長的健康、自然、新奇與燦爛。身體的成長連同那朦朦朧朧的異性之間的愛戀，都讓人感到生命成長本身的美好，以及對於這美好生命的熱愛。

女性的精神成長

　　與《玫瑰門》眉眉的身體成長相映成趣的是《大浴女》中尹小跳的精神成長。《玫瑰門》小說敘述的主體部分止於眉眉的十二歲，而《大浴女》的敘述主體則是起於尹小跳的十二歲，也就是說，尹小跳已經完成了身體的生長與發育，接下來是精神的成長歷程。巴赫金對成長小說進行了分類，並指出第五類成長小說是最為重要的一類：「在這類小說中，人的成長與歷史的形成不可分割地聯繫在一起。人的成長是在真實的歷史時間中實現的，與歷史時間的必然性、圓滿性、它的未來，它的深刻的時空體性質緊緊結合在一起。在前四類作品中，人的成長被置於靜止的、定型的、基本上十分堅固的世界的背景上。」〔註3〕《大浴女》就是具有了巴赫金所說的第五類成長小說特徵的成長小說，人的成長是在真實的歷史時間中的成長，並且克服了自身的私人性質，具有了廣闊的社會歷史與人類學內涵。

　　大略地來看，《大浴女》中的幾個主要人物都是成長中的人物。章嫵、尹小跳、尹小帆、唐菲等的成長不僅是生理時間上的年齡增長，而且是在歷史時間下的性格變化與命運變遷。最想改變自己的就是母親章嫵，她改變自我的方式就是不停地做美容，割雙眼皮，墊鼻樑，還要豐胸。她想通過改變自己的外部形象來忘記那段不願回首的紅杏出牆的歲月，也讓丈夫忘記那段不快的歷史，重新開始沒有紛爭的和諧的生活。可以說，因為有了人物的成長

〔註3〕巴赫金：《巴赫金全集》第三卷第 232 頁，白春仁、曉河譯，河北教育出版社 1998 年版。

變化，章蕪成爲了極有光彩的藝術形象。此外，變化最大的還有尹小帆，這
是從尹小跳的視角觀察到的人物的成長變化。尹小帆最大的變化是與姐姐尹
小跳之間的關係變化，從小時候對姐姐的依戀，到長大後對姐姐的嫉妒與情
感傷害。這種變化不只是因爲年齡的增長，重要的是其身份和地位的變化。
她嫁給了老外，成爲美國綠卡的持有者。這一綠卡不僅是代表了一種國籍，
更是國際身份的象徵。綠卡讓她內心充滿了驕傲與自豪，她可以以俯視的姿
態面對家人，尤其是她的姐姐。但是她的姐姐尹小跳在各方面並不弱於她，
這讓她內心充滿了嫉妒與羨慕兼而有之的心理，如此自傲和刻薄的變化讓人
驚訝不已。唐菲只是年齡與閱歷的成長，而性格並沒有太大的變化。主人公
尹小跳的成長是小說敘述的主體，她的成長是精神的成長，正如巴赫金所論
述的：

> 在這樣的成長小說中，會尖銳地提出人的現實性和可能性問
> 題，自由和必然問題，首創精神問題。成長中的人的形象開始克服
> 自身的私人性質（當然是在一定的範圍內），並進入完全另一種十分
> 廣闊的歷史存在的領域。最後一種現實主義型的成長小說就是如
> 此。〔註4〕

尹小跳的成長不斷地克服自身的私欲，不僅進入了十分廣闊的歷史存在，而
且還進入了更爲廣闊的精神存在。《大浴女》的主線是尹小跳的成長，是她的
獲罪與贖罪過程。獲罪只是一個引子，是通向精神成長的必經途徑。這個引
子就是尹小跳同母異父的妹妹尹小荃的死。雖然尹小荃的死與尹小跳沒有直
接的關係，但它卻成爲了一個揮之不去的陰影，深深地嵌入了尹小跳的生命
之中。而且與尹小荃相關的意象如沙發、圍嘴、交際花等，在尹小跳的精神
世界裏時時出現，成爲尹小跳自我懺悔的推動力。以尹小荃之死爲契機，尹
小跳開始了相對漫長的贖罪過程：初戀情人方競對她的情感傷害，對美國男
友麥克求愛的拒絕，與陳在婚約的解除，對母親的最終理解與呵護，對尹小
帆無理取鬧的容忍……在一次次的情感傷痛中，尹小跳沒有走向消沉，而是
得到了人生的感悟與眞諦，她要以寬廣的心胸來承擔，來容納諸多的委屈和
不幸，建立一個沒有雜草的精神花園：

〔註4〕巴赫金：《巴赫金全集》第三卷第233頁，白春仁、曉河譯，河北教育出版社
1998年版。

> 在每個人的心中都有一座花園，你必須拉著你的手往心靈深處
> 走，你必須去發現、開墾、拔草、澆灌……當有一天我們頭頂波斯
> 菊的時候回望心靈，我們才會慶幸那兒是全世界最寬闊的地方，我
> 不曾讓我至愛的人們棲息在雜草之中。她拉著她自己的手一直往心
> 靈深處走，她的肉體和她的心就共同沉入了萬籟俱寂的寧靜。（《大
> 浴女》第 341 頁）

這一鮮花盛開的精神花園，是內心情感與精神的昇華，是去除了雜質的心靈
純化，是最為廣闊的歷史與精神存在，是尹小跳精神成長的最終歸宿，也是
鐵凝貢獻給當代文壇的充滿了愛與美的世界。

精神的反成長

如果說《玫瑰門》敘述了女孩子的身體成長，《大浴女》敘述了女性的精
神成長，那麼，《永遠有多遠》則敘述了身體的成長與精神的拒絕成長。白大
省在一天天長大，她渴望能像西單小六那樣，得到異性的傾慕與愛，並能最
終走進婚姻的殿堂。雖然，她在十幾歲的時候就有了初戀的感覺，而且在她
長大之後還有了幾次戀愛經歷，但最後是無果而終。她的男友一個個離她而
去，就連她的棲身之地，附馬胡同的兩間平房也被弟弟占去了。而她的被剝
奪很大程度上是因為她是一個好人。

但問題遠比這複雜，因為從根本上說，她不想當好人，她一再地宣稱，
她現在成為的這種「好人」根本就不是她想成為的那種人！可是，她又無力
改變自身，一種道德無意識已經深植進了她的思想深處，並體現在她的為人
處世之中，她成為了「好人」的符號。白大省無法改變這種精神狀態，一旦
有所改變，她就會受到良心的譴責，如她對待弟弟的態度。弟弟要跟她換房，
她很生氣，痛斥了弟弟和弟媳的行徑。可是，就在一轉念之間，她又清除掉
了她的「壞脾氣」，恢復為人所共知的好人：

> 白大省的語調由低到高，她前所未有地慷慨激昂滔滔不絕，她
> 就像換了一個人似的言詞尖刻忘乎所以。她不知道什麼時候白大鳴
> 已經悄悄地走了，當她發現白大鳴不見之後，才慢慢使自己安靜下
> 來。白大鳴的悄然離去使白大省一陣陣地心驚肉跳，有那麼一會兒
> 她覺得他不僅從駙馬胡同消失了，他甚至可能從地球上消失了。可
> 他究竟犯了什麼錯誤呢她的親弟弟！（《永遠有多遠》第 39 頁）

「心驚肉跳」是心裏的不得安寧，是良心地受譴責。而這良心是千百年來民族文化心理的傳承。可是，如果這種對他人的善待導致的是對自己的虐待，那麼，這種良心又有著多少公正性可言呢？

這不只是一個女子戀愛與婚姻的悲劇，這是一種精神無力成長的悲哀，白大省永遠地停留在了小時候就形成的「仁義」裏，並成爲了一種道德自律。她希望成長，希望獲得個體生命的自由意志，可是那「反成長」的力量是如此巨大，以至於她無法對抗。「永遠有多遠」，在這一時間的變與不變裏，隱含著的是一個痛苦而無奈的成長故事。而且這又不單是一個個體生命成長的故事，擴而大之，這也是一個民族的性格與精神成長的故事。在民族精神的成長過程中，是否也有著強大的反成長的因素呢？這是值得深思的成長的故事。

（三）鐵凝小說的欲望敘事

身體的成長必然帶來性心理的成熟，而性欲是人類潛藏在心底的最爲原始的本能衝動，因此，性欲也成爲文學作品一個永恆的敘事母題。回到生命敘事上來說，身體的欲望敘事是生命敘事不可或缺的一部分，或者說是極爲重要的一部分。在鐵凝的小說中，身體的欲望敘事是其生命敘事中最爲華釆的一章，這也許是她的小說文本被認定爲女性主義寫作文本的一個重要方面。而鐵凝的欲望敘事又帶有鐵凝獨特的敘事風格，她的最大成就是爲新時期文壇提供了獨特的意象，那是「垛」，是「雨」，是「浴」，而且在提供獨特意象的同時，也獻上了她關於性愛的獨特思考。

「垛」與欲

「三垛」——《麥秸垛》、《棉花垛》、《青草垛》是鐵凝被廣泛關注的作品，這就使得對「三垛」的論述很難再有新的發現。但是，它們確實又是鐵凝小說中研究欲望敘事無法繞過去的文本。在這一節中，我想從敘事意象著手，重點闡釋垛與欲的關係，以及由此而產生的女性生命體驗。

八十年代向內轉的文學創作思潮，莫奈的系列油畫《麥秸垛》，以及鄉村的生活與勞動經驗給了鐵凝創作上的靈感。麥秸，這普普通通的物質，因爲變成了垛，它就不再是單純的物質，而成爲了一種生命意象。從外形上看，「垛」形如乳房。鐵凝在小說中寫到：「黃昏，大片的麥子都變成麥個子，麥個子又戳著聚攏起來，堆成一排排麥垛，宛若一個個堅挺的悸動著的乳房。」（《麥

秸垛》，見《永遠有多遠》第 51 頁）「垛」還形如子宮。《麥秸垛》和《青草垛》都寫到鑽到垛裏面所感受到的溫暖。此外，《麥秸垛》中還寫到：「當初，那麥秸垛從喧囂的地面勃然而起，挺挺地戳在麥場上。」，使得這麥秸垛又隱喻著生殖的力。這「垛」實在是能給人無限地關於欲望的想像。王緋認為：「麥秸垛似乎是人類性欲聯繫在一起的生命悲劇的見證……」〔註5〕「麥秸垛」只是生命的見證，似乎還不能說明「麥秸垛」本身的魅力，而雷達的評論更能指明麥秸垛本身的象徵意蘊：「『麥秸垛』的含蘊的豐富，它的與大地溶而為一，它像個靈物融身於端村人的生命旅程，以及它的勃起的力和生生不息的永恆，倒也品味得出。這是一個成功的意象。」〔註6〕「垛」，構成了鐵凝小說獨特的敘事意象，對「垛」的發現，實在是鐵凝對新時期文學的一個貢獻。

「垛」不僅有外形上的隱喻意義，而且還具有象徵意義，它象徵著生命的復蘇與湧動。在麥秸垛的感召下，楊青的生命復蘇了：「楊青身心內那從未蘇醒過的部分醒了。心中正膨脹著渴望，渴望著得到，又渴望著給予。」（《麥秸垛》，見《永遠有多遠》第 51 頁）但是楊青內心雖然有性愛的欲望，但最終沒有性愛的行動，而陸野明和沈小鳳的身體也在垛的誘惑之下覺醒了：「『乳汁』變做的渴望召引著他們。腳下的凍土也似乎綿軟了。他們彷彿不是用腳走，是用了渴望在走。……那黑沉沉的『蘑菇』在他們頭頂壓迫，彷彿正向他們傾倒，又似挾帶他們徐徐上升。一切的聲音都消失了，只有人的體溫，垛的體溫。」（《麥秸垛》，見《永遠有多遠》第 82 頁）

身體覺醒了，生命復蘇了，但人卻要為這覺醒和復蘇付出雙重的代價。一重是蘇醒後對身體的壓抑。《麥秸垛》中的楊青最為典型。她的身體渴望著得到，也渴望著給予，但她不能給予，也無從得到，她和陸野明的結局因此也成為了悲劇，有愛無性的悲劇。他們一直相互吸引，卻又永遠無法合成為一體。只有楊青偶而感到的「胸脯無端地沉重起來」。而另一重代價也是緣自身體的覺醒，那是身體放縱後的道德的譴責，是沈小鳳和陸野明的性愛悲劇。他們在麥秸垛的身體交歡帶來的是被隔離和無休止的檢討，沈小鳳的被人不齒和名譽掃地，以及陸野明的絕然離去。無性的愛和無愛的性構成了生命的雙重悲劇。

〔註5〕 王緋：《鐵凝：欲望與勘測——關於小說集〈對面〉》，《當代作家評論》1994年第5期。

〔註6〕 雷達：《她向生活的潛境挖掘——說〈麥秸垛〉及其他》，《當代作家評論》1987年第3期。

　　當然，身體的復蘇與覺醒並不是《麥秸垛》要表現的全部，但是，鐵凝在小說中涉及到的關於身體的欲望，欲望在生命中的合理性，禁欲與縱慾在社會生活中和倫理道德中對生命與生存的影響等問題的思考，卻是沉甸甸的。大芝娘的肥奶和肥臀，楊青的渴望和無端沉重起來的胸脯，乳汁的喊聲，陸野明與沈小鳳無法停住的腳步；金黃的麥子，堅挺如乳房似的麥秸垛，原野的騷動，豔藍的天，白得發黑的太陽，這些意象如一個個蒙太奇，將「垛」與「欲」連接在了一起。

　　在《棉花垛》中，「垛」與「欲」也是小說敘述的中心。男孩子女孩子對成人世界中偷漢子故事的惟妙惟肖的模做，是身體的覺醒與性欲的潛意識衝動的表露。與《麥秸垛》相似的是，最終，生命個體也沒能實現愛與性的完美結合。《青草垛》也是如此，馮一早和十三苓這兩個青梅花馬的夥伴，雖然有過在青草垛中玩過家家遊戲的快樂童年，但最終，一個瘋掉了，一個死掉了，而衝天的火光燒掉了曾經給過他們溫馨記憶的青草垛。

　　生命中的愛與性是一個太過沉重的話題，它連接著太多的社會倫理、道德倫理和家庭倫理，而掀開這沉重的一頁，鐵凝帶給我們的是揮灑著亮麗光芒的浴女系列。是「欲」與「浴」、與「水」的相連接。

「浴」與「欲」

　　「三垛」為鐵凝帶來了聲譽，「三垛」也得到了最為廣泛而持久的關注。與之相比，「雨」的意象卻沒有得到足夠的重視。在長篇小說《無雨之城》中，「雨」是一個重要的意象，而這裡的「雨」實在又是與「水」相關，雨就是淋浴中的水。《無雨之城》中寫到的普運哲對陶又佳身體的欣賞：「因為我在欣賞一種景觀：當你正面朝著我的時候，我就看見大雨正淋在兩座丘陵上，大雨還淋濕了一片……莊稼。當你背向我的時候，就有一條瀑布從懸崖奔瀉而下，還……還流過一道峽谷。」（《無雨之城》第 160 頁）。在《無雨之城》中，身體已經完成了覺醒的過程，不再需要「垛」的遮掩，而直接呈現為「無邪的赤裸」〔註7〕。而無邪的赤裸是需要條件的，那條件便是「水」的存在與烘托，在水的滋潤與籠罩之下，身體展現著它的美麗。九十年代，鐵凝寫的最多的就是沐浴之中或沐浴後的身體，而且它們都是特別棒的裸體。關於特別棒的身體，在小說《對面》中有明確的表述：

〔註 7〕戴錦華：《真淳者的質詢——重讀鐵凝》，《文學評論》1994 年第 5 期。

我所以目瞪口呆，是因爲這個女人只披了件浴衣。所謂「只」，是因爲她實在是光著身子的。她衝出廚房時，裸體就被我一覽無餘。我覺得眼前很亮，像被一個東西猛地那麼一照。常有消息說，一種天外來的飛碟就是赫然放著光明一劃而過。她放著光明一劃而過，但還是給我留下了觀察的機會。我猜她不再是情竇未開的姑娘，有三十吧，三十出頭吧。但她體態很棒。棒，不光是美。有人很美但不棒。她的脖子、乳房、肚子、大腿……我看到的一切都很棒。這使你覺得最打動人的女人不是美，實在是棒，男人的目瞪口呆只能是面對一個棒女人。（《對面》，見《午後懸崖》第 345 頁）

身體是棒的，而這麼棒的身體是緣於水的滋潤，因爲「對面」是剛剛沐浴而出。水在浴女形象的塑造中起著怎樣的作用？有評論家認爲鐵凝小説中的水有淨化靈魂的作用，是「精神上的洗浴」。[註8] 這是一種昇華的意義，單從敘事層面看，水具有兩種功能，一種是水使裸體的出場具有了合法性。如前面談到的《無雨之城》中陶又佳的沐浴，《對面》中「對面」的出場，《大浴女》中尹小跳的沐浴，還有更早些的《玫瑰門》中竹西的洗澡，都與水有關。因了水的順流而下，人拋開了羞澀，盡情地裸露自己。水使人的身心放鬆，不去思想，只有呈現。水是一種籠罩，在水的籠罩下，身體可以以合法的名義呈現，沒有了水，人們便會很快地將自己包裹起來。而在水的如霧如紗的遮掩下，浴女成爲了只可遠觀而不可近玩的尤物，成爲了鑲嵌在浴室中的具有藝術美的油畫。此外，水的另一種功能是滋潤。水以它的滋潤與灌溉渲染出身體的蓬勃與美麗。[註9] 我們來看《秀色》中對張品身體的描寫：

她的身子映著油燈，襯在烏黑的牆上是如此巨大而又明媚；她那張從未見過天日的小臉，是方才那撒潑似的使水，才把它弄成這樣熠熠發光。她的呼吸是清潔的，她的嘴唇絲綢一樣可人，她的長髮受了水的滋潤，無比柔韌地纏在肩上。她在勾引一個男人，光明磊落，直白放肆而又純淨無邪。她毫無經驗，心中只有信念。（《秀色》，見《巧克力手印》第 105 頁）

[註8] 馬雲：《鐵凝小説與音樂、舞蹈與繪畫》第 81 頁，河北人民出版社 2006 年版。
[註9] 此部分相關內容參見拙作：《鐵凝小説中的浴女形象與身體敘事》，《文藝爭鳴》2009 年第 8 期。

水是純淨的，水的純淨使身體及身體之欲得以純淨，同時也使得鐵凝的身體與欲望敘事越發顯得自然、健康與清新。如同鐵凝在對塞尙的油畫《大浴女》進行評論時所寫到的：「據說塞尙是從一群美國士兵洗澡而產生《大浴女》的靈感的，這僅僅是『據說』。塞尙最終渴望有一個純潔、天眞的世界景象，因爲他曾經說過，畫家『需要天眞地畫一隻胡蘿蔔』。」〔註10〕這種有關純潔、天眞的渴望，也是鐵凝小說創作的追求吧。

鐵凝的小說文本被作爲女性主義文學的坎本，我想，是與她對身體和欲望的書寫有關的。然而，鐵凝對身體的書寫，依然如她對出生與成長的書寫一樣，是自然的、健康的、清新的。不是對商業社會的迎合，而是參透著對個體生命的深切體驗與思考。

（四）鐵凝小說的死亡敘事

經過出生、成長、欲望的追求與渴望，人的生命歷程進入最後一個階段——死亡。對於中國傳統小說而言，死亡的時間大都呈現爲省略或簡略。死亡敘事時間發生重大變化是在先鋒小說中，自八十年代以來，死亡敘事成爲先鋒小說作家們熱衷表現的主題，他們津津樂道於死亡過程的敘述，將死亡敘事時間作爲場面進行描述。而作爲兼具傳統與現代的作家，鐵凝小說中的死亡敘事依照作品的內容和主題的不同，呈現出多種不同的敘述方式。

死亡作為過程

將死亡視爲過程，對死亡進行細緻入微的描寫，在鐵凝的小說中並不多見，雖然不多見，但卻給人留下了極爲深刻的印象。關於死亡過程的敘事最主要的體現在長篇小說《玫瑰門》，中篇小說《棉花垛》、《青草垛》，短篇小說《死刑》、《色變》中，而其中以《玫瑰門》的自然主義敘事最爲令人震憾。

《玫瑰門》中的死亡敘事主要包括大黃貓的死、姑爸的死、莊坦的死和婆婆司猗紋的死。那種近乎自然主義式的死亡描述，令人有心驚肉跳之感。下面我們來看兩段描寫，這是關於姑爸和婆婆之死的描述：

> 姑爸的死：
>
> 　　姑爸在口渴，一天一夜她只在屋裏吃大黃，大黃終於被她吃光了。她吃著大黃研究著自己：度過了人生大半的她到底屬於正常人，

還是屬於不正常人。後來她對自己做出結論：她正常。她用對大黃
的吞食證實了她的正常。她將它融進了她的腸胃，她用自己的殘缺
換來了大黃的完整。因此她在吃他時惟恐丟掉一點什麼，哪怕是大
黃的心肝、腸肚，大黃的眼珠尾巴尖，大黃的膀胱、睪丸……連腦
子她都掏得乾乾淨淨。她不願意讓它們留在世上，有一點兒留在世
上都是對大黃的不完整。……姑爸死了。她嘴裏塞滿貓毛，手中還
攥著一團貓皮。（《玫瑰門》第 154～155 頁）

姑爸的死最令人震驚，她竟然能生吃大黃貓。而對姑爸的死亡敘事則極盡詳
細和殘忍。如果按照傳統的寫法，只寫結果，那這段話完全可以簡縮為：「姑
爸在口渴，一天一夜她只在屋裏吃大黃，大黃終於被她吃光了。……姑爸死
了。她嘴裏塞滿貓毛，手中還攥著一團貓皮。」對於敘事作品來說，有了這
一結果，故事也是完整的。但是，與原文相比，那種由死亡帶來的震撼也隨
之消失了，敘述也便少了些分量。吞食大黃貓的行為本身是令人作嘔的，但
這樣的描述更能體現出那個特定的歷史時期人的心理與行為的變態。這種對
變態心理的敘述令人震撼，而那關於殘缺與完整的思考也震聾發聵。

　　如果說，姑爸的死讓人心驚膽顫，並且有著對於生命背後社會歷史問題
的思考，那麼，婆婆司猗紋的死則是對於人所共有的生命最後旅程的敘述，
那是生命的自然腐敗過程，如同世上所有生物的最終死亡，但它又是那樣得
震撼著我們：

然而細菌還是在司猗紋身上啃噬打洞，洞穴已連成了片，大批
的敷料也難以填滿即使你加倍地填塞，當你再打開時那裡或許已是
白骨鱗峋。你再想「挖肉」得到更遠的地帶去尋找。新的地帶已超
越麻痺面，於是疼痛開始向司猗紋襲來。（《玫瑰門》第 473 頁）

人哭著來到世上，人又將痛著離開這個世界。這也是人無法對抗的宿命，
即使你有再強的生命意志，也在劫難逃。婆婆的死讓人感到身體所無法對
抗的死亡命運，它最終腐敗成泥。人來自泥土，最終又歸於泥土，而只有
勇於面對人生的這一腐朽，才能讓人感到生之頑強。婆婆司猗紋生命意志
的強勁與死亡對身體的侵蝕相反相成，共同構成對於人性的思考。並且，
作為一個人全部的生命體驗，死亡不可或缺，即便人們總是迴避，如孔子
所說「不知生，焉知死」，但它又是實實在在的存在，每個人都將面對，文
學敘事也要面對。

冷靜客觀地面對死亡，延宕死亡的敘事時間，客觀地敘述死亡過程中身體的腐朽與意識的錯亂，是把死亡作爲人的生命歷程中自然過程的一種敘述，是對於醜陋的面對，對於生命的感動。鐵凝小說中表現的不是時時感受著的向死而生，而是對人無法迴避的人生宿命的感受與思考。

死亡作爲結果

死亡作爲過程，在鐵凝小說敘事中所佔比例是比較小的，而她大多數的死亡敘事是將死亡作爲結果予以呈現，即並不表現人面臨死亡時的生命狀態與心理感受，而是將死亡作爲一個事件，使這一事件成爲小說敘事中的一個環節，以此來表現對小說情節和其他人物所產生的影響。這樣，死亡敘事時間大大地縮短了，是敘事時間的省略或簡略。這類小說有長篇小說《無雨之城》、《大浴女》、《笨花》，中篇小說《埋人》、《午後懸崖》，短篇小說《棺材的故事》等。

死亡作爲結果，對情節發展起著重要的推動作用。《無雨之城》中白已賀的死就起到這種作用。小說《無雨之城》開始於白已賀發現的一張市長與情人的底片，而且這張底片成爲小說發展的一條重要線索，使得情節跌宕起伏。但是這張底片如何收場卻成了一個問題，最後的情節設計是偶獲底片並把底片作爲要挾他人之物的白已賀出車禍死掉了。而且對他的死寫得也很簡略，是從市長夫人葛佩雲的視角來敘述的：「葛佩雲多事地擠進去便看，見騎車人仰面朝天七竅出血地斷了氣。他的一輛舊「28 永久」自行車被撞得前後輪子擰了麻花。葛佩雲自覺這車這人她都有些眼熟，再近前定睛看時，那位七竅出血的男人原來是白已賀。」(《無雨之城》第 313 頁) 在這裡，死亡作爲結果，只用了一句話來敘述「那位七竅出血的男人原來是白已賀」。作爲結果，死亡敘事起到的只是推動故事情節發展的作用，而不是對人性的過多思考，於是只有概括就可以了，不需要做詳盡的場面描寫。

死亡作爲結果，對小說敘事結構產生著重要影響。在小說《大浴女》、《午後懸崖》等小說中，死亡成爲小說中的主導性事件。《大浴女》中尹小跳同母異父的妹妹尹小荃的死成爲小說敘事結構上一個重要的集結線，它時隱時顯，但從不間斷，貫穿著小說敘事的始終，並影響著主人公尹小跳的一生，成爲尹小跳生命中的一個死結。《午後懸崖》中小男孩陳非在一九五八年的一個午後從幼兒園的滑梯上墜落而死成爲小說敘事的主線，由這條主線，牽出了歷史與現實，連接起時間與空間，從而在廣闊的時空背景下展開了敘述者

對生與死的思考：滑梯是午後的懸崖，不論陳非的墜落是否與身後的小女孩韓桂心的推有關，但有一點是真實的，就是懸崖的產生絕對與強烈的嫉妒心理有關。由此可以說，「懸崖」又何止是出現在幼兒園的一個「午後」，人自身無止境的嫉妒與欲望會時時製造出一個又一個的死亡懸崖。

死亡作為結果，構成了他者對死者的人格評價以及思念之情。在《笨花》中，死亡敘事是小說的重要敘事之一，尤其是在以抗日戰爭為敘事時間的小說的後半部分。在死亡敘事中，死亡作為結果而出現，即死亡過程是略寫，而死後安葬的敘事時間是詳寫。以取燈之死為例，取燈死的過程是省略式敘述，只用一句話和省略號來表示：「取燈還是被拖進了窩棚……」。而取燈死後家人對她的思念與評價卻用了整整一節的篇幅。有民間的喪禮風俗，有向家人的悲痛情感，還有對取燈品格的評價，這一評價來自取燈同父異母的哥哥向文成：「那是她的仁義，那是她願意讓你們高興，讓笨花她的娘和保定她的媽高興。」（《笨花》第 483 頁）以他人的悲痛和思念來突出人物精神品格的高貴，更能產生出強烈的敘事情感效果。此外，瞎話的死、向中和的死、尹縣長的死，也採用了死亡作為結果這種敘述方式，同樣突出了他們的民族氣節和生者的悲痛與紀念之情。

由此我們發現，鐵凝對死亡的敘事更多的表現為傳統的死亡敘事方式，傳達出中華民族的價值觀和文化觀，那是對民族精神和英雄主義情懷的敬慕之情。這種價值觀和英雄情懷由一個意象鮮明地體現出來，這個意象就是「波斯菊」意象。

波斯菊意象

與「玫瑰門」的「門」、棗樹的新芽、「三垛」中的「垛」一樣，「波斯菊」是鐵凝生命敘事中的又一獨特的生命意象，它是生命歷程中最後一個階段的意象呈現。這一意象是最具感情色彩和英雄色彩的，在小說《大浴女》中對波斯菊意象進行了詳盡的敘述：

> 我不知道你喜歡不喜歡波斯菊，我喜歡。我第一次看見波斯菊是在福安的烈士陵園，那時我小學還沒有畢業。……我就在這個時候看見了墓前的幾株波斯菊，是假花，因為波斯菊是不會在四月開花的。不知道這是誰獻給女英雄的，怎麼想起獻波斯菊呢？是因為烈士生前喜歡這種花嗎？……我喜歡我曾經有過的那頂草帽，你知道戴上它我有一種什麼樣的感覺？我覺得我就像一個墓中人在地面

　　上行走，無聲無息的，人們看不見我，只看見我頭頂上盛開的波斯
　　菊。你説得真好：頭頂波斯菊。你説，我們每個人不是都有頭頂波
　　斯菊的那一天嗎，當我們頭頂波斯菊的時候，我們當真還能夠行走
　　嗎，你怎麼看？（《大浴女》第 311～313 頁）

在鐵凝的小説中，波斯菊是安放在烈士墓前的，是開放在山區裏一些不知名
的老墳上的，而且「每個人都有頭頂波斯菊的那一天」，那頭頂波斯菊的一天
也就是人死亡的那一天。這樣，波斯菊就和墳與墓連在了一起，成爲了鐵凝
小説中的死亡意象。

　　波斯菊的意象首先是與烈士的墓地相鄰，進而成爲了英雄的象徵。在鐵
凝關於死亡的敘事中，有幾個人物和他們的故事一再地出現。《午後懸崖》小
説的主題就是對死亡與生命的叩問，對人生價值與意義的思考。小説的空間
場景是烈士陵園，在這樣的一個空間，可以站在現在回望歷史，或者説用歷
史來反觀現在。面對著商業背景下現實的卑劣，更顯出英雄們行爲的崇高。
在小説中寫到的頭頂波斯菊的烈士主要有兩個：一個是除奸隊女隊長，被日
軍抓住後割去雙眼和雙乳的年僅二十二歲的劉愛珍，還有一個是被黑槍打死
的副司令，年僅二十六歲的劉青。當他們頭頂波斯菊的時候，他們無愧於他
們年輕的生命。而且這一原型意象一再地出現，在《大浴女》中，年輕的女
英雄又一次出現，波斯菊的意象就來源於此，在上段中已有引述，這裡不再
詳述。此外，在小説《棉花垛》中，喬的故事和犧牲場景，也緣於對女英雄
的想像。更爲引人注目的是，在長篇小説《笨花》中，作者通過史實與想像
復活了那段抗戰的歷史，這兩個原型形象走進了歷史場景之中，他們分別是
向取燈和尹縣長。由此可見，波斯菊的意象是與英雄的崇高形象聯繫在一起
的，是英雄的象徵。

　　波斯菊的意象不僅是英雄主義的象徵，它也是每個人心靈回望時高貴精
神的象徵。波斯菊不僅安放在烈士的墓前，而且還靜靜地開放在墳地裏。每
個人都有安睡在墳地的那一刻，也就有頭頂波斯菊的生命時刻。在這裡，通
過波斯菊，鐵凝思考的是關於死生的問題，那是如海德格爾所説的向死而生，
更是中國先哲們對死生的態度：或重於泰山，或輕於鴻毛，那是對死亡的價
值和意義的判斷與思考。鐵凝在《大浴女》中寫到：「當有一天我們頭頂波斯
菊的時候回望心靈，我們才會慶幸那兒是全世界最寬闊的地方，我不曾讓我
至親至愛的人們棲息在雜草之中。」（《大浴女》第 341 頁）並不是每個人都

能成為烈士，但是每個人都有能力在心靈深處建造一座花園，一座寬闊的，充盈著愛的花園，這不僅是死，更是生的意義。

二、意象與隱喻的敘事方式

從以上的分析我們發現，在鐵凝的生命敘事結構中有一個獨特的意象系統，由以下意象組成：表現出生的意象有門、月芽、世界；表現成長的意象有棗芽、心靈的花園；表現欲望的有垛、雨、浴、水；表現死亡的意象有波斯菊。而其中最為典型的是：門、棗芽、垛、波斯菊，這四個意象可以看做是鐵凝的私用意象系統，也就是說是獨屬於鐵凝的意象發現，而這四個新鮮的私用意象還隱喻著生命歷程中的四個階段。接下來我們要探究的是，這些意象以怎樣的方式呈現在生命敘事結構之中，又起到了怎樣獨特的敘事效果？

（一）自然意象與詩意表達

鐵凝小說中的意象是對生命的詩意表達，使小說具有了美感與詩性。

鐵凝小說中的意象是與大自然中的生命意象相毗鄰的，是生命的詩意表達。如棗樹芽、麥子、棉花、青草、波斯菊等意象，這些意象直接來自於大自然。自然生命的生機與活力，使得人的生命也充滿了生機與活力。那鮮嫩欲滴的亮晶晶的棗芽，那挺立在廣闊原野上的垛，與這些垛直接相連的是生長於大地上的麥子、棉花、青草，還有在山區老墳上獨自開放的波斯菊。雖然這是些在華北平原上常見的物質，但是經過鐵凝的再創造，這些自然之物具有了勃勃的生機，具有了美形美質。尤其是那棗樹與棗芽，竟然有著如此的美麗：「她覺得世上沒有比棗樹更晶亮的新芽了，那不是人們常說的青枝綠葉，那是一樹燦爛的鵝黃一樹欲滴的新雨。」（《玫瑰門》第 216 頁）棗樹的新芽如燦爛的鵝黃、欲滴的新雨，不僅照亮了春天，而且也照亮了整部作品。

因此可以說，這些意象本身就以它們的勃勃生機在小說敘事中顯現出燦爛的光芒，給人以美感，從而使小說也具有了詩情畫意。楊義在《中國敘事學》中寫到：「文章總是需要有一些才華煥發的光亮點的，在意象與非意象的相互間隔和節制中，以光亮點和非光亮點的疏密度，來控制敘事作品的審美色調、節奏和旋律。」〔註 11〕鐵凝選取的這些意象多為自然之物，這些生長於大地上的物質，連同它們生長的背景一道，成為作品中亮麗的風景。

〔註 11〕楊義：《中國敘事學》第 315 頁，人民出版社 1997 年版。

　　自然意象本身構成了作品中的一道風景，但如楊義所言：「敘事文學不能等同於寫抒情詩，不能一味地堆砌意象。」〔註12〕，也就是說，在敘事類文學作品中，意象的營造不是爲了抒情，而是爲小說敘事服務的。意象以其隱喻或象徵意義，參與到作品的敘事之中，不僅與整部作品的敘事融爲一體，而且深化了小說的內涵。在鐵凝的小說中，自然生命意象隱喻著人的生命成長，如棗芽隱喻著女孩子的成長發育，垛隱喻著性的欲望，波斯菊隱喻著英雄的死亡等。因爲自然意象本身所具有的自然氣息與生命活力，它所隱喻的人的生命也具有了看似單純卻意蘊深遠的內涵。在自然界植物生長的必然性與人的生命成長的必然性之間建立起類比關係，它們互爲映襯，彼此關照，使小說在情節的發展中具有了詩性。如《玫瑰門》中所寫到的棗樹與眉眉成長的關係：「從前她每天都和這黑褐色的樹身謀面，她並沒有意識到它蓬勃著一樹生命的成長，現在她才覺得那整整的一樹生命靠了它的蓬勃才成爲一樹生著的生命，連她的生命也被它蓬勃著。」（第217頁）自然之樹的生命與少女的生命成長互爲一體，樹的蓬勃、生機與活力也成爲少女生命的蓬勃、生機與活力，讓我們感到了成長著的生命的美好。即便是小說中的死亡敘事，也因爲意象的隱喻作用，使我們對生命本身生出感動與敬意。波斯菊那「長長的花莖和單純的花瓣」，「在硬冷的山風裏那種單薄而又獨立的姿態」，給了生命以慰藉，它使荒涼的墳墓不再荒涼，使死亡也具有了一種凄清而崇高的美。

　　人的生命與自然界的生命形成一種同構關係，使生命如茂盛的植物般美麗絢爛，而這就得益於隱喻式意象的運用。陳超在《打開詩的漂流瓶》中如是說：「當我們面對現代詩中一個個無可替代的優異意象時，要淡忘它是不可能的，它深深戳入，是的，我們只能讓它無限彌散，達到我心與天地同參的境界。」〔註13〕其實，又何止是現代詩中有如此優異的意象，現代小說中又何嘗不會產生無可替代的優異意象呢？

（二）深層意象與潛意識表達

　　棗樹的新芽、波斯菊等自然生命意象點亮了人的生命色彩，此外，在鐵凝的小說中還有一類意象，與自然意象相比，它們有著更爲模糊的卻也是更

〔註12〕楊義：《中國敘事學》第315頁，人民出版社1997年版。
〔註13〕陳超：《打開詩的漂流瓶》第96頁，河北教育出版社2003年版。

爲深層的隱喻性，如《玫瑰門》中的「門」，「三垛」中的「垛」。如果說，自然意象隱喻著生命的蓬勃與生機，使小說具有了美感與詩性，那麼，這類更深層的意象在小說中又有些怎樣的隱喻意義，產生怎樣的修辭效果呢？

韋勒克、沃倫認爲：「意象是一個既屬於心理學，又屬於文學研究的題目。在心理學中，『意象』一詞表示有關過去的感受或知覺上的經驗在心中的重現或回憶，而這種重現和回憶未必一定是視覺上的。」〔註14〕在他們看來，意象既具有文學上的修辭和審美意義，而且它還是一個心理學概念，通過重現和回憶來表達人的潛意識生命體驗。龐德對「意象」所作的界定更加突出了情感的隱蔽與複雜性：「『意象』不是一種圖像式的重現，而是『一種在瞬間呈現的理智與感情的複雜經驗』，一種『各種根本不同的觀念的聯合』」。〔註15〕龐德重點強調了意象的「理智與感情的複雜經驗」，指出意象是一種經驗，而且是複雜的經驗，因爲它的複雜性，使得小說的意蘊更加混沌而豐富，並產生可意會而難以言傳的敘事效果。

鐵凝小說中「門」與「垛」的意象無疑是看起來簡單，實際卻頗爲複雜的意象。雷達說：「麥秸垛的意象是生命力的象徵，是生命的沉重、荒涼和生命的頑強、不息。」因而他認爲：「『麥秸垛』給我們一種含混而幽邃的，人與自然、人與社會、人與歷史的密契無間的靈境。它使作品的底蘊深刻化了，它同時反映了作者涉足人生的哲理深度。這在鐵凝以往的作品中是罕見的。」〔註16〕王緋認爲：「在中篇小說《麥秸垛》、《棉花垛》裏，這令人驚訝的東西首先是一種婦女性態度和性行爲輪迴的揭示。」〔註17〕雷達從生命力，從人與自然，人與社會，人與歷史的角度著眼，說出了鐵凝小說的哲理深度，這無疑是深刻的，而王緋從性態度和性行爲著眼，也勘測到了小說的一個側面，但我想，他們都忽略了鐵凝小說中所蘊含的潛意識心理層面。「門」與「垛」這兩個意象，尤其是「垛」的意象，隱喻著的是人的潛意識心理，即性心理。

〔註14〕（美）韋勒克、沃倫：《文學理論》第211頁，劉象愚等譯，江蘇教育出版社2006年版。

〔註15〕（美）韋勒克、沃倫：《文學理論》第212頁，劉象愚等譯，江蘇教育出版社2006年版。

〔註16〕雷達：《她向生活的潛境挖掘——說〈麥秸垛〉及其他》，《當代作家評論》1987年第3期。

〔註17〕王緋：《鐵凝：欲望與勘測——關於小說集〈對面〉》，《當代作家評論》1994年第5期。

　　為了說明「垛」的隱喻意義，我們還是從兩部有影響且極為相似的小說《棉花垛》與《笨花》的比較談起，或許能發現隱喻式意象在鐵凝小說中的作用。

　　《棉花垛》和《笨花》有著太多的相似之處，從敘事時間看，都是以抗日戰爭作為主要時間；從敘事空間上看，故事都發生在冀中平原的村莊；從敘事內容看，《棉花垛》中的內容幾乎是複製黏貼到了《笨花》之中；從敘事意象上看，都有一個相同的意象——棉花。然而，在諸多的相同中，我們還是能一眼就會發現兩者的不同，這從小說的題目便可看出，它標識出小說的核心意象和作品表達的重心。《棉花垛》的核心意象是「垛」，而《笨花》的核心意象是「花」。

　　「笨花」是棉花中的一種，而棉花是一種實實在在的物質，因此，《笨花》是用寫實的手法來表現那一段歷史風雲中的日子。用鐵凝的話來說就是：「我側重的還是在這種歷史背景下，這群中國人的生活，他們不屈不撓的生活之意趣，人情之大美，世俗煙火中的精神的空間，閉塞環境裏開闊的智慧和教養，一些積極的美德。」〔註18〕而「垛」卻不同，雖然它是由實實在在的物質構成，但由於對這些物質的重組，它便不再只是人類賴以生存的物質，而具有了性欲的隱喻性意味。不僅是從題目上，而且從文本的敘述中，我們也能感受到「垛」的隱喻色彩。中篇小說《棉花垛》的大部分內容被複製黏貼在長篇小說《笨花》中，但是卻有一段重要的內容沒有被複製，那就是關於喬犧牲前的潛意識心理活動，我們不妨來重讀一下：

> 　　也許連日本人都沒想過現在為什麼要遊戲，然而誰都覺出現在要的就是遊戲。於是，人們爭先恐後排隊。他們貼著枯井壁站成一圈兒，一個象徵輪番的圈兒；他們拍打著自己的光腚往前擠，有人撲下去，有人站起來……這身子底下是俺家的舊炕席吧。喬想。這身子旁邊是笨花壘的那「院牆」吧。喬想。快蹬住上馬石往牆裏跳，跳呀。喬想。（《棉花垛》第 156 頁）

這是喬在臨犧牲前的潛意識心理活動，而她想的是曾經與老有過家家時的情景，也是其朦朧的性意識的覺醒。而在《笨花》中，取燈犧牲前的這一潛意識性心理活動是被省略了的：

<hr>

〔註18〕鐵凝、白燁：《透過歷史，窺視「日子的表情」——關於《笨花》的對談》，見《像剪紙一樣美豔明麗》第 226 頁，人民文學出版社 2006 年版。

日本人本應把取燈盡快押解回城交差的，也許他們看見眼前是
個年輕的女性吧，還有那個誘人的窩棚。取燈還是被拖進了窩棚⋯⋯
（第 480 頁）

《笨花》中省略號略去的部分正好是《棉花垛》中所敘寫了的部分，而這略
去了的部分，傳達出的正是「垛」所隱喻的心理內涵，那裡包含著對人的潛
意識性心理的隱喻性表達。

當然，這只是從一個側面對「垛」的隱喻意義進行了解讀，而在「垛」
的背後，在「三垛」的文本之中，蘊含著更為豐厚的社會的、歷史的、文化
的諸多內涵。許多評論家對此給予了較多的論述，這裡就不再多述。

至此，從出生，經過成長與欲望，到最後的生命終結，生命個體走完了
並不漫長的人生歷程。在這歷時性的生命敘事中，有著鐵凝對生與死的觀察
與思考，也有著對生命意象的獨特選擇，並由此構築起充滿生機與活力的個
體生命大廈。但是，線性的歷時性的生命敘事還只是鐵凝小說敘事結構的一
部分，此外，還有一個敘事結構，那就是共時性的日常生活敘事結構。

第二節　日常生活敘事的循環結構

鐵凝小說的日常生活敘事結構是由點點滴滴的生活細節構成的生活之
流。在城市的民間世界，日常生活表現為以廚房為結構中心的人間煙火氣。
在日常生活中，日子雖然是循環往復的，但決不是日復一日的平庸與無聊，
而是在平凡中的饒有情趣，是生活中的精彩瞬間。在鄉村，民間的日常生活
範圍要更廣些，不是某個人的日常，而是一個村落的日常，不僅是人間煙火
氣，更重要的是與土地相連的日常的勞作。而鐵凝小說中的勞作是與大地相
融通的，是對大地上生長的且與人類息息相關的作物的敘寫，而其中最為主
要的敘事對象是能帶給人溫暖與親情的棉花。在對種花、摘花、拾花、織布
等與棉花相關的一系列勞作的敘述中，鐵凝的小說具有了溫暖而結實的大自
然之氣。日常生活不是線性發展的，而注定是瞬間的與片斷的，而這些瞬間
的、片斷式的日復一日的日常生活，構成了一個綿延不絕的生存結構，體現
著人的穩定的生存狀態，以及中國民間社會循環往復卻生生不息的文化心理
結構。

一、城市民間的日常生活敘事

隨著現代工業的發展，城市中的日常生活被分為了兩種，一種為具有現代性特徵的日常生活，其最基本的特徵是「它的整齊劃一，它的沉悶無聊，也許與它特徵相同而又最為常見的東西是流水線」，〔註19〕這些沉悶無聊的日常生活在西方二十世紀現代小說中，以及中國二十世紀九十年代的「新寫實」小說中得到了展現，池莉、劉震雲等作家的小說最具代表性，那是平庸乏味的灰色小人物的灰色人生。本・海默爾在其《日常生活與文化理論導論》中指出：日常現代性的日常狀態就是建立在分分秒秒的基礎之上的同步化。每天早晨成千上萬的上下班的旅客乘坐火車在大都會會合，這已經構成了現代的一道風景，這道風景依賴於時刻表在時間上已經精確到分鐘的水平，即使這些火車晚點已是尋常的事情。〔註20〕這種建立在現代時刻表中的現代人的日常生活，使人的生活充滿了刻板機械的時間刻度，而少了生活的情感與趣味。

這是以現代性為特徵的日常生活，除此之外還有一種日常生存狀態，是與現代日常生活相對的民間日常生活，雖然它日益地被現代生活理念、現代生活節奏所侵蝕，但是依然以它根深蒂固的傳承性存留在城市日常生活之中，給這個日益變得冰冷的現代社會以些許的暖意，而這暖意就來自這民間日常世界中的人間煙火。鐵凝小說的日常生活敘事就立足於民間，捕捉城市現代性背景下的民間社會的縷縷暖意。於是，在她的小說中，我們讀到的不是沉悶無聊的流水線式的日常生活，而是充滿了人間情意的，趣味盎然的日常。因了這人間的情意，人間的煙火氣，鐵凝的小說不是冷的，而是暖的。而構成其人間情意與人間煙火氣的便是日常生活中的衣食住行，而其中，鐵凝關注得最多的是「食」。因為它與人間煙火氣有著最為直接的聯繫，透過「吃」完全可以窺視一個世界，不論是大的客觀世界，還是小的內心世界。

說起飲食，《紅樓夢》會即刻進入我們的想像視界，那是一次次美食的盛宴，尤其是王熙鳳對劉姥姥所講說的關於茄鯗的做法，成為日常生活敘事的經典細節。「食色，性也」，抓住了食，也就抓住了生存的根本。

〔註19〕（英）本・海默爾：《日常生活與文化理論導論》第 12 頁，王志宏譯，商務
　　　　印書館 2008 年版。

〔註20〕（英）本・海默爾：《日常生活與文化理論導論》第 12 頁，王志宏譯，商務
　　　　印書館 2008 年版。

　　細讀鐵凝的小說就會發現，「吃」不僅滲透在每篇小說的縫隙之中，成爲日常生活敘事中重要的一環，而且對於吃，鐵凝還借人物之口發出一個強有力的宣言。在長篇小說《大浴女》中，在尹小跳與尹小帆的爭吵中，以美國人自居的尹小帆以居高臨下的口氣說：「我就討厭中國人總是忘不了吃、吃、吃、吃，一吃點兒好東西怎麼就那麼幸福……」。半天沒吭聲的尹小跳突然帶著一種得意相兒說：「告訴你我就是這樣的中國人，一吃點兒好東西就那麼幸福。」（《大浴女》第219頁）

　　吃是幸福的，它不僅可以飽腹，更重要的是體現著人間的溫情。在對東西方文化進行比較後會發現：中國人表達感情的方式比較含蘊，他們不會像西方人式的擁抱接吻，他們可能會帶給對方一個饅頭、兩個蘋果，這饅頭和蘋果就寄託著愛的情感。中國人在節日裏也不會送鮮花，而是送吃的，粽子、月餅、年糕等已經成爲了一種習俗，代代流傳。如果略去它們的象徵意義，會發現，這實實在在的物質代表著對親人的關切，對日子的期盼。小說《安德烈的晚上》講述了兩個在罐頭廠流水線上工作多年的男女同事，在他們即將分手的時刻，想找一個獨屬於他們的時間約會。但最終，安德烈在一幢幢灰色樓群中迷失了方向，他和女同事的約會無果而終。而記錄下他們情感的唯有裝在飯盒中的餃子：「姚秀芬看明了安德烈的意思，她只把手中的一個飯盒遞給安德烈對他說：『餃子，你的。』安德烈就去接飯盒，心中想著，原來姚秀芬連晚飯都準備好了的啊。他奇怪一個晚上他竟沒看見她手中拿著一個飯盒，他也才明白了姚秀芬中午回家的緣由。」（見《巧克力手印》第95頁）

　　吃是幸福的，它體現著生活的情趣。如《永遠有多遠》中對冰鎮汽水的永遠的記憶，《大浴女》中對小雪球的由衷讚歎，《暈廠羊》中對吃蒜的詳細描寫，《安德烈的晚上》飯盒與餃子呈現出的精彩瞬間。

　　吃是如此重要，於是吃就不單單是作品中的一個細節，在鐵凝的小說中，吃有時還構成小說的敘事主線，成爲左右人物命運的關鍵因素。小說《省長日記》中孟北京的吃菜——不吃菜，這純屬個人日常生活的行爲，卻成爲了他無法擺脫，也無法言說的命運遭際，進而影響著他一生的命運：

　　　　他開始把事情一點一滴地從後往前倒起，他想弄清他這幾十年的生活。他一遍遍地倒著，每次倒到他當眾宣佈他不愛吃菜的時候他的思維就停了。他隱隱覺得他的生活如此彆扭，如此不聽他的吩咐這麼趔趔趄趄地一路跌撞下來，就是從必須不吃菜開始的，可是

他錯在哪兒呢？他招誰惹誰了？但是誰又招他惹他了？他的思路亂了，腦袋嗡嗡作響，他覺得他沒有力量把這一切想清楚。(見《有客來兮》第112頁)

《省長日記》大體上可以看做是當眾宣佈——自我求證——無法證明的敘事結構。孟北京宣佈的事有兩件：一件是孟北京當眾宣佈他不愛吃菜，為了證明他不愛吃菜幾乎到了自虐的地步——他決不在人前吃一口菜，即便那是極美味極有誘惑力的菜。可有一次他在大街上嚼白菜幫子時被鎊兒頭髮現，為了表示他話語的真實性，他又宣佈了一件事，孟北京當眾宣佈家裏有一本現任省長在文革時寫的並藏在他家裏的日記。可是在求證中他又遇到了麻煩，掘地三尺上房揭瓦也沒有找到省長的日記。而省長日記的求證過程又是套在不吃菜這一整體求證過程之中的。由此，從宣佈不吃菜始到無法證明自己不吃菜終，形成了孟北京一生無法解開也無法走出的一個怪圈。《省長日記》雖然也涉及到了流水線中的工廠，但是，構成小說結構的不是流水線中機械時間中的工作，而是吃菜還是不吃菜這一日常生活事件，並由此對生命個體的生存境遇與命運遭際進行了思考：作為弱勢的個體在社會群體面前證明自身並獲得話語權的艱難，以及證明行為本身的荒唐。這實在不是孟北京一個人的遭遇，每個社會階層之中，不都存在著一個孟北京嗎？而這普遍性的社會存在就由吃菜，這極為普通的日常生活引發而出，我們不得不讚歎作者敘事的巧妙了。

吃是「食」的一個方面，做是「食」的另一個方面。只有在做飯的過程之中，才能讓人深切地體味到人間的煙火氣。而做飯是需要空間的，鐵凝將這一空間設定為家中的廚房。對於廚房，鐵凝情有獨鍾。在其畫論《遙遠的完美》中，她這樣寫到：「顏文梁先生的《廚房》也讓我想起當下的有些小說。我想，若說從前的時代壓抑了類似《廚房》這樣的情致，那麼，當今天過富裕的高質量的生活已經是中國人理直氣壯的標準之後，一些小說所表現的『日子』為什麼還是離『廚房』那麼遙遠呢？許多男女主人公的吃喝永遠是行進在酒吧、咖啡館或各種檔次的宴席之中，沒有血肉，沒有人間煙火氣，也沒有柴米油鹽。他們的頭髮和身體大約都是香的，但是不真，故而你也不覺得親。人類還是需要廚房的，在那裡畢竟有『生』和『活』的具體過程。」〔註21〕

〔註21〕鐵凝：《遙遠的完美》第141頁，廣西美術出版社2003年版。

　　鐵凝是這樣認爲的，也是這樣進行小説創作的。她的小説中當然也不乏現代氣息的酒店、餐廳、咖啡廳、酒吧等場所，如《永遠有多遠》中「世都」二樓的咖啡廳，《無雨之城》中的和平賓館、聖泉飯店；《玫瑰門》中四星級的麗都假日飯店，《大浴女》中美國的墨西哥餐館，但它們只是一個個符號，在小説中一閃便隱去了，而作爲敘事空間的，則是胡同、四合院、家、家中的廚房。小説《對面》中的廚房是一個被精心塑造的場所：

> 　　對面把陽臺改做廚房，和陽臺毗連的廚房卻被布置成一間小型餐室。我看見她坐在高腳圓木凳上吃早飯，就著光明可鑒的白色操作臺。晚飯時她才坐在餐桌旁邊。儘管獨自一人，對於進餐的形式她也一絲不苟，臺布、餐巾、筷子、刀、叉，秩序從不紊亂。當牛奶正冒著熱氣時，便有麵包片從一隻小匣子裏跳出來。我知道匣子叫做吐司爐，能把麵包烤得微黃，我在北京時認識了它。她吃得挺多、挺仔細，然後常以一個西紅柿作爲早餐的結束。（見《午後懸崖》第 350 頁）

廚房不僅是充滿了人間煙火的場所，在《對面》中，廚房還是人物活動的主要場所。由於敘述者的窺視角度，廚房是人物活動的最爲主要的空間，猶如戲劇表演中人物出場的舞臺。當然，話又說回來，這也是作者的匠心之處，要不然爲什麼不把窺視鏡對準陽臺或臥室呢？而作者選的人物表演的場所就是廚房，人物的入場和出場都在這一舞臺之上：

「對面」(棒女人)

廚房

男人 (高男人、矮男人、丈夫、「我」)

在這一敘事結構中，變換的是時間和人，是高男人、矮男人和「我」對「對面」的窺視與佔有欲，不變的是廚房這一人物活動的空間。這真是一個奇妙的組合，不食人間煙火的婚外情與滿是煙火氣的廚房組合在一起，從而將一出現代情感劇置入了日常生活的空間之中。而作爲人間煙火之地的廚房作爲一個不變的存在，以它的不變見證著食色男女的悲喜人生。

　　這是一個具有現代特色的廚房，此外《誰能讓我害羞》中的廚房，《大浴女》中父母居室的廚房也都是現代單元樓中的廚房，而在鐵凝的小説中最具民間色彩的當屬《玫瑰門》中的廚房。與《對面》不同的是，《玫瑰門》的人

生舞臺是北京的四合院，而廚房以及廚房中的飲食則成了必不可少的道具。由於交往空間的開放性，人物之間的關係也更爲微妙，結構也更爲複雜，形成了循環往復中多種支叉延伸發展的敘事結構。

在民間的日常生活中，廚房是無需窺視的，它向所有人開放，因爲它的開放性，廚房成爲了民間重要的交際場所。關於做飯與吃飯也不僅僅是與吃相關，而成爲了鄰里之間交往的內容與技巧。在這個交際場所中，民間交往的小智慧與小奸詐呈現了出來。司猗紋正是利用了廚房的開放性，在與街道主任羅大媽柴米油鹽的日常交往中，一步步改善著自己的生存處境。由此可以說，日常生活中的做飯與吃飯雖然日復一日地循環著，但它又是在循環中不斷發展延伸，而且還不是直線延伸，卻是在直線中又伸展出幾條枝叉，構成多條支線交織發展的敘事結構。在人與人的交互關係中，人的多面性得以展現。因此，做飯與吃飯，就不單單是「食」的問題，其中暗含著你爭我鬥的技藝，下圖可以大體概括出《玫瑰門》的主要日常生活結構：

羅大媽（北屋）

西屋　　　　　　　　　　　　　　廚房

司猗紋（南屋）

可以說，《玫瑰門》的敘事結構猶如象棋盤，中間是楚河漢界，司猗紋和羅大媽如軍中的兩位統帥，以日常生活中的吃喝拉撒睡爲棋子，進行著一場場看不見硝煙卻暗藏戰機的爭鬥。這是四合院中的主戰場，此外，還有多個分戰場，司猗紋與孫女眉眉、小煒，與兒媳竹西，與西屋的姑爸、葉龍北，與外調人員，與達先生，以及在歷史的回望之中，與丈夫莊紹儉、莊老太爺等，形成了一場場的你爭我鬥。由此，司猗紋成爲四合院這場「玫瑰之戰」的主角，成爲了主體之中的主體。而《玫瑰門》也以日常生活之戰而具有了永久的文學價值。

在越來越現代化的城市中，雖然民間性的日常生活不可避免地被現代的生活節奏和生活方式所蠶食，但是，只要有家庭存在，有廚房存在，有人間的煙火在，就有溫暖在，有人生的情趣在。對人間煙火的精心呵護，使鐵凝的小說別具一種親切和溫暖。

二、鄉村的日常生活敘事

　　鄉村的日常生活有別於城市的日常，鄉村沒有現代化的工廠車間，也沒有現代化的高樓大廈，雖然時代的發展爲鄉村帶來了現代的氣息，但是，鄉村依然保持著固有的農業社會的生產方式和生活方式。而且，鄉村的日常生活也不同於都市民間的日常生活，這緣於鄉村生活空間的開放性。村民們的日常生活是以村落爲單位的，即便是在家裏，也不是一個封閉的空間，而是通過低矮的院牆，總是敞開的門與四周的鄰居相關連，近而與整個村子連成一體。而且村落又是被土地包圍著，從而形成了人與土地，與土地上生長的作物的連接，也可以說是與自然萬物，與天地合一。因此，村民的日常生活是沒有隱私的開放的生活，無需窺視，是向全村人開放的，是熟人社會。而且唯恐其他人不知道，總要通過一些特定的方式將自家的信息傳播出去。罵街曾經是農村極流行的信息傳播方式，農婦們站在房頂上或大街裏叫罵，成爲鄉村已然逝去和即將逝去的一道風景。

　　因此，鐵凝鄉村小說中的日常不是一個人的日常，而是一個村子的日常。是以一個村落爲敘述中心的。於是，在小說《笨花》中，是一個開放性的以社群爲單位的日常生活，最爲典型的就是「笨花」村的黃昏。黃昏中西貝二治媳婦在房頂上的叫罵，以及街道上雞蛋換蔥的、賣燒餅的、賣煤油的嘟喝聲，還有炊煙在村子上空的冉冉飄蕩。這是有著人間煙火氣的村落的黃昏，而且這一黃昏景觀也構成了一個大的循環，在小說結尾處又循環爲一幅鄉村圖，雖然時代在變化，但是在民間的日常生活中總有著恆定不變的生活場景在。

　　鄉村的日常生活也離不開衣食住行，但與城市不同，他們對吃並不太講究，所謂吃飽就行，所以他們吃出的不是情趣，而是勞作時必需的體力補充。但是，他們也有大吃一頓的時候，那是在比較特殊的日子，一是有貴客臨門，一是在重大的節日。對客人和親戚的召待，表明了鄉村人的熱情好客；對重大節日的祝賀，表達了他們對於土地的敬重，因爲他們的節日都是與作物的生產與收割聯繫在一起的。

　　鄉村是一個比較封閉的地方，很少迎來送往，但是，他們又是熱情好客的，如果有客人或是親戚來訪，他們就會傾其所有，準備下豐盛的餐飯，表達他們特有的善意與情誼。在鐵凝的小說中，這樣的表達有很多，我們來看一二：

　　天哪，這哪是什麼吃糕，簡直是赴宴了。我怎麼也想不出兩位老人一夜之間能變出這些飯菜。要糕也有，那是用黃米麵蒸過，再切成各種花樣用油炸的，顏色金裏透黃，有的像朵花，有的像石榴、桃子。炕桌旁還有一瓦盆大米飯，冒著熱氣，籠罩著這張百花盛開的炕桌。（《東山下的風景》，見《有客來兮》第 256 頁）

　　大約他早就得知我回老家的消息，在隔壁廚房裏忙了好大一陣才端出飯菜。這次可不只是上回那偏鹹的餃子了，在餃子上桌前，他親手烹調的菜肴已擺滿桌子。我一眼便看出這不是農村水平的「土鬧」，單從一條燒汁魚就能想到那做法的出處了。金黃的魚塊，淋上濃濃的湯汁，簡直是西餐的「紅汁沙司」。（《三醜爺》，見《有客來兮》第 121 頁）

　　二姨做了一桌豐盛的午飯，把一張不常用的炕桌，擦了又擦，親自把餅卷臘肉塞到我手中。（《一片潔白》，見《巧克力手印》第 309 頁）

熱情好客，以豐盛的餐宴招待遠道而來的客人和親戚，誰家打酒買肉，就知道誰家來了客人，這已經演化成為了一種純樸的民風民俗。

　　鄉民們生活的改善還與節日有關。除了端午節、中秋節、春節這些全國性的重大節日外，村民們還有屬於自己的節日，那就是具有濃鬱地方色彩的廟會。廟裏貢奉的神仙一般與民生相關，而最為主要的是與作物的生長與收穫相連。如小說《笨花》中出現的廟會就有三個：四月十八的火神廟，六月十五的水神廟，九月初三的城隍廟。三個廟會火神廟為最熱鬧，虔誠的信徒們帶上香火向神靈叩拜，以求得火神的庇護，保護春小麥的收割。廟會文化作為一種祭祀文化，代表著秩序與威嚴，並規範著人們的思維方式和行為準則，而另一方面，它又是村民們的節日狂歡，是被世俗化了的民間文化的表演。在廟會上，總要請上一、兩個戲班子連續唱上幾天，還有演雜技的，玩雜耍的。使整個廟會熱鬧非凡。不僅如此，廟會還是日常倫理文化的重要載體，廟會一連過上好幾天，本地人便要把親朋好友邀來，一起逛廟會、品嘗可口的飯菜，與親朋好友共享節日的熱鬧與團聚的歡樂。

　　我們來看一段《笨花》中向家人逛廟會的情景，還是以吃為主：

　　向家人趕廟吃餄餎似乎是一個傳統的保留節目。從向喜算起，爺爺以爸帶他來吃過，後來他爹鵬舉也帶他來吃過。再後來向喜也

> 常和向桂下餄餎棚。那時向喜領向桂坐在餄餎棚裏，給向桂要一碗，
> 也給自己要一碗。……同艾知道了向桂讓潤華泰訂飯就說，她覺得
> 拉家帶口的到十字口飯莊吃飯太招搖，不如還到大棚裏去吃餄餎。
> （《笨花》第 121 頁）

作物的耕作與收穫、廟會、大棚、棚裏的餄餎，這些成為一體，構成鄉村民間傳承下來的固有風俗，而這些風俗又體現著鄉村民間的生活情趣和生活倫理。

鄉民們對吃不講究，對穿也是不太講究，所謂有得穿就行。但是他們的種植卻與穿相連，這是衣的最原始物質，這就是「花」——棉花。對棉花的迷戀使得棉花成為鐵凝小說中不斷重複出現的一個意象，並成為其長篇小說《笨花》敘事結構的主線。

種花、摘花、拾花、賣花、護花成為《笨花》的一條情節線索，由此也可以看出歷史的動盪給笨花村鄉民們的日常生活所帶來的巨大變化。摘花和拾花是小說寫到的重點，摘花和拾花的過程不僅是勞作，更是村民們的一次集體狂歡。是收穫，也是歡愉。我們來看一段關於「拾花」的描寫：「在笨花村，摘花像是家事，拾花才是盛會。拾花牽動著不少男人和女人的心。……有女人就專往這盛開的花朵上打主意，晚上她們鑽進窩棚和花主纏磨、掙花，於是就有了鑽窩棚之說，於是窩棚和女人在花地裏就成了一道風景線。」（《笨花》第 76 頁）棉花和花地帶給村民的不是勞作的艱辛，而是生活的樂趣與收穫的喜悅。是大地對人的饋贈，也是人對生活的熱愛，還暗含著一種生殖的氣息。

織布也是鄉村婦女們的一項日常活動，對織布，《笨花》中有生動的描述：「向喜每逢看見眼前這套四蓬繪被褥，便想起同艾，想起她從紡線、染線、漿線、掏杼遞繪到上機織布的情景。他尤其願意看同艾坐在織布機前那副前仰後合的模樣，她身子彎下去，胳膊飄起來；身子直起來，胳膊又擺下去。她微晃著頭，一副銀耳環在昏暗的機房裏閃閃爍爍。」（《笨花》第 40 頁）

日常生活的織布具有了舞蹈的美感，織者成為了舞者，而勞作也變為了藝術。由此可以說，鐵凝敘述的並不是農耕社會男耕女織的艱辛，而是在男耕女織中體現出的勞作與生活的愉躍，是民間社會和諧的日常生活圖景。

可是，經過摘花、拾花的歡愉，到賣花與護花則有了幾分淒涼與悲壯。花遠離了土地，遠離了民間的日常生活，變為了資本，進而演變成為民族的

侵略與戰爭。自此，土地蕭條了，生命凋謝了，而人的日常生活也變得暗淡無光了。由此可以說，《笨花》抗日戰爭的宏大敘事是基於人的日常生活的素樸的生存理念之上。

此外，棉衣、棉被也構成了鐵凝小說棉花系列的重要方面，這些與棉花相關的意象分散在鐵凝的小說之中，形成日常生活的片段式結構。

由此，在鐵凝的小說中，形成了一個從種花到蓋被，由片斷而趨於完整的棉花系列。那麼，有一個問題值得我們思考，那就是：為什麼鐵凝對棉花這種物質如此得情有獨鍾？《村路帶我回家》中回到的是棉花地，《棉花垛》中是棉花，《笨花》中還是棉花。也許，我們可以從《村路帶我回家》中喬葉葉不斷給女兒講述的夢中找到答案：

> 有那麼一座山，山上長著樹。那樹呀，可高啦，小猴就住在上面。有一天，一群猴子都下山了，大猴領著，小猴跟著，走啊走啊，走了好遠好遠，小猴都餓了，大猴還不管它們。後來小猴們實在走不動了，商量了一下就藏了起來，一藏就藏進一塊棉花地……（《村路帶我回家》，見《午後懸崖》第 249 頁）

棉花地是知青喬葉葉一再講給女兒的一個夢，這也就形成了一個棉花地情結。喬葉葉最終放棄了城市而重返鄉村，更多的是因為棉花地的感召，以及有著棉花地胸懷的農村青年金召的感召。棉花是溫暖的，棉花是安全的，它使生活有了依靠，它使日子更加充實，它是人的藏身之地，給人類以永久的庇護。《午後懸崖》中那位母親唯一的愛好就是不停地買棉被，以至於成為了一種嗜好，那是對寒冷的恐懼，對生活無依的恐慌。於是，對棉花、對大地的嚮往成為現代人想象生活的一種方式，而回歸大地也成為鐵凝小說敘事的一個主要模式。

三、日常生活的審美與文化意義

日常生活的敘事結構構成了鐵凝小說敘事結構的又一主體，這一在日常生活時間中循環往復的敘事結構使鐵凝的小說獨具特色，並呈現出民間文化心理的結構特徵。

日常生活的審美意義。日復一日的日子，總是讓人生出些沉悶和感到些無聊，「活著」成了一個沉重的話題。鐵凝的小說卻是「快樂的小說，為這個

世界祝福的小說」〔註 22〕，而這溫暖、這快樂、這祝福，大多來自對日子的
情趣。「情」使鐵凝對人充滿了眞情，「趣」，使她對生活充滿了熱愛，因情而
生愛，因愛而生美，如果沒有情與愛，只有形式上的精美，那也是寡然無味
的。

在《大浴女》中，鐵凝以充滿情感的語言敘述了在物質和精神都很潰乏
的時代幾個女孩子的生活情趣：

> 當她們腦袋挨著腦袋，守在蜂窩煤爐子旁邊，眼看著那一勺兒
> 一勺兒放進牛奶鍋裏的蛋白漿眞的吸足牛奶變成一顆一顆「小雪球」
> 時，她們激動得差不多快要哭了。她們覺得她們已經站在了一個新
> 的起點，在這個起點上她們展示的已不再是小手藝，而是大藝術，
> 大藝術。她們手持小勺兒，將那雪白的小雪球和著嫩黃的濃汁輕而
> 又輕地放入口中，攤上舌面，讓舌頭承接它品味它；她們屏氣凝神
> 地咀嚼它琢磨它。她們對它有情有意，它也對她們有意有情。它染
> 香了她們的嘴和腸胃，它的濃鬱的滋味告訴她們，生活是可以這樣
> 美。(《大浴女》第 95 頁）

生活是藝術，生活是美，因了這藝術和這美，人生才有意義。而這情趣卻又
是稍縱即逝的，如衣俊卿在《文化哲學十五講》中談到的：「在工業文明條件
下，以社會化大生產、政治、經濟、社會管理等爲內涵的社會活動領域和以
科學、藝術、哲學爲主要形態的精神生產領域飛速發展，從而使非日常世界
急劇膨脹與拓寬，而日常生活世界則退隱爲狹小的私人領域，成爲人類社會
的潛基礎結構和背景世界。」〔註 23〕

日常生活世界日益退隱爲狹小的私人領域，而這私人領域又並不都是美
好與溫馨，人也日益異化爲刻度時間裏冷冰冰的機器。而鐵凝卻要執著地從
這現代背景中去發現民間的親情與溫暖，在日益狹小的私人空間中構建自己
的親情大廈。《大浴女》就具有這樣的情感與審美追求。《大浴女》聚焦於現
代家庭以及家庭成員間的矛盾與紛爭：夫妻之間，母女之間，姐妹之間的矛
盾不時地出現，有時還達到白熱化程度。但也就在這矛盾之中，情感與美感
也隨之出現：「尹小帆從下飛機那一刻起就覺出了國內的種種變化。惟一沒變
的反倒是那個機場本身，黑咕隆咚，擁擠狹窄，海關人員像從前一樣冷漠。

〔註 22〕 汪曾祺：《推薦〈孕婦和牛〉》，見《文學自由談》1993 年第 2 期。
〔註 23〕 衣俊卿：《文化哲學十五講》第 254 頁，北京大學出版社 2004 年版。

但是一出機場就變了，一直到家。她的二老她的姐姐在明亮溫暖的家裏簇擁著她，一股熟悉的香膩的排骨湯味兒直沖鼻腔，那是尹亦尋特意為她準備的煮餛飩的湯底兒。家人都知道尹小帆最愛吃餛飩。」（《大浴女》，第209頁）面對著那「細嫩的，光彩照人」的餛飩，尹小帆咧著嘴大哭了起來，而這哭，是摘下面具之後的真性情的流露，是情也是美。

日常生活的文化意義。如果說回歸家庭，在家的溫暖中尋找親情是個體的生存需要，是都市民間日常生活的情與趣。那麼回歸土地，尋找人類的生存之根，體味人類綿延的生存經驗與生存智慧，探究蘊含其中的心理與文化，則是鐵凝小說鄉村日常生活的要義。於是，我們看到鐵凝鄉村日常生活的敘事更多地集中於那些人類生存所必不可少的物質，棉花自不必說，此外如麥子、青草、紅棗、核桃這些物質，鐵凝在《青草垛·寫在卷首》中說：「我是中國人，在『三垛』的寫作中，我也本能地願意以完成『第三垛』來結束對這三種至今還維繫著人類生存的『物質』的思考。或者換句話，我思考的是這些物質注視下的人類景況。」〔註24〕麥子、棉花、青草，這自然生長的，勞作所得的物質，它與土地相連，並維繫著人類的日常生存。

而在長篇家族小說《笨花》中，作者敘述了有關笨花村的歷史與由來：

> 笨花人喜歡把笨花村的歷史說得古遠無邊，以證明他們在這塊
> 黃土平原上的與眾不同。……這些初來乍到的鄉民開始把他們行囊
> 裏的種子撒向大地，大地長出了穀子，小麥和棉花。他們又在那些
> 生長著漿果的地方種下鴨梨和雪花梨，都獲得成功。笨花村也因此
> 而得名，因為是他們帶來了笨花籽兒。（《笨花》第69頁）

這段關於笨花人歷史的敘事帶有文化尋根的意味。但是，不管他們的根到底在哪裏，有一點是重要的，就是與土地相融合，以土地為家鄉，在大地這個自然田園中繁衍生息，創造人類美好的家園。也正如斯賓格勒所言：「種植的意思不是要去取得一些東西，而是要去生產一些東西。但是由於這種關係，人自己變成了植物——即變成了農民。他生根在他所照料的土地上，人的心靈在鄉村中發現了一種心靈，存在的一種新的土地束縛、一種新的情感自行出現了。敵對的自然變成了朋友；土地變成了家鄉。」〔註25〕這是人與土地，與自然的大和諧圖。

〔註24〕鐵凝：《鐵凝文集》第一卷《寫在卷首》，江蘇文藝出版社1996年版。
〔註25〕見衣俊卿：《文化哲學十五講》第261頁，北京大學出版社2004年版。

土地成為家鄉，土地上的人也代代繁衍生息，並創造著人類的歷史與文明。在土地中獲得滋養，在勞動中獲得收成，在親情中獲得溫暖，這或許是最為典型的中國人日常生活的文化心理結構。鐵凝在談到《笨花》時說：「在『笨』和『花』的組合裏，也許還有人類生活一種延綿不斷的連續性吧，一種積極的、不懈的、堅忍的連續性。這種連續性本身就是有意味的，在有些時候，它所呈現的永恆價值比風雲史本身更能打動我。」〔註26〕在堅實的勞作中，在飛揚的想像中，蘊含著生生不息的生命的活力。因此，鐵凝小說的生存不是不得不活著，而是一種滿懷情趣與希望的生活。日活生活的綿延，就是人類生命的綿延，也是人類歷史與精神的綿延。

「在20世紀的文化批判中，回歸生活世界的理論導向在解決人類的理性文化危機方面的探索最具合理性，它不是一般地籠統地堅持或是徹底地全盤地否定理性主義問題，而是主張回到人類社會和人類文化的根基──生活世界去尋找合理的理性文化重建的途徑。」〔註27〕哲學上回到生活世界，而與人生更為接近的文學更當如此。鐵凝以她對於文學的洞見，找到了看似平凡卻蘊含著不凡哲理的日常生活世界，那綿延著的，卻也是帶著朝露般的日常。

第三節　社會歷史敘事的隱形結構

歷時性的個體生命敘事構成鐵凝小說敘事結構的經線，共時性的日常生活敘事構成其小說敘事結構的緯線，而烘托這經緯的，是深厚的社會歷史。鐵凝是一個胸懷天下的作家，她不會只沉緬於個體的生命或日常的生活瑣碎，她筆下的個體生命與日常生存是有根的，這根就深深地紮在堅實的社會和深厚的歷史之中。鐵凝曾為一篇訪談命名為「透過歷史，窺視『日子的表情』」〔註28〕。「日子的表情」是其小說表現的重點，但歷史這一媒介也是必不可少，沒有歷史時間，日子也便成了無源之水，無本之木。而有了歷史時間的存在，我們便能夠呼吸到時代的氣息，傾聽到歷史的足跡，發現歷史境遇下人的生命與生存的變化。於是，在生命的線性敘事結構與生存的緯線敘事結構之間，密密交織著的還有時代的晴雨，歷史的煙雲。社會歷史以它的

〔註26〕鐵凝：《〈笨花〉與我》，《人民日報》2006年4月16日
〔註27〕衣俊卿：《文化哲學十五講》第205頁，北京大學出版社2004年版。
〔註28〕鐵凝、白燁：《透過歷史，窺視「日子的表情」──關於《笨花》的對談》，
　　　　見《像剪紙一樣美豔明麗》第225頁，人民文學出版社2006年版。

雄渾深厚鋪墊著敘事的底色，成為小說中隱含的敘事，並構成鐵凝小說的另一敘事結構——社會歷史的隱含敘事結構。

一、歷史在生命體驗之中

在鐵凝大多數小說中，歷史作為記憶，是存在於切膚的生命體驗之中的。隨著時間的流逝，能在我們的心靈中積澱下來並留下深深印痕的，是那些曾與我們的生命直接相關的人和事。因此，歷史也便成了個體生命的歷史，文革無疑是這樣的歷史。作為文革歷史的親歷者，鐵凝是不幸的，但同時也是幸運的，文革的記憶與她的生命連接在了一起，並成為其小說創作中一再出現的歷史題材。

而對於文革史的敘述，鐵凝是有自己的想法和觀點的，在短篇小說《小格拉西莫夫》中，鐵凝就通過「我」與「齊叔」的對話談到在文學創作中，歷史與文學的關係：

> 你自由嗎？齊叔又問，顯然是指那時候。我說，我覺得沒什麼不自由的。不是有麥秸垛嗎？麥秸垛，鑽進去很溫暖。哎，這就真實了。齊叔說。現在你是個作家了，我覺得寫「文化大革命」就應該這麼寫，這裡有文學。再則，「文化大革命」這五個字根本就不能落在紙上。還有「十年浩劫」「十年動亂」都不能落在紙上。這都不是文學。我說，您這個見解很像捷克那個作家 M·K，他說他從來不把捷克斯洛伐克這幾個字落在紙上，他用「波希米亞」這個老詞兒。捷克人反對他，他說捷克斯洛伐克缺乏歷史感。你只應該寫波希米亞那塊土地上發生了什麼事，寫人的行為。捷克斯洛伐克是蘇俄十月革命後的產物。（《小格拉斯洛夫》，見《巧克力手印》第 46 頁）

文化大革命——麥秸垛，應該說這是分屬於兩個範疇的詞匯，文化大革命屬於政治歷史話語，麥秸垛屬於個體生命話語，而鐵凝注重的是「麥秸垛」，是個體生命話語。這樣，在小說創作中，通過這兩個概念，兩種情境的置換，個體生命被置於了前景，而政治歷史被置於了背景。但歷史背景也是不可少的，如若沒有了這一政治歷史背景，個體生命也就失去了依託。於是，在鐵凝的小說中，對歷史中政治權力的深切反思，蘊含在對個體的生命敘事與對人性的思考之中。

在鐵凝小說中，對文革的敘述有兩種基本類型，一種是以自身的經歷與生命體驗為原型的小說，這是與自我、家庭、母系家族相連接的文革敘事；還有一種類型是通過對其他人生命的體察而進行的文革敘事。不論是哪種類型，我們都能感受到特定的歷史情境的存在，以及歷史對於個體生命的影響。

以自身的經歷與生命體驗為原型的小說，從鐵凝初登文壇到新世紀，一直不間斷地出現。由此可以說，文革記憶成為了一個揮之不去的情結，潛藏在生命的深處。而且因為文革時間與少年成長時間相平行，所以，鐵凝多用兒童視角來表現那段與成長記憶相連接的歷史。最早敘述文革歷史的小說當屬短篇小說《啊，陽光》，雖然小說虛構成分比較多，有迎合當時文壇關於「苦難」、「傷痕」敘事的傾向，但是關於文革中生命記憶的細節卻是第一次出現在這篇小說之中。那是姐姐莊曉靜對妹妹莊曉天的呵護，其中有一個細節：將豬胰子塞進欺負妹妹的大男孩的嘴裏。這一細節在長篇小說《大浴女》中又一次出現。從《啊，陽光》到《銀廟》、《玫瑰門》、《大浴女》、《永遠有多遠》，文革歷史成為重要的歷史背景出現在鐵凝的小說敘事之中。在這個歷史的舞臺上，上演著人間的悲喜劇。那是爸爸（《玫瑰門》、《大浴女》）的陰陽頭與發配農場，是姑爸（《玫瑰門》）、唐津津、唐大夫（《大浴女》）的慘死，是姨婆、達先生（《玫瑰門》）、女護士長（《大浴女》）肉體與精神上所受的傷害，是婆婆司猗紋（《玫瑰門》）蜇伏與反擊的生存策略，是眉眉（《玫瑰門》）驚嚇中的生命成長。雖然在文革中也有短暫的歡樂，如《永遠有多遠》中的樣板戲遊戲，但更多的是一種生命中的切膚之痛。而這種痛感又與家庭和家族連在一起，使歷史舞臺上的人生得以真切地呈現。

這一類作品是讀者極為熟悉的，此外還有一類與家庭、家族無關，是通過小說中人物的歷史回望來敘述文革中個體生命體驗的小說，主要作品有《錯落有致》、《色變》、《笛聲悠揚》、《無雨之城》等。這類作品在結構上有一個相似之處，就是以生命記憶的形式不斷地閃回文革，文革中的個人經歷。也就是說，小說的敘述時間是現在，而故事時間是過去，歷史便以記憶的形式閃回在現在的時間敘事之中。我們具體地來看幾篇小說的文革敘事以及生命敘事，並發現二者間的關係：

作品	人物	講述方式	歷史場景	對人生影響
《錯落有致》	佳蘭	自述	父親被鬥、男友分手	玩世不恭
《色變》	於伯伯	自述	假槍斃	卑劣的笑
《笛聲悠揚》	「驚喜」	意識流	剝奪打槍的權力	害怕回憶

　　從上面的表格中可以看出，在對文革歷史的回望性敘事中，那些對個體生命留有深刻印象的事件存放在了記憶的深處，而且成為了一個情結，對人產生著揮之不去的影響。《錯落有致》中的佳蘭，因為父親被批鬥的政治身份，男友離開了她，她走了一夜，走丟了肚子裏的孩子——這對一個女人來說，是多麼沉痛的生命記憶；《色變》中的於伯伯，在一次次被帶出去的假槍斃中，面臨著一次次的死亡威脅。而他求生的欲念是如此強烈，因此便出現了由這欲念而生的不由自主的求生的卑劣的笑。而這笑與他的生命相依相伴，它會提防不住地不期而至，成為他無法擺脫的生命中的夢魘；《笛聲悠揚》中被稱為「驚喜」的丈夫因為出身問題，在中學體育課上被剝奪了打槍的權力而被指派到食堂剝白菜，槍和白菜不時地在他的頭腦中交替出現，兩者融入了他的生命深處，使他在潛意識深處懷有一種深深地恐懼。歷史的創傷記憶成為一種無意識，在他們的生命深處存留，並影響著他們對人的看法，對人生的態度。歷史記憶與生命記憶融為了一體，歷史是背景，也是依託，在歷史舞臺之上，生命的本真記憶得以重現。

　　然而，鐵凝對歷史的敘述不同於其他作家之處在於，她對歷史的敘述是回望式的閃回而不是沉浸其中不能自拔。在她的敘述中，時間不是凝固的，而是流動的，並且是向著未來的流動。也就是說，歷史的陰霾在未來的時間中終會煙消雲散，未來是向著光明而去的。歷史給人的生命造成了重創，並潛藏在了無意識心理的深處，這只是鐵凝小說敘述的一部分，還有一部分是關於心理創傷的消解以及最終走出陰影，重新獲得了希望與驚喜的生命敘事。

　　《錯落有致》中那個由於歷史造成的生命創傷而變得玩世不恭、憤世嫉俗的女子佳蘭，最終獲得了精神的安慰，而給她以生活的希望和美好的是新生的嬰兒。嬰兒，使世界變得美好，也使她的心靈獲得了生命的滋養。《色變》中的於伯伯，在未來的日子裏總是把自己收拾得整潔、莊重，以抵制那笑的來臨。《笛聲悠揚》中的男主人公不是在對「槍」的缺失性補償中得到解脫，而是在少年吹奏起的悠揚的笛聲中，獲得了心靈的撫慰與安寧。歷史曾給人

留下創傷，但這些生命記憶不是無法彌補的，而是在某個未來的時刻，在某種情境之下，傷痛冰雪消融，生命復歸常態。這是鐵凝歷史敘事與生命敘事的根本。

　　歷史，以它的權力意志對個體生命施以強暴，但是，個體生命又以頑強的生命力對抗著這強加給他們的權力意志，並表現出生命的強力。歷史——現在——未來，在這時間的三維中，歷史無疑是對過去的緬懷，而未來才最爲重要，是生之希望。正如鐵凝在散文《爲什麼要把時光留住》中寫到的：「照片如果是一種向後的回憶，文學或者是一種向前的回憶，它不必花費心思挽留時光，它應該有力量去創造時光。」〔註29〕是的，時間是留不住的，我們應該攜帶著歷史記憶走向未來，並創造新的生活。這是鐵凝的時間觀，也是其歷史觀。而在歷史的時間之流中彰顯生命的傷痛與感動，並給人以生的希望，這是鐵凝作品的蘊意所在。

　　陳曉明在評論《大浴女》時寫到：「敘述人的反思性敘述確實是生動有力的，她總是可以越過個人的肩頭看到背後的歷史。反思性的敘述沒有糾纏於個人的自我意識，個人精神的刺痛感淡化了，或者說那種內在性的緊張感消失了，但歷史的背景被拓寬了。」〔註30〕陳曉明對《大浴女》的解讀有其獨到之處，歷史的背景在小說中確實是拓寬了，但「越過個人的肩頭看到背後的歷史」卻存在著某種程度的誤讀。我更傾向於認爲鐵凝的敘述是「穿過歷史的時間之流，看到個體生命的陣痛」，是歷史背景下生命的敘事。

二、時代在生存敘事之中

　　鐵凝是在新時期，也就是文革之後走上文壇的。新時期三十年也是鐵凝創作的三十年，時代的風雨在鐵凝的小說中留下了鮮明的印跡。但這種印跡又不是小說的最強音，而是一種伴奏音，是背景性音樂。在時代背景之中，我們看到的是人的日常生活以及思想觀念的變遷，而這些變遷又深刻地影響著人的生存狀態與精神狀態。

〔註29〕鐵凝：《爲什麼要把時光留住》，見散文集《像剪紙一樣美艷明麗》第275頁，人民文學出版社2006年版。

〔註30〕陳曉明：《現代性的盡頭：非歷史化與當代文學變異》，見陳曉明主編：《現代性與中國當代文學轉型》第240頁，雲南人民出版社2003年版。

　　鐵凝有的小說直接標示出故事發生的時間，以具體的時間顯示出獨特的時代。短篇小說《六月的話題》，小說開頭就告訴讀者故事發生的時間：「一千九百八十三年五月二日」，並告訴我們故事的起因：「省報在頭版右下角，刊出一封加了編者按的讀者來信。信中揭發 S 市文化局四位局長借現代戲調演之機，大搞不正之風。」（見小說集《有客來兮》，第 225 頁）。在《六月的話題》中，鐵凝採用了仿真的日曆式時間順序，偵探式敘事結構，揭示了在二十世紀八十年代初的兩個月時間裏，人們面對一張匯款單時的人情百態。這是對當時社會生活環境和社會心理的高度提煉和概括。

　　此外，鐵凝在表現現實題材的《小格拉斯莫夫》中也特意標示出了時代背景：時間：上世紀九十年代初，作者應邀去挪威參加一個國際女性文學研討活動。地點：從莫斯科乘火車赴哥本哈根商業街，朝有「美人魚」的海濱走，在國家歌劇院門前巧遇齊叔。從這個時代背景我們知道，這是一個開放年代裏的全球化敘事背景，這一背景地包括莫斯科、丹麥，還有中國。而在這一九十年代的國際背景下，又有著多少重大的社會事件和政治事件發生：前蘇聯嘩啦啦如大廈傾般的轟然解體；中國急速行駛的現代市場化進程；日益增多的國際性文學和藝術交流。而這些正在發生的社會事件又與文革的歷史記憶連接在一起，構成了小說的多重立體的故事結構和敘事結構。

　　鮮明的時代色彩使小說具有了仿真性，而鐵凝是不憚於使自己的作品具有時代色彩的，即使是在尋根和先鋒小說家們大談真實性隱匿的時期，她也將作品置於時代的氛圍之中。在今天看來，這是小說敘事的明智之舉。賀紹俊對《麥秸垛》曾做如此評說：「儘管《麥秸垛》的文化內蘊十分顯現，但後來批評家們在討論文化尋根熱的這段歷史時，一般都沒有把鐵凝納入其中。這並不是評論家的失察，而正說明了鐵凝雖然受到文化尋根的影響，但卻仍然清醒地與文化尋根保持著距離。這體現在作者著力往現實生活層面上靠。……顯然，鐵凝不想追求一個古老文化的純粹性，她不願放棄她最熟悉的現實性。她情願將她對女性的本原性的思考嫁接到現實的大樹上。」〔註31〕

　　賀紹俊對《麥秸垛》的評論是可信的，鐵凝時刻關注著現實中的社會生活，而不是如尋根作家們那樣，故意地模糊故事發生的時代背景，去尋找超時空的人類性。鐵凝一直保持著清醒的現實感，沿著時代的運行軌跡前行。而她的成功創作也證明了，關注時代、關注社會、關注人間的現實生活，亦

〔註31〕賀紹俊：《鐵凝評傳》第 89 頁，鄭州大學出版社 2004 年版。

能產生出對人類命運進行思考的優秀作品。從這一點中，鐵凝是繼承魯迅以來的現實主義創作方法並取得可喜成就的作家。

此外，其小說更多的是不標示出故事發生的具體時間，而在人物的生活中顯示出時代的風貌。於是在她的小說中，我們總是能讀到熟悉的，如同是發生在自己身邊的日常生活，並觸摸到一個時代的社會風貌。那是從衣食住行等日常生活中表現出來的時代特徵，如關乎民生的住房和出行。

住房的變革是社會生活中的一件大事，從計劃經濟的單位分房到市場經濟的商品房，人們的居住條件發生著巨大的變化，而這種變革，在鐵凝的小說中能夠鮮明地感受到。《請你相信》中對於分房子、拿鑰匙的焦慮等待，反映了八十年代住房的緊張以及權力在分配住房時對人心理的影響；《豁口》讓我們看到了另一種形式的住，那是國家政策對高級知識分子的照顧，是對知識的重視與保護，以及知識分子階層與市民階層的心理隔閡；而《有客來兮》、《誰能讓我害羞》中裝修精緻的住房，已經是金錢佔據生活主導地位，人的身份和地位由資本來衡量的商品時代了。這種住的變化讓我們呼吸到時代的氣息，感受到歷史的前行，不似某些私人化小說，只有心理空間而無社會空間。社會空間裏蘊含著無限生動而火熱的生活，對現實生活和現實人生的關懷，使鐵凝小說的敘事空間和敘事情懷大大地擴展了。

除了住，鐵凝關注得更多的還有行。在小說《哦，香雪》中，香雪生活的時代是香雪們第一次看到火車鑽進大山，群山還在沉睡的時代。而在《大妮子和她的大披肩》中，大妮子們對火車早已是見怪不怪，她們不是為了觀賞火車和乘客，而是牽著馬帶遊客欣賞山中美景的時代。時代的變遷對人的生活和心態產生極其不同的影響。鐵凝在散文《又見香雪》中寫到：「從前的香雪們也早已不再像等情人一般地等待火車，她們有的考入度假村做了服務員、導遊，有的則成了家庭旅館的女店主。她們的眼光從容、自信，她們的衣著乾淨、時新，她們的談吐不再那麼畏縮，她們懂得了價值。」〔註32〕從香雪到大妮子是一種變，從綠皮火車到飛機場到私人汽車也是一種變。《大浴女》是表現時代變化最為明顯的一部長篇小說。這部故事時間跨度為三十年的長篇小說，揭示的是從文革時期到二十世紀末中國人的生活變革史，是中

〔註32〕鐵凝：《又見香雪》，見散文集《像剪紙一樣美豔明麗》第 235 頁，人民文學出版社 2006 年版。

國人逐步走向現代生活的歷史與時代寫照。可以說，小說在尹小跳精神成長史的顯性敘事之中，隱含著中國新時期三十年社會生活變革史的敘事。

鐵凝的有些小說雖然沒有明確的時間標誌，但她依然不曾遠離生活，遠離時代，遠離生活在時代進程中的人。於是，在她的小說中，依然能看到我們熟悉的人物，讀到發生在我們身邊的故事，觸摸到時代的脈搏，感受著生活給予我們的那份感動。所以說，在鐵凝的小說中，對社會的關注，使她的小說題材呈現出多樣性，小說中的人物也各具形態並具有著特定的親和力。在鐵凝的小說中，我們看到了大山褶皺中的香雪、大妮子、小黃米、峽谷少年；看到了城市市民階層中的沙果、何咪兒、馬嬋娟、孟北京、安德烈；知識分子階層的朱小芬、尹小跳、杜一夫、楊必然、賈貴庚、李曼金；市長級的領導普運哲、項珠珠；還有不太好歸類的司猗紋、白大省、包老太太；……這些人物似就生活在我們身邊，呼之欲出，於是，親切感也隨之而出。只有對生活充滿了熱愛之情，對人生充滿了由衷敬意的人，才能有如此的生活體驗和生存敘事。

關注現實，關注現實中的人生，並用超現實主義的手法來表現這種現實人生，鐵凝的小說具有了「熟悉的陌生化」的敘事效果。縱觀鐵凝的小說，可以說，鐵凝小說雖然將歷史與時代置於了背景之中，敘述的不是對時代進程產生重要影響的歷史性事件，但卻敘寫出了一幅清明上河圖般的世俗生活的歷史畫卷。

三、政治無意識

對社會歷史的關注，隱含著的是鐵凝的一種潛意識心理結構，借用弗雷德里克·詹姆遜的一個理論術語就是「政治無意識」。在鐵凝的小說中，權力是無所不在的，而這權力更多的是與政治直接相關的。「不管我們多麼願意忽視它的必然的異化力，這種異化力都不會把我們忘掉。」〔註33〕政治是一種異化力量，它無處不在，想擺脫也擺脫不掉，於是，政治無意識也便潛藏在了人的內心深處，雖然不需要想起，但卻實實在在地影響著人的思維方式與生存方式。由此可以說，鐵凝小說中潛藏的政治無意識成為社會歷史隱含結構中的隱含結構。

〔註33〕（美）弗雷德里克·詹姆遜：《政治無意識》第 89 頁，王逢振、陳永國譯，中國社會科學出版社 1999 年版。

　　鐵凝的青少年時代正是一個政治熱情高漲，全國上下一片紅彤彤的時代，這種政治氛圍無疑對鐵凝世界觀的形成產生著重要的影響。在散文《真摯的做作歲月》中，鐵凝談到了這種對政治的熱情：「我的農村日記幾乎沒有中斷過，下鄉四年我差不多寫了近五十萬字的日記、札記。許多年後當我再翻看它們時，雖然其中不少崇高與空洞、激進與豪邁，一些描寫甚至令我汗顏，但我對那個點上的回味，對那時的我的回味，對一個時代的回味，也正是靠了它。那是一個現在的我在審視一個過去的我，其實那個被審視的我也許更真實。」〔註34〕

　　「崇高與空洞、激進與豪邁，」，這種政治情感是真摯的還是做作的，雖然時過境遷，它的真實性受到了質疑，但鐵凝最後認定它是真實的，是當時歷史語境下的真實的情感。詹姆遜認為：「從政治解釋學的觀點來看，用『政治無意識』的要求來衡量，我們必須結論說，願望的達成觀念一直閉鎖在個別主體和只能間接對我們有用的個體心理傳記的問題框架之內。」〔註35〕而日記則更能代表一定時期個體的願望和期待，那是融入到時代精神中去的無意識心理，而那時的時代精神則是對政治的熱情。因此說，整個社會氛圍裏對政治的熱情已經積澱到作者的內心深處，並影響著她對社會歷史的觀察與思考。

　　在創作於八十年代的小說中，政治權力是無處不在的，因為當時的時代還處於政治氛圍比較濃厚的時代，每個人都被納入到政治權力的軌道之中，人們的工作和日常生活無不與政治息息相關。分配住房拿鑰匙中有政治（《請你相信》），人死後下葬的方式中有政治（《明日芒種》），為他人蒸糕中也隱含著政治（《兩個秋天》），就連正月十五鬧燈會這種純民間活動中也存在著政治（《燈之旅》），而《玫瑰門》可以說是政治權力在歷史生活中的再現，是政治生活日常化的寓言：紅袖章、紀念章、語錄書，連日常生活用語都是政治話語。生活在政治中，對八十年代的人們來說，或許還不是特別誇張的說法。政治雖然不再掛帥，但它也不願輕易退出歷史舞臺。這一時期，政治權力話語滲透在了小說文本的敘事之中。

〔註34〕鐵凝：《真摯的做作歲月》，見散文集《會走路的夢》第 128 頁，人民文學出版社 2006 年版。

〔註35〕（美）弗雷德里克・詹姆遜：《政治無意識》第 55 頁，王逢振、陳永國譯，中國社會科學出版社 1999 年版。

八十年代中後期以來，經濟大潮洶湧而起，政治雖然已經退到生活的幕後，但是對於鐵凝這一代作家來說，受過太多的政治洗禮，政治已經成爲一種無意識積澱在心理深處，並會時不時地呈現在文本之中。最鮮明的體現著鐵凝政治關注的小說是《無雨之城》。《無雨之城》將其小說男主人公設定爲市長，這是鐵凝政治無意識的一次顯露。或者可以如是說，市長並不是某個具體的人，而只是一個政治的代碼，是權力釋放出來的光輝。他代表著權力，以及由權力而發出的魅力。貫穿於小說中的一首詩或許就是一種權力的表徵，那是關於權力／佔領的闡述：「要是我佔領了這座城市，／城市裏沒有你的房子，／那我爲什麼要佔領呢？……」（《無雨之城》第 76 頁）這是陶又佳寫給普運哲的，而普運哲寫的詩則是：「要是佔領一個女人比佔領一座城市還難，／爲什麼我還要佔領你？（《無雨之城》第 271 頁）

對城市的佔領是男人和女人共同的夢，只不過男人佔領的方式是直接的，而女人是間接的，是以對男人的佔領爲中介的。普運哲最後的選擇是明智的，在擁有權力的時候，你才擁有女人；如果你失去了權力，也將不復擁有女人。在權力的天平上，愛情又有幾分分量？女主人公陶又佳對普運哲的愛，也不能不說是對政治與權力的傾心與愛慕，是做市長夫人的權力之夢。權力是虛化的，而擁有權力的人則是權力的象徵，是一種實存。

《無雨之城》是對擁有權力的市長的實寫，而《省長日記》、《小鄭在大樓裏》、《樹下》等小說中，省長、縣長、副市長只是一種虛寫，是權力的象徵，雖然看不見摸不著，卻又實實在在的對人的心理和生活產生著重大的影響，是對人的強有力的統轄。

《省長日記》作爲小說的題目頗具調侃的意味，因爲省長日記有沒有還是一件很可疑的事情。也就是說，省長日記只是一個象徵符碼，並不是實際的存在。小說中既沒有省長日記，也沒有省長。因此，省長及其日記也便成了一個懸浮的能指，但這一能指雖然懸浮著可並不空泛，它成爲了一個象徵性的存在。它象徵著政治權力的威力，一本日記便足以證明與省長的關係，而如果與省長有關係，社會身份和社會地位會馬上得到提升。政治性影響著人性，而對政治權力的傾慕則更好地揭示出了個體及社會的心理傾向。此外，《小鄭在大樓裏》通過縣政府大樓裏小鄭的戀愛風波，從側面揭示出政治中的權力之爭；《樹下》中的項珠珠副市長，得到眾星捧月般的愛戴，就因爲她擁有權力，擁有特殊的政治身份和社會地位。由此看，政治又何嘗離我們遠去？

　　如果說這些作品對政治的揭示還比較明顯，那麼在鐵凝小說中還有一種關於政治的敘述，那是更為隱秘的政治熱情。它隱含在與政治相關的歷史人物身上，這一歷史人物一再地通過他人的回憶出現在小說的敘述之中。這是一位地位顯赫的官員，曾經光宗耀祖，與這一歷史人物一同出現的還有一塊象徵榮耀的牌匾。在《埋人》中，先祖和那塊匾同時出現在後人的記憶之中：「是個……旅長、管帶，大門洞裏掛著六面匾。『干城眾望』，我還記著那第一塊哩。」（《埋人》，見中篇小說集《午後懸崖》第62頁）；這一先祖在《老醜爺》中也出現了；在《笨花》中則是榮升為旅長、少將、中將、警務處長的向中和。在這種敘述中，既飽含著對祖先的自豪與崇拜之情，也有著對於政治的一份熱情。尤其在《笨花》中，不僅是虛構人物向中和向大人的出場，而且歷史中實有的軍政要人也作為向中和的朋友或同僚出場，如孫傳芳、吳佩孚、曹錕等。在《笨花》中，雖然敘述的重點是突出他們做為常人的一面，但那歷史煙雲中的政治以及政治鬥爭也通過歷史的縫隙透露出來。

　　此外，《秀色》是政治無意識與性意識結合得最為完美的小說。從這一角度出發，能更好地解開曾經的那場關於「《秀色》能『永遠』嗎？」的論爭。〔註36〕我們還是從具體的文本出發來闡釋：

> 　　衝擊鑽狠狠地刺向井的深處，每刺一下李技術就在心裏說：這下是為張品的！……
>
> 　　他弄明白了一件事：那個羞恥的晚上，羞恥的本不是張品，羞恥的該是他本人。他還感到了一點恐懼，他想著共產黨的打井隊若是給老百姓打不成井，最後渴死的不是自己又是誰呢！（見《巧克力手印》第108頁）

對張品的性想像和作為共產黨員的道德自律，構成了小說敘述的張力。性想像是一種隱喻式表達，而道德自律是明顯地呈現。只有將兩者放在一起考慮，才能全面的而不是片面的，客觀的而不是主觀的來解讀《秀色》。本文無意於對論爭進行評說，只想對隱含在文本中的政治無意識進行強調，那是「共產黨員」作為敘述旋律的一再出現。「共產黨員」的稱號如同一面旗幟，在文本上空高高飄揚，那是關於政治合理性的隱秘情結的顯現。而且，「共產黨員」不單是一個懸浮的能指，更是與人的生存乃至生命相連的實指，是意識形態

〔註36〕崔道怡：《令人落淚的短篇小說——我讀鐵凝的〈秀色〉》；丁夫：《〈秀色〉能永遠嗎？》，見《作品與爭鳴》1997年第12期。

與日常生活的和諧，是政治無意識的具體化與合理化。正如郜元寶所指出的：「在絕對美好的柔順之德之上永遠豎立著絕對正確的革命的價值理念：這正是鐵凝所提供（重現）的孫犁文學早就蘊涵了的美學／歷史原則。」〔註37〕

　　詹姆遜說：「假定在萬能的歷史和無法緩解的社會影響的保護下，一個自由王國已經存在——不管它是文本詞語的微觀經驗的自由王國還是形形色色私人宗教的極樂和激情——那麼，這種想法只能加強必然性對所有這些盲目地帶的控制，而單個主體卻在這些盲目地帶裏尋找避難所，追求純粹個人的、絕對心理的救贖。從這些束縛中惟一有效的解脫開始於這樣的認識，一切事物都是社會的和歷史的，事實上，一切事物『說到底』都是政治的。」〔註38〕個人的、絕對心理的救贖只是一種虛妄，因為個體的生存還有一個更為廣闊的空間，是社會，是歷史，更是政治。

〔註37〕郜元寶：《柔順之美：革命文學的道德譜系——孫犁、鐵凝合論》，《南方文壇》2007年第1期。

〔註38〕（美）弗雷德里克·詹姆遜：《政治無意識》第11頁，王逢振、陳永國譯，中國社會科學出版社1999年版。

第三章　鐵凝小說的敘事視角

　　對於敘事類作品來說，故事由誰來講述，怎樣講述，這是作家在進行小說創作時首先要考慮的問題。「敘事視點不是作爲一種傳送情節給讀者的附屬物後加上去的，相反，在絕大多數現代敘事作品中，正是敘事視點創造了興趣、衝突、懸念、乃至情節本身。」〔註1〕中國小說從傳統走向現代，敘事視角的變革功不可沒，它使小說變得新奇而豐富多彩起來。鐵凝在小說敘事上是一個善變的作家，這也決定了其小說敘事視點的多樣性。但是，如果我們細細地閱讀和思考，還是能從她的變中發現一些不變的因素，這種不變性就體現在她的作品大多採用一種客觀而辨證的敘事視角。這就使她的敘事避免了單一性和主觀性，從而使小說靈活了起來，厚重了起來。這一視角可以用鐵凝非常重視的一個詞來概括，那就是「關係」。

　　在 2003 年的蘇州大學，鐵凝做了一個演講，題目爲《「關係」一詞在小說中》。在這篇演講稿中，鐵凝對「關係」進行了闡釋：「小說還可以是很多，比如小說反覆表現的，是人和自己（包括自己的肉體和自己的精神）的關係；人和他人的關係；人和世界的關係，以及這種關係的無限豐富的可能性。作家通過對關係的表現，達到發掘人的精神深度的目的。因此我以爲『關係』在小說中是很重要的一個詞。」〔註2〕在演講中，鐵凝重點談到了關係對表現人的精神深度的重要意義。如果將這一「關係」拓展到觀察角度來看，會打

〔註 1〕　（美）華萊士・馬丁：《當代敘事學》第 128 頁，伍曉明譯，北京大學出版社 2005 年版。
〔註 2〕　鐵凝：《「關係」一詞在小說中》，見散文集《像剪紙一樣美豔明麗》第 189 頁，人民文學出版社 2006 年版。

開另一研究的視域，那是由於關係的存在而產生的多種觀察和發現的角度。也由於關係的存在，這一觀察和發現的角度注定不是單一的，而是雙重或多重的，即不管作者選用第幾人稱敘事，都設法使每個人物發出自己的聲音，而且這聲音裏又隱含著作者、敘述者和讀者的聲音，是一個多聲部的合唱。這一章主要是從「關係」入手，闡釋鐵凝小說敘事視角的獨特性。這些關係包括：作者與隱含作者的關係，敘述者與小說人物的關係，作者和讀者的關係等。

第一節　貓照鏡：窺視、審視與情感介入

　　《玫瑰門》是鐵凝給予文壇的一個震驚。從《玫瑰門》開始，我們認識了一個不同於《哦，香雪》的鐵凝，其創作的手法讓我們驚駭不已，那是一個有著極強自然主義寫實性的鐵凝，關於生理和心理的細密透視，關於身體與靈魂的深刻解剖。雖然其後來的小說敘述語氣較為溫和，但客觀寫實的敘事風格一直保持了下來。然而，鐵凝的客觀敘事又不同於巴爾特所稱的「零度寫作」，而是有溫度的，這種溫度彌漫在作品之中，體現著作者的審美趣味、道德訴求、價值判斷等。但這種溫度不是通過作者直接的抒情與議論，而是通過隱含作者，通過絲絲縷縷的語言縫隙呈現出來，進而體現出作者的人間情懷。在作者敘述的客觀性與隱含作者表露出的主觀性之間，鐵凝的小說呈現出客觀與主觀，冷靜與熱情的敘事張力。

一、作者敘述的外位性

　　鐵凝的小說採取一種客觀的敘述姿態，尤其是在《麥秸垛》的創作轉型之後。這種客觀性表現為作者對人物和故事進行講述時所採取的中立而公正的敘述姿態。雖然說絕對的中立和公正是沒有的，但是作為現代小說的一種敘述傾向，作者在進行創作時都盡可能地自我隱匿，不動聲色地呈現。巴赫金在論述「作者與主人公的關係」時，提到了一個「外位」說：「作者極力處於主人公一切因素的外位：空間上的，時間上的，價值上的以及涵義上的外位。」〔註3〕

〔註3〕巴赫金：《巴赫金全集》第一卷第110頁，河北教育出版社1998年版。

處於主人公的外位，才能更客觀、公正地對小說中的主人公及人物進行
敘述。鐵凝的小說也是採用「外位」的，設置了一個「看」與「被看」、「審
視」與「被審視」的敘述視角，從而使作者與主人公拉開了距離。這種外位
性在鐵凝的小說中鮮明地體現為窺視與審視的敘述視角。

（一）窺視

鐵凝小說窺視視角的運用不是很多，但卻是極為精彩，最主要的體現在
小說《玫瑰門》、《對面》、《閏七月》、《大浴女》中。在《玫瑰門》中，窺視
視角的運用對於塑造司猗紋這一角色起到了極為重要的作用。在小說中，司
猗紋窺視著他人，但就在對他者的窺視之中，讀者也窺視到了司猗紋那窺視
者被扭曲的靈魂。窺視是司猗紋觀察世界的主要方式，她就像是躲在暗處的
貓，對他人窺視著，也審時度勢著，並在時機成熟時猛然一擊，讓人猝不及
防。司猗紋窺視的範圍極廣，不僅有對外人的窺視，如對羅大媽、調訪者的
窺視，而更能表現司猗紋心理特徵的是對家人的窺視，對兒媳竹西以及外孫
女眉眉的窺視。窺視已經成為一種習慣，成為她觀察他人、認識世界、并改
善自身處境的生存方式。下面我們摘錄幾段，來看鐵凝對窺視視角的運用，
以及這種運用對塑造人物所起到的作用：

> 當女貓般的竹西邁起狐步剛閃出屋門，老貓般的司猗紋便也邁
> 起狐步下了床掀起窗簾。竹西潛入夾道，司猗紋靜止在窗前。當「方
> 便」之後的竹西又邁著狐步從夾道裏閃出來時，司猗紋早已返回床
> 上。竹西推門進屋。司猗紋打著小呼嚕。一來一往。一推一擋。但
> 這並不是兩個乒乓球運動員那難分高低的一來一往的推擋，也不是
> 兩個拳擊者總在對方跟前打空拳。這一來一往的獲勝者原來是司猗
> 紋，她看見了該她看見的一切，她證實了她要證實的一切。（《玫瑰
> 門》第 375 頁）

這是司猗紋對兒媳竹西與大旗夜晚偷情時的窺視。鐵凝對窺視的描述極精
彩，用一種狐步舞的舞蹈動作來表現窺視的動作和神態，用運動員的你來我
往表現司猗紋的策略與心計，極具傳神色彩。在司猗紋的窺視中，兒媳竹西
的個人隱私被一點點揭開。如果說邁著狐步對兒媳竹西的窺視還有一定的實
用價值，是利用竹西和大旗的偷情來對她的頭號敵人羅大媽的報復與要挾，
是司猗紋改善生存處境的關鍵性一步，雖然不那麼光明正大，卻還能讓人生

出一點點同情。而對兒媳竹西的跟蹤就純粹是出於無聊的消遣，讓人生出些厭煩了：

> 爲了一個精神上的依附一個精神上的歸宿，爲了解除自己那一點寂寞，她想，跟蹤一下竹西也許不壞。果然，這跟蹤一開始她便忙了起來，忙得還有點手忙腳亂。（第 417 頁）

爲了解除精神上的寂寞與無聊，司猗紋對竹西實施了跟蹤，發現了竹西與葉龍北的曖昧關係。這一跟蹤與窺視的視角不僅使小說情節的進展更具獨特性，而且是將司猗紋的醜陋推向極致的一筆，有些滑稽的味道，也有些反諷的意味。因爲在她的跟蹤有了結果的時候，她的跟蹤也就失去了意義，她又無事可做了。還有對外孫女蘇眉的跟蹤也是如此，司猗紋一直跟蹤蘇眉到香山的頂峰鬼見愁，在她爲自己能爬上那麼高的山峰而自豪的同時，她無法走路了，她從此癱瘓了，這不能不說有著強烈的黑色幽默的色彩。對羅大媽的窺視，對竹西的窺視，對眉眉的窺視，對這個世界的窺視，作者用這一客觀呈現的角度，成就著司猗紋這一獨特的人物。

如果說《玫瑰門》中的窺視視角從一個特定的角度塑造著司猗紋的形象，那麼，在小說《對面》中，窺視視角則成爲小說敘事的主導性視角。可以說，窺視視角成就了小說《對面》。窺視視角成功地塑造了一個光彩照人的「對面」的形象，那也是鐵凝貢獻給文壇的一個驚喜。從窺視的角度看，「對面」的故事，「對面」的心理，「對面」的家庭社會關係等等，都呈現爲若隱若顯的狀態，但卻以強烈的舞臺效果突顯了她「特別棒」的身體美。這是小說的一個方面，另一方面對於窺視者來說，則是對靈魂深處的一次心理檢閱：

> 天色暗了下去，我縮在窗前把自己埋沒在黑影裏，其實我的身體並不曾縮著，「縮」只是人在暗處的一種形象感覺。身在暗處窺視他人，這本身就有一種縮頭縮腦的味道。我縮頭縮腦地等待著，就像等待電影裏一個跌宕的情節。（見小說集《午後懸崖》第 351 頁）

「縮頭縮腦」，是對於窺視心理的寫照，是窺視者自我的內心窺視。因此，《對面》也就有了兩條線索的交叉發展，一條是處於被窺視中的「對面」在廚房中的戲劇人生，一條是窺視者「我」在現實中的遊戲人生，是迷失了人生方向與人生信念的悲哀與反省。通過窺視視角，鐵凝帶給了我們雙重的生存觀照。在一明一暗，亦隱亦顯中顯現出敘事的魅力。

（二）審視

　　作爲外位化的敘述視角，審視與窺視有異曲同工之妙，與窺視不同的是，審視不具有獵奇性與探密性，而是對人的心靈的正視與反思，它導向主題和思想的深刻。

　　《玫瑰門》中窺視視角在塑造司猗紋形象時發揮了極大的作用，而審視視角的運用亦不可忽視。那是眉眉對婆婆司猗紋的觀察與審視，是從兒童的角度進行的審視，因此也更爲眞實可信。在眉眉的觀察和審視之下，一個多面體的司猗紋出現在讀者面前：那是上交家具面對紅衛兵小將時慷慨陳詞的婆婆，街道主任羅大媽入住北屋時受到驚嚇的婆婆，被羅大媽奚落後屈辱的婆婆，對他人進行偷窺的可惡的婆婆，一生婚姻不幸的可憐的婆婆。好強的婆婆，能幹的婆婆，有心機的婆婆，虛榮的婆婆，無法說得清的婆婆。通過外位的兒童的審視視角，司猗紋不是以單一的面目出現，而是有了多面性和立體感。

　　這是對他人的審視，此外，還有一種審視是指向自我內心的，是對自我靈魂的深刻剖析。這種對自我靈魂的追問與剖析是鐵凝小說的一大特色，王一川將這一特色歸納提煉爲「反思對話體」。〔註4〕從其早期小說《羅薇來了》，鐵凝就開始了這種心靈的內省式審視：「我回到宿舍，那雙小皮鞋還擺在床上，它又一次讓我臉紅了，這次是爲老文，也是爲自己。進而想到他們是那樣熱心地爲她作宣傳、續家譜，爲別人去杜撰、演繹、聯想以至發揮。人們，爲什麼要這樣？難道這也是一種樂趣嗎！」（見《巧克力手印》第 321 頁）這是對他人的也是對自我的內心審視，只是這時的審視還缺乏一種辨證的眼光，是二元對立下的審視，是好與壞、對與錯之間的情感判斷。這種單一的審視視角在小說《沒有鈕扣的紅襯衫》中有所改變，表現爲對安靜內心矛盾心態的揭示，但是安然還是絕對的亮點，其單純卻擲地有聲的話是小說話語中的最強音，從而使整部小說更多呈現爲單向度的欣賞視角。在《玫瑰門》中是成年蘇眉對少年眉眉的心靈追問，在問答式中展現出人物混茫的心理。雖然自我審視很多，但辯解之聲更重，總體上看還缺乏強勁的力度。而這種審視與追問在《大浴女》中得到了最全面最深刻的體現。

〔註4〕王一川：《探訪人的隱秘心靈──讀鐵凝的長篇小說〈大浴女〉》，《文學評論》2000 年第 6 期。

　　《大浴女》中的審視無處不在，每個人都在他者的審視之下，也都在自我的審視之中。審視，成為《大浴女》塑造人物性格與心理的最主要的敘事視角，並使小說具有了深度。對母親章嫵的審視是最多方位的，最深入的，由此，章嫵這一人物也是塑造得最為成功的，這也難怪楊亞洲版的電視連續劇要以章嫵為小說的主人公了。對章嫵的審視來自大女兒尹小跳、丈夫尹亦尋、情人唐醫生的外甥女唐菲，還有她自身。在女兒尹小跳看來，章嫵是一位不負責任的母親，她的所作所為都令人生厭；在唐菲看來，那是一個勾引了舅舅的壞女人；在章嫵自己看來，她一生都是一個稀裏糊塗的女人；在丈夫尹亦尋的眼睛裏，章嫵既讓他恨又讓他深感內疚。但是，鐵凝小說中的審視又絕對不是單一的視角，而是在對他人進行審視的同時，有著更為深入的自我內心的反省。小說中尹小跳與尹亦尋的內心審視就是時時出場的，下面通過尹亦尋內心情緒的變化來解讀《大浴女》中審視與自審，這種審視在塑造章嫵的性格和尹亦尋的內在心理上都起到了極好的作用：

　　　　內疚之情就是在這時到來的，就是在章嫵那反常的賭氣動作的時候，就是在她聳著肩膀、渾身透著不賢惠的時候到來的，就是在他把她恨得咬牙切齒的時候，內疚突然駕到。這兩種敵對的情感之間竟連一點過渡，一點點過渡都沒有，然而它卻是那麼真實、確鑿。

（《大浴女》第 136 頁）

這是尹亦尋對章嫵的審視，因為章嫵曾經犯有的過失和對自己情感與人格的傷害，尹亦尋對章嫵恨得咬牙切齒。但是小說筆峰一轉，又轉向了對尹亦尋的靈魂剖析，內疚之情也是尹亦尋自身的心理內省，是對他人指責後的心靈不安。對他人的審視與對自我內心的審視相輔相成，使《大浴女》中的人物都有了多面性立體感。然而，對一個人來說，審視他人是容易的，而審視自我卻難。尤其是對缺乏懺悔意識的國人來說，自審是難而又難。對的永遠是自己，錯的永遠是他人；美好的永遠是自己，醜陋的永遠是他人。對自己美化，對他人妖魔化，成為一種無意識的敘事修辭。如同鐵凝在闡釋巴爾蒂斯的名畫《貓照鏡》時寫到的：「人是多麼愛照鏡子，誰又曾在鏡子裏見到過那個最真實的自己呢？所有照著鏡子的人都有先入為主的願望，這願望就是鏡中的自己應該是一張好看的臉。因此這樣的觀照即是遮擋。」〔註5〕

<hr>

〔註 5〕 鐵凝：《遙遠的完美》第 164 頁，廣西美術出版社 2003 年版。

在小說《大浴女》中，鐵凝是要揭開這層遮擋，對每個人進行深入的靈魂剖析的。除了陳在這一人物有些單薄之外，其他人物都極具深刻的心理內涵。我想，陳在的單薄是因爲作者對這一人物的愛惜而不捨得對他進行更深刻地剖析的緣故，而對其他人物，鐵凝是做到了不留情面的多向度的靈魂審視與透視。

布斯說：「很大的一批作家，甚至包括那些自認爲自己的寫作是『自我表達』的作家，都企圖擺脫主觀性的控制，他們重複歌德的主張：『一切健康的努力都從內在世界轉向外在世界』。時而有另外一些作家起來爲介入、參與、牽涉而辯護。但是，至少直到最近，本世紀占主導地位的要求依然是某種客觀性。」〔註6〕擺脫主觀性的控制，追求最大程度的客觀性。窺視和審視這兩種敘事視角，使鐵凝的小說最大限度地接近了敘述的客觀、中立與公允。

二、隱含作者的情感表露

鐵凝的小說在敘述的視角上有一種出位之思，但是，在出位之思中，在作者客觀性的敘事之後，我們又能感受到一種蘊含在作品中的情與愛，以及明顯的價值道德判斷，而這種判斷是與現代作家所宣稱的「客觀的書記員」所不同的。因此說，在作者的客觀敘述中也隱含著內在的情感。但是，現代敘事學研究認爲，我們不能將作品中流露出來的情感等同於作者本人的情感，而應該看做是具體作品中隱含作者的情感。布斯在《小說修辭學》中寫到：「一部偉大的作品確立起它的隱含作者的『忠實性』，不管創造了那個作者的眞人在他的其他行爲方式中，如何完全不符合他的作品中體現的價值。因爲我們都知道，他生命中唯一忠實的時候，就是他寫自己的小說的那個時候。」〔註7〕這段話雖然不是對「隱含作者」的命名，但是卻能更好地理解「隱含作者」的含義，即：隱含作者是進行小說創作時的作者，而不是現實生活中的作者。對隱含作者的理解還可以借助巴赫金的理論，雖然巴赫金沒有用隱含作者這一術語，但卻更爲明晰地區分了作者和隱含作者。他認爲在研究作品時方法論上容易出現的缺陷是「把作爲創作者的作者和作爲人的作者混

〔註6〕（美）W・C・布斯：《小說修辭學》第77頁，華明、胡蘇曉、周憲譯，北京大學出版社1987年版。

〔註7〕（美）W・C・布斯：《小說修辭學》第84頁，華明、胡蘇曉、周憲譯，北京大學出版社1987年版。

湑起來，前者是作品的因素，後者是生活中倫理與社會事件的因素。」〔註8〕

布斯所說的「寫自己的小說的那個時候」的那個作者，巴赫金所謂的「創作者的作者」，兩者殊途同歸，都是指作爲創作者的作者而不是作爲現實生活中人的作者，雖然兩者有著諸多的相同。而作爲「創作者的作者」即爲「隱含作者」。

弄清楚了隱含作者的含義，接下來問題又出現了，那就是，「隱含作者」或說「創作者的作者」在作品中是如何發聲的？布斯稱：「不管一位作者怎樣試圖一貫眞誠，他的不同作品都將含有不同的替身，即不同思想規範組成的理想。正如一個人的私人信件，根據與每個通信人的不同關係和每封信的目的，含有他的自我的不同替身，因此，作家也根據具體作品的需要，用不同的態度表明自己。」〔註9〕在不同的作品中，隱含作者的思想情感和人生態度以及情緒體驗是不同的，而這些又是通過各種「替身」表現出來。在小說中，最易於爲讀者感受到的替身是作品中的人物形象，隱含作者的價值判斷便通過小說中的人物體現出來。在此學術背景之下，我們來分析鐵凝小說中隱含作者的替身，以及由此而體現出來的隱含作者的內在情感和價值取向。

（一）隱含作者幻化為第一人稱敘述者「我」

作爲第一人稱敘述者，「我」的視點即爲小說的視點，「我」的情感體現著隱含作者的視點，「我」成爲隱含作者的替身。在鐵凝的小說中，以第一人稱「我」爲敘述者的作品又可分爲兩類，一類是以女性「我」爲第一人稱，還有一類是以男性「我」爲第一人稱的敘事。

短篇小說《羅微來了》、《一片潔白》、《兩個秋天》、《東山下的風景》、《我和王君之間》、《浮動》、《老醜爺》、《三醜爺》、《第十二夜》，中篇小說《午後懸崖》、《永遠有多遠》中，「我」作爲第一人稱的女性，通過「我」的視角展開故事，並對人和事進行評價。《羅薇來了》中「我」作爲編輯部中的一員，從「我」的視角來觀察編輯部的人和新來的女詩人羅薇，並對爲別人杜撰、演繹、傳播小道消息的做法表示不滿，進而發出感慨：「人們，爲什麼要這樣？難道這也是一種樂趣嗎！」（見《巧克力手印》第 321 頁）；在《兩個秋天》

〔註8〕巴赫金：《巴赫金全集》第一卷第 106 頁，河北教育出版社 1998 年版。
〔註9〕（美）W‧C‧布斯：《小說修辭學》第 80～81 頁，華明、胡蘇曉、周憲譯，北京大學出版社 1987 年版。

中，「我」對大姨的同情和對大姨父巴結村裏權貴者的氣憤；《東山下的風景》中，「我」對精於算計的會計媳婦和純樸的東山人表示出不同的情感。這些都鮮明地體現出隱含作者的態度和道德評判。而在《第十二夜》中，「我」對大姑說：「我說，這院子我不買了，嗯，不買了。我說，我願意讓您硬朗朗的。我說，您的花椒樹可真好，山杏兒也好，嗯。」（見《有客來兮》第 54 頁）這時，愛的情感表達替代了對人的道德評價，表現出隱含作者更爲博大的人間情懷。在小說《永遠有多遠》中，有著更爲複雜而多樣的情感表述：「就爲了她的不可救藥，我永遠恨她。永遠有多遠？就爲了她的不可救藥，我永遠愛她。永遠有多遠？」（《永遠有多遠》第 45 頁）越到後期，鐵凝小說中隱含作者的情感越發地充盈著理性的思辯的光芒。在第一人稱的表述中，隱含作者的情感與價值評判在小說文本中自然地體現了出來。

女性第一人稱敘述視角更多地表現爲對他人的體貼與關愛。此外，在鐵凝的小說中，還有一類小說，其第一人稱敘述者「我」爲男性。這類作品雖然不多，卻也極具代表性。主要作品有短篇小說《這不是眉豆花》、《B 城夫妻》，中篇小說《不動聲色》、《對面》、《青草垛》等。女性作家爲什麼用男性作第一人稱敘述視角，有文章曾做過評論，如王緋在評論中篇小說《對面》時認爲：「作品構思奇巧，充滿惡俗口吻的男性第一人稱敘述無時無刻不在反襯鐵凝作爲隱含作者的女性態度，使這個男主人公躲在暗處窺視對面樓房女性生活隱私的故事具有了雙重的意義，它一方面帶有鮮明的性別（更確切地說是男性的弱點）自我暴露的特徵，一方面又不失潛在的婦女批判立場。〔註10〕

楊經建的評論與王緋如出一轍，在評論《對面》時他寫到：「這篇出自女性作家手筆的小說，卻採用了男性第一人稱的視點，並且是一個不斷窺視的視點。隨著窺視者的所在之處由暗處轉爲明處，明與暗空間格局的逆轉，實際上反襯出鐵凝作爲隱含作者的女性主義立場，從而也使得這個故事具有了雙重意義：即一方面帶著鮮明的性別自我暴露特徵（隱秘化的男性和男性的僞裝化），另一方面又輸導出作者的潛在的女性批判意識。」〔註11〕

在他們看來，女性作家採用的男性第一人稱敘述視角使小說具有了雙重的意義，一是顯在的男性的自我暴露，一是潛在的女性的批判意識。而賀紹

〔註10〕王緋：《鐵凝：欲望與勘測——關於小說集〈對面〉》，《當代作家評論》1994
　　　　年第 5 期。
〔註11〕楊經建：《世紀末的文學景觀》第 129 頁，湖南文藝出版社 2000 年版。

俊則有意撇開女性主義立場，認爲：「敘述者正是厭倦了這種無法洞穿內心的交往，而要逃離到空無一人的倉庫裏，而他與對面的女性可以說獲得的是同樣的結局，就像對面女性逃離不脫別人的窺視一樣，他也逃離不脫別人的追逐。『原來人類之間是無法眞正面對面的』這也許是鐵凝在這篇小說中最想表達的意思。這多少有些悲觀，但我想這一定凝聚著鐵凝這些年的深刻感受，恰恰是因爲有些悲觀，她就把這篇小說處理成男性的敘述角度，這種敘述帶有一種冷峻、陡峭的風格。」〔註12〕

賀紹俊的評論從男人和女人之間的對立轉移到人和人之間的對立，深化了研究的內涵，但是，他把《對面》採用第一人稱男性敘述視角看做是「因爲有些悲觀」，而且可以使「敘述帶有一種冷峻、陡峭的風格」，這種分析則有些難以令人信服，悲觀與性別似乎並沒有直接的關係。而第一人稱男性視角的選擇在我看來它是作者身份的自我隱匿，更便於對更爲廣闊的社會心理進行揭示。因爲較之於女性，男性有著更爲寬廣的社會活動空間。如果《對面》以「對面」——女游泳教練爲視點展開，有可能滑入陳染等的「私人小說」的敘事空間。而以男性視角展開的敘事，不僅是男性心理的自我暴露，更重要的是體現了隱含作者的社會性關注，並實現了鐵凝所說的既不是男性的，也不是女性的，而是敘事的「第三性」視角」〔註13〕

我想，這種「第三性」視角更鮮明地體現爲「我」的最終的反思：「生活應該是美好的，生活本身面對著我們就像大自然面對著我們，只有它們能與我們永遠平等相待。當我有時被深夜的光亮偶而驚醒時，會想起那個被我扼殺的女人，一種久違了的讓自己變得好一些的願望，在這時猶如遠空的閃電嘹亮地劃過我的心胸。」（《對面》，見《午後懸崖》第373頁）這是《對面》中男性敘述者「我」的反思，其實也是隱含作者的反思。這種渴望生活美好，人的心靈美好的願望，以及這種靈魂懺悔不只是屬於男性，它是屬於整個人類的。那是隱含作者展示出的對生活和對人的心靈的美好期盼。

對人的社會性心理的關注在小說《青草垛》中更爲突出地體現了出來。名爲馮一早的男性敘述者，其身份是死魂靈，因此，他不用偷窺就能看見他想瞭解的一切。因此，這一男性視角既不是女性視角，也不只是男性視角，而是一種社會視角，是隱含作者對於更爲廣泛的社會心理的發現與揭示。作

〔註12〕賀紹俊：《鐵凝評傳》第170頁，鄭州大學出版社2004年版。
〔註13〕鐵凝：《鐵凝文集》第四卷「寫在卷首」，江蘇文藝出版社，1996年版。

家女性身份的隱匿，男性視角的選擇，使我們更多地關注到隱含作者的情感與態度。它不是對男性窺視心理的批判，而是對社會現象的更廣泛的揭示，對社會心理更深入的透視，對人的內心世界更深刻的反思。

（二）隱含作者幻化為二級敘述者

二級敘述者指作者將敘述者聚焦於小說中的某一個人物，以這一人物的視點展開敘述，隱含作者的情感便通過這二級敘述者表現出來。在鐵凝小說中，這二級敘述者也可分類兩類，一類是聚焦於女性人物的小說，如《紅襯衫》中的安靜，《玫瑰門》中的眉眉，《大浴女》中的尹小跳，《遭遇禮拜八》中的朱小芬，《村路帶我回家》中的喬葉葉，《麥秸垛》中的楊青等；一類是聚焦於男性角色的小說，如《胭脂湖》中的老車，《六月的話題》中的達師傅，《他嫂》中的老白等。

由於對女性人物形象的偏愛，作者對小說中的女性人物投注了強烈的情感。在這些人物中，有一類是有著自傳色彩的女性，如《紅襯衫》中的安靜，《玫瑰門》中的眉眉，《大浴女》中的尹小跳，因此，她們更能代表隱含作者的情感。在她們身上有著生命成長的印跡，也有著深刻的精神的反省。她們身上有著作家的影子，她們的情感代表著隱含作者的情感。那是眉眉對婆婆司猗紋的既恨又愛，《大浴女》中尹小跳對母親章嫵的內心聲討和最終給以的寬容與愛。而這愛越發地擴大，最後成就了一座充滿著大愛的精神花園。通過這些二級敘述者，通過她們的精神世界，讀者感受到了彌漫在小說文本中愛的情感，那是體驗了人生的困苦，洞悉了生命真諦後的大愛。而在《遭遇禮拜八》中的朱小芬，《村路帶我回家》中的喬葉葉，《麥秸垛》中的楊青等人物身上，我們也能感受到隱含作者的審美取向和價值判斷。在中篇小說《麥秸垛》中，楊青為二級敘述者，從她的視點出發，沈小鳳就成了一個賣弄風情，多少有些風騷的女子，她的命運引不起我們更多的同情。而楊青雖然也有著缺陷，但她的所思所想所感卻得到了普遍的認同，這同隱含作者的情感介入有著直接的關係。

而以男性為二級敘述者時，主觀性相對弱一點，客觀呈現更多些，隱含作者的情感表露也更含蘊些。在小說《他嫂》中，二級敘述者老白對他嫂的看法，更多地指向一種社會現象與心理，與其說是對他嫂，還不如說是對那個價值觀念顛倒的商業社會的反諷與笑談。如果與《遭遇禮拜八》這類以女

性為二級敘述者的作品相比，《他嫂》這類作品隱含的情感更為含蘊，態度更為達觀。

通過對鐵凝小說中隱含作者的分析，我們也明晰了布斯的論斷：「我希望說明的是，隱含的作者的感情和判斷，正是偉大作品構成的材料。」〔註14〕而作者敘述的外位性與隱含作者的情感性，使鐵凝的小說具有了多重視角和多種闡釋空間。

第二節　流動性視角與多重關照

作者的出位之思與隱含作者的情感透露構成鐵凝小說關係之一種，而敘述者和人物之間則構成另一種敘事關係，那是敘述者的全知視角以及角色間的限知視角，是作者、人物、人物與人物之間視角的流動與切換，或者就稱為流動性敘述視角。在小說敘述之中，鐵凝是注重故事的講述的，並且注重故事的完整性。她也設置懸疑，但從不故弄玄虛。在她的小說之中，我們總是能讀到一個有趣味的，有完整情節的故事。於是，鐵凝小說的敘述視角便多採用敘述者的全知視角，在流暢的故事中呈現出人物的命運，人生的色彩。然而，這僅是鐵凝講故事方法之一種，此外，還有更為重要的一種方式，那就是在敘述者的全知視角之下，小說中各角色的限知視角。在鐵凝的小說中，人物是各具情態的，他們有自己的思想和情感，而他們的思想情感不能單靠敘述者的講述，而要從他們的心底流出，並呈現於作品之中，於是就有了小說中人物的視角。而作為小說中的人物，他們的思想情感除了敘述者和讀者知道之外，彼此之間是無從知道的，這就是人物間的限知。限知視角的運用，可以更真實地展現人物的內心世界，更真實地表現人與人、人與世界的關係。由此，在全知視角與限知視角的自如流動之間，鐵凝從容地編織著故事，演繹著人生。在單純與複雜，傳統與現代中，展現出小說敘事的技巧與魅力。

一、流動性限知視角

讀鐵凝的小說，最先吸引你的是那一個個有趣的故事，可是在讀完之後細細地品味，你會漸漸地感到在你眼前立起來的是一個個鮮活的人物，他們

〔註14〕　（美）Ｗ・Ｃ・布斯：《小說修辭學》第 96 頁，華明、胡蘇曉、周憲譯，北京大學出版社 1987 年版。

的心路歷程，他們的命運轉折。因此可以說，鐵凝的小說是人物型小說，而對人物的講述也成爲小說敘述的重點。中國傳統小說多採用第三人稱即敘述者講述的全知視角，而現代小說多採用人物自我呈現的方法，如布斯在《小說修辭學》中提到的那樣，現代小說與傳統小說的區別是講述與顯現的區別。〔註15〕以此標準來看，鐵凝的小說敘事既有傳統的講述，也有現代的顯現，從敘述視角來說，既有全知視角，也有限知視角。而作爲現代作家，鐵凝的小說更鮮明地體現爲敘述者的限知視角。也就是托多洛夫所說的敘述者＝人物，敘述者＜人物。〔註16〕

敘述者並不比小說中人物知道的更多，也就是敘述者〈人物的敘述視角，在鐵凝的小說中有所運用，但並不是太多，我們看到的似乎只有在短篇小說《B城夫妻》和《小嘴不停》中表現得較爲明顯。

《B城夫妻》是以第一人稱「我」爲敘述者，以「我」的所見所聞展開故事、塑造人物的小說。小說按時間順序由三個故事構成，第一個故事是「我」隨解放部隊剛進B城，因爲做演出服裝去成衣店找馮老闆，親眼見到成衣店的馮先生和馮太太夫妻恩愛，而且他們的恩愛有口皆碑。第二個故事是多年後，「我」在報紙上讀到了一則關於馮太太死而復生的消息，並親眼看到馮先生和馮太太恩愛如初。第三個故事是一年後馮太太又死了，馮先生囑咐抬棺人出門時要小心，以免馮太太再次死而復生。「馮掌櫃和馮太太不是好得出了名嗎？咱們要是再摔一次棺材，馮太太再活一次，馮掌櫃不是更高興麼。可他偏要囑咐咱們別再失手，這是怎麼個理兒？」（《巧克力手印》第41頁）到底是「怎麼個理」，我們不得而知，因爲故事就此打住，敘述人「我」沒有再做進一步的深究。因爲敘述者「我」的不明眞相，於是讀者也只能是眞相不明。《B城夫妻》爲讀者留下了一個令人回味的謎團：在馮先生和馮太太夫妻恩愛的背後，到底隱藏著怎樣的不爲人知的故事呢？而在每個人身上，都有著諸多的不爲人知，每個人都是一個難解的謎，不去說破或無法說破才是生命個體的眞實存在。

與《B城夫妻》有異曲同工之妙的是短篇小說《小嘴不停》。《小嘴不停》運用的是第三人稱視角，以包老太太爲主要對象展開敘述。於是對包

〔註15〕 （美）Ｗ・Ｃ・布斯：《小說修辭學》第10頁，華明、胡蘇曉、周憲譯，北京大學出版社1987年版。

〔註16〕 （法）熱拉爾・熱奈特：《敘事話語 新敘事話語》第129頁，王文融譯，中國社會科學出版社1990年版。

老太太我們瞭解了很多，包括她如何成功的阻止了包老先生的離婚請求。可是包老太太不知道的，我們也就無從知道。尤其是對隱在包老太太話語背後的包老先生我們知之甚少，而他離世之後留在瓷缸上的「我要離婚」的字樣，對包老太太是個謎團：他是何時、何地黏貼上去的，又表達著何種心情？對讀者來說同樣是謎團一個。而小說留下的懸疑和空白只能由讀者去猜測了。

限知視角製造了閱讀空白，並在文本中留下了永久的謎團。這是生活的真實狀態，因為我們就生活在一個我們知之不多的世界裏，即便是在日常生活中，又有多少的生活之謎找不到謎底。但是，文學不等於生活，生活中不知道不瞭解的，文學作品卻能給你一個完整的答案。鐵凝認為文學要有「捍衛人類精神健康和內心真正高貴的能力」〔註 17〕，而這就需要通過講述來解開一個個謎團，並張揚一種精神與理想，於是，敘述者〈人物這種限知視角在鐵凝小說中並不多見，而敘述者＝人物這一視角出現的頻率極高。敘述者聚焦於人物，對人物採用跟蹤式呈現。這種呈現不同於《小嘴不停》中只聚焦於包老太太一人的手法，而是聚焦於多個人物，並分別以這幾個人物為視點展開敘述，講述他們的故事，呈現人物各自的內心世界，並在多方位的呈現中推動故事向前發展。

《巧克力手印》這篇小說初看並不引人注目，不就是一個很平常的婚外戀的故事麼？但是，細細品味之後會發現，它是如此得韻味濃厚。這主要歸功於人物流動式限知視角的運用。小說主要聚焦於兩個人物，吳的情人穆童和吳的妻子吳妹妹，而小說的敘述視角在文本中有一次明顯的流動與轉換。小說開始部分聚焦的對象是穆童，隨著穆童的位置移動和所思所想展開敘述：穆童來到了賓館，打電話與情人吳約會；穆童沒有等來情人吳，卻等來了吳的妹妹與吳妹妹的兒子；穆童在極度絕望的時候，發現了吳妹妹兒子塗抹在被單上的巧克力手印，這手印給了她溫暖；晚上，穆童蓋著滿是巧克力手印的被子睡得很踏實。接下來小說的敘述視角發生了轉換，敘述聚焦的對象變成了吳妹妹，也就是吳妻。吳妹妹第二天再次來到賓館，看到了兒子留在被子上的巧克力手印，她感到那是她們全家對穆童的污辱；吳妹妹對丈夫吳的有意疏遠；吳妹妹心中不時湧起某種莫名的煩躁，以及她心中不時出現的疑問：「那年為什麼她一定要領著孩子去那個 919 房間？那個穆童為什麼會

〔註17〕 鐵凝：《像剪紙一樣美豔明麗》第 197 頁，人民文學出版社 2006 年版。

甘心情願裹住有著那麼多手印的被單？那個穆童猜出她究竟是誰了嗎？」
（《巧克力手印》第 33 頁）

　　穆童並不瞭解吳妹妹的情況，而吳妹妹也並不明瞭穆童賓館之夜的所思所想，以及離開賓館後的情形，這是人物間的限知。在限知視角下，人和人之間保持著一種陌生感，小說也保有著一種眞實的人生存在狀態。但在人物視角的切換之中，讀者卻已經對故事和人物了然於心。由於敘述視角的流動與轉換，不僅使讀者讀到了一個完整的故事，而且一個普通的婚外戀的故事被作者演繹成了一個極有人情味的故事，擴大了小說的表現內涵，引出了更多耐人尋味的關於婚姻、家庭、社會倫理的多重思考。

　　《誰能讓我害羞》採用的也是人物的流動性視角。不同於《巧克力手印》中的前後兩次人物視角轉換，《誰能讓我害羞》的人物視角流動得比較頻繁，如同電影中的蒙太奇鏡頭，敘述視角在女人和少年兩人之間不停地進行著切換。由於視角的不停變換，不同的人物心理，不同的社會境遇，不同的價值標準得以呈現，從而形成了小說的雙義性乃至多義性：讓少年感到害羞的是「槍」，女人手中的槍映襯出少年的寒酸，以及他希望得到女人認可而不得後的懊惱。衣食住行等物質生活的貧困與寒酸讓少年自慚，而這自慚又生出了羨慕與報復兼而有之的複雜心理。而讓女人感到羞愧的是什麼呢？女人在心裏反覆說著「不」，其實在她內心強硬的否定之中，女人已經感到了羞愧，並產生了某種說不清的不安心理，少年的累，少年想喝水的渴望在她的心中掀動著波瀾。女人一再地爲自己的所作所爲尋找著理由和藉口，但是在內心深處卻藏有著不願承認的自責。由於人物流動視角的運用，使小說更鮮明地揭示出現代商品社會中人與人之間關係的緊張和異化。

　　上述是短篇小說中人物流動視角的運用，而對於長篇小說來說，流動視角的切換更有利於塑造人物，揭示人物的內心世界，並且更接近電影中的一個個畫面，一個個蒙太奇場景。《大浴女》中人物流動性視角的運用，使每個人物都成爲血肉豐滿的那一個。如第四章「貓照鏡」，對尹小荃死後與之相關的幾個人物的不同心理進行了敘寫。這一章分爲 5 個小節，20～24 小節，分別敘述了尹小跳、章蕪、尹亦尋、唐菲的內心感受與體驗，以及這一事件對他們人生與命運的深刻影響。下面以列表的形式予以具體的說明：

序號	聚焦對象	與尹小荃的關係	心理表現	命運轉折
20	尹小跳	同母異父的姐妹	尹小荃打破了她的歡樂，使她的心滋生出無以言說的陰鬱。	尹小跳也永遠記住了她在尹小帆手上的用力。
21	章嫵	母親與私生女	夜深人靜時章嫵常在空曠的床上嗚咽，懷裏抱著沒做完的尹小荃的新罩衣。	的確應該告終了，她和唐醫生的關係。
22	尹亦尋	妻子的私生女	尹小荃的面世徹底擊碎了他的僥倖和他的善意。	陰霾就在他心上，一切不可能輕易了結。
23	唐菲	表姐妹，同為私生女	尹小跳明顯地覺出唐菲內心的輕鬆。	唐菲就是一個開口說話的尹小荃，她把尹小荃帶進了自己的成年。
24	《貓照鏡》中少女與貓		所有的觀照別人都是為了遮擋自己，我們何時才能細看自己的心呢？	他人是我們的鏡子。

在這一章中，每個人物都被拉到了鏡子前接受審視。在對每個人物進行觀照與審視的過程中，人物的性格，尤其是人物的心理得到了清晰的呈現，其中包括那最隱秘的內心世界。這樣，一個個人物便立體的、客觀的、真實的呈現在讀者的面前。

除了人物之間的視角流動外，人物自身的心理感受也在不停的流動轉換之中，這是鐵凝小說最具特色的敘述視角。在《小黃米的故事》中寫到老白的感受：

> 老白去趕長途汽車，也覺著是他敗了玫瑰店的興致。待他想到一個小黃米平白無故就佔據了他整整一個膠卷時，又覺著是她們敗了他的興致。幸虧相機裏裝的不是好膠卷。（見《有客來分》第86頁）

老白敗了玫瑰店的興，還是玫瑰店中的小黃米和老闆娘敗了他的興，這是一筆糊塗帳，但是這種視角的轉換卻耐人尋味，它豐富了人物的內心，也豐富了小說的內蘊與思考。

　　此外如《樹下》中的老於，想向中學同學現任副市長的項珠珠提出住房請求的老於，與在副市長家客廳裏滔滔不絕地說著莫札特陳寅恪奧修的老於，兩個老於在不停地較量，使老於幾乎處於精神分裂之中，在視角的轉換中，老於作為小知識分子的清高與驕傲以及生活的困窘呈現了出來。還有《永遠有多遠》中的白大省，在渴望變與無法變之間不停地轉換。在她對待弟弟、弟妹的態度上，鮮明地體現出心理與行為方式的變化與轉換。聽了弟弟要與她換房的要求之後，白大省以前所未有地慷慨激昂滔滔不絕言詞尖刻忘乎所以地把弟弟和弟妹痛罵了一頓。但轉回身她越想越覺得自己對不住弟弟白大鳴，她願意把房子換給他們。還有《馬路動作》中杜一夫白天與晚上的判若兩人，《何咪兒尋愛記》中何咪兒的善變與多變，《午後懸崖》中韓桂心的變，這些流動性視角的運用，在敘述上起到了極為重要的作用。正如馬丁在《當代敘事學》中所言：「我們必須擴展其意義範圍，使其不僅包括人物與敘述者的關係，而且包括人物之間的關係。每個人物都能像敘述者所做的那樣，提供一個透視行動的角度。」〔註18〕

　　因此可以說，鐵凝採用流動性限知視角，通過對一個個的人物，一個個人物的矛盾心理進行的聚焦與透視，呈現出他們各自的內心世界，從而敘寫出一曲多聲部的合唱。

二、敘述者的全知視角

　　限知視角製造了閱讀空白，並在文本中留下了一個個永遠無解的謎。雖然讓讀者猜謎是現代小說家津津樂道的敘述技巧，並且獲得先鋒批評家的好評，但是作為普通讀者，依然想看到完整的故事，人物的命運結局，以及謎底被揭開時的恍然大悟。因此，對於讀者來說，故事的傳奇性與完整性一直是小說的魅力所在。先鋒小說對故事的顛覆以及顛覆後所付出的代價，已經是不爭的事實。小說離不開故事，尤其是完整的故事。《紅樓夢》雖然未完成，但是在小說的開篇，金陵十二釵的命運已若隱實顯，於是重續「紅樓」可以成為眾多人的野心與雄心。金庸的武俠小說因為故事的傳奇性與完整性，吸引著人們的視線，擁有著眾多的讀者。可以毫不誇張地說，完整的故事在敘事性作品中依然至關重要，而完整的故事有賴於敘述的全知視角。

〔註18〕　（美）華萊士・馬丁：《當代敘事學》第178頁，伍曉明譯，北京大學出版社
　　　　　2005年版。

　　讀鐵凝的小說感覺很舒服，這舒服就來源於鐵凝講故事的全知視角——不管小說中設置了多少懸疑，最終作為讀者的我們總是能了然於心，並發出對人生、對命運的一聲唏噓與感歎。從不可知的命運中讀出可知的人生，這是鐵凝小說的敘事策略，也是讀者的閱讀期待。因此即便是在現代社會，敘述者的全知視角依然不失為一種重要的敘事視角。用托多洛夫的公式來說就是：敘述者〉人物，用熱奈特的術語來說是零聚焦。

　　鐵凝運用最多的是第三人稱全知敘事，而第三人稱可以使敘述者遊刃有餘地講述故事。即便是在形式主義思潮風起雲湧的八十年代末九十年代初，鐵凝也沒有放棄對故事的全知性講述。她的轉型之作《麥秸垛》是有故事的，雖然是幾個故事，但每個故事都好看，而且該知道的都知道了，不知道的也不想知道，比如說對沈小鳳的最終歸宿，沒有幾個人願意去深究，小說也沒有再敘的必要。長篇小說《玫瑰門》、《無雨之城》也以全知視角進行敘述，而且越到九十年代後期乃至新世紀，第三人稱全知敘事在鐵凝的小說中越發地明顯，《大浴女》、《笨花》都運用了講述的形式。在講述之間，故事呈現在讀者的面前，人物及其命運也呈現了出來。而且這些故事並不是有頭無尾或有尾無頭的，面對故事，鐵凝不似先鋒小說作家那樣殘忍地測試著讀者的耐心與智力，她在巧妙的設置懸念的同時，又在細細地縫合著懸念，使作品渾然一體，一氣呵成。在製造陌生化與新鮮感的同時，也讓讀者恍然大悟般的了然於心。

　　《玫瑰門》在小說的開頭部分有一段姑爸和司綺紋的對話，是關於老太爺的。姑爸有一句問話「老太爺為什麼把東西一股腦兒都留給你，不留給我？」這句話暗含著姑爸對司綺紋某種隱私的揭示，但接下來姑爸卻並不把隱私道破，而是作為一個疑團被懸置了起來。但作者並沒有忘記這一被懸置的疑團，在後面的章節中，在對司綺紋的內心聚焦時，隨著故事的展開，這一疑團終被化解。而疑團的設置，以及對疑團的解密，第三人稱全知敘述視角有著極大的優勢。

　　《無雨之城》被看做是具有某種偵探性質的小說，副市長普運哲與女記者陶又佳在一起幽會的底片成為貫穿小說始終的線索。但是鐵凝並沒有把它寫成偵探小說，這張神秘的底片也便不再神秘，小說並沒有等到最後才揭開謎底，而是早早地就抖開包袱讓我們知道了事情的來龍去脈，並引出了故事發展的又一線索——白已賀對市長夫人葛佩雲的敲詐。底片成為懸在葛佩雲

頭上的一把利劍，成爲一個導火索，時時有可能引發爆炸性新聞。但最終，白已賀出車禍死了，作爲懸疑物的底片幾經周折，在無關痛癢中被火點燃，化做了一股青煙。底片消失了，故事結束了，讀者釋懷了。

《無雨之城》中底片貫穿小說始終，而《大浴女》中貫穿小說始終的是尹小荃之死。尹小荃在小馬路上奔跑的時候掉到了污水井裏死了，而她的死留下了一個極大的懸疑，那便是關於井蓋的懸疑，是誰打開了井蓋？這似乎是一個細節，但它又是關乎故事發展和人物命運的。在唐菲死後這一謎底被揭開，井蓋是唐菲打開的！而此時，故事的大幕拉上了，可我們的心卻更痛了，懸念對我們來說已不再重要，重要的是爲唐菲短暫而不幸的一生產生的痛，以及對人生的無盡感歎。敘述者的全知視角並沒有使故事平淡，而是使小說更加意味深長。在作者精心地編碼與解碼中，情節的展開既引人入勝，又發人深思。

除第三人稱全知視角外，鐵凝還多用第一人稱全知視角進行敘述。第一人稱敘事容易使人聯想到私小說，如歐洲啓蒙時期的日記體小說《茶花女》、《少年維特之煩惱》，「五四」時期的日記體小說，郁達夫的私小說等，但第一人稱也有另一種形式，如陳平原在研究「新小說」敘述視角時談到的：「早期第一人稱小說譯作，其敘述者『我』絕大部分是配角。也就是說，是講『我』的見聞，『我』的朋友的故事，而不是『我』自己的故事。」〔註19〕由於敘述者「我」是一個旁觀者，是一個記錄員，小說並不以講述「我」的故事爲主，而是以「我」爲視角講述他人的故事，於是，第一人稱敘事也便有了全知的功能，並與中國傳統小說的講敘方式相溝通，使小說具有更強的可讀性。鐵凝第一人稱小說敘事即多用這種旁觀者的敘述視角，如早期小說《羅薇來了》，《信之謎》，後期小說《對面》、《青草垛》、《永遠有多遠》等小說。

《羅薇來了》以「我」的視角展開敘述，圍繞著羅薇來了這一事件，展現出人與人之間的微妙關係。雖然對這種關係的講述顯得簡單和平面化，但第一人稱全知視角的選用卻是整個小說的亮點。九十年代中後期，隨著鐵凝小說故事講述的圓熟以及人性剖析的深入，第一人稱敘述視角的運用也日益成熟，「我」不單是敘述者，而且「我」的故事也融於作品之中，作爲與主人公故事平行發展的組成部分，形成立體交叉的敘事結構，而第一人稱「我」的視角在這種立體交叉的敘事結構中游刃有餘。

〔註19〕陳平原：《中國小說敘事模式的轉變》第73頁，北京大學出版社2003年版。

　　《永遠有多遠》的敘述者是「我」，但「我」並不是小說中的主角，小說的主角是「我」的表妹白大省，而「我」這個表姐充當的是講述人的身份。在「我」的敘述之下，白大省的童年趣事和戀愛風波，以及她的所思所想得以呈現。但同時，『我』也不單是講述者，『我』還是小說中的一個人物，『我』的情緒，『我』的情感，『我』的體驗，『我』的評價，都使作品豐富了起來。

　　《對面》運用的也是第一人稱視角，但第一人稱在講述「我」自身故事的同時，最為重要的是講述「對面」的故事，並採用了窺視的視角。這原本是一個限知性視角，就「我」的目力所及進行窺探與觀察，而「我」的目力所及只在廚房和小餐廳。最後「我」用惡作劇的方式使「對面」受到了驚嚇。如果故事到此為止，雖然留下了一些疑團，但也不失為一個完整的故事，但是，敘述者是決心要把這個故事講述完整的。於是，敘述者以報紙新聞的形式簡介了「對面」的生平，又假扮水暖工來到「對面」的廚房，破譯了「對面」與兩個情人約會的時間密碼。至此，一個完整的「對面」出現在讀者的面前，也完成了敘述者「我」對人生的體悟與對自我靈魂的反省。

　　此外，《青草垛》、《小格拉西莫夫》等，雖是第一人稱視角，但是作者卻將第一人稱敘述的視野放大了，在自我的內心書寫與他者的故事敘述之間自如地穿梭，擴展了小說的表現時空，增加了小說表現的內涵。

　　在全知與限知之間，鐵凝進行著她的小說敘事。限知使人物之間保持著一種距離，並能對人物各自的內心世界作深入地描述，使小說有著新奇之感。而全知視角又體現著作者對讀者的體貼，是對完整故事的敘述，但這完整故事又不是傳統小說中的大團圓結局，而是對不完整人生的思考。由此，鐵凝在傳統與現代之間，實現了敘事上的一種張力。馬丁在《當代敘事學》中寫到：「從敘事理論的角度來看，想要成為現實主義者的人面臨的問題既包括內容也包括形式。所需要的是一種方法，能把第三人稱敘述的方便之處與第一人稱所保證的真實性結合起來。」〔註20〕馬丁所談到的第三人稱和第一人稱的結合，與本文所談到的全知視角與限知視角的結合，雖表述不同，但其內含卻極為相同。鐵凝小說中敘述者的全知視角與人物間流動性限知視角的運用實現了這一結合，並開拓了一種講故事的極佳方式。

〔註20〕　（美）華萊士・馬丁：《當代敘事學》第 161 頁，伍曉明譯，北京大學出版社　2005 年版。

第三節　女性身份與第三性視角

　　讀者在文學創作中的作用被發現之後，作者——讀者也成爲敘事研究中值得重視的一對關係，而二者的中介便是作品。於是，就有了作者和讀者對作品的共同聚焦，有了作者的創作視角和讀者的評價視角，並在雙重的「看」的作用下，產生出獨具特色的作品。鐵凝在創作時是注重讀者的作用的，其隱含讀者的高品位與廣泛性，使她的創作形成了一種視角，那就是力避女性視角的第三性視角。第三性視角使鐵凝在敘事時，雖然主要是以女性爲聚焦對象，但並不是單獨地聚焦於私人的潛意識場景，而是將女性放在更爲廣闊的時空中，去揭示他們的社會性、精神性與人性。這樣就有了更爲廣闊的敘事視野，更爲豐富的敘事話語。此外，第三性敘事視角的選用也來自於讀者的期待視野。鐵凝面對的讀者主要是作者的讀者，即文壇上的文學前輩，他們的閱讀期待和批評意見對鐵凝有著至關重要的影響。而敘事的讀者，也就是大眾讀者也是鐵凝創作過程中不可忽視的存在，而且愈到後期，敘事讀者發揮的作用逐漸增強。在作者第三性視角的聚焦下，在多種讀者和多重閱讀期待中，鐵凝的創作展現出更爲廣博的胸懷與氣度。

一、第三性視角與敘事聚焦

　　女性主義作爲創作流派和批評流派興起後，女性作家大都被貼上了女性主義的標籤，她們似乎都成了女性主義者，她們創作時的首選似乎就應該是女性視角和女性話語，否則就是缺乏女性意識。而鐵凝是力避女性視角的，從創作實踐出發，她提出了既不是男性，也不是女性的第三性視角，她這樣解釋這一視角以及採用這一視角的原因：

　　　　我本人在面對女性題材時，一直力求擺脫純粹女性的目光。我渴望獲得一種雙向或者叫做「第三性」視角，這樣的視角有助於我更準確地把握女性眞實的生存境況。在中國，並非大多數女性都有解放自己的明確概念，眞正奴役女性心靈的往往也不是男性，恰是女性自身。當你落筆女性，只有跳出性別賦予的天然的自賞心態，女性的本相和光彩才會更加可靠。進而你才有可能對人性、人的欲望和人的本質展開深層的挖掘。〔註21〕

〔註21〕鐵凝：《鐵凝文集》第四卷《寫在卷首》，江蘇文藝出版社 1996 年版。

這其實是對作者與作品中人物的關係，尤其是對作者與作品中女性人物關係的體認，是對女性身份與創作身份的梳理。雖然身為女性，雖然所選題材大都是女性題材，但是在創作時，鐵凝選取的並不是女性視角，而是第三性視角。在這段話中有幾個關鍵點需要引起我們的注意：跳出性別的自賞心態，對人性、人的欲望和人的本質展開深層的挖掘。

女性的性別身份與第三性的敘事視角看起來似乎有些矛盾，而且也易於被女性批評者指斥為缺乏女性的自我意識。而鐵凝卻認為，只有跳出女性的自賞心態，以一種更加客觀的態度反觀女性，反觀自身，才能達到對女性的真正認識。在對人性、人的欲望的深層次的挖掘上，女性性別身份和第三性敘事視角達成了一致。因此，也就有了鐵凝既取材於女性，又遠離女性主義的特質。在女性主義思潮落潮之後，她的作品並不隨著潮流而消逝，而是依然有著普遍的價值和意義。正如戴錦華所言：「由於鐵凝的溫婉、從容與成熟，她是當代文壇女性中絕少被人『讚譽』或『指斥』為『女權（性）主義』的作家；但她的作品序列，尤其是八十年代末至今的作品，卻比其他女作家更具鮮明的女性寫作特徵，更為深刻、內在地成為對女性命運的質詢、探索。」而這與鐵凝在敘事中採用的第三性視角不無關係。

第三性敘事視角的選用使鐵凝小説的聚焦點有別於女性主義作家，她更多地將筆墨聚焦於女性的社會歷史身份，側重於展現女性的精神世界，從而也就有了對（女）人的社會歷史身份與文化精神性格的敘寫。

（一）聚焦於女性的社會歷史身份

西蘇說：「寫你自己。必須讓人們聽到你的身體。只有到那時，潛意識的巨大源泉才會噴湧。我們的氣息將布滿全世界，不用美元（黑色的或金色的），無法估量的價值將改變老一套的規矩。」〔註22〕以西蘇為代表，用身體寫作成為女性主義者的宣言。在中國新時期文壇上，與西蘇的理論相呼應，出現了私人化寫作，最具代表性的當是 60 後作家陳染和林白。她們在「私人生活」、「一個人的戰爭」中深入到女性的潛意識場景之中，揭示女性獨有的身體與心理體驗。而到了 70 後作家綿綿、衛慧，她們有了更加大膽的口號與宣言：「用身體寫作」、「用皮膚呼吸」。無疑，她們的創作實

〔註22〕（法）埃萊娜·西蘇：《美杜莎的笑聲》，見張京媛主編《當代女性主義文學批評》第 194 頁，北京大學出版社 1992 年版。

驗打開了一片以往較少涉獵的禁區，開拓了女性的話語空間與故事空間。但是，不容忽視的是，她們的創作視域明顯地走向了狹窄與偏執。而鐵凝的創作既在女性潮流之中，又在潮流之外，她寫女性，但不是用身體，而是用心靈來寫作。她以一種遠距離地視角聚焦於女性的歷史場景和社會歷史身份。

還是以《玫瑰門》為例，《玫瑰門》是寫女人的，老女人、小女人、不男不女的女人，而且是以北京四合院為故事展開的空間。在這樣一個相對封閉的空間中，極易將故事寫成女性的潛意識心理。但是在鐵凝的導演下，女性的潛意識心理只是其中的一小部分，小說還有一個更為廣闊的空間，那就是歷史與社會空間。每個人都是歷史場景與社會場景中的人，個體的生命與生存都與不可掙脫的歷史與社會場域連接在一起，她們的日常生活與心理也就被捲入了社會與歷史洪流之中。司綺紋是女性，有著女性身份，但是她從來就不認可這一單一的身份，「家庭婦女」是她最為反感的命名，她一直都在努力擺脫家庭婦女的身份，竭盡全力去獲取社會身份。從四合院走出來，走向街道，與整個社會融為一體成為她不懈的追求。然而，她一次次地走向街道，一次次地被驅逐回四合院，一次次地追求自由與平等的權力，一次次地被歷史與命運放逐。她終生都沒有謀取到一個正式的社會身份，一生只是個家庭婦女。從這個角度來說，司綺紋是一個悲劇性人物，而四合院中的女人之爭也成為特定歷史、特定空間中被壓抑能量的必然釋放，是人性惡不可避免的必然展現。

不僅《玫瑰門》為人物提供了一個廣闊的存在背景，《無雨之城》中的多條線索的發展，多種社會生活的介入，使它沒有成為大眾性的都市言情劇。《大浴女》的歷史時間與多維社會空間，也使敘事沒有陷入潛意識心理場景。即便是如《對面》、《小黃米的故事》、《秀色》這樣的以浴女為中心的小說，也不是以窺密為目的，而是有著更為豐富而深厚的社會歷史內涵。因此說，鐵凝筆下的女性不只是女人，而是社會歷史中的這個人。

（二）聚焦於女性的精神與文化性格

在女性與社會性中，聚焦於人的社會性，在身體與精神中聚焦於人的精神品格，這樣，鐵凝的小說就不單單是對女性的潛意識心理場景的敘寫，而是在身體敘述之上的人的精神的提升與文化品格的顯現。

在鐵凝的小說中，通常都有一組相對的女性形象，《哦，香雪》中的香雪和鳳嬌，《麥秸垛》中的楊青和沈小鳳，《棉花垛》中的喬和小臭子，《大浴女》中的尹小跳與唐菲，《永遠有多遠》中的白大省和西單小六。而在這些具有相對性的人物中，作者的聚焦點是有主次之分的，香雪、楊青、喬、尹小跳、白大省等是小說中的主要聚焦對象，而鳳嬌、沈小鳳、小臭子、唐菲、西單小六等是次聚焦對象，是對前者的對照與映襯。而兩組人物構成的是精神與物質，文化倫理與身體倫理的比照。

如果把《永遠有多遠》中的白大省與西單小六進行比較，我想大家會一致認為，西單小六比白大省更有「戲」，她美麗而風騷，她的美麗與風騷能使男人們心甘情願地拜倒在她的石榴裙下。可以說，西單小六這樣的形象是文學作品中常見的女主人公原型。與西單小六相比，白大省太缺乏魅力，她只不過是北京胡同裏沒心沒肺的女孩子中的一個，她的故事與經歷是單調而重複，她的戀愛與失戀也毫無傳奇色彩。然而，就是這個普通得不能再普通，平淡得不能再平淡的白大省卻有著文學上的永久的魅力，她所承載的久遠的文化，她想擺脫卻無法擺脫的人生境況，是那樣沉甸甸地敲擊著我們的心靈。在文化與精神向度上，這個有點愚的白大省成為了一個典型的文學形象。

此外，《大浴女》中的唐菲也有著令人驚豔的美麗，有著無數的風流韻事，這也是女性題材或大眾文學作品中當仁不讓的女主角，然而，在鐵凝的小說中，她只是尹小跳的一個襯托，而有著精神追求與拯救情懷的尹小跳成為敘事的中心。還有《棉花垛》中的喬和小臭子，《笨花》中的取燈與小襖子，在對喬與取燈的精神聚焦中，人物的精神品格得以顯現。

戴錦華對鐵凝這一敘事方法進行了分析，她認為：「鐵凝所關注的，不是、或不僅是社會的性別歧視與不公正；因為她不曾仰視並期待著男性的崇高與拯救，所以她不必表達對男人的失望與苛求；她所關注的，是女性的內省，是對女性自我的質詢。或許在不期然之間，鐵凝完成了將女性寫作由控訴社會到解構自我的深化」〔註23〕戴錦華認為鐵凝的敘事聚焦是對女性的內省，是解構自我，這確實是鐵凝的深刻之處，但我想，這一自我解構還來自鐵凝的第三性敘事視角，是對女性的社會歷史身份的再確認，是對女性精神向度與文化品格的關注，這樣才能擺脫自戀與自虐的私人化心理，也才有對自我的解構，對自我心靈的審視。

〔註23〕戴錦華：《真淳者的質詢——重讀鐵凝》，《文學評論》1994 年第 5 期。

　　西蘇曾斷言：「女性的本文必將具有極大的破壞性。它像火山般暴烈，一旦寫成它就引起舊性質外殼的大動盪，那外殼就是男性投資的載體。別無他路可走。假如她不是一個他，就沒有她的位置。假如她是她的她，那就是爲了粉碎一切，爲了擊碎慣例的框架，爲了炸碎法律，爲了用笑聲打破那『眞理』。」〔註24〕西蘇的宣言是有蠱惑力的，但是我們在要求文學的革命性和顛覆力時，不能扔掉的是它的審美性。鐵凝小說中的女性是「她的她」，是女性自我主體的顯現，但更是社會歷史中的「她」，其女性敘事不是爲了爆炸性的社會效果，而是透視人尤其是女人在社會歷史中的存在，是生命的生存的美學敘事。

二、讀者的期待視野

　　在鐵凝小說中，以第三性視角展開了對（女）人的思考。而第三性視角的選擇不僅與鐵凝對人的認識，對文學的看法有關，還與對隱含讀者的期待視野有關。期待視野不僅是讀者對作家和作品的閱讀期待，而且也是作者對隱含讀者的評價期待。鐵凝是注重讀者的作用的，她曾在散文《寫作的意義》中談到作家與讀者的關係：

　　　　我想說，任何一個刻意取悅讀者的作家都不會是一個能有好的
　　發展的作家。因爲刻意取悅讀者的作家的精神必然缺乏必要的集
　　中，寫作時的情態也定然缺少必要的忘我。寫作需要忘我。

　　　　我想說，根本就無視讀者的作家也不會是一個樸素的作家，這
　　樣的作家的思維無論怎樣宏遠高深，恐怕多少都免不去幾分做作。

　　　　我還想說，作家並非由讀者所造就，但是沒有讀者，作家的意
　　義又在哪兒呢？〔註25〕

作品是讓閱讀的，其意義也是在閱讀的過程中生成的。沒有了讀者，作品和作家存在的意義就會受到質疑。因此，讀者的閱讀與欣賞是作品和作家存在的依託，並對作家的創作產生著極爲重要的影響。對鐵凝而言，讀者主要分爲兩類，一類是作者的讀者，一類是敘事的讀者，他們對作品的評價和意見，以直接或間接的方式作用於鐵凝的小說創作。

〔註24〕（法）埃萊娜・西蘇：《美杜莎的笑聲》，見張京媛主編《當代女性主義文學批評》第 203 頁，北京大學出版社 1992 年版。

〔註25〕鐵凝：《寫作的意義》，見《女人的白夜》第 216～217 頁，江蘇文藝出版社 1996年版。

（一）作者的讀者

鐵凝小說的讀者以《無雨之城》為界，分為作者的讀者和敘事的讀者，在《無雨之城》前是作者的讀者在閱讀中佔有權威的地位，《無雨之城》後是敘事的讀者起著重要的作用。當然，這種區分不是絕對的，只是相比較而言。既然說到了《無雨之城》，我們就從《無雨之城》入手，來分析讀者的評價與閱讀期待在鐵凝小說創作中產生的影響。在人民文學出版社 2006 年版的《無雨之城》自序中鐵凝寫到：

> 熟悉我作品的讀者也許會注意到，長篇小說《無雨之城》出版於一九九四年，但在一九九六年編輯文集時，我將它排除在了文集之外。究其原因，當時似乎是覺得它不夠厚重吧！甚至就因為它太過暢銷，弄得作者反而心懷忐忑，反而懷疑起這部作品的藝術品質了。十年之後我將它編進這套作品系列，因為我明確地意識到，正是《無雨之城》的寫作，鍛鍊了我結構長篇小說的能力，後來的《大浴女》《笨花》，都或多或少得益於這次關於結構的訓練。〔註26〕

在 1996 年江蘇文藝出版社出版的《鐵凝文集》中，《無雨之城》被有意地略去了，原因是「它太過暢銷」。在鐵凝看來，「暢銷」是與「厚重」相對立的。這種看法來自文學界和評論界的一種普遍的思維定式，認為厚重是與精英文學相連接，暢銷是與通俗文學相連接，而通俗文學是不能登大雅之堂的。在這種思維定式背後其實是隱含著兩類讀者群，也暗含著兩種評價的，「暢銷」背後是普通讀者群，為他們喜愛就是媚俗；「厚重」背後是作家和批評家讀者群，得到他們的認可才是創作的正途。《無雨之城》在 1996 年文集中的被略去與在 2006 年小說系列中的被錄入，傳達出兩種讀者在不同時期的受重視程度。

新敘事學家美國的詹姆斯·費倫對讀者進行了研究，並給出了較為明確的定義，他認為作者的讀者是「假想的理想讀者，作者為他們建構文本，他們也能完美地理解文本。與敘事讀者不同，小說中作者的讀者是以這樣一種默認運作的，即人物和事件是綜合建構，而非真實的人和歷史事件。該術語與隱含讀者同。」〔註27〕

〔註26〕鐵凝：《無雨之城》自序，人民文學出版社 2006 年版。
〔註27〕（美）詹姆斯·費倫：《作為修辭的敘事》第 169 頁，北京大學出版社 2002 年版。

　　在費倫的界定中，作者的讀者是假想的理想讀者，作品主要是給他們來看，並由他們做出評判。這其實可看做是作者的期待視野，他／她期待著作品得到這些理想讀者的評價與認可。鐵凝作品中作者的讀者是文壇的前輩，在她開始創作的時候，急需得到前輩們的指導與認可。這從鐵凝的文學成長之路上即可看出。在創作之初，對鐵凝的創作產生重大影響的兩位作家是徐光耀和孫犁。在《懷念孫犁先生》一文中，鐵凝寫到：「徐光耀是我文學的啟蒙老師，他在那個鄙棄文化的時代裏對我的寫作可能性的果斷肯定和直接指導，使我敢於把寫小說設計成自己的重要生活理想；而引我去探究文學的本質、去領悟小說審美層面的魅力，去琢磨語言在千錘百鍊之後所呈現的潤澤、力量和奇異神采的，是孫犁和他的小說。」〔註28〕孫犁對鐵凝作品的評價和閱讀期待，對鐵凝的創作產生了並一直產生著重要的影響。在短篇小說《哦，香雪》發表之後，鐵凝就將載有這篇小說的《青年文學》寄給了孫犁。孫犁在讀完《哦，香雪》後，給鐵凝寫了一封信，詳細談了他對《哦，香雪》的看法，以及對文學創作的看法。下面只對這封信的一些主要觀點做一個摘抄：

　　　　……這篇小說，從頭到尾都是詩，它是一瀉千里的，始終一致的。這是一首純淨的詩，即是清泉。它所經過的地方，也都是純淨的境界。……我也算讀過你的一些作品了。我總感覺，你寫農村最合適，一寫到農村，你的才力便得到充分的發揮，一寫到那些女孩子們，你的高尚的純潔的想像，便如同加上翅膀一樣，能往更高處、更遠處飛翔。……你如果居住在一個中小城市，每年有幾次機會，到偏遠的農村去跑跑，對你的創作，將是很有利的，我希望能經常讀到你這種純淨的歌！〔註29〕

「純淨的詩」、「女孩子」、「到偏遠的農村去跑跑」、「我希望能經常讀到你這種純淨的歌」是一種期盼，也是一種創作的引導，並奠定了鐵凝早期小說的創作風格，以及創作上的廣闊視域。

　　此外，對鐵凝的創作產生重要影響的當屬王蒙，王蒙的批評意見在鐵凝創作的轉型中起到了重要作用。王蒙在對《哦，香雪》等鐵凝早期作品進行

<hr>

〔註28〕鐵凝：《懷念孫犁先生》，見《會走路的夢》第202頁，人民文學出版社2006年版。
〔註29〕孫犁：《談鐵凝的〈哦，香雪〉》，見《小說選刊》1983年第2期。

評論後，提出了他的建議：「她應該在不失赤子之心的同時，艱苦地、痛苦地去探尋社會、人生、藝術的底蘊。真正的高標準的作家的善良應該是通曉並戰勝了一切不善、吸收並揚棄了一切膚淺的或初等的小善、又通曉並寬容了一切可以寬容的弱點和透視洞穿了邪惡的汪洋大海式的善。」〔註30〕在二十世紀八十年代中期，在鐵凝面臨著創作轉型的焦慮時刻，這樣的意見無疑是有啓迪意義的。從膚淺、初等的小善中，從邪惡中昇華而出的大善，才是一種真正的善，這種善貫穿在鐵凝後期的小說創作之中。

在這些文學前輩的指引之下，鐵凝的小說創作注定是要朝著更爲廣闊的視野，更爲深廣的時空進發。

（二）敘事的讀者

費倫在對作者的讀者進行定義後，也對敘事的讀者進行了界定，他認爲敘事的讀者是「虛構世界內部的觀察者，在有血有肉的讀者的意識中被採納，這種讀者據此把虛構的行爲視爲真實的。與受述者的位置一樣，敘事讀者的位置被包容在作者的讀者的位置之中。」〔註31〕這是又一類型的讀者，是「有血有肉」的讀者，也就是說是現實生活中的讀者，是普通的大眾讀者。他們的閱讀期待對作家也產生著一定的影響。

在市場經濟之前，雖然也有敘事讀者的存在，但是這類讀者的聲音是微弱的，是被動的閱讀者。而市場經濟孕育了敘事的讀者，他們也成爲了隱含的讀者，在作家的創作中產生著影響。九十年代以後，鐵凝小說中的敘事讀者佔有了越來越重要的位置，而這一時期敘事讀者的代言人是「布老虎」叢書的策劃者。

「布老虎」叢書的責編、總策劃安波舜在對市場進行調查後，確立了「布老虎」的發展方向：「我敏感地意識到小說中的社會理想和世俗的平民英雄，維持家庭和事業的責任感，以及知識分子的社會良知，誠實、正直、善良與愛將是『布老虎』叢書的主題追求，滿足這一部分的情感需求，無疑是文學對社會文明的巨大貢獻。事實上，布老虎大部分小說在廣州、深圳的發行相當成功。《情愛畫廊》《渴望激情》《無雨之城》《獵鯊 2 號》等書，幾乎是不間斷地在以上兩地暢銷，這就是我爲什麼喋喋不休地宣講『創造永恆、書寫

〔註30〕 王蒙：《香雪的善良的眼睛——讀鐵凝的小說》，《文藝報》1985 年第 6 期。
〔註31〕 詹姆斯·費倫：《作爲修辭的敘事》第 172 頁，北京大學出版社 2002 年版。

崇高、還大眾一個夢想』的原因。」〔註32〕「還大眾一個夢想」，是「布老虎」叢書一個響亮的口號，也是作者面向敘事讀者的合法性的依託。從這一理念出發，「布老虎」叢書對加盟作家提出了三點要求：第一，故事以 90 年代的城市生活為背景，故事情節要逼近現實。第二，要寫一個好讀的故事。第三，要有理想主義、浪漫主義精神，有超越性。〔註33〕

鐵凝積極地回應了這種邀請，她談到創作《無雨之城》的經過：「受策劃的影響就是他沒有要求你必須寫什麼，不能寫什麼。他只告訴你一點，要寫得好看。就是說，我們能不能寫一個，第一，城市故事；第二，你要吸引讀者看下去。就這麼兩條，別的沒有。……它主要給我一個最大的好處是什麼呀，就是面對一部長篇小說寫作的放鬆的心情，一點兒都不沉重。所以都是衝著你的故事出發的，衝著好看出發的。」〔註34〕

「寫得好看」，這一看的對象就是普通的大眾讀者，是敘事的讀者，而這種寫作也成為一種大眾文化的寫作範式，並有著一定的市場指向。在這種大眾化寫作範式中，在大眾性閱讀視野中，也就有了《無雨之城》的持續暢銷。

有了《無雨之城》的嘗試性寫作的成功，鐵凝的小說在思想的厚重之中又加入了好看的元素。而其中，「浴女」形象系列是鐵凝創作出的一個雅俗共賞的人物形象系列。

在《玫瑰門》中浴女形象已有所顯現，竹西可以說是第一個浴女，但作者當時並沒有明確的意識。而從《無雨之城》開始，浴女成為了敘述的主體。那是《大浴女》中的尹小跳，《秀色》中的張品，《小黃米的故事》中的小黃米，《對面》中的「對面」，《無雨之城》中的陶又佳，她們的共同特點是都有一個特別棒的軀體。而且這些浴女已不同於八十年代後期的身體與性欲覺醒階段的女性，她們已不再需要身體與性的啟蒙，也不再自我壓抑，而是無拘無束地展現身體的美麗，享受生命賦予它們的歡愉。但是，如何塑造浴女形象卻是一個需要思考的問題，那不僅需要作者的審美視界，更需要隱含讀者的參預與建構。如布斯所言：「他可以戲劇化，也可以直接評論，但有一隻眼睛總是盯著讀者的，甚至在他為把『小說本身』帶向美滿而工作的時候，也是如此。」〔註35〕

〔註32〕安波舜：《「布老虎」的創作理念與追求》，《南方文壇》1997 年第 4 期。

〔註33〕邵燕君：《傾斜的文學場》第 143～144 頁，江蘇人民出版社 2003 年版。

〔註34〕鐵凝：《關於〈無雨之城〉》，見賀紹俊《鐵凝評傳》第 220 頁，鄭州大學出版社 2004 年版。

〔註35〕布斯：《小說修辭學》第 120 頁，北京大學出版社 1987 年版。

　　《無雨之城》之後，鐵凝小說的隱含讀者已發生變化，不僅包括評論界的評論家和出版發行界的出版商，而且大眾讀者所起的作用也越來越大，他們直接影響到作品的出版與發行。因此說，浴女形象的塑造需要一種極高的敘事策略，使作者——作者的讀者——敘事的讀者達成和諧一致，而鐵凝的可靠敘述，使這一目標得以實現。其中最重要的敘事策略當是浴女形象的藝術性、崇高性、商業性三者的結合。

　　藝術性：在鐵凝的小說中，身體是美的，是好看的，即具有可看性，可欣賞性。為了由可讀性變為可看性，鐵凝採用了把時間性藝術變為空間性藝術的創作手法，即將小說中的浴女變為了一幅幅可欣賞的油畫。這緣於鐵凝對美術的熱愛與領悟，並純熟地將繪畫藝術運用於小說的敘述之中。萊辛在《拉奧孔》中對繪畫和詩進行了區分，認為：「繪畫在它的同時並列的構圖裏，只能運用動作的某一頃刻，所以就要選擇最富於孕育性的那一頃刻，使得前前後後都可以從這一頃刻中得到最清楚的理解。同理，詩在它的持續性的摹仿裏，也只能運用物體的某一個屬性，而所選擇的就應該是，從詩要運用它那個觀點去看，能夠引起該物體的最生動的感性形象的那個屬性。」〔註36〕

　　鐵凝在其小說中就尋找到了那個「動作的某一頃刻」與「最生動的感性形象」的對接，從而將流動的時間中的情節性場景定格為永恆的空間性存在。於是，小說中的浴女系列就變為了塞尚油畫《大浴女》中的浴女、格拉西莫夫《農莊浴室》中沐浴著的農婦。既然是一幅幅美麗的油畫，那畫中人就具有了可觀賞性。而裸女圖是一種公認的藝術，是高雅的美，面對這種藝術，有誰敢表現出一種輕狂的無知嗎？

　　崇高性：在鐵凝的小說中，浴女的裸體出場確實與性欲相連，但是最終，淫意的色彩得到消解並漸漸遠去，而精神則悄悄呈現並得到彰顯。通過對小說《秀色》的解讀，我們或許能發現作者隱藏在文本中的敘述策略與技巧。

　　《秀色》是鐵凝小說中將身體崇高化的最為典型的作品。在小說中，秀色女人為了能留住打水隊，不惜獻上自己的身體。可以說張品的身體出場是伴有交換色彩的，是身體與技術權力的交換。可是，這種交換卻沒有絲毫的半遮半掩，也沒有任何的卑賤，而是大義凜然，正氣衝天，表現出一種神性的光輝與人格的高貴。因為在《秀色》中，身體雖然也是一種交易，但其交易的對象不是金錢，不是政治，也不是個人私欲，而是生命，是能使生命得

〔註36〕萊辛：《拉奧孔》第 92 頁，朱光潛譯，安徽教育出版社 2006 年版。

以維持的水。在這種爲生命之水而作的交換中，身體就已經不再是肉身，而是承載著某種信念與使命的聖物。於是，以色誘人的張品就變得光明磊落，並「活像個自天而降的女巨人」。在這裡，欲望的色彩被沖刷得淡而又淡，生命之水又一次出場。這是對水，也是對生命本眞的禮讚，而爲了捍衛人類的生命做出犧牲的女性，呈現出的則是高貴的神性。崔道怡的評論也正是從這一角度出發的：「《秀色》所以使我動情，因她正是我希望的。我希望看到眞正源於社會生活、關懷百姓疾苦、歌贊人性之美、呼喚黨性之純又確實富於靈氣、煥發才情、獨具風格、別有智慧的力作精品。」〔註37〕不僅是《秀色》，長篇小說《大浴女》在犧牲與拯救的敘事模式中，在對精神花園的尋找與呵護中，尹小跳成爲了人類精神生命的守護神。由此可以說，鐵凝小說中的浴女形象，已經突破了身體敘事本身，而具有了人類神話學的意義。

　　商業性：雖然鐵凝是把浴女作爲一種藝術形象來塑造的，但是閱讀又往往使藝術形象發生某種程度的變形。尤其是在大眾消費的時代，浴女極有可能成爲欲望消費的對象。高雅的作品卻被塗上不潔的曖昧色彩，這是作家的無可奈何，但卻被市場與消費所青睞。正如波德里亞指出的：「假如說『身體的重新發現』一直都是對被其他物品普遍化了的背景中的身體／物品的重新發現的話，那麼可見從對身體的功用性佔有到購物中對財富和物品的佔有之間的轉移是何等地容易、合乎邏輯和必須。」〔註38〕不可否認，《無雨之城》與《大浴女》的暢銷與浴女形象不無關係。在出版發行上，《無雨之城》的賣點在婚外戀上，而《大浴女》的賣點則在「紅杏出牆」上。《大浴女》小說的扉頁中寫到：「一個美麗善良的母親爲了兩個女兒，爲了家，不期有了外遇；愛的理由、氛圍、地點無不讓人心動。然而，來自各方的心理黑暗，卻像潮一樣彌漫了這愛的鮮活和結晶……」。〔註39〕尤其是從楊亞洲版的電視連續劇更可看出，「紅杏出牆」的婚外戀是編劇和導演捕捉到的消費熱點。而且以當紅明星倪萍來飾演劇中紅杏出牆的母親並成爲劇中的主角，在電視劇介紹中如是寫到：「實力明星倪萍首次飾演紅杏出牆的寂寞女人。」〔註40〕讀過小說

〔註37〕崔道怡：《令人落淚的短篇小說——我讀鐵凝的〈秀色〉》，《作品與爭鳴》1997年第12期。

〔註38〕（法）讓·波德里亞：《消費社會》第147頁，南京大學出版社2001年版。

〔註39〕鐵凝：《大浴女》，春風文藝出版社2000年版。

〔註40〕楊亞洲導演，倪萍主演：電視連續劇《大浴女》DVD四碟裝，齊魯電子音像出版社出版發行。

《大浴女》的讀者會發現，這種劇情與小說已出入得太遠。而這本身也說明，出版商與電視劇製作商熱衷的與其說是小說本身，勿寧說是「大浴女」的題名。

在作者的讀者與敘事的讀者的期待視野中，在第三性視角的關照下，鐵凝的小說創作呈現出「熱銷冷讀」〔註41〕的敘事效果，最大限度地達成了作者、作者的讀者以及敘事的讀者三者的合諧統一。但是任何事物都有它的反面，這種創作風格也容易造成這樣一種閱讀後果，就是大眾讀者感到不如閱讀言情、武打小說時的輕鬆與過癮，而精英讀者感到不如先鋒小說的凝重與深沉，於是就造成了評論上尤其是學院派批評的淡出。我想，每個作家都不得不面對大眾化與學院化的批評悖論，重要的依然是從第三性視角出發，對人性不間斷地善意而冷靜地審視。

〔註41〕王一川：《探訪人的隱秘心靈——讀鐵凝的長篇小說〈大浴女〉》，《文學評論》
2000 年第 6 期。

第四章　鐵凝小說的敘事語言

　　語言是文學作品的物質外殼，通過語言這一媒介，我們才能進入文學的奇妙世界，走進作家用文字和話語搭建起來的藝術大廈，感受作品中的故事、人物、美的情境，並在美的語言境界裏品味生活，感悟人生。維特根斯坦說：「想像一種語言就意味著想像一種生活形式」，〔註 1〕每個作家都有自己的生命體驗與生存經驗，也就有一個獨屬於自己的語言寶庫，存儲著自己的語言材料，標記著自己的言說方式，營造著自己的藝術殿堂。這一章要做的，就是試圖打開鐵凝小說的語言庫，發現鐵凝小說語言材料的來源，探究其語言的表達方式，進而揭開其語言的獨有魅力。於是就有了下面將要論述到的四節內容，前兩節是關於小說所運用的語言材料，由兩部分組成，民間話語體系和知識分子話語體系。後兩節是關於語言形式的，也由兩部分組成，語言節奏和語言色彩。鐵凝在民間話語中感受著語言的快樂，在知識分子話語之中進行著人生的思考。而作為敘事類文學作品，在注重故事的講述與情感的表達中，形成了鐵凝緩急有致的語言節奏，並在繪畫語言的影響之下，形成了明麗而溫暖的語言色彩。這或許只是鐵凝小說語言庫中的一部分，但卻足以代表鐵凝小說的語言特色，並成為新時期文壇上極具特色的語言形式。

第一節　廣場狂歡與民間話語

　　民間敘事是鐵凝小說敘事的一個極為重要的方面，與之相應，民間話語也成為鐵凝小說敘事語言中一種獨特的話語體系。民間生動活潑自由而無禁

〔註 1〕　（英）維特根斯坦：《哲學研究》，湯潮、范光棣譯，三聯書店 1992 年版。

忌的話語言說方式，使鐵凝的小說別具一種情趣和風味。鐵凝小說中熱情、歡快、幽默、詼諧的藝術風格，大部分就來自這種民間話語。

一、方言：從戲仿開始

方言是鐵凝小說中刻畫人物，渲染情境的重要因素，其中鐵凝從生活經驗中得來又極為熟悉的冀中方言口語成為小說重要的話語組成，我們稱之為民間話語。方言的運用，不僅使人物栩栩如生，極具個性化，而且還原了故事的場景，復現了敘事的時空情境，體現著作者對於民間生活的關懷。而當我們細細地閱讀和品味這種話語時會發現，鐵凝對方言的運用，在不同時期有著不同地表述方式，體現著鐵凝對方言的情有獨鍾，對語言的不倦探索。

初登文壇的鐵凝，其小說語言是如詩一般純淨的詩話語言，即便是敘寫山野田間的小說，也沒有更多的方言口語。《哦，香雪》可看做是這一時期的代表性作品。不管是那兩條盤山而上的鐵軌，還是清純質樸的香雪；不管是月光下的群山，還是歡騰的山中的女孩子，小說中的語言都是如詩一般的純淨優美。除了《哦，香雪》，其他小說如《灶火的故事》、《兩個秋天》、《那不是眉豆花》、《明日芒種》、《東山下的風景》也都有著這種詩語的追求。

鐵凝語言風格的變化是從小說《麥秸垛》開始的。《麥秸垛》在鐵凝的小說創作中具有著分水嶺的重要意義，它標誌著鐵凝創作風格的轉型。在這部發表於 1986 年的中篇小說中，鐵凝在小說敘事語言上進行了多方面有益的嘗試，並且取得了極為重要的成功。而從語言運用上來說最為突出的一點就是民間方言口語的出現，雖然在《麥秸垛》中，方言的運用還只是簡單地戲仿，但它已經是鐵凝小說話語轉型的標誌。下面我們來看方言的運用，是女知青沈小鳳戲仿鄉村大娘的一段話：

> 沈小鳳清清嗓子，「哎，你們群（村）有個叫俊仙的唄？我們大侄至（子）大組（柱）尋的是你們群（村）俊仙。我細（是）他大娘。我們大組（柱）可好哩，大高個，啞（倆）大眼，可進步哩，盡開會去。你們群（村）那閨女長得准不蠢，要不俺們大組（柱）眞（怎）麼看桑（上）她咧？」沈小鳳講著講著先彎腰大笑起來，大笑著重複著「大高個，啞大眼……」（見中篇小說集《永遠有多遠》第 65 頁，人民文學出版社 2006 年版）

這是比較典型的鐵凝式語言，在運用方言時，又照顧到一般讀者的欣賞習慣，用普通話給以注釋。在地方話與普通話的相互參照中，突出了方言濃濃的地域性和趣味性，造成一種幽默與調侃的味道。而在這種參照中，沈小鳳自我賣弄、自我炫耀、招引他人注意的語態、情態和心態也突顯了出來。

在《麥秸垛》中，不僅有對民間方言的戲仿，而且在鄉村人物的模倣性引語中，也直接用到了方言，如大芝娘與栓子大爹對話中的方言「辣椒這物件」、「你不興打問打問」等。但這時的方言味還不是很足，有著普通話的腔調在裏面。所以說，在《麥秸垛》中，方言的運用只能看做是一次初步的嘗試。

有了《麥秸垛》初次嘗試的成功，在隨後的鄉村敘事作品中，鐵凝對方言的使用日趨駕輕就熟，方言隨時都有可能出現在人物的語言之中，並與作品的整體風格融為一體。在短篇小說《逃跑》中，老宋一出場就給人留下了深刻的印象，不僅是老宋幹活勤快，而且主要是因為老宋說話時的語言風格：「提起意大利，一直不曾開口的老宋突然插了句嘴，說，意大利屬南歐，從地圖上看像隻靴子，高跟的。他把『高跟』說成『高更』。」（見《有客來兮》第 33 頁）這就已經成為了在作品中的隨意點染，以及在這點染中的妙筆生花。《寂寞嫦娥》、《小鄭在大樓》裏，也有這種妙趣在。而最為有意運用方言的是鐵凝時空跨度最大的短篇小說《小格拉西莫夫》，方言的使用，活脫脫地現出了一個山村青年小格拉西莫夫——二蛋的形象：

> 沒想到這背筐的年輕人制止了小三說：「別忙著收戲（拾），可以爺（研）究爺（研）究。」小三覺得很奇怪，打量著年輕人說：「研究研究，你懂畫？」年輕人說：「說不上懂，俺們接具（觸）過。」
> （見《巧克力手印》第 48 頁）

年輕人的方言已不再是《麥秸垛》中城裏人對鄉下人的戲仿，而是直接出自說話者之口，帶著鮮活的原汁原味。這種言說方式不僅極具地方情趣，而且也極符合在山村遛山藥，但對繪畫頗有研究的青年二蛋的形象。還有更為重要的一點是，這種地域性的言說方式與另一種普通話的言說方式在同一個人物身上形成的鮮明對照，從而塑造出這一獨特的形象：

> 年輕人向後退退，眯起眼看看我的畫，又看看眼前的對象，沉吟片刻說：「老師的畫是個觀察問題，觀察方法缺少整體意識。太注意樹這個局部了，忘記了周圍。我說的是顏色，啊，顏色。你看看

> 後面的山，腳下的地，婦女們的大紅襖，再回過頭來看樹。看見了
> 吧，構成樹的顏色不是紫也不是紅，是藍，鈷藍，湖藍和普魯士藍。
> 紫和紅是表面現象，僅是一點小小的點綴而已，是些細枝末節。」
> 我更驚訝了。這可不是個一般觀眾的見解。何況這年輕人在講這番
> 畫論時，不知怎麼就換了一套普通話。(見《巧克力手印》第 49 頁)

在這裡，作者有意地突出了話語體系的差異，如果說方言是未經加工的原汁原味的民間話語，代表著未經開化的鄉村文化，那普通話則是受到規範的現代性話語，代表著知識與山外的現代文明。在方言與普通話的對照中，形成了大山與城市、原始與文明、自然狀態與理想狀態的反差。而這兩種言說方式便鮮明地呈現出了這種落差，從而也預示著在巨大的生存壓力面前，生長於山村中的小格拉西莫夫——二蛋的藝術理想無法實現的悲劇性命運。在這裡，語言的運用起著至關重要的作用。而且不僅如此，在這個短篇小說中不同語言的運用還構成了一幅色彩鮮明的三維立體畫，這幅畫卷由三個小格拉西莫夫組成，一個是前蘇聯作為藝術大師的小格拉西莫夫，一個是在山村有著藝術理想與追求的小格拉西莫夫——二蛋，還有一個是蘇聯解體後在船上遇到的小格拉西莫夫——謝爾蓋・科林。這三個小格拉西莫夫構成了三層話語空間，它們彼此參差交錯，構成了鐵凝對人的命運與存在的跨越時空的思考。

如果說在《小格拉西莫夫》等作品中，還是對小說中人物方言口語的戲仿和引用，那麼，到了長篇小說《笨花》中，方言已不再是一種好奇與模仿性敘述，也不再是一種有意的點綴，它已然成為小說敘事的主導性話語，成為整部作品敘事語言的基調。我們來看其中的一段話：

> 向喜入伍前，同艾沒來得及待布，只把一套舊被褥做了拆洗，
> 現在向喜一綻開它們，立刻聞到一股灰水的味兒。笨花人拆洗被褥
> 不用胰子堿麵，只淋些灰水做洗滌劑。灰水去污力也強。那灰並非
> 石灰，而是柴草灰。(《笨花》第 38 頁)

文中的「待布」、「灰水」、「胰子」、「強」等諸如此類的方言口語成為《笨花》敘事的常用語，這種消除了時空距離的民間話語的運用，不單是鐵凝對方言的偏愛，而是還原了那個處於歷史風雲中冀中平原上的小村莊——笨花村的風俗、文化與生存理念，並與小說的整體風格融為一體。在這種話語敘事中，方言的民間性與現代性轉化也成為了一個需要探討的重要話題。

　　從《麥秸垛》中的戲仿開始，到《小格拉西莫夫》中的直接引語，再到《笨花》中本體性的敘說，方言已經成為鐵凝小說語言敘事中最為重要的話語構成。

二、廣場狂歡：民間的身體性話語

　　方言的運用是鐵凝鄉村小說敘事語言的一個顯著特色，但除此之外，民間話語的言說方式還有一個較為獨特的方面，就是指向身體的語言，尤其是對身體禁忌進行言說的語言，這種指向身體的語言是民間話語的又一組成部分。這種語言與民間的笑話、日常生活情趣聯繫在一起，給平淡的日子增添了幾分樂趣。尤其是在一些特殊的節日裏，身體的開禁成為節日的狂歡。

　　在鐵凝的小說中，身體性話語成為重要的言說方式也是有一個過程的，讓我們還回到小說《麥秸垛》。在《麥秸垛》中，出現了一個極具民間性的鄉村婦女——大芝娘的形象，這一形象有著獨特的光彩，如同原野上閃動著金色光芒的麥秸垛。而大芝娘之所以能給人留下如此深刻的印象，一個重要的原因就在於對其身體的敘述，那是如大母神般的體態：

> 　　大芝娘在前頭嘎嘎地笑，她那黑褲子包住的屁股撅得挺高。前
> 頭一片歡樂。……這個四十多歲的女人從太陽那裡吸收的熱量格外
> 充足，吸收了又釋放著。她身材粗壯，胸脯分外地豐碩，斜大襟褂
> 子兜住口袋似的一雙肥奶。每逢貓腰幹活兒，胸前便亂顫起來，但
> 活計利索。（見《永遠有多遠》第47～48頁）

撅得高高的屁股，粗壯的身材，豐碩的胸脯，口袋似的肥奶，在對身體的敘寫中，我們感到了一種母性的溫暖。而為了說明這一形象和身體性話語的獨特性，我們還要與鐵凝的另一部中篇小說來對照著閱讀，那就是《村路帶我回家》。《村路帶我回家》寫於1984年，比《麥秸垛》早兩年，兩部作品在故事時間、敘述空間和人物原型上有著諸多的相似，但是兩者又是如此得不同，那是敘述語言和敘述手法上的大相徑庭，由此而導致的作品風格和主題意蘊的大相徑庭。在《村路帶我回家》中也有一個潑辣能幹的，如同大芝娘的農村婦女形象——英蕊嫂，小說中是這樣來寫英蕊嫂的：

> 　　這時，從黑黝黝的棉花地裏忽然冒出一個人來，嘎嘎笑著就站
> 在了喬葉葉眼前，沒頭沒腦地問：「口子堵上啦？」
>
> 　　喬葉葉看清是英蕊嫂，有些委屈地說：「你上哪兒去啦？」

　　「給你扒口子去了。」英蕊嫂顯出得意地説。

　　「你扒的口子？」

　　「不跑口子你還能去喊人哪？」

　　喬葉葉這才明白過來，舉起鐵鍬就去追英蕊嫂。（《村路帶我回家》，見《午後懸崖》第 237 頁）

嘎嘎笑著的英蕊嫂是通過人物對話來表現的，在對話中，我們只聽到了聲音而無法看到相貌，於是，英蕊嫂只和事件相連，扒口子——喊人——讚揚金召，起著推動故事向前發展的作用，是一個平面化的人物，給人的印象終究有些模糊，如果不是仔細閲讀，這一人物形象幾乎被忽略掉。而大芝娘則不同，她帶給我們的是強烈的視覺衝擊，包括那如口袋似的一雙肥奶，那撅得高高的屁股，那吸收著又釋放著太陽熱量的壯碩的身體。她不單是和故事相連，更是和太陽、大地、大母神相連的形象。因此，這種身體性的語言敘事，不只起著推動情節發展的作用，更重要的是拓展了小説語言的表現時空，蘊含著生命的氣息，有著人類文化學的深厚寓意。以《麥秸垛》中的大芝娘為開端，鐵凝小説中出現了一個大母神形象系列，她們是《玫瑰門》中的姨婆，《青草垛》中的模糊嬸，《寂寞嫦娥》中的嫦娥等。而其中，《青草垛》是最具民間身體性語言特色，以及廣場狂歡性質的小説文本。

　　《青草垛》由兩條線索構成，一條是城市狂歡敘事，以主人公馮一早在賓館上演的城市狂歡舞為核心，尤其是最後的脱衣舞，達到了身體狂歡化的頂點。這種狂歡化帶有反諷的性質，是對「高貴者」的脱冕，對虛偽的城市文明的戲弄。另一條是民間的廣場狂歡，以大模糊嬸名字的由來、黃米店小黃米的「辦事」、五伏的新婚之夜為敘述重點，而其中，五伏新婚之夜的鬧房為高潮，那是一場民間的身體性想像與實驗的狂歡：

　　　　這晚，當筵席散盡，果然就迎來了鬧房的開始。一屋子男人，盡情發揮著自己的才能，實踐著對這鬧的各種道聽途説。有個叫十一早的遠房哥哥，是這場鬧劇的核心人物。他跟五伏碰撞著親嘴自不必説，還把五伏的腰帶解開，壓住五伏模擬性交。他在五伏身上模擬，眾人就在炕上炕下喝彩。他們呦喝一陣，就有人出來讓五伏説「好」。五伏不説，十一早便再壓下去模擬一陣。眾人又讓五伏説「好」，五伏説「好」，又有人想起了新招。……（《青草垛》，見《永遠有多遠》第 206 頁）

這種「鬧房」的習俗在一些僻遠的鄉村還一直保留著，對於現代文明社會來說，它是一種陋習，但是在民間，它卻是一種能帶來歡樂的習俗，是一些重大的慶典或儀式的紀念性活動，沒有了這鬧，也就缺乏了節日的色彩與意義。用巴赫金的狂歡理論或許可以解釋這種民間的身體性狂歡。巴赫金在分析拉伯雷《巨人傳》時寫到：「性猥褻系列同我們前面分析過的那些系列一樣，通過把詞語、事物、現象組成新的毗鄰關係，來打破原來的價值等級。這個系列重新組織世界圖景，使這幅圖景物質化並凝聚起來。文學中人的傳統形象，也從根本上改觀，而且是由私下的不可言傳的生活領域引起的。人實現了外在化，並完全徹底地被言傳出來，表現出生活的全貌。可同時人卻不發生非英雄化，不變得低下，絕不淪為『下流生活』的人物。」〔註2〕

「鬧房」的習俗就是通過性模擬的方式，打破了原有的價值規範和身份等級，實現了欲望的外在化，是特殊日子裏身體的一次開禁，是身體的隱秘狂歡。但這種節日裏的身體狂歡卻並不給人「下流」之感，而只是歡鬧，只是喜慶氣氛的渲染。此外，「大模糊」嬸綽號的由來，也來自一次身體與性的惡作劇。在三伏、四伏的嬉鬧下，大模糊嬸撅起了如山一樣的屁股，於是就有了對「大模糊」的戲說。而「大模糊」嬸也並不為這一綽號惱火，而人們對這一綽號的稱呼也不含污辱的成分，它只演變成了一個人物的代碼，並構成了民間身體性的嬉笑與歡鬧。在《青草垛》中，小說的身體性狂歡化敘事起著極為重要的作用，它彌補了小說敘事視角的單一，以及作者情緒外化帶來的敘事上的不足。

此外，《寂寞嫦娥》中的嫦娥，那「壓得住陣腳的屁股，」使嫦娥如一股來自山間的野風，為被正統觀念規訓的城市帶來了勃勃生機。

大芝娘、模糊嬸、嫦娥等形象構成了一個大母神的形象系列，諾伊曼在《大母神——原型批評》中寫到：「這位大女神，作為一個整體，是創造性生命的象徵，而她身體的各部分也並非肉體器官，而是生命全部領域神聖的象徵中心。因此，大女神的『自我表現』，她對乳房、腹部、甚至全裸的身體的展示，都是顯聖的形式。」〔註3〕在鐵凝的小說中，大女神已經脫下了象徵性的聖裝，而成為民間純樸而蘊含著旺盛生命力的人物本身，但同時又保留了

〔註2〕巴赫金：《巴赫金全集》第三卷第390頁，河北教育出版社，1998年版。
〔註3〕（德）埃利希‧諾伊曼：《大母神——原型批評》第128頁，李以洪譯，東方出版社1998年版。

大母神哺育與繁衍的身體特徵。於是，在民間，身體性的話語言說因爲與生育，與種族的繁衍，與生命與死亡連在一起，所以身體言說便成爲了物質性言說，褪去了道德與規訓的魅影，從而成爲廣場化的話語狂歡。

三、民間話語：知識分子的隱秘狂歡

方言的運用，民間的身體性話語狂歡，都使鐵凝小說的敘事語言別具一種詼諧的韻味，而在這種詼諧韻味之下，隱含著的是知識分子的一種內心情感，那是一種稍稍自我放縱的隱秘狂歡。正如學者趙園所指出的「方言趣味只是當代鄉村小說文字趣味之一種，……這趣味在多數作者那兒，正是知識者趣味而非鄉民趣味、農民文化趣味。」〔註4〕在鐵凝的小說中，這種民間趣味固然起到塑造人物，還原地域文化情境的需要，但是另一方面，我們也發現，作者有一種內在的心理需求，那是突破知識分子式的故做高雅、深沉的規範式語言，而尋找一種遊戲的幽默的詼諧的自在的言說方式的衝動與渴望。

在八十年代，鐵凝就有一種這樣的衝動與渴望，在小說《不動聲色》中，作者運用了一些嬉戲的詼諧的語言來進行小說敘事，可是這種言說方式受到了王蒙的批評：「而且小說中堆滿了的俏皮話使人厭煩，大密斯、大使館云云，並不高明。過多的俏皮話也和過多的味精一樣，過猶不及，特別是如果你不能在俏皮的行進中突然翻出直面人生的勇氣和莊嚴、智慧和痛苦來。……」〔註5〕我想，王蒙的評論對急需在創作上得到前輩們的指導的鐵凝來說，其作用力和影響力是不可忽視的。此後，鐵凝的小說語言中幾乎看不到了這種「俏皮的」，或是略顯詼諧與幽默的語言風格。然而，在創作於九十年代的中篇小說《他嫂》中，鐵凝還是情不自禁地用了一種戲擬的語言。當然，這時的鐵凝，已經熟練地掌握了並能自如地駕馭各種語言的運用，並能服務於作品的主題意義。《他嫂》中的詼諧語不僅是古今人的話語言說方式，有著對社會中一些反常現象進行嘲諷的戲說味道，而且在這種語言敘事中，還傳達出了知識分子內心的一種隱秘狂歡。這從小說敘述視角的選擇可以體味出來。

《他嫂》的主人公是那位光芒四射的「他嫂」，但是小說中的另一位人物老白的重要性亦不容忽視。他是貫穿作品始終的一位人物，是作品中重要的二級敘述者，通過他的視角，他嫂的故事得以展開。但是，作爲「他嫂」的

〔註4〕趙園：《地之子》第157頁，北京大學出版社2007年版。
〔註5〕王蒙：《香雪的善良的眼睛——讀鐵凝的小說》，《文藝報》1985年第6期。

陪襯，知識分子老白實在又是一個被改造的對象，不僅被文革時期的政治改造，更爲重要的是還被民間語言改造。在小說的結尾，他終於認同了古今人的言說方式，以古今人的語言表達出內心的感受：

> 這時他忽然有一種按捺不住的衝動，他忽然特別想用古今話來表達一下此刻的心情，他脫口而出地喊道：「哎，給雞巴引薦唄？」
>
> （見《午後懸崖》第 166 頁）

老白在不知不覺中脫口而出的古今人的話語言說方式，其實已經在心中潛藏了許久，成爲一種被壓抑的語言。而這句話的「脫口而出」，說明它早已在尋求合適的機會來表達與呈現。這其實也暴露了知識分子內心深處一種隱秘的心態，那是從被規訓的語言狀態和生存狀態中釋放出來的輕鬆與歡快。

《他嫂》在鐵凝小說中比較另類，在主題表現上或許與《法人馬嬋娟》有較爲相似之處，但是在敘述語言上卻是獨特的。賀紹俊在對《他嫂》進行評論時寫到：「鐵凝在這裡並不急於從他嫂身上剖析什麼社會問題，她完全是以一種輕鬆自如的、悠閒散步的方式與他嫂邂逅。小說的敘述從容不迫。」〔註6〕鐵凝認爲：「《他嫂》是我寫得最爲輕鬆的一部小說，寫此篇時我只一心要把那沒有意思的生活寫出意思。我有點自我欣賞這小說平白的語言中帶出的些許幽默。」〔註7〕平白語言中的幽默，是小說敘事語言的特色，這平白來自民間話語，而幽默則是鐵凝所具有的幽默感的體現。在《印象鐵凝》中，汪曾祺老人說鐵凝很具有幽默感，在女作家裏是不多見的，他這樣寫到：

> 有一次我說了一個嘲笑河北人的有點粗俗的笑話：一個保定老鄉到北京，坐電車，車門關得急，把他夾住了，老鄉大叫：「夾住咱腚了！夾住俺腚了！」售票員問：「怎麼啦？——」「夾住俺腚了！」「售票員明白了，說：「北京這不叫腚。」——「叫什麼」——「叫屁股。」——「哦！」——「老大爺你買票吧。您到哪兒呀。」————「安屁股門！」鐵凝大笑，她給續了一段：「車開了，車上人多，車門被擠開了，老鄉被擠下去了，——哦，自動的！」鐵凝很有幽默感。這在女作家裏是比較少見的。〔註8〕

〔註 6〕賀紹俊：《鐵凝評傳》第 136 頁，鄭州大學出版社 2004 年版。
〔註 7〕鐵凝：《寫在卷首》，見《鐵凝文集》第一卷《青草垛》，江蘇文藝出版社，1996年版。
〔註 8〕汪曾祺：《鐵凝印象》，《時代文學》1997 年第 4 期。

汪曾祺老人所講的笑話很有意思，不單是證明了鐵凝所具有的幽默感，還有一點讓我們回味，就是如汪曾祺這樣的名家，對民間俗語竟是如此得有興趣，能繪聲繪色地講上一段。而這種「粗俗」笑話的講述，也正體現出知識分子話語的隱秘狂歡。在《他嫂》中，鐵凝是要放縱一下自己，也來個語言的快樂。可以說，《他嫂》是鐵凝小說中最為輕鬆愜意的小說，是一個長的幽默笑話，是鐵凝幽默才能的展現，有著寫作的快感和閱讀的快感，在話語的狂歡中，一齣熱熱鬧鬧的輕喜劇式的荒誕劇上演了。

　　《他嫂》的敘事時間從文革一直到改革開放的九十年代，空間也從一個叫「古今」的山村到一座現代化的城市。這個「古今」其實就是一個戲仿式的隱喻，是「古今多少事，都賦笑談中」的歷史循環。而在這「笑談」中，鐵凝運用得最多的還是戲仿，這種戲仿表現在多個方面：有對政治性語言的戲仿，如「摻沙子隊長」，有對經典神話的戲仿，如那個「斯納維」是對「維納斯」的有意顛倒；有對當下娛樂界流行語的戲仿，如老白拍攝的電影三部曲《那年、那月、那日子》、《那街、那院、那田野》、《那你、那我、那他們》，他嫂的成名曲《叫你、叫你、就叫你》，很容易讓我們想起在中國大陸曾經極為流行的電影與歌曲，讀之，便會發出會心的微笑。而最為奇特的則是對民間口頭語「雞巴」的描寫與戲仿，可以說是話語狂歡的極致：

　　　　這時老董把海碗又往老白跟前推推，又重複起自己剛才的話：
「喝吧，一個雞巴稀米湯。」

　　　　水生娘也道：「喝吧，一個雞巴米湯。」

　　　　水生也道：「喝吧，一個雞巴湯。」

　　　　他嫂在對面也插了話：「喝吧，一個雞巴……」話沒說完。

　　　　至此，除水長之外，全家對於老白的不喝湯都發了言。全家的攛掇使老白端起了碗。（見《午後懸崖》第121頁）

這種言說，錯落有致，節奏分明，簡直可以看成一首小合唱。在知識分子看來，它有些不雅。在女權主義者看來，它或許有著某種陽物崇拜以及降格的色彩。但是，對於古今村人來說，這並不是什麼粗鄙的語言，它只是一種語言表達方式，「雞巴」已然和「呀、啊、那個」等口頭語一樣，成為了民間語言的有機組成部分，是民間語言的集體無意識。這和徐坤在《狗日的足球》中所運用的女權主義話語是截然不同的。這種民間話語被無所顧忌的隨口說

出，在知識分子老白初次聽來，那簡直是一場令人難堪的粗語大合唱。但有意思的是，最終，這種粗鄙的民間話語戰勝了文雅而脆弱的知識分子話語，來自鄉村的帶著野性的「他嫂」橫掃知識界，成為眾人矚目的明星式人物。在這種粗俗與高雅的較量中，來自民間的話語佔據了上風。

在鐵凝的小說中，與《他嫂》有異曲同工之妙的是《寂寞嫦娥》在民間話語上的運用：

> 柳太太話音沒落麻太太就急了，這一急，便莫名其妙地將嫦娥的話語原封搬了出來。只聽她音量很大地叫道：「哼，奇他媽的怪！」麻太太的粗話讓眾人十分意外，誰都聽得出來，在麻太太這非同尋常的句式裏，飽含著非同尋常的憤慨。（見《有客來兮》第 100 頁）

在這個價值重估的商業化時代，原有的道德規範和價值理念都受到了挑戰，社會身份與等級秩序也受到了質疑，並有上下顛倒之勢。在對民間話語的認同中，知識分子脆弱的面具被時代和自我內心的欲望剝落下來，雖然有幾分無奈，但更多的還是衝破禁忌後偶獲的言說的快樂。而這快樂最終成為了鐵凝小說幽默、詼諧、快樂的話語的源泉，並在有著勃勃生機的原初生命活力與現代的寓言式寫作中，將小說的語言推向了具有獨特審美的藝術境界。

第二節　知識分子的詩性話語

民間話語的運用為鐵凝的小說注入了勃勃生機，讀來有趣味盎然之感。但是，對民間話語和民間文化的認同只是鐵凝敘事語言的一個方面，作為胸懷天下的作家，鐵凝是追求文學審美中的價值意義的。於是，我們就讀到了鐵凝小說中另一種話語體系，那是知識分子的啟蒙話語，在這裡簡稱為知識分子話語。與民間話語中方言俚語的運用與狂歡不同，知識分子話語表現出更多的對人生、人性、人的存在的深沉的思考，在語言上也具有更多的文人氣質，體現出知識分子文雅深沉的話語風格。與民間話語相比，知識分子話語更多了些沉重的分量與質感，表達著鐵凝小說思想的深度與力度。但是，作為受到現代思想影響的作家，鐵凝小說思想的深度和力度不是那種痛心疾首般的大聲疾呼，而是在詩意與反詩意、幽默與黑色幽默、對話與潛對話等話語形式中展開，有著現代人文知識分子的深入思考。

一、詩意與反詩意的和諧變奏

　　初登文壇的鐵凝，在敘事語言上深受孫犁等文學前輩的影響，表現出詩意化的特徵，而這種詩意化又得到了文學前輩和普通讀者的認可與肯定。孫犁寫給鐵凝的一篇信很有代表性，在信中他談到讀完《哦，香雪》後的感覺：「這篇小說，從頭到尾都是詩，它是一瀉千里的，始終一致的。這是一首純淨的詩，即是清泉。它所經過的地方，也都是純淨的境界。」〔註9〕王蒙對鐵凝早期的小說進行評論，認為：「我們不是都或隱或顯地看到香雪的一雙善良、純樸、充滿美好的嚮往，而又無限活潑生動的眼睛嗎？在描寫青年的與青年寫的作品裏，這樣的目光實在是鳳毛麟角！」〔註10〕崔道怡寫到：「多年之後，時過境遷，《拜年》或許會被忘記，而《哦，香雪》則將以其純淨的詩情，雋永的意境，常被憶及，不會忘記。」〔註11〕這些評論都指向一點，就是鐵凝早期小說中的詩意化特徵，即通過詩的語言，來塑造天真、善良、純樸的女孩子形象。不難發現，鐵凝早期的小說是有意要營造一種詩情畫意的氛圍的。於是，我們在《灶火的故事》中看到了在灶火黑漆漆的屋子裏火紅的柿子，在《哦，香雪》中讀到了那兩條「纖細的鐵軌」和月光中的群山；還有《四季歌》中春夏秋冬景色的變化，《村路帶我回家》中喬葉葉關於棉花山的夢……在情與景的交融中，小說的詩意呈現出來。

　　然而，即使在早期的作品中，在詩意的營造下，也潛伏著反詩意的因素，那是因為鐵凝把關注的目光投射到了現實生活之中，發現了人生的困苦與艱辛。詩意是浪漫的，只有浪漫主義者才有純粹的詩意。「把熱情、生命和相貌強行加諸自然景色，這種做法是許多浪漫主義大師所共有的少數幾個特點之一。」〔註12〕然而，鐵凝並不是一個純粹的浪漫主義者，她關注得更多的還是人間的煙火氣，而人的現實存在並不總是充滿詩意的。因此，在鐵凝的小說中，自然景色的優美總是被其他的敘事話語所播散，那是關於人的生存的話語，於是，詩意話語轉向了反詩意的話語。我們來看小說《哦，香雪》中的一段：

〔註9〕孫犁：《讀鐵凝的〈哦，香雪〉》，見《小說選刊》1983 年第 2 期。

〔註10〕王蒙：《香雪的善良的眼睛——讀鐵凝的小說》，《文藝報》1985 年第 6 期。

〔註11〕崔道怡：《春花秋月繫相思——短篇小說評獎瑣憶》，《小說家》1999 年第 4 期。

〔註12〕（美）M・H・艾布拉姆斯：《鏡與燈》第 62 頁，酈稚牛、張照進、童慶生譯，北京大學出版社 2004 年版。

人們擠在村口，看見那綠色的長龍一路呼嘯，挾帶著來自山外的陌生、新鮮的清風，擦著臺兒溝貧弱的脊背匆匆而過。它走得那樣急忙，連車輪輾軋鋼軌時發出的聲音好像都在說：不停不停，不停不停！是啊，它有什麼理由在臺兒溝站腳呢，臺兒溝有人要出遠門嗎？山外有人來臺兒溝探親訪友嗎？還是這裡有石油儲存，有金礦埋藏？臺兒溝，無論從哪方面講，都不具備挽住火車在它身邊留步的力量。（見《巧克力手印》第 285 頁）

在現代化的鋼軌與火車面前，露出了臺兒溝貧弱的脊背，於是，具有原始氣息的群山的雄奇與美麗便被生活的貧困消解掉了。而鐵凝關注的，當然不只是自然風光的美麗，更多的是在歷史與現實中人的生存境遇。「不停不停，不停不停！」，在詩意的語言節奏中，奏出的是反詩意的旋律。但在鐵凝早期的創作中，反詩意的話語一閃而過，被包裹進了詩意的描寫與敘述之中。

眞正引起人們關注的反詩意的話語是在《玫瑰門》中。在《玫瑰門》中，純淨的美的語言幾乎完全隱退，人和物得到了最大限度地客觀再現，甚至有時還得到降格化處理。最為典型的當是人的身體系列的降格式敘述，人的身體不再具有藝術性和審美性，而是體現為生物性與遺傳性，包括姑爸女性身體男性化，莊坦時不時的打嗝，寶妹的便秘，竹西手背上的金色汗毛，大旗脖子上的青春痘，司猗紋日漸腐敗的身體等。在小說中，除了眉眉生命的美麗與蓬勃，其他人都被蕩滌了美的顏色，而呈現為生物性的審醜。早期小說中著意營造的那些修飾性的詩意化語言不見了，而那種粗厲的審醜的語言卻結結實實地砸在了閱讀者的心上。這也標誌著鐵凝的創作從帶有優美與感傷的浪漫主義氣質轉到了面對生命與生存的醜陋與怪異的現代主義傾向。或者說，現代性的存在背景使鐵凝的敘事語言發生著變化。

自然不是詩意的消遣，這在現代社會中表現得尤為明顯，尤其在一切都成為了商品的商業化時代，這種感覺尤為強烈。大自然的美麗也成為了當地人予以謀生的商品，以及現代人相互炫耀的話語資本。在鐵凝創作於九十年代的小說《大妮子和她的大披肩》以及《峽谷歌星》等小說中，自然的美已激不起人內心的感動，有的只是對金錢的渴望：

自從鬼溝改名大峽谷，這裡的少年差不多都學會了哭。……他們的哭，大多發生在峽谷的溶洞裏。溶洞幽暗、迂迴，寒氣逼人。鍾乳石上滴下的水珠砸進一個個小水坑，聲音清脆，但淒涼。這樣

的氛圍，正適宜少年釀成哭的情緒，也便於喚起遊人的同情心理。(見
《巧克力手印》第 175 頁)

《峽谷歌星》中大峽的奇異景色成爲了山裏人贏利的幕障：山裏的孩子爲了
多賺些錢，在大山的溶洞中痛哭自己杜撰出來的悲劇命運。自然景色已然成
爲了賴以謀利的商品，怎麼還會有人與自然合諧相處的優美境界呢？在現代
社會，美可能依然存在，卻已經沒有了欣賞美的眼睛與心靈。對山裏人來說，
一切都是司空見慣，無所謂美與不美，而對於去深山老林中探尋美的城裏人
來說，美也是不存在的。在《大妮子和她的大披肩》中，大妮子和胖子遊客
對旅遊勝地的看法如出一轍：

> 大妮子常想，有什麼遊頭，石頭瓦塊的地方。一條百十里的狼
> 溝，一開發一改名就變成了旅遊點，叫勝地。開發開發，無非是改
> 改名唄。縣旅遊局長專給深山野嶺起名，狼溝現在就叫「仙人探花
> 峪」。什麼仙人探花，都是些千奇百怪的大石頭。石頭，石頭怎麼啦，
> 對城裏人也是稀奇。(見《巧克力手印》第 161 頁)

> 胖人抬頭一看，眼前正是仙人探花峪。原來這是一條正開著海
> 棠花的大峽，四壁怪石林立。胖人想，什麼仙人探花，倒更像是鬼
> 怪聚會。(第 166 頁)

自然景色經過包裝，被披上了一層現代性的美麗衣裳，成爲了有利可圖的資
本。而「旅遊」，這種現代生活方式，也成爲了一種頗可質疑的行爲。現代人
從城市往清山綠水湧去，又有幾人能真正地通曉大自然的美麗，而只不過是
現代的消費理念和現代的生活方式之一種，一種對現代生活時尚的體驗與追
求。因此在遊客眼中，美也是不存在的，有的只是現代的心理體驗，以及在
他人面前進行炫耀的話語權。因此，在上面的引文中就出現了兩種話語的匯
聚，「原來這是一條正開著海棠花的大峽，四壁怪石林立。」這是胖人看到的
「仙人探花峪」，帶有一定的客觀色彩，海棠花與怪石內含著美的意象，如果
由此來展開描寫，那一定是一幅美麗的充滿詩意的圖景。但是，小說的筆鋒
一轉，由一句間接引語引出胖子的內心活動：「什麼仙人探花，倒更像是鬼怪
聚會。」這句間接引語帶有一定的主觀色彩，包含著對自己所花時間與金錢
的心疼與憐惜，於是這主觀色彩就消解了詩意。當地人大妮子也有著與胖子
同樣的想法：「什麼仙人探花，都是些千奇百怪的大石頭。」這裡也沒有美和
詩意，詩意是需要想像的，比如將「狼溝」改爲「仙人探花峪」就是對美的

一種想像和命名，而現代生活的消費性、功利性與浮躁性已經消解了關於美的想像。

　　人的功利性消解了美，但還有一種行為也構成了對美的消解，那是現代人偏執而怪異的行為。浪漫應導向風花雪夜，人與自然的和諧。但是在現代社會中，人與自然出現了一種偏離，於是便產生了不能被人理解的怪異行為。「停車坐愛楓林晚，霜葉紅於二月花」、「孤舟蓑笠翁，獨釣寒江雪」是人與自然生出的浪漫之情，產生一種人與自然相合諧的美，一種溫潤的情調。可是，如果人打破了與自然的審美距離，而成為了自然本身，不僅讓人覺得好笑，簡直有些恐怖了。我們來看《蝴蝶發笑》中的敘述：

> 　　楊必然不由分說抱住他的試圖掙脫的妻子，他說你設想，我們在雪窩裏相擁而眠，夜是冷的，我們是熱的，空氣是清潔的，大雪是鬆軟無聲的，天地是我們的，我要在大雪裏和你有一個孩子，一個在純淨甘甜的世界由兩個勇敢的人撞擊而成的孩子……妻子索性別過臉不再搭理楊必然。楊必然歎口氣，穿起棉衣，戴好眼鏡，裹著羽絨被獨自來到院裏，毅然決然地躺進了雪地。（《蝴蝶發笑》，見《巧克力手印》第 112 頁）

清潔的空氣、鬆軟無聲的大雪、純淨甘甜的世界，這確實是一幅充滿了詩情畫意的圖卷，但是，如果我們在這雪地裏看到的不是浪漫的踏雪尋梅，不是寒江獨釣，不是臨寒獨自開的梅花，而是一個大活人躺在雪地裏睡覺，那就不再是浪漫的詩情畫意，不再是美的意境，而是滑稽、怪誕與不可理喻。

　　由此可以看出，鐵凝的小說已消解了浪漫主義的詩意。在現代社會中，浪漫的神話已然遠去，皮之不存，毛之焉附？於是，詩意的語言也隨著詩意的生活遠離了人們的審美視界，只剩下反詩意的生存本身。而鐵凝的小說在反詩意的敘事話語中，留給我們的是對人生、對現代人心靈的思考。

二、幽默與黑色幽默

　　正如汪曾祺老人所言，鐵凝是一位具有幽默感的作家，在她的小說中，這種幽默感也會時不時地顯露出來。鐵凝小說中的幽默不是那種令人捧腹的哈哈大笑，而是在閱讀中產生的會心一笑，是給人輕鬆愉悅的輕幽默。在愉悅中，讀者記住了小說中的故事，認識了小說中的人物，並在輕鬆的笑中領悟了人生的哲理。在鐵凝的小說中，有兩種幽默的形式，一種是在敘述語言

中的隨意點染，在不經意中製造出幽默的氣氛；一種是對現代人生存現狀進行揭示的黑色幽默，但鐵凝的黑色幽默不是導向無奈和絕望，而是一種善意的嘲諷，讓我們在苦惱人的笑中體悟人生。黑色幽默的語言風格使鐵凝的小說具有了現代小說的特質，並成爲其九十年代以來小說語言的重要構成部分。我想還是從具體的文本出發，來探討鐵凝小說幽默與黑色幽默的話語言說方式。

鐵凝小說中的幽默來自於驚喜、驚奇，也就是出人意料之外。在不合常規的語言和行爲處，讓人生出恍然大悟之感，於是，幽默產生了。在小說《遭遇鳳凰臺》中，三言兩語的隨意點染，就達到了讓人忍俊不禁的幽默效果：

> 大春應該張皇著向一邊側幕裏叫大鎖和娘，然後向另一邊側幕裏叫喜兒。那臺詞便是：大鎖，娘，喜兒！大鎖，娘，喜兒！老丁每每把那呼叫變作：大鎖娘，娘喜兒！大鎖娘，娘喜兒！惹得本該驚愕著上臺轉而哭爹的喜兒，也難忍一陣笑。（《遭遇鳳凰臺》，見《有客來兮》第 179 頁）

這是在對小說中的人物老丁進行介紹時的敘述語言，產生了一種輕幽默的效果。幽默效果的產生是由於詞語搭配組合時的不合常規，在這種不合常規的詞語組合中，造成了語言接受和心理感覺上的怪異，喜劇效果隨之而生。這樣的幽默在鐵凝的小說中並不多見，而最爲多見的當是九十年代以來的黑色幽默。

由於現代性背景的存在，出現在鐵凝作品中的幽默更多的是具有存在主義特色的黑色幽默，那是發生在小人物身上的，有著荒誕感和無奈感的黑色幽默。鄧星明、美娟的文章《鐵凝近作的「黑色幽默」傾向》〔註 13〕已注意到鐵凝創作中的這一特色，但是在具體的論述上並沒有深入展開，也沒有從語言上給予重視，我想還是從句式、語言上具體地加以論述。

弗萊在《批評的剖析》中對虛構作品進行了分類，認爲：「虛構作品可以分爲若干類，不是從道德上，而是按主人公行動的力量，他的力量可能比我們的大或小，或大致相同。如果某人比我們自己在能力和智力上低劣，從而使我們對其受奴役、遭挫折或荒唐可笑的境況有一種輕蔑的感覺，這樣的主

〔註 13〕鄧星明、美娟：《鐵凝近作的「黑色幽默」傾向》，《當代文壇》2004 年第 3 期。

人公便屬於『反諷』模式。」〔註 14〕而鐵凝九十年代以來的短篇小說多爲反諷類小說，表現了低於普通人的怪誕的小人物的生存狀態。而他們那不合常規的怪異行爲又造成了感覺上的異樣和驚奇，從而產生了黑色幽默。我們來看小說《法人馬嬋娟》中的一段描述：

> 誰料想酒過半酣，忽然堂內燈光變暗，只剩四壁幾叢漂浮搖曳的燭光。滿堂賓客只覺有風颯颯而起，緊接著一聲刺耳長嚎由後廳傳將出來。眾人一陣膽戰，不約而同朝後廳望去，就見一白衣女鬼自廳堂深處款款而來。（《法人馬嬋娟》，見《巧克力手印》第 124 頁）

剛剛高過窗臺的形體怪異的沁芳苑酒店的女老闆馬嬋娟，爲了吸引賓客，發明了一道「夢無常」的菜譜，就是在賓客酒過半酣之時，扮作白衣女鬼爲宴席點燈。白衣女鬼自廳堂深處款款而來，綠唇紅髮，胸前飄著朵朵藍色火苗。等到女鬼將火苗丟在桌上，堂內豁然大亮的時候，女鬼卻不知了去向，只讓人「在驚魂未定」中享受著心中空前的愉悅。女鬼的來去也給人的感官造成了詫異與驚喜，但是這種怪異與驚喜已不再是依靠字詞的錯位所達到的幽默效果，而是轉爲一種感官的刺激了。而面對這種怪異，覺得好笑卻又笑不出來，只能如美國黑色幽默作家馮尼格那樣從鼻子裏冒出兩股青煙了。

我們再來看鐵凝小說中的一些語言片斷，這些片斷產生的依然是黑色幽默的敘事效果：

> 節氣過了大暑，杜一夫就把家門反鎖上，從窗戶裏跳出來。（《馬路動作》，見《巧克力手印》第 125 頁）

> 一說話他才覺得他的嘴臉給凍得有些麻，於是他又咧咧嘴，再伸出雙手輪番拍拍臉，像抽自個兒嘴巴子似的，讓臉上的肌肉活動開。（《蝴蝶發笑》，見《巧克力手印》第 112 頁）

> 白大省果然不再大聲說「不」了，因爲她什麼也說不出來了，「咕咚」一聲她倒在地上，她昏了過去，她休克了。（見《永遠有多遠》第 11 頁）

從窗戶裏跳進跳出的杜一夫讓人覺得好笑；在冬天戶外大雪地裏睡了一晚上覺，醒來後抽自己嘴巴子的楊必然也讓人覺得好笑；更可笑的是白大省，本

〔註14〕　（加拿大）諾思羅普・弗萊：《批評的剖析》第 5 頁，陳慧、袁憲軍、吳偉仁譯，百花文藝出版社 1998 年版。

來在內心是那樣愛戀著瀟灑的趙叔叔，在趙叔叔伸出胳膊要與她跳舞時，她竟然昏倒了，休克了過去。然而這種笑絕對不是讓人心情愉快的笑，而是一種面對人生，面對人自身弱點的無奈的笑。弗里德曼在《黑色幽默》一書中這樣描述黑色幽默：「我認為這些作家並非是泡在夜總會裏那些坦率而開心地講笑話的人。假若你請他們來聚會，你會發現他們有更多的沉思和鬱悶。他們決不會圍著鋼琴唱傑洛姆‧克斯的音樂和喜劇中的流行歌曲，而是會暗暗打量房內的一切。每個人都鬼鬼祟祟，疑慮重重地瞟著周圍的人。……如果這個集子裏有一種失望的話，那是一種頗有耐力、可以迅速復元的失望，最終很可能在福克納式的哈哈大笑中結束。」〔註15〕

而這種怪異再往前發展，就是一種自我貶低式的，面對他人的不幸產生出來的笑了。這種笑又與某種程度的自虐有關，與人自身的劣根性有關。於是，一種黑色幽默式的笑產生了。在小說《暈厥羊》中表現得尤其突出：

> 老馬幾乎要哭了，因為他從大家的臉上看出了考察團全體對他的惱火和鄙視。這叫他恐懼，他的腿一軟，不覺就跪在了散亂的箱子旁邊，一面絕望地叨叨著：我早就知道我是個倒楣蛋，我天生就是個倒楣蛋啊……老馬的失態眾人沒有料到，可能老馬自己也沒有防備。但這種必要時突然的洩氣和懦弱和自己糟蹋自己，卻能產生強硬有力的效果和某種自我保護的效應。（見《巧克力手印》第 16 頁）

老馬是個倒楣蛋，有著一定的自虐傾向，但是在現代社會，自虐又是引起他人同情並獲得自我保護的一種方式，而黑色幽默也便在這種自我貶低性的話語中產生了。《永遠有多遠》中的白大省也屬這種類型，她的男友郭宏拋棄了她，她只能憤憤然地說：「我要是西單小六也就不會有眼前這些事兒了。郭宏敢對西單小六這樣麼？他敢！這話說的，好像郭宏敢對她白大省這樣反倒是應當應分的。」（見《永遠有多遠》第24～25頁）「人們已經開始意識到：心理學應成為喜劇研究的最重要的新方法，而『痛苦』至此亦已不再只是具有外在的意義，它已經被內化成為笑感或喜劇感中的一種有機的成分。」〔註16〕而自虐的心理也許是產生黑色幽默的最主要的心理內因。

〔註15〕 見柳鳴九主編：《黑色幽默經典小說選》第 4 頁，北嶽文藝出版社 1995 年版。
〔註16〕 張健：《中國喜劇觀念的現代生成》第 7 頁，北京大學出版社 2005 年版。

　　此外，在鐵凝的小說中還有一種方式製造出黑色幽默的效果，那就是通過對反問句的運用，在調侃的語氣中製造出的黑色幽默效果，並讓人在笑中產生多種人生的回味和思考，從而造成一種輕微的嘲諷效果。這種反問句式大都用在小說的結尾，令人在掩卷之中深思。我們來看幾段：

　　　　（馬建軍）他望著滿頭「白髮」、精神憔悴的何咪兒，哆嗦著嘴唇半天說不出話來。他向她舉起了一個拳頭，那拳頭在半空中哆嗦了半天。或許他真是準備狠揍一頓眼前這個何咪兒的，但他突然鬆了拳頭，把這個瘋狂了一夜的女人緊緊地摟在了懷裏。他到底能拿她怎麼辦呢？（《何咪尋愛記》，見《永遠有多遠》第365頁）

「他到底能拿她怎麼辦呢？」與其說是對馬建軍內心的追問，飽含著太多的人生蒼桑，還不如說是敘述者的自問，是對於何咪兒這種既固執又執著的怪異行為的不置可否。在這種自問與追問中，小說的結尾具有了開放性。我們再來看其他的一些反問句的運用：

　　　　可是他錯在哪兒呢？他招誰惹誰了，但是誰又招他惹他了？（《省長日記》，見《有客來兮》第111頁）

　　　　可是他睜開眼又能到哪裏去呢？那麼，把眼睜開還是繼續裝睡，這對賈貴庚來說的確是個問題。（《阿拉伯樹膠》，見《有客來兮》第70頁）

　　　　那又如何？女人緊接著便強硬地自問。我要為他的勞累感到羞愧嗎？不。女人反覆在心裏說。（《誰能讓我害羞》，見《有客來兮》第15頁）

　　　　可能做不成大事的人更是這樣，李曼金想。但究竟什麼是人生中的大事呢？李曼金一時是想不清楚了。（《有客來兮》第31頁）

　　　　是啊，楊必然還能是誰呢。（《蝴蝶發笑》，見《巧克力手印》第117頁）

這幾句話中，都有對人的內心的追問，但是，並沒有給出肯定的回答，也就是說，是留有餘地的追問與調侃。在這種追問中，人被拋進了一個怪圈之中，人的存在成為了一個無法說得清的問題，面對這樣的人生，我們只能唏噓而已。由此可以看出，鐵凝的黑色幽默中雖然有嘲諷，但也是一種善意的嘲諷，是溫和的質疑，是嘲諷之中的理解與寬容，是一種「同情的笑」。林語堂曾說：

「幽默的人生觀是眞實的，寬容的，同情的人生觀。」〔註17〕而鐵凝小說的黑色幽默也是一種寬容的、同情的，是一種善意的嘲諷，是朝向美好的笑，如同在小說《大浴女》中寫到的一段話：

> 小女孩從她眼前跑過，又不斷扭頭觀察她。一個聲音從遠方飄來：嗨，小孩兒，你怎麼啦？
>
> 嗨，小孩兒，你怎麼啦？
>
> 她微笑著注視那孩子，內心充滿痛苦的甜蜜。（《大浴女》第343頁）

微笑、痛苦的甜蜜，很好地概括出了鐵凝小說黑色幽默的特點，那是痛苦與甜蜜相交織的現代人生，是冷靜外表下的善意的嘲諷與微笑。

三、內在對話式話語

詩意與詩意的消解，幽默與黑色幽默是鐵凝小說知識分子話語的組成部分，此外，還有一種話語方式，也構成了知識分子話語的重要方面，那就是內在對話式的雙聲話語。巴赫金在對長篇小說的話語形式進行研究時，提出了小說中的雙聲語現象：

> 引進小說的雜語，是用他人語言講出的他人話語，服務於折射地表現作者意向。這種講話的語言，是一種特別的雙聲語。它立刻爲兩個說話人服務，同時表現兩種不同的意向，一是說話的主人公的直接意向，二是折射出來的作者意向。在這類話語中有兩個聲音、兩個意思、兩個情態。而且這兩個聲音形成對話式的呼應關係，彷彿彼此是瞭解的（就像對話中的兩方對語相互瞭解，相約而來），彷彿正在相互談話。雙聲語總是實現了內在對話化的語言。〔註18〕

雙聲話語中有兩個聲音，兩個意思，兩個情態，這樣就形成了多義的而不是單義的，豐富的而不是單薄的話語內涵，從而增強小說表現的張力。鐵凝小說中多有內在對話式的雙聲話語的出現，而且和反問句式相似，也多是出現在小說的結尾處。這是出於小說結構的考慮，小說是以敘述爲主的，因此前面部分多是故事的敘述以及敘述性話語，而在結尾處則是人生的感悟，這一

〔註17〕 林語堂：《幽默雜談》，參見張健《喜劇觀念的現代生成》第90頁，北京大學出版社2005年版。

〔註18〕 巴赫金：《巴赫金全集》第三卷第110頁，河北教育出版社1998年版。

感悟又不是直接的簡單的評價，而是反思性話語的呈現。在小說《永遠有多遠》中出現的是意思截然相反的雙聲話語：

就為了她的不可救藥，我永遠恨她。永遠有多遠？

就為了她的不可救藥，我永遠愛她。永遠有多遠？（《永遠有多遠》第 45 頁）

「我永遠恨她」、「我永遠愛她」，是兩種全然不同的情緒與情感，可是在作品中，作者將這兩種處於兩極中的情感並置在一起，從而形成了一種內在的對話，並包含著對人生，對命運，對歷史與文化的多重思考。這種內在對話式雙聲語的特色是將句式整齊，意思相反的兩句話並置，從而在鮮明的情感對照中，表現對人的生命與存在的多種觀察，多種體味。

我們再來看幾組這樣的句式：

「怎麼了你？」大衛看著我的眼睛。

「不知道不知道不知道！」一個強硬的我對他說。

一個溫柔的、聲音低低的我又告訴他：

「不知道不知道真的不知道。」（《色變》，見《巧克力手印》第 236 頁）

這裡對話的內容沒變，變的只是說話的語氣。「強硬」的，以及與之相對的「溫柔」的，這兩種語氣表明著兩種不同的心態，以及對人生的不同理解。還有《玫瑰門》中，蘇眉與竹西的對話：

「你愛她嗎？」竹西問蘇眉。

「我愛。」蘇眉答。

「你愛她嗎？」蘇眉問竹西。

「不愛」竹西答。

「所以我比你殘忍。」蘇眉說。

「所以我比你有耐性。可我沒有一絲一毫虛偽。」（《玫瑰門》第 478 頁）

這是蘇眉和舅媽竹西面對剛剛逝去的，與她們糾纏爭鬥了二十多年的司猗紋時的對話，這是兩個人的對話，但也可以看做是蘇眉個人的內心對話：那是對婆婆司猗紋的複雜情感，是愛也是恨的情感交織。

　　這是在小說結尾處，通過人物之間的對話表達出一種多義而複雜的情感，除此之外，在鐵凝的小說中還有一類重要的對話，是人物自我內心的反思性對話，在《玫瑰門》中表現為童年的眉眉與成年的蘇眉之間的對話，其實就是一個人物的內心對話。在《大浴女》中表現為尹小跳自我對話，那是自己拉著自己的手去尋找心靈的花園的內心對話。我們先來看《玫瑰門》中蘇眉與眉眉的對話。在《玫瑰門》中，這種對話在小說結構中佔有著重要的位置，全書分為十五章，共63小節，而每個逢5倍數的小節都是蘇眉和眉眉的對話，也就是作者的內心對話，因此，在小說結構上，它起著平衡各章節的作用。不僅如此，在敘述語言上，它也別具特色，是與故事的敘述性語言截然不同的一種反思性語言。我們先來看文本所呈現的對話體形式：

　　　　我守著你已經很久了眉眉，好像有一百年了。我一直想和你說些什麼，告訴你你不知道的一切或者讓你把我不知道的一切說出來。你沉默著就使我永遠生發著追隨你的欲望，我無法說清我是否曾經追上過你。（第37頁）

　　　　你追隨我可我常常覺得你對我更多的是窺測，蘇眉。我想我恨那個肚子是真實的，要是它不難看為什麼我會恨它？我推媽的時候也只是想把它推倒推走推掉。（第38頁）

這是蘇眉從成年的角度對童年生活的回望，是一次次跨越時空的對話，是對歷史的反思，是對人物內心深處隱秘情結的揭示，是靈魂的沐浴與洗禮。但這時的反思對話還只是鐵凝對意識流手法的一種嘗試，由於這種對話在時間上和空間上相隔得久遠，從而在結構上造成了對情節的阻斷，在語言表達上又是晦澀難懂，並且與主題有些偏離，從而並沒有達到深刻地揭示人的本質，活畫人的靈魂的預期目的。但是，作為一種特定時期特定階段的話語表達方式，這種對話體以它獨具的特色成為《玫瑰門》中不可或缺的一部分。而這種對話體形式，在鐵凝後來的小說創作中沒有出現過，但卻以一種變形的方式在《大浴女》中再次出現，而這時，內心對話已與整部作品渾然一體了。

　　我們來看《大浴女》中尹小跳的自我對話：

　　　　她哭著，任眼淚沖刷臉面打濕衣襟，這哭泣就彷彿是更替另一種心境的預備。之後她進入了冥想，她拉著她自己的手走進了她的心中。從前她以為她的心只像一顆拳頭那麼大，現在她才知道她錯了，她的心房幽深寬廣無邊無際。……在每個人的心中都有一座花

園的，你必須拉著你的手往心靈深處走，你必須去發現、開墾、拔
草、澆灌……她拉著她自己的手一直往心靈深處走，她的肉體和她
的心就共同沉入了萬籟俱寂的寧靜。(《大浴女》第 340～341 頁)

這也是一種自我內心的對話，只不過這種對話在形式上表現得比較隱蔽，但
同時也更顯自由。主人公尹小跳和她的內心世界互爲鏡相，在相互的關照之
中，對自我心靈進行了透視，並捍衛著人類高貴的精神。王一川在對《大浴
女》進行解讀時，提出了「反思對話體」，他認爲：「反思對話體是指一種由
內心的反思和對話佔據主導地位的文體樣式。內心反思，是說主人公及其他
人物常常處在尋求自己的思想、情感和行爲的回頭沉思及審視狀態。例如，
尹小跳就時常反思自己的早年行爲，陷於深深的原罪感中難以自拔，這種反
思性審視一直伴隨和影響著她。內心對話，是說主人化和其他人物總是在心
理與他者和自我對話，尹小跳就總是爲自己設置一個他者，同他展開尖銳的
對話。內心反思與對話在這裡是相互交融在一起的。」〔註 19〕雖然把《大浴
女》的文體歸結爲反思對話體有偏頗之嫌，但不可否認的是，內在對話式話
語在對人的內心世界進行呈現與剖析上起到了極爲重要的作用，並達到了靈
魂的淨化與昇華。

第三節　明快而舒緩的語言節奏

每個作家都有屬於自己的語言風格，並用這獨特的語言來營造自己的藝
術天地。語言不僅有其表現的內容，還有其表達的方式。鐵凝小說的語言在
形式上表現爲明快而舒緩的敘事節奏。那節奏有時如京劇的慢板，舉首投足
之間透著舒緩有致；有時如京劇的快板，緊鑼密鼓、鏗鏘有聲；有時則如現
代搖滾，騰躍跌盪、眼花繚亂。對於小說這種敘事文本來說，語言最爲主要
的體現爲人物的語言和敘述人的語言。在對人物的語言進行轉述時，鐵凝不
僅運用了直接引語，而且還形成了一種獨特的自由直接引語，顯示出從傳統
到現代語言節奏的變化。而在敘述人語言方面，多用簡潔的陳述語式對故事
進行講述，並且在這簡潔陳述句的講述之中，穿插著情感性的抒情句式，在
快速的故事節奏之中，有了舒緩的旋律。而在陳述句與抒情句構成的文本中，

〔註 19〕 王一川：《探訪人的隱秘心靈——讀鐵凝的長篇小說〈大浴女〉》，《文學評論》
　　　　2000 年第 6 期。

間或運用感情強烈的評述性句式，對人和事進行評價，表達作者的愛憎情感。這種語言方式體現出敘事類文學作品的語言節奏特徵，但最為重要的是適合於現代人的生活節奏和審美習慣。

一、對話式語言節奏：直接引語與自由直接引語

鐵凝小說生動的語言來源於小說中人物的話語，那些活靈活現的語言勾畫出人物的形象與靈魂。那麼，人物的語言以怎樣的形式表達出來，就是一種技術性問題了。這一節我們展開的是對語言節奏的探討，節奏的快慢、緩急對敘事的影響，以及在節奏的變換之中所體現出來的作者的審美取向。這種語言節奏的變化鮮明地體現在對人物語言的轉述形式上。在鐵凝對人物語言的轉述中，我們能感到一種節奏的變化，那是由慢到快，由緩到急的一種變化，而這種節奏變化最突出的就是表現為對直接引語的不同運用。

在二十世紀八十年代，鐵凝小說中的人物語言大部分是標準的直接引語，有對白、旁白和引號。到了九十年代，這種直接引語的形式發生了變化，最典型的就是引號消失，旁白簡略，有的甚至不再分行排列。但它又不是間接引語，也不是敘述人的話，它確確實實還是人物的語言。這種比較寬泛的引語形式，研究者還沒有對它的命名達成一致。趙毅衡在對直接引語進行研究之後，將沒有引號，但有引導句的直接引語稱為「無引號亞型」，〔註20〕申丹在《敘述學與小說文體學研究》中稱為「自由直接引語」。認為：「這一形式仍『原本』記錄人物話語，但它不帶引號也不帶引述句，故比直接引語『自由』。利奇和肖特認為也可把僅省略引號或僅省略引述句的表達形式稱為『自由直接引語』」〔註21〕申丹的這一說法比趙毅衡對這類直接引語的界定顯得寬泛。而巴赫金在《間接引語、直接引語及其變體》中將「作為一種轉述他人表述、介乎直接言語和間接言語之間的特殊形式」〔註22〕稱為準直接引語，這種界定則更為寬泛和不易把握。那麼，按照中國人的評論習慣，我們採納申丹的說法，將鐵凝小說這種去除引號，簡略引導語的直接引語的變體稱為自由直接引語。

〔註20〕趙毅衡：《當說者被說的時候》第 154 頁，中國人民大學出版社 1998 年版。
〔註21〕申丹：《敘述學與小說文體學研究》第 290 頁，北京大學出版社 2004 年版。
〔註22〕巴赫金：《巴赫金全集》第二卷第 499 頁，河北教育出版社 1998 年版。

　　從直接引語到自由直接引語，鐵凝小說的語言節奏發生了明顯的變化，我們通過具體的作品來進行闡釋。首先來看直接引語，下面選的這段話是《玫瑰門》中南屋司猗紋與北屋羅大媽的對話：

　　　　司猗紋雙手托起褲子走進北屋。

　　　　「羅大媽。」她招呼道，「喲，您在家。我還以為您不在哪。」

　　　　「在。」羅大媽若無其事地忙著什麼，也沒顧得轉身。

　　　　「其實也沒什麼要緊事兒。」司猗紋站在羅大媽背後道。

　　　　「喲，您這是……」羅大媽轉過身，發現司猗紋手裏的褲子很熟，一條軍用腰帶還穿在褲鼻兒上，拖子很亮。

　　　　「我給您送褲子來了。」司猗紋輕鬆、欣喜。

　　　　「誰的？」羅大媽問。

　　　　「大旗的。」司猗紋答。

　　　　「怎麼又勞您的駕？」羅大媽不明白。

　　　　「不說勞駕。」司猗紋說道。

　　　　「又是您給他紮的？有一條穿著哪。」羅大媽納悶兒。

　　　　「是大旗丟的。」司猗紋雙手托著褲子，只看羅大媽。

　　　　「丟的？」

　　　　「丟的。」

　　　　「丟哪兒啦，這麼新，這麼來之不易。」羅大媽伸手準備接褲子。

　　　　「丟我們家了。丟裏屋床上了。」司猗紋並不馬上給她，「看，連腰帶都一塊兒丟了。」

　　　　腰帶的拖子在羅大媽眼前一閃一亮。

　　　　「您怎麼越說俺越糊塗。」羅大媽更納悶兒。

　　　　「不糊塗。年輕人丟褲子常事兒，丟哪兒不是丟。」司猗紋還是不讓羅大媽明白。（《玫瑰門》第 381 頁）

這是司猗紋在成功地拿到羅大媽兒子大旗和竹西通姦的證據——褲子後，來找羅大媽的一段對話。我們姑且不談對話的內容，只來看對話所形成的

語言的節奏。這段對話，有引號，有對白，有旁白，是典型的直接引語。對白部分多用京味口語，且配以語調，在一問一答中，抑揚頓挫的節奏呈現出來。但這只是精彩的一部分，另一部分則是旁白，如果說對白是鮮花，那旁白就是綠葉，起到陪襯、烘托的作用。通過旁白，人物的動作、表情、情緒一一表露出來，對白加旁白，在敘事節奏上，猶如京劇的慢板，一招一式一言一語都帶著戲，令人咀摸回味，妙趣橫生。正如巴赫金所言：「直接引語……有利於他人言語個性語言特徵的簡化和發展。」〔註23〕這種絕妙的對白與旁白，在《玫瑰門》中隨處可見。這類直接引語在極具個性化的語言表述之中，不僅塑造著人物的性格，而且使小說在節奏上張弛有致，回味無窮。

鐵凝早期小說多表現為這樣一種舒緩的節奏，並且對白、旁白、引號齊全。這種直接引語的運用不僅是因為二十世紀八十年代語言形式的單一，而且還因為這種節奏是與那個時代的生活節奏和審美習慣相一致的。雖然改革開放了，雖然有「時間就是金錢，效率就是生命」等口號的風行，但是，中國人的時間還是大把大把的有，不知如何去換取金錢；現代的生產與生活效率也沒有走入平常百姓家，傳統的緩慢的節奏依然是生活的主導。因此，這種傳統的生活節奏體現在文學作品中便呈現為舒緩的敘事節奏。而且，這種直接引語手法的運用對表現緩慢的節奏起到了很好的效果，猶如中國的京劇，它那有板有眼的舉手投足間，蘊含著古典的雅致的美學風範。而在現代社會中，這種慢節奏似乎已經跟不上時代步伐了。於是，九十年代以來，鐵凝在轉述人物語言時就使用了一種新的形式，我們來看《大浴女》中人物語言的敘述節奏：

> 尹小帆說姐，我也知道你心裏很難過。
>
> 尹小跳說你們什麼時候能一塊回中國看看？到時候我去北京接你們。
>
> 尹小帆說也許春節。你能讓我們住在你的房子裏嗎？
>
> 尹小跳說當然能。
>
> 尹小帆說你能讓我們用你的臥室嗎？
>
> 尹小跳說當然能。

〔註23〕巴赫金：《巴赫金全集》第二卷第 471 頁，河北教育出版社 1998 年版。

　　　　尹小帆說你能讓我們用你的大床嗎？我和麥克已經不能分床睡
了。

　　　　尹小跳說當然能。

　　　　尹小帆說現在我真想馬上回家！（第 340 頁）

上述引文中對人物語言的轉述已經與《玫瑰門》大相徑庭。其中，最為明顯
的標誌是直接引語中的引號消失，而且旁白簡略。這種外在形式的變化帶來
的是語言節奏的變化，語速明顯地加快。雖然也是你問我答，但似乎沒有思
考和喘息的機會，這猶如乒乓球比賽中的快板，你來我往，沒有什麼悠長的
回味，只有比賽中你爭我回的快感，是一種快速的節奏推進。當然，不可否
認，這也是直接引語，如果加上冒號引號，它就是典型的直接引語了。與傳
統的直接引語相比，這種直接引語簡單快捷，更適合現代生活的快節奏，我
們稱這種直接引語為自由直接引語。

　　　如果說《玫瑰門》是在北京四合院中鳴唱的京劇的慢板，那《大浴女》
則是現代城市中奏響的快板，是焦躁的現代人的心態體現。兩種直接引語
的運用無所謂孰優孰劣，只是適應了作品不同的語境需要。如同朱光潛對
古文和語體文比較時所言：「既然是文章，無論古今中外，都離不掉聲音節
奏。古文和語體文的不同，不在聲音節奏的有無，而在聲音節奏形式化的
程度大小。古文的聲音節奏是多少偏於形式的，你讀任何文章，大致都可
以拖著差不多的調子，古文能夠拉著嗓子讀，原因也就在它總有個形式化
的典型，猶如歌有樂譜，固然每篇好文章於根據這典型以外還自有個性。
語體文的聲音節奏就是日常語言的自然流露、不主故常。我們不能拉著嗓
子讀語體文，正如我們不能拉著嗓子談話一樣。但是語體文必須念著順口，
像談話一樣，可以在長短、輕重、緩急上面顯出情感思想的變化和發展。」
〔註24〕

　　　朱光潛先生提到的語體文指的是與古文相對照的現代文，與古文不同，
現代文的節奏是「像談話一樣，可以在長短、輕重、緩急上面顯出情感思想
的變化和發展。」而且與古文一樣，現代文也具有這樣的特徵，即「每篇好
文章於根據這典型以外還自有個性」。《玫瑰門》和《大浴女》在語言節奏上
的不同，是不同時代的社會生活節奏在作品中的不同顯現。

〔註24〕參見王一川：《漢語形象引論》第 27 頁，廣東人民出版社 1999 年版。

　　除了《大浴女》這樣的直接引語的變體，在鐵凝小說中，直接引語的變體還有一種形式，那是《永遠有多遠》中對人物語言的轉述方式。下面選的這一小段是曾經拋棄白大省的前男友郭宏，抱著自己兩歲的女兒找到白大省時的對話：

> 他對白大省說，你都看見了，我的現狀。白大省說，我都看見了，你的現狀。郭宏說我知道你還是一個人呢。白大省說那又怎麼樣。郭宏說我要和你結婚，而且你不能拒絕我，我知道你也不會拒絕我。說完他就跪在了白大省眼前，有點像懇求，又有點像威脅。(《永遠有多遠》第 41 頁)

這種對人物語言的轉述形式給我們以陌生感，它是對《大浴女》人物語言轉述形式的進一步推進，那就是人物對話不再分行排列，完全融入到了敘述者的語言之中。但它又分明是直接引語——加上引號就是典型的直接引語。我們依然稱其為自由直接引語，只不過是更加自由的自由的直接引語。它和敘述者的話語並置在一起，與小說整體的敘述節奏融為一體。

　　自由直接引語在鐵凝的小說中，既是對傳統直接引語的現代改造，從而加快了敘事語言的節奏，但同時，它又保留著傳統直接引語的一些形式特徵，如對旁白的保留，這樣就使得這種現代改造並沒有造成讀者閱讀上的障礙，只讓我們感到不同語言節奏在小說中的躍動。這種自由直接引語成為鐵凝小說敘事語言中極為重要的特徵，是傳統的，也是現代的，雖不能說是鐵凝獨有，但也是極為鮮明的語言特徵。可以說，從直接引語到自由直接引語，外在形式的變化帶來的是小說敘事節奏的變化，那是由慢到快，由傳統的舒緩到現代的跳躍的節奏的改變。但不管節奏如何變化，都能讓讀者感到一種閱讀的快感，因為在鐵凝小說語言敘事中，沒有語言遊戲，沒有晦澀難懂，有的是閱讀上的暢達，以及貼近文本語境和大眾讀者欣賞習慣的話語言說方式。

二、敘述語言的節奏

　　對人物語言進行轉述的過程之中，鐵凝小說的語言表現出不同的節奏特徵，那麼，在敘述語言之中，鐵凝小說的語言節奏又是怎樣的呢？我想依然從句式的角度進行分析，發現鐵凝小說中不同的句式運用，以及由此產生的節奏效果。這些句式包括：講述句式、抒情句式、評述句式。我們先來看講述句式，因為故事是要靠講述來進行的，而鐵凝的講述句式多用簡潔的短句。

（一）簡潔的講述句式

作為敘事類文學作品，小說極重要的功能就是講故事，通過故事來塑造人物，傳達思想。因此，講述性句式在作品中佔據著重要的位置。鐵凝是注重故事的，也注重故事的講述，因此，讀她的小說，我們會很快的進入到故事的氛圍之中，通常在故事的開頭，就能把我們引入故事情境。就好像看戲一樣，大幕一拉開，時間、空間、場景、燈光、煙火都馬上到位，人物也旋即出場，人物的命運隨著故事的推進旋即展開。這種故事性比較強的小說，就要求敘述語言多為講述性的短句，一句接一句，一環扣一環，吸引著讀者的閱讀視線。我們還是從具體的作品出發，來分析這種簡潔的句式，我們來看短篇小說《秀色》的開頭：

> 沿太行山麓一直向上，向上吧你就一直，是這個名叫秀色的村子。秀色山高路陡，樹木也欠繁茂，只聚集著幾十戶人家，可秀色有名。（《秀色》，見《巧克力手印》第 97 頁）

如果我們把開頭的這幾句略作修改變為如下的句子：「沿太行山麓一直向上，是這個名叫秀色的村子。……」改後的句子並不影響意思的表達，但是卻覺得少了許多的韻味。就是被省略了的這句「向上吧你就一直」，與上句「一直向上」構成一種迴環複沓，使小說在歡快跳躍的節奏之中，給人一種拾級而上的節奏感。而且這段話句式整齊，將名叫秀色的小山村托舉到了我們面前。

短篇小說大都如此，有的一句話便自成一段，而這一段就引出時間、地點、人物、事件，把讀者引入到故事情境之中。下面具體引述幾篇小說的開頭：

> 自從鬼溝改名大峽，這裡的少年差不多都學會了哭。（《峽谷歌星》，見《巧克力手印》第 175 頁）

> 最後，他們又說起打槍。（《笛聲悠揚》，見《巧克力手印》第 150 頁）

> 節氣到了大暑，杜一夫就把家門反鎖上，從窗戶裏跳出來。（《馬路動作》，見《巧克力手印》第 125 頁）

這種講述故事的節奏緣於鐵凝對短篇小說的創作理念，在短篇小說集《六月的話題》前言中她寫到：

> 我的寫作是從短篇小說開始的，短篇小說鍛鍊了我思維的彈性跳躍和用筆的節制。……短篇小說好似體操項目中的吊環和平衡

木，弔環和平衡木給運動員提供的條件較之其他項目更爲苛刻，但
那些技藝不凡的健將卻能在極爲有限的場地翻躍、騰飛，創造出觀
眾意想不到的瀟灑和美。〔註25〕

這種理念體現在她的小説創作中，就創造出了翻躍、騰飛、歡快的語言節奏。
而且不僅是短篇，她的這種創作理念也滲透進了中篇小説和長篇小説的創作
之中。我們來看《棉花垛》中的開頭：

這裡的人管棉花叫花。

種花呀。

摘花呀。

拾花呀。

掐花尖、打花杈呀。

……

這裡的花有三種：洋花、笨花和紫花。（《棉花垛》，見小説集《永
遠有多遠》第 111 頁）

簡潔的句式，分行排列，這些都使小説有一種自然的跳躍的動感，鐵凝在訪
談中説：「其實『三垛』裏面《麥秸垛》不是我最喜歡的。那時評論界把《麥
秸垛》作爲我變革的一個標誌。但是如果你仔細分析，就會發現，在《麥秸
垛》中彌漫著處處尋變的急迫，語言描寫上很多有失自然，這就不像後來的
《棉花垛》。」〔註26〕因此，我們在鐵凝小説中見到最多的還是《棉花垛》中
這樣來自生活的、自然動感的語言。《青草垛》中的句式，與《棉花垛》有異
曲同工之妙：

我們村叫茯苓莊。

我叫一早。

我死了。

我二十四歲了。（《青草垛》，見《永遠有多遠》第 173 頁）

〔註25〕 鐵凝：《寫在卷首》，見《鐵凝文集》第三卷《六月的話題》，江蘇文藝出版社
1996 年版。

〔註26〕 鐵凝：《關於有感而發》，見賀紹俊《鐵凝評傳》第 235 頁，鄭州大學出版社
2004 年版。

故事發生的地點，人物及人物的命運，在簡短的句式中呈現了出來。此外，在中長篇小說中，小說的開頭大多也用一句話組織成一段，並快速地引入到故事情境之中：

> 我和我妹妹喜歡在逛商店的時候聊天。（《沒有紐扣的紅襯衫》，見《午後懸崖》第 253 頁）

> 放寒假就是早晨不起床，喬葉葉認為。（《村路帶我回家》，見《午後懸崖》第 208 頁）

> 我從北門市搬到南門市，多半是為了逃離肖禾的追逐。（《對面》，見《午後懸崖》第 335 頁）

> 何咪兒今年二十八歲，用這個數字除以二，是她初次戀愛的年齡。（《何咪兒尋愛記》，見《永遠有多遠》第 315 頁）

> 事情的起因牽涉到一個名叫白銀的女孩子，白銀在讀小學三年級。（《無雨之城》第 1 頁）

這種講故事的方式，會讓我們聯想到趙樹理小說的開頭。讓我們來看《小二黑結婚》的敘述語言：「劉家皎有兩個神仙，鄰近各村無人不曉：一個是前莊上的二諸葛，一個是後莊上的三仙姑。」這種簡潔的句式活潑歡快，直接進入故事。並且「這段話如同一曲民歌，首句平平而起，旋律和節奏都很自然；二句便有了很強的韻律感，節奏嚴整，三、四句句式較長，節奏較緩，卻是工整的對偶句，……自然，這不一定是作家特意的安排，然『隨心所欲而不逾矩』，更見藝術功力。」〔註27〕其實，如果我們追蹤這種敘述節奏的傳統，會發現這是對中國傳統小說語言節奏的繼承和發展，那是講說式的句式，是對故事的重視，也是對普通讀者欣賞習慣的尊重。

（二）抒情句式：悠揚的旋律

句式的簡潔帶來的是情節與情感發展的快節奏，但這種較快的節奏並不會給人緊迫之感，而是有著一種不急不躁的舒緩的韻律。那麼，這種舒緩的韻律來自何方？我想，這緣於小說所選用的又一種句式——抒情性句式，這種抒情句式如同優美的笛聲，使作品平添了一種悠揚的旋律。我們來讀《孕婦和牛》中的幾個段落：

〔註27〕崔志遠等著：《中國當代小說流變史》第 66～67 頁，中國社會科學出版社 2009 年版。

> 孕婦牽著牛從集上回來，在通向村子的土路上走。
>
> 節氣已過霜降，午後的太陽照耀著平坦的原野，乾淨又暖和，孕婦信手撒開韁繩，好讓牛自在。韁繩一撒，孕婦也自在起來，無牽掛地擺動著兩條健壯的胳膊。她的肚子已經很明顯地隆起，把碎花薄棉襖的前襟支起來老高。這使她的行走帶出了一種氣勢，像個雄糾糾的將軍。
>
> 牛與孕婦若即若離，當它拐進麥地歪起脖子啃麥苗地，孕婦才喚一聲：「黑，出來。」
>
> 黑是牛的名字，牛卻是黃色的。（見《巧克力手印》第 143 頁）

如果單從敘事的角度來看，第二段略去絲毫不影響小說的表達，而且可以說連接得天衣無縫：孕婦和牛在土路上走，牛和孕婦若即若離。而小說美就美在簡潔的講述句式中加入的這一段抒情性句子，它細膩地略帶柔情地而且散漫地描寫著天氣，描寫著孕婦，表達著對於生活和孕婦的由衷讚美。可以說，有了這一段的抒情，使小說具有了一種舒緩而悠揚的旋律，而且與第一段和敘三段的講述性句式相連接，在節奏上形成一種急緩有致的敘事節奏之美。

可以說，在鐵凝的小說中，抒情性句式與講述性句式同等重要，沒有講述性句式，敘事便失去了意義；沒有抒情性句式，小說就缺少了一份細膩的情感，文章的節奏就會顯得單調。而且，抒情性句式的運用有時會使故事漸漸淡去，而那份悠揚的旋律會迴響在我們的記憶中。短篇小說《笛聲悠揚》就是一個關於悠揚的旋律的故事：

> 孩子吹豎笛，豎笛不似橫笛那麼激越高昂，音色有點寬鬆、沙啞，類似一種舒緩、盡情的傾訴。現在他感謝這及時的笛聲，笛聲終於幫他徹底回憶起從前，那被槍聲打斷了的工切一切，因為這笛聲才得以續接。他找到了他的根由，呼喊、白菜、凍瘡、汁液和這優美的笛聲，一切清晰可見。他終於弄清了他何以有今天，那是一切的苦難和這笛聲的較量，它們終末敵過一支豎笛那單純無比的音響，那本是一個少年對生活堅忍不拔的夢幻和渴望。（見《巧克力手印》第 158 頁）

潛伏在男主人公心底的惡夢般的結，最終是由孩子悠揚的笛聲化解，而這悠揚的笛聲也成為小說的一個主旋律，迴響在人們的心田，給乾枯的心靈以滋

養。這種優美的抒情性語言所營造的悠揚的旋律，是鐵凝小說不可或缺的部分。《笛聲悠揚》中的笛聲，《哦，香雪》中的月夜圖景，《孕婦和牛》中的原野，《四季歌》中的四季景色，《小黃米的故事》中的陽光，《青草垛》中的山中美景，《閏七月》中拒馬河畔的細沙……這些抒情性句式構成了鐵凝小說中舒緩而悠揚的美的旋律。

　　小說《孕婦和牛》的節奏是典型的敘事——抒情——敘事的節奏，但有時，在鐵凝小說中，還會出現一種抒情的節奏，那是敘事中有抒情，抒情中有敘事，從而產生了一種抑揚頓挫之感，達到節奏與旋律的完美結合。也就是說在跳躍性的節奏中有著悠揚的旋律，而在悠揚的旋律中又有著小說節奏的錯落有致與情節的發展。這樣整篇小說都洋溢著一種鐵凝式的旋律，愛與美的旋律。我們來看《馬路動作》，這篇小說雖然寫的是如卡夫卡式的現代性題材，但在鐵凝筆下，卻沒有壓抑之感，因為小說在講述性句式之中揉和著抒情性，使小說具有了悠揚的旋律：

> 　　天黑了他更加放鬆了身心，黑天把一切弄得撲朔迷離而又熱烈張狂。再也沒有比陌生的環境更令人放心的環境了，再也沒有比陌生人更令人放心的人了。這一切正攛掇著他得意忘形。遠處高高的霓虹燈忽明忽滅，宛若女人豔麗的大嘴正過癮地數落，身後那個賣煎餅灌腸的小鋪裏飄出沒有惡意的香氣，等車的人們因為互不相識而彼此愉快地打量，杜一夫聽見自己喉嚨裏有格格的聲響。（見《巧克力手印》第 129 頁）

夜裏來到馬路上的杜一夫看到的一切都是美好的，即便是有些俗豔，但依然令他感到愉快，並且在這愉快中有了說話的欲望。「喉嚨裏有格格的聲響」作為講述性句式，與前面的抒情性句式相融合，共同組成小說舒緩而跳躍的節奏。

（三）情感性的評述句式

　　簡潔的陳述性句式形成故事的跳躍節奏，抒情性句式則使小說有著悠揚的旋律。除了這兩種句式之外，鐵凝小說中還有一種句式，是一種評說性的句式，而且是帶有情感性的評說。最有代表性的是重複性句子，這種句式因為它的重複性而使情感極為強烈。這種句式多出現在接近小說結尾的地方，來對作品中的人物或事件進行評述。最早是在短篇小說《無憂之夢》中看到：「餘音嫋嫋，不絕如縷」（《有客來兮》第 158 頁）此外，在短篇小說《小嘴

不停》中出現：「不絕於耳，不絕於耳。」（《巧克力手印》第 12 頁）；而在《大浴女》中，這種重複性句式頻頻出現，使節奏更強，情感更強烈。如尹小跳從美國回到北京，下飛機後的所見與所感：

> 她出了機場，北京的空氣不好，天是灰濛濛的，所有的汽車上都蒙著微塵。一切都有點兒髒，有點兒亂，卻讓她莫名地覺得又髒又親。這就是她的感覺，並將永遠是她的感覺，這就是她的土地，又髒又親。
>
> 又髒又親。（《大浴女》第 251 頁）

「又髒又親」在這短短的一段話中就出現了三次，而且還分行以示強調。這樣的句式加強了小說內在的節奏，增強了小說內在的情感，那是在比照中生成的對家園的深深依戀。這種評述性句式成為鐵凝小說句式中的又一特色，並時時出場。在尹小跳對妹妹尹小帆的評述中，重複性的評說句式增強著人物內心的情感：

> 尹小帆是多麼忙呵，忙就是參與，忙就是破壞，忙就是破壞加參與，忙就是參與加破壞。不參與不破壞就不足以證明她的存在。
>
> （《大浴女》第 339 頁）

一個意思卻通過相同字詞的多次交替組合一再地傳達，在這種重複性的詞句中，強烈的節奏傳達出強烈的情感，那是姐姐尹小跳對妹妹尹小帆既愛且恨，既恨且親，既親且痛的複雜的情感體驗。此外在對巴爾蒂斯的名畫《貓照鏡》的論述中，也一再地出現這種重複性的評述句式，如「回到歡樂。回到歡樂。」，「觀照即是遮擋。觀照即是遮擋。」（《大浴女》第 147～148 頁）重複是一種強調，也是一種強化，通過強調，內心強烈的情感得以表達，並引起讀者的感情共鳴。

在現代小說中，一般講究客觀呈現，而不出現作者的主觀評價。但鐵凝的小說卻是執著地堅持自己的情感取向與價值取向，並且還要以重複性的強烈的節奏來表達和傳遞。但另一方面，這種重複性的快節奏又使得鐵凝在作品中的評述表現為適可而止，恰到好處，起到畫龍點睛的作用，這又是她的高明之處。

講述、抒情、評說三種句式恰到好處的結合，使鐵凝的小說在講述、抒情與議論之中，在跳躍與舒緩的節奏之中形成語言的張力，並在可讀性與可寫性之間自由地穿梭而遊刃有餘。

第四節　明麗而溫暖的語言色彩

　　如果說鐵凝小說的語言節奏是明快而舒緩的，那麼，她的語言色彩則是明麗而溫暖的。這種明麗溫暖的色彩一方面來自繪畫的影響，但更爲重要的還是由於鐵凝對生活的態度，以及由此而產生的審美情趣。而且鐵凝小說中明麗的暖色又不是一種單一色，而是在混合了多種色彩之後突顯出來的亮色。不僅如此，其小說中的色彩還處於不斷的變化之中，而色彩的變化，體現著鐵凝創作風格與創作理念的變化。

一、詩情畫意中的亮色

　　鐵凝早期的作品被認爲是具有詩性的小說，詩性小說至少要具備一個條件，即用詩性的語言營造一個詩的意境。而詩情又總是與畫意連在一起的，而畫意是離不開色彩的。光與色彩是詩情畫意中最爲重要的元素。中國古代詩歌是講究詩中有畫，畫中有詩的，於是，畫中的色彩也便出現在詩歌之中。不論是《詩經‧小雅》中的「葭葭蒼蒼，白露爲霜」中呈現的色彩，還是王維的詩「返影入深林，復照青苔上」的光與影與色的和諧，亦或元曲《西廂記》中「碧雲天，黃葉地，大雁南飛」中色彩的搭配，無不顯示色彩在詩情畫意中的特殊地位。

　　濃鬱的家庭繪畫氛圍，使鐵凝具有著其他作家無可比擬的深厚的繪畫素養。於是，繪畫元素隨時會出現在她的小說之中，其小說的敘述者或主人公多爲畫家，小說中會不時地出現畫論，而繪畫中的色彩則爲其小說語言披上了一件亮麗的外衣，那亮麗的色彩本身也使鐵凝的小說獨具一種魅力。在其早期小說中，色彩營造出一種詩情畫意般的藝術境界，最爲典型的當是在短篇小說《東山下的風景》中不時出現的色彩：

> 　　是窗外那個村子獨特的布局吸引了我：那是斜鋪在山澗裏一長串疊連著的屋頂，像一本拉開了的冊頁，就是國畫家用來互留紀念的那種冊頁。灰白的「紙」面上點染著藤黃和胭脂。（《有客來兮》第 243 頁）

這是一幅國畫，不僅有畫的結構布局，還有畫的色彩，較暗的灰白是背景色，而亮麗的藤黃與胭脂是裝飾色。只這一句，只這三種顏色，就足以照亮小說的敘事空間，使小說具有了詩情畫意。對這種國畫所產生的詩情畫意，鐵凝在論述林風眠的繪畫時曾寫到：「不知爲什麼，眼前的林風眠突然變作了另一

個人。我熟悉的那幾張瓶中花、水中天和仕女們都在，在這裡卻變得光彩照人起來，一時間我心情的激蕩甚至勝過了在紐約、在奧斯陸的博物館裏。如果我對前者的激動包括了一種新奇感和神秘感，那麼現在分明是受了一種光彩的照耀，因爲牆上的作品實在是發著光的。」〔註28〕

「光彩照人」是中國繪畫大師林風眠給予鐵凝的激動，而在鐵凝的小說中，也呈現出照人的光彩。一片胭脂，一點藤黃，便使她的小說明亮了起來。

如果說在《東山下的風景》中，鐵凝更多的運用了國畫中柔和的色彩，是中國詩畫的風格與審美取向，那麼她所受到的西洋畫派的影響在其小說中也有所體現。早在《灶火的故事》中，在暗淡的生活底色上，紅色橫空出世，那是通體透紅的柿子對存在空間的點染與照亮：

> 小蜂還沒有適應屋裏的光線，一眼就先感覺到炕上那堆火紅的
> 東西了。她一時覺著像走進了倫勃朗那些以重顏色爲背景的油畫
> 裏，她還想到了馬蒂斯和阿爾希波夫的作品。可眼前這些火紅的「筆
> 觸」，不是那些大師們點出來的，那東西，從容剛才在河灘裏就給她
> 提到了，還說灶火爲此事曾找過他好幾趟。（見《巧克力手印》第
> 341 頁）

這裡顏色的運用是一種隨意的點染，是人物視覺上瞬間的印象呈現，但就是這瞬間的印象，卻點亮了整篇作品。

對於紅色，鐵凝是有著一種偏好的。這可能緣於繪畫對她的影響，倫勃朗、馬蒂斯、阿爾希波夫繪畫中那濃墨重彩的紅，確實能給人以強烈的印象，而對於紅色，鐵凝在對吉里柯的繪畫作品《脫下聖袍》的解讀中給予了精彩的闡釋：

> 這張《脫下聖袍》是吉里柯爲大教堂聖器室所畫的，畫中雖有
> 古老的中世紀的繪畫模式，但是它那絢麗而又富有強烈情感的色
> 彩，那朦朧的立體感空間，把畫中人物烘托得格外生動有力。位於
> 中間的基督的那件無縫紅袍宛如鑲嵌在人群之中，這大面積的紅色
> 被他大膽地畫得如此亮麗豐潤，我從來沒有見過繪畫中這樣美不可
> 言的紅。這紅袍也徹底區分了基督與人群，它把他從人群中昇華了。
> 〔註29〕

〔註28〕鐵凝：《遙遠的完美》第 154～155 頁，廣西美術出版社 2003 年版。
〔註29〕鐵凝：《遙遠的完美》第 21 頁，廣西美術出版社 2003 年版。

紅色聖袍具有如此的魔力，徹底區分了基督和人群，並把他從人群中昇華了。
而鐵凝也運用紅色，使她的小說風靡一時，那就是給她帶來巨大榮譽與影響
的中篇小說《沒有紐扣的紅襯衫》。這部作品獲得 1983～1984 年全國優秀中
篇小說獎，於 1985 年被改編成電影《紅衣少女》，不僅獲得了中國電影界代
表最高榮譽的金雞、百花兩項最佳故事片大獎，而且，「安然穿的紅上衣也成
為當時的一種時裝樣式，被命名為『安然服』」〔註30〕

　　「安然服」風靡一時，穿紅襯衫的少女安然也傲然獨立於文壇。小說和
電影的成功不能不說紅色起到了極為關鍵的作用。在小說中，紅襯衫點亮了
一個世界，照亮了平庸的灰暗的存在空間。「顏色都有性格，所以在文藝上和
宗教上常有象徵的功用。」〔註31〕《沒有紐扣的紅襯衫》中的紅色，也具有
了象徵和隱喻的意味。「她身上的那件紅色上衣就像一面旗幟，起著時代啟蒙
的作用。」〔註32〕紅色上衣或許並不單是思想的啟蒙，它還給讀者／觀眾造
成了強烈的視覺衝擊與心理衝擊，也是色彩的啟蒙，視覺印象的啟蒙。

　　此外，《沒有紐扣的紅襯衫》中還運用到了金色這一亮色，那是安然對
父親的繪畫作品《吻》所做的解讀，還有小說結尾處出現的「火」，這種金
色和紅色與八十年代初整個城市的暗淡無光形成了鮮明的對照，點燃著城
市的上空，點燃著人們心中的激情與渴望，那被平淡與平庸壓抑已久的激
情與渴望。

　　這一時期，鐵凝並沒有有意地去運用顏色，但是她的繪畫素養使她在不
經意中繪製出了小說的顏色。顏色渲染著小說敘事的情感基調，營造著詩情
與畫意，增強著小說的美感與氣韻。而且顏色還暗示著小說表現的主題，尤
其是紅色的出現，是在貧瘠的土壤上綻放的炫爛，是一種激情與渴望，是色
彩與現代情緒的啟蒙。

二、強烈的色彩感

　　鐵凝小說風格的變化要歸功於色彩對她的影響，是法國印象主義大師莫
奈《麥秸垛》中的色彩深刻地影響了鐵凝的創作。在《遙遠的完美》中，鐵
凝表達了莫奈對她的影響：

〔註30〕賀紹俊：《鐵凝評傳》第58頁，鄭州大學出版社2004年版。
〔註31〕朱光潛：《文藝心理學》第269頁，安徽教育出版社2006年版。
〔註32〕馬雲：《鐵凝小說與繪畫、音樂、舞蹈》第74頁，河北人民出版社2006年版。

　　我寫中篇小說《麥秸垛》時，剛剛見過了莫奈《麥秸垛》的原作。冀中平原上的農民堆積麥秸垛的方式和法國人略有不同。但我聞過麥秸垛的氣味，我也從早到晚目睹過太陽、風雨對麥秸垛的照耀和吹拂。我圍繞麥秸垛紡織的故事是麥秸和人之間那悲喜交加的關係，那關乎生計的，關乎愛和死的難解難分的糾纏。當我想到莫奈的麥秸垛時，也許我曾經希望用文字、用我的敘述讓讀者在我的《麥秸垛》跟前也多作幾次深呼吸，但我發現我沒有這種能力。這是因爲我沒有研究過陽光照耀下的麥秸垛那顏色的奧秘麼？〔註33〕

顏色有著怎樣的奧秘呢，鐵凝在不斷地思考著，而且此時，她對顏色是有一定認識的，從鐵凝與父親的談話中可以看出：

　　成年後我問父親：「你能不能用最簡單明瞭的話告訴我，莫奈的顏色怎麼了？爲什麼成爲你們常談不衰的話題？」父親：「顏色的被發現，同樣也使自然界明晰起來，因此畫家們的畫亮了。在此之前人們對顏色的認識是理性的，認爲草永遠是綠的，天永遠是藍的，土永遠是黃的。莫奈通過自己的眼睛觀察後告訴人們，這不對，隨著光線的變化，隨著客觀條件的變化，世間萬物的顏色條理了起來，從而找到了顏色之間互相依存和互相對比的關係，藝術家把它叫作「顏色關係」。〔註34〕

「顏色關係」，那是光線作用於世間萬物而有的顏色的變化，那是一個個光與色彩的瞬間。可現在的問題是，繪畫中的色彩關係與小說中的敘事如何發生聯繫呢？繪畫中的色彩如何在小說中得以展現呢？畢竟它們分屬於兩門不同的藝術，要將繪畫的空間藝術轉換爲小說的時間藝術，是需要一定的智慧的。而鐵凝要做的，就是要將繪畫的空間藝術轉換爲小說的時間藝術，那麼，顏色在這種轉換中又能起到怎樣的作用呢？我們還是從小說《麥秸垛》中的顏色著眼，來解讀鐵凝對顏色的理解與運用。小說的開篇寫到：

　　四季的太陽曬熟了四季的生命，麥秸垛曬著太陽，顏色失卻著跳躍。（《麥秸垛》，見《永遠有多遠》第 46 頁）

四季的太陽，四季的生命，顏色跳躍，在這幾句話中，我們似乎能看到莫奈那隨著四季變化而變化著顏色的麥秸垛。「印象派如實地觀察和表現大自然，

〔註33〕 鐵凝：《遙遠的完美》第 85 頁，廣西美術出版社 2003 年版。
〔註34〕 鐵凝：《遙遠的完美》第 83 頁，廣西美術出版社 2003 年版。

即唯一利用色彩的顫動來表現自然。素描、光線、人物造型、透視法、明暗關係等幼稚的分類一概不使用：所有這些東西實際上都靠色彩顫動解決，都應該通過色彩的跳動在畫面上得到表現。」〔註35〕

「色彩顫動」，是上述表達中的關鍵詞，也是對印象派畫家畫風的精確提煉，而色彩的顫動是與陽光相聯繫，而陽光又與日月的穿梭，與時光相連接。於是，在時光中，也就是在時間中，鐵凝發現了莫奈顏色的奧秘：「他跟著季節走，跟著陽光走，畫出了難以計數的麥秸垛系列。對麥秸垛的連續描寫，使莫奈的藝術呈現出一片燦爛和輝煌。」〔註36〕因為莫奈的《麥秸垛》不是一幅畫，而是一個系列的畫，在這些畫中，我們看到了四季的太陽，歲月的波痕，人生的變遷。因此一幅幅畫連接了起來，各種色彩流動了起來，生命歡騰了起來。莫奈的繪畫是一幅幅變幻著色彩的麥秸垛，而到了鐵凝的筆下，矗立在原野上的麥秸垛成為了背景和隱喻，原野上人的生命流轉則成為了敘述的主體，由此，空間藝術變為了時間藝術，莫奈的《麥秸垛》變為了鐵凝的《麥秸垛》。

這或許就是鐵凝發現的莫奈顏色的奧秘，那是關於瞬間與永恆的生命敘事。呼吸著陽光與風雨的麥秸垛是一個個光與色彩的瞬間，而呼吸著麥秸垛與原野氣息的人是一個個生命的瞬間，而這一個個瞬間將成為藝術中的永恆。可以說，是這顏色以及顏色的變化引起了鐵凝對生命時間的思考，於是，鐵凝走出了由社會情節小說向人類生命小說轉變的關鍵一步。《麥秸垛》的創作時間僅比《村路帶我回家》晚兩年，但是由於對色彩的感悟，使這兩部有著相似故事的中篇小說迥然不同，並形成了鮮明的對比。《村路帶我回家》是純寫實的，並且以主人公喬葉葉的命運為主要關注點。而《麥秸垛》則不同，小說的主角不是某一個人物，也不是某一個人物的故事，而是生長在大地之上的生命，生命深處躍動著的欲望，欲望被擠壓下的不斷膨脹，或者可以說，主角就是「麥秸垛」下人的生命流轉。

而且還不僅如此，在鐵凝《麥秸垛》中，色彩也是不能忽視的存在。鐵凝試圖在色彩的對比中造成一種強烈的視覺衝擊與視覺效果。我們來看小說《麥秸垛》中的顏色運用：

〔註35〕　（法）西爾維・帕坦：《印象……印象主義》第 88 頁，錢培鑫譯，譯林出版社 2006 年版。

〔註36〕　鐵凝：《遙遠的完美》第 83 頁，廣西美術出版社 2003 年版。

太陽很白，白得發黑。天空豔藍，麥子黃了，原野騷動了。(見《永遠有多遠》第 46 頁)

陸野明扔了煤鏟，蹲在牆角吃凍柿子。牆角很黑，柿子很亮。(第 103 頁)

大秧穀黃了，辣椒紅了。東一點，西一點，彷彿誰在綠地隨意丟上的紅手印。(第 104 頁)

菊花白了，辣椒紅了。紅白一片。(第 104 頁)

端村人在菊花旁邊種起辣椒。秋天，端村的原野多了顏色。(第 105 頁)

黑——白、黑——紅、紅——白、紅——黃、藍——黃，這些色彩鮮豔明亮，而且對比強烈，我想，這些顏色的運用與選擇或許也得益於莫奈的色彩，因為這些色彩都照亮了他們各自的作品。對莫奈作品中的色彩，作家普魯斯特有極為傳神的描述：

如果有一天我能看見莫奈的花園，我想，我看到的一定是一座色彩與色調的花園，不只是鮮花盛開的花園，更是色彩的花園。花的排列並不按照大自然的秩序，而是在種的時候就有意把色彩相近的花種在一起，好讓花兒同時開放，藍的或粉紅的開成一片。這個由畫家精心設計的花園，無一不上色。……莫奈的花園如同一幅素描，取材自生活，充滿生命力，色彩已經調妥，美妙無比；色調已經形成，和諧悅目。〔註37〕

這是莫奈的花園，而鐵凝也在精心營造著她的色彩的花園，這些對比強烈而又和諧的色彩照亮了整個小說，而且不單是點綴和修飾，而是成為了小說的主體。由於顏色的跳躍和生命的跳躍，鐵凝的《麥秸垛》具有了現代小說的特色。

在之後的小說中，這種強烈的色彩對比關係在鐵凝的小說中多有應用：

北屋看這院子是一片空，南屋看這院子是一片白。(《玫瑰門》第 166 頁)

在皓月當空的黑夜，她的周身潔白得象個發光體。(《無雨之城》第 309 頁)

〔註37〕 參見西爾維‧帕坦：《莫奈——捕捉光與色彩的瞬間》扉頁，張容譯，譯林出版社 2004 年版。

她的身子映著油燈，襯在烏黑的牆上是如此巨大而又明媚。(《秀色》，見《巧克力手印》第 105 頁)

她們都覺出今天這日子的沉悶，就彷彿這一整天，玫瑰店再不會有好生意。秋天的陽光那麼好。(《小黃米的故事》，見《有客來兮》第 86 頁)

強烈的對比，強烈的反差，強烈的印象，使鐵凝的小說多了色彩的印象，多了生命的感悟，更具有了現代小說的韻味。由此，我認爲《麥秸垛》在鐵凝的「三垛」中是排第一位的。

對《麥秸垛》鐵凝有自己的看法，她一再地說：「因爲求變的心理太強了，這個願望的外在的驅動力太強大了，這使《麥秸垛》在語言的敘述上，有雕琢和矯情之處，是有這些痕跡的，我自己知道。」〔註38〕

《麥秸垛》雖然有刻意求之的痕跡，但它確實不同凡響。她對原野上人類命運的關注，對人生色彩的描繪，對顏色的體悟和運用，使得《麥秸垛》散發著恆久的色澤和魅力。

三、日常生活的暖色

九十年代中後期，鐵凝更多地受到了後印象主義大師塞尙和二十世紀具象主義大師巴爾蒂斯的影響，雖然他們也注重色彩，但已不是莫奈式的「顏色關係」，也不再刻意地去尋找色彩的對比變化，不再誇張色彩，顏色回歸到了生活本身。如鐵凝在小說《小格拉西莫夫》中借齊叔之口寫到的對色彩的再認識：

從理論上講，小格拉西莫夫的話無可挑剔，這是蘇俄畫家從謝洛夫開始對繪畫色彩理論研究的核心之核心。他們主張繪畫應該放棄固有色，大膽認識條件色。怎麼認識？就是土坨那個小格拉西莫夫講的，從改變習慣的觀察方法入手。比如你眼前有個熟透了的蘋果，我問你蘋果是什麼顏色，你準說是紅的。可是如果我在蘋果後面掛一塊紅布呢？你再看那蘋果就不紅了。認爲天一定是藍的，土一定是黃的，都是「固有色」在作怪。當時我們對這個理論迷得不得了。當然，這不是繪畫色彩學的惟一理論。有專門用固定色畫畫

〔註38〕 鐵凝：《文學應當有捍衛人類精神健康和內心真正高貴的能力》，見散文集《像剪紙一樣美豔明麗》第 208 頁，人民文學出版社 2006 年版。

的畫家：馬蒂斯、布洛克，還有拉丁美洲的萬徒勒里，還有專畫黑
白畫的畫家，你能說他們不偉大？可當時蘇派畫家的色彩理論，確
實讓我們神魂顛倒過。（《小格拉西莫夫》，見《巧克力手印》第 55
～56 頁）

新奇的確實讓人迷醉，但是藝術並不都是求新求異。繪畫創作如此，文學創
作也如此。在色彩運用上，鐵凝也很快地從令她神魂顛倒的莫奈的顏色中走
了出來，於是我們看到，她小說中的色彩不再是強烈的對比反差，也不再是
刻意爲之，而是自然地融進了小說敘事之中，在不經意中顯露出淡淡的色彩。
我們來看幾部小說中關於顏色的敘寫：

　　　　她哭著、冷著，拽過毯子蓋住自己的好像已經沒有知覺的身體，
　　並把失去了嗅覺的臉也蒙住。漸漸地，她就聞見了一股淡淡的奶香
　　和淡淡的巧克力香。她翻身坐起來，發現潔白的被單上到處都是棕
　　色的小手印，這是那孩子的手印了，那孩子的巧克力手印。……那
　　些有溫度的小手印，那些有溫度的小巴掌焐住了她的似乎已經枯乾
　　的皮膚，她那皺成一團的心似乎也略微舒展了一點兒。（見《巧克力
　　手印》第 30～31 頁）

淡淡的顏色，與《麥秸垛》明麗耀眼的色彩相比，它淡到讓你覺察不出來色
彩的存在。沒有鮮明的顏色對比，色彩已融入到自然的敘述之中，「棕色的小
手印」，手印是主語，而棕色是修飾語，顏色起到的是修飾的作用，而且小說
中所用顏色也不是能給人強烈印象的亮色，而是極爲樸實的生活的色彩。這
顏色與小說的整體融爲一體。

　　我們再來比較一下《第十二夜》與《東山下的風景》中的顏色運用：

　　　　院中有兩棵筆直的椿樹，屋後山坡上是一棵花椒樹和幾株山
　　杏。站在高高的臺階上向南望去，你面對的是一架線條和緩的綠茸
　　茸的小山。（《第十二夜》，見《有客來兮》第 46 頁）

　　　　正是初秋，花椒樹挑著繡球般的果實，把低垂的枝條從那些青
　　石小院裏伸到街上，搭在靠牆碼著的山柴上：通紅的半人高的薦草，
　　乾綠的苦艾，還有帶刺和不帶刺的各種樹條。（《東山下的風景》，見
　　《有客來兮》第 243 頁）

在《第十二夜》中，除了一個「綠茸茸」就沒有色彩了，而在《東山下的風
景》中，繡球般的，通紅的，乾綠的，都是極鮮明亮麗的色彩。越到九十年

代末期，鐵凝小說在色彩上越是追求樸實無華。如《第十二夜》中大姑身上的「月白色夾襖，粗布黑褲，」；《大浴女》中「尹小荃的白條子邊的小罩衣」；《笨花》中「小妮藍底兒小紅花的小棉褲」。而最具樸實特色的是長篇小說《笨花》，我們來看《笨花》中關於本地產的紫花的描寫：

> 紫花不是紫，是土黃，紫花紡出的線、織出的布耐磨，顏色也能融入本地的水土，蹭點泥土也看不出來。紫花織出的布叫紫花布，做出的汗褂叫紫花汗褂，做出的棉襖叫紫花大襖。紫花布只有男人穿，女人不穿。冬天，笨花人穿著紫花大襖蹲在牆根曬太陽，從遠處看就看不見人；走近看，先看見幾隻眼睛在牆根閃爍。（《笨花》第 71 頁）

長篇小說《笨花》的固有色不是洋花的雪白，不是大城市的霓虹燈，而是笨花的土黃，是笨花村的黃土小路。因此，它給人的感覺不是亮，而是親，一種緣自生活自身的親切與溫暖。這是創作的回歸自然，也是顏色的回歸自然，回歸本土。這裡沒有了強烈的顏色反差和視覺衝擊，有的是生活的體貼和溫潤，是日常生活中平淡的色彩帶給我們的感動。

那麼，鐵凝小說中的色彩到底有著怎樣的特色呢？如果說張愛玲的小說色彩是華美的袍包裹下的蒼涼，那鐵凝小說的色彩則是明豔色彩下的溫暖。雖然鐵凝的小說創作一直處於變動不居之中，而且越到後期，越表現出日常生活色澤中包裹著的暖意。沒有怎樣特別的突出，卻與小說的整體風格——溫暖而善意的體貼渾然一體。但是，就我個人的審美而言，我依然希望能看到鐵凝小說中色彩的亮麗，而且就鐵凝的藝術個性而言，亮麗的色彩宛如鐵凝燦爛的笑意，是獨屬於鐵凝的色彩。

第五章　鐵凝小說敘事的文化心理

　　當我們對鐵凝的小說敘事進行了細緻而全面的分析之後，當我們再度回望鐵凝的創作之路，一個更為深刻的命題會油然而生：是什麼使得鐵凝的小說既是新潮的，又是傳統的；既是審醜的，又是審美的；既有現代的因子，又有田園詩風情；既在主流之中，又是游離於主流之外的？而要對這些提問進行回答，就會追溯到鐵凝小說創作的歷史觀、美學觀。鐵凝是有著明確的藝術追求和主張的作家，這些追求和主張滲透在小說敘事之中，並通過敘事的各元素體現出來。因此，揭開小說敘事的表層，深入到更為深層的創作文化心理，才能更為真切地揭示出鐵凝創作風格的源泉所在。這一章從時間意識、長女情結、現代西方繪畫三個方面對鐵凝小說敘事的歷史文化心理進行研究。時間意識決定著小說敘事的整體思維方式、結構方式和話語方式，公元記年的進化論時間觀和農曆記年的循環論時間觀使鐵凝小說的敘事呈現為現代體驗與傳統回望，技術表現與詩意表達的美學張力。長女情結與多種身份認同展現出鐵凝獨有的心理與精神內涵，那是長女情結所具有的母性情懷與女性意識，以及花木蘭式的長子意識，這三種文化心理共同構成了鐵凝勇於擔當，在不失自我尊嚴與主體意識下的人類之愛的敘事風格。與其他同時代作家不同，西方現代作家作品對鐵凝的影響並不顯著，而西方的現代繪畫藝術卻給她帶來了豐富的文化和美學滋養。鐵凝對「垛」的意象和「浴女」形象的發現與塑造，對寫實風格的堅持和現代品格的追尋，無不來自西方現代繪畫大師的藝術啟迪和對現代繪畫藝術的心領神會。

第一節 「前行與回望」的時間意識

在鐵凝的小說中，存在著兩種記年方式：公曆記年與農曆記年。而這兩種記年方式又代表著兩種時間意識：進化論時間觀與循環論時間觀，兩種時間觀共同作用，形成了鐵凝小說敘事中「前行與回望」的時間意識，以及「現代背景下的田園回望」的敘事美學。這種時間意識和敘事美學在小說創作中起到了積極的作用和影響，從而使鐵凝的小說成為波德萊爾意義上的真正的現代小說。

一、「前行與回望」的時間意識

鐵凝小說敘事既具有現代性的藝術表現，又有傳統性的審美追求，而這兩種看似不同的創作風格在鐵凝的小說中卻能合諧地統一，並顯現為一種張力之美，這和鐵凝的文化選擇以及在不同的文化薰陶下所形成的時間意識直接相關。不同的時間觀念直接作用於作家的情緒體驗，並影響著故事的發展，情節的結構，人物的命運，主題的表達。因此，時間意識成為小說敘事的內在制約機制。

然而，時間究竟是什麼，這確實是一個頗耐人尋味的千古之謎。正如奧古斯丁所言：「時間究竟是什麼？沒有人問我，我倒清楚，有人問我，我想說明，便茫然不解了。」〔註1〕奧古斯丁的論述令人感慨不已。時間對我們來說是如此得熟悉又如此得陌生，如此得具體又如此得抽象，它看不見也摸不著卻讓人真切地感到它的存在。面對時間之謎，多少的哲人孜孜以求，多少的作家上下求索，在對時間的不倦探尋中，展現著人類思想的智慧與光芒。「子在川上曰：逝者如斯夫，不捨晝夜。」時間如流水奔湧不息，而人生隨著歲月的流逝而去，徒留感歎。「前不見古人，後不見來者，念天地之悠悠，獨愴然而涕下。」是面對宇宙的浩瀚人生的短暫而生出的無盡的傷感，讀之讓人怦然心動。「古今多少事，都付笑談中」是面對生命的短暫歷史的循環而生出的達觀與釋然，並蘊含著某種程度的超脫。「俱往矣，數風流人物，還看今朝！」是一代偉人面向未來的豪情滿懷，是樂觀的英雄主義情懷，時間開始了新的紀元。「希望是有的，但卻遲遲不來」現代的焦慮與荒誕的情緒體驗，讓人生出幾許的絕望與無奈。時間，古老而又年輕，單純而又深邃，它歷久彌新的纏繞在思想者的心頭，成為人類的終極追問。

〔註1〕 奧古斯丁：《懺悔錄》第242頁，周士良譯，商務印書館1997年版。

　　面對時間，許多當代學人試圖在謎團中抽取出獨屬於自己的一條思維之線，對時間進行獨到的理解和闡釋。楊義在對中西方文化進行比較研究的基礎上，從年－月－日與日－月－年不同的記時方式中，發現了中西方文化的不同，以及由這不同文化而導致的不同的敘事方式，並提出了中國敘事學的理論主張：

　　　　中國人把握某個時間點，不是把它當做一個純粹的數學刻度來對待的。假如他具有深厚的文化體驗，他是會把這一時間點當做縱橫交錯的諸多文化曲線的交叉點來進行聯想的。這種時間意識和整體性思維方式，深刻地影響了中國敘事作品的時間操作方式和結構形態。儘管 20 世紀中國改用公元記年，使這種時間意識有所沖淡而增加了不少與世界接軌的開放意識，但是，只要「年－月－日－時」的時標順序體制依然存在，那種伴隨著時間整體性的文化密碼，就會繼續儲存在中國人的潛隱的精神結構之中，並自覺或不自覺地滲透於中國人對世界的感知方式和敘事形態之中，成爲中國敘事學必須解讀的文化密碼。〔註2〕

與楊義對「年－月－日－時」的時標順序的發現有異曲同工之妙的是張清華對「年號」的發現，他從中國歷史上各朝各代的「年號」更迭中，發現了中國傳統文化的循環論時間觀與當下的進化論時間觀：

　　　　中國人的歷史觀與西方人的歷史觀最根本的不同在於，其「歷史紀年」不是一以貫之的，而是經常「重複開始」的。這不是一個一般的小問題。每個朝代都要換一個「國號」，而每一個皇帝上臺都要換一個「年號」，甚至一個皇帝還會三番幾次地換來換去；每換一次，都是一次重新開始的循環。直到中華人民共和國成立之後，才採用了世界通用的公元紀年，看起來僅僅是使用了一個世界通行的「年號」，但其中包含的潛在意義卻十分深遠，它表明，中國人在經過對傳統歷史與近代悲劇的反思之後，決心加入現代世界共同的「時間敘事」的鏈環之中——特別是，它也是對西方「進化論時間觀」的再次認同。〔註3〕

〔註 2〕　楊義：《中國敘事學》第 129 頁，人民出版社 1997 年版。
〔註 3〕　張清華：《境外談文》第 8 頁，花山文藝出版社 2004 年版。

從歷史年號的更替中發現了時間觀念的變化，張清華的發現是獨特而有意味的。但不可忽視的是，雖然新中國採用了公元記年，即陽曆記年法，但是，中國傳統的陰曆記年法並沒有被抹殺，它被一代代地保存了下來，並成為傳統文化的歷史積澱。在民間社會尤其是在廣大的農村，陰曆記年法有著超出陽曆記年法的重要性與權威性。以日出日落為日，以月圓月缺為月，以春夏秋冬為年，在日月的循環往復中形成了中國人的循環論時間觀。因為與宇宙相勾通，形成了中國傳統的天人合一的哲學思想。套用楊義的一句話來說：只要二十四節氣還在，只要代表中國人集體慶典的春節還在，中國自古以來以日出日落、月圓月缺為記年方式的陰曆記年法就將一直存在下去，並且成為敘事學必須解讀的文化密碼。這只是中國敘事學研究的一個方面，除此之外是陽曆記年法對中國敘事學產生的影響。陽曆記年法顯示著進化論的時間觀，是一日日，一月月，一年年的前行，是直線性的向前發展。進化論時間觀暗含著人類一種美好的意願，就是時間的不斷前行終將帶來社會的不斷發展，人類的不斷進步。而在這進化中形成的人與宇宙的關係是物競天擇，優勝劣汰，人與天的關係是互為他者。在中華人民共和國採用公元記年之後，陽曆紀年法成為官方的記年方式，而與之相應的進化論時間觀也成為一種主導的時間觀。因此，對當代作家的敘事進行研究，由陽曆記年法而形成的進化論時間意識是敘事學研究不可忽視的又一個重要方面。

以此為切入點，我們來體察鐵凝的時間觀，以及這種時間觀所產生的敘事美學。作為在城鄉間遊歷的作家，作為關注時代進程與日常生活的作家，鐵凝小說敘事中必然存在著兩種時間意識，隱含著兩種文化密碼。用一句話來概括，我想「前行中的回望」最為合適。前行，是直線性的進化時間，回望，則是不斷回復的循環，是循環時間的間接體現。也就是說，鐵凝小說敘事中的時間觀是進化論時間包裹下的循環論時間。這種概括不是無源之水，無本之木，它們就靜靜地隱含在鐵凝關於創作的體會與心得中，隱含在敘事作品的文本中。

對這種時間觀的發現，最為直接的來自鐵凝的散文。鐵凝擅長兩種文學體裁的寫作，一種是小說，另一種就是散文。小說是敘事的，而散文是敘事觀念的自然流露。鐵凝散文的涵蓋面很廣，其中有一類就是關於自身創作的心得與感悟。於是，透過這一類型散文的文字表述，可以更為真實地領悟到鐵凝的時間觀、文學觀和創作觀。在散文《就這樣走著，勞作著》中，不難

看到在文學麥田裏耕耘著的鐵凝，潛藏在她思想意識深處的時間觀念。面對著收穫了的麥田和矗立在原野上的一簇簇麥秸垛，她這樣寫到：「那是一個不可收穫的家庭，你不可收穫。因為這『不可』，你覺出了自然的永恆和人生的短暫；覺出了這短暫的歡悅和這短暫的悲涼。你必須為這短的一瞬做些什麼。當你做了一件之後，便會發覺該你做而你沒做的更多了；當你肯定了一點什麼時，那麼多的否定也隨之而來了。於是你的靈魂充實了，你的命長了。」〔註4〕

　　散漫而固執地佇立在天地之間的麥秸垛觸動了鐵凝的靈魂，引發了她關於自然、人生、短暫、永恆等的哲學思考。在這思考之中，鐵凝的時間意識若隱若顯的展現了出來。自然是永恆的，人生是短暫的，這是中國古代詩哲們面對時間時的共同感悟。然而，與陳子昂們不同之處在於，面對宇宙的無限與人生的短暫，感傷但並不悲觀。雖然生命是有限的，但是生命所體現出來的價值和意義卻是無限的，通過人自身的創造性勞動，時間是能夠被留住的。「你必須為這短的一瞬做些什麼」，蘊含著進化的時間觀念與積極的人生態度。但鐵凝又不是盲目的樂觀，她也發現了前進路途上的艱辛，「那麼多的否定也隨之而來了」，不斷的阻隔使你不得不重新開始。但這種否認與開始又絕對不是西緒弗斯式的日復一日的徒勞無功，而是在循環中的再前進，是沒做之後的做，否定之中的肯定。由此，人生有了意義，靈魂得到了昇華。於是，短暫的生命不再短暫，瞬間的生命獲得了永恆。在這段關於自然、人生與靈魂的思考中，存在著兩種主要的時間觀念和人生態度，一種是傳統文化中的循環的時間觀，是肯定與否定的循環往復，是面對生命短暫而生的感傷與悲涼；一種是現代的進化論時間觀，是在做之後的又一次前行，是將有限的生命瞬間生成為無限的價值永恆的人生信念。

　　對歷史的感懷與對未來的信念，這兩種交織轉換的時間意識在鐵凝的其他散文中亦有所表露。在散文《為什麼要把時光留住》中，鐵凝從想把時間留住的照片中獲得感悟，寫到：「照片如果是一種向後的回憶，文學或者是一種向前的回憶，它不必花費心思挽留時光，它應該有力量去創造時光。」〔註5〕

〔註4〕鐵凝：《女人的白夜》第195頁，江蘇文藝出版社1996年版。
〔註5〕鐵凝：《像剪紙一樣美豔明麗》第275頁，人民文學出版社2006年版。

這裡出現了兩種時間表達方式：「向後的回憶」與「向前的回憶」。向後的回憶還好理解，那是對逝去歲月的追憶和懷念。向前的回憶卻有些讓人費解了，因爲向前的時候，人是無暇回憶的，更多的是對未來的美好憧憬。然而，鐵凝卻認識到了在前行時的回望。當人們一路歡欣著向前的時候，還應該時時回望來路，去審視、去追懷那些美好的珍貴的記憶，在歷史與未來之間搭起一架思想與藝術的橋樑。於是，向前的時間不再是單色調的，而是變得豐富多彩了，是歷史與未來的雙重疊加。

在散文《我盡我心》中，鐵凝寫到：「當人們說日子的節奏變幻莫測、一日快似一日的時候，我們看見日子那永遠的不變的節奏了嗎？當人們厭倦了田園牧歌而向城市進軍，或者攜了城市的疲勞而向荒山孤漠乞討時，我們明悉了我們的城市和鄉村那千絲萬縷、難分難解的血緣嗎？面對著似荒唐，卻又不容置疑的那麼多那麼深的相似，我弄不准我是悲是喜。我弄不准這是歷史的悠長還是人類的悠長，歷史的短暫還是人類的短暫。我常常覺得，日子對人類有著不倦的耐性；人類對日子亦有著不倦的耐性。」〔註6〕

日子在不斷的變化，有時還給人一種加速度的感覺，這種變化是時間前行帶來的生活變遷。然而，在時間前行中，還有著那麼多的不變與「相似」積澱在日常生活的港灣中，不管經過多少的歲月流逝而代代相傳。這不變的循環中包含著的，有人類最美好的精神記憶。

「前行中的回望」的時間觀念使鐵凝的小説敘事呈現出兩種時間維度，一種是對進化論時間觀的認同，於是有了對正在行進著的現代生活的捕捉；一種是對傳統文化中循環時間觀的再體認，於是有了循環時間中民間生活情趣的敘述。而在這種時間意識的作用下，也就有了「現代背景下的田園回望」的小説敘事美學。

二、「現代背景下的田園回望」的敘事美學

由於進化論與循環論兩種時間觀的存在，鐵凝的小説也呈現爲兩種時間敘事美學，一種是進化論時間觀影響下的現代性敘事，一種是循環論時間觀作用下的田園性敘事。在對鐵凝小説的敘事美學進行論述之前，有必要對現代性和田園性進行一些說明。雖然這有一定的難度，因爲這是兩個內含和外

〔註 6〕鐵凝：《像剪紙一樣美豔明麗》第 245～246 頁，人民文學出版社 2006 年版。

延都極廣的概念，而且大有越說越亂的危險。但是，沒有必要的說明，本書接下來的論述將無法進行，而前面各章的聯繫也將斷線，所以，這是一個無法繞過去的命題。只不過，在論述之中，選擇一個視角，闢出一條路徑，對前人的理論進行篩選性應用。關於現代性的論述本文選擇的是波德萊爾的理論觀點，因為他不僅是較早論述現代性的作家，他本人就是較早的現代詩人，而且他的現代性理論產生著極為廣泛而長久的影響，並且與鐵凝的創作實際相契合。

在《現代生活的畫家》中，波德萊爾在對現代畫家貢斯當丹·居伊的繪畫進行評論時，鮮明地使用了現代性一詞，他寫到：

> 現代性就是過渡、短暫、偶然，就是藝術的一半，另一半是永恆和不變。每個古代畫家都有一種現代性，古代留下來的大部分美麗的肖像都穿著當時的衣服。他們是完全協調的，因為服裝、髮型、舉止、目光和微笑（每個時代都有自己的儀態、眼神和微笑）構成了全部生命力的整體。這種過渡的、短暫的、其變化如此頻繁的成分，你們沒有權力蔑視和忽略。〔註7〕

波德萊爾認為，「現代性是過渡、短暫、偶然」，這過渡、短暫、偶然其實就是一個時間概念，而且是一個流動性的時間概念，是「變化如此頻繁的成分」。因此可以這樣理解，現代性就是當前性，是前衛性與先鋒性。哈貝馬斯在《現代性的哲學話語》中這樣寫到：「這種有關時代的理解，後來被超現實主義者再次推向極端，並在『現代』和『時尚』之間建立起了親密關係。」〔註8〕而且，他認為，「依波德萊爾之見，獨立的作品仍然受制於它發生的那一瞬間；正是由於作品不斷地浸入到現實性之中，它才能永遠意義十足，並衝破常規，滿足不停歇的對美的瞬間要求。」〔註9〕作為處於現代歷史進程中的作家，鐵凝無疑是有著現代時間意識的。她的小說是現代的，是「穿著現代服裝」的，有著鮮明的時代印跡。於是，在鐵凝的小說中，我們觸摸到了那代表著「過渡、短暫、偶然」的現代性因素，「並在現代和時尚之間建立起親密關係」。尤其是其小說創作中的幾次轉型，可以看做是對現代潮流的認同，《麥秸垛》、《無雨之城》等是創作轉型中的標誌性作品。

〔註7〕波德萊爾：《現代生活的畫家》第32頁，浙江文藝出版社2007年版。
〔註8〕哈貝馬斯：《現代性的哲學話語》第11頁，譯林出版社2004年版。
〔註9〕哈貝馬斯：《現代性的哲學話語》第11頁，譯林出版社2004年版。

　　但鐵凝並不是一個一味地追逐潮流的作家，她在前行著，呼吸著時代的氣息，但也不時地回望歷史，她回望的更多的是存留在歷史時間中的優秀傳統，而許多傳統在較為封閉的民間保持得較好，因此說，鐵凝的小說又具有民間性。鐵凝小說中的民間固然含有愚昧、麻木、落後的成分，但更多的則是循環論時間意識中人與大自然的和諧，是四季更替中的勞作之美，情趣之美，以及人性的純樸。於是，包裹在其現代性敘事之中的傳統性可以看做是田園性，是與循環時間相一致的人與大自然的和諧圖景。這種田園與巴赫金對田園詩的田園論述相接近。巴赫金從田園詩的各種類型及其變體出發，認為田園詩有著一個共同點：「田園詩裏時間同空間保持一種特殊的關係：生活及其事件對地點的一種固有的附著性、黏合性，這地點即祖國的山山水水、家鄉的嶺、家鄉的田野河流樹木、自然的房屋。」〔註10〕這是自然的田園，此外，還有一種就是精神的田園，如同米蘭・昆德拉對「家園」詞條的界定：「家園，意即：有我的根的地方，我所屬的地方。家園的大小僅僅通過心靈的選擇來決定：可以是一間房間、一處風景、一個國家、整個宇宙。」〔註11〕

　　不論是自然的田園，還是精神的田園，在現代性背景之下，正在慢慢地流失與消逝，那已然逝去或即將逝去的美好家園，需要時時的回望才能被重新發現，並喚起內心美的情感體驗。自然的田園在鐵凝的小說中有著美的表現，那是山村的自然美景：拒馬河的清清流水，山中火紅的柿子，繡球般的花椒，綠茸茸的青草……，這些原生態的景觀表現著一種自然風光。還有鄉村原野上的麥子、麥秸垛，棉花、棉花垛，湛綠遼闊的大莊稼。那是原野的氣息，自然的氣息，美的氣息。而現代人渴望的也是這樣的一片棲息之地，讓心獲得短暫的自由與安寧。不僅是自然風光，鐵凝的田園回望更指向心靈的回望。雖然也有對人性惡的反思，對人與人之間不和諧之音的敘述，但那終究是一種伴奏，而主旋律是人的高貴的精神，它包含著真誠與善良的美德。那是對親人的體貼與關愛，是對弱勢群體的關注與同情，是對自我心靈的反思與審視，是建立精神家園的信念與渴望，是歷史傳承下來的人類的美德。是精神的家園，而文學需要的不正是這種人類棲息的精神家園嗎？正如鐵凝所言：「疾行在 21 世紀的我們為什麼有時候要回望歷史？也許那本是對我們心靈的一次又一次回望吧？也許因了我們正在疾行向前，才格外應該具備回

〔註10〕巴赫金：《巴赫金全集》第三卷第 425 頁，河北教育出版社 1998 年版。
〔註11〕米蘭・昆德拉：《小說的藝術》第 159 頁，上海譯文出版社 2004 年版。

望心靈的能力。讓我們攜帶上我們本該攜帶上的，而不至於在不斷的前行中不斷地丟失。」〔註12〕

回望歷史，回望心靈，這是鐵凝小說敘事極為重要的方面。而這種回望體現在鐵凝的作品之中，就是她對藝術與創作的感悟：「藝術是什麼寫作又是什麼？它們是欲望在想像中的滿足。它們喚起我心靈中從未醒來的一切宏大和一切瑣碎，沉睡的琴弦一條條被彈撥著響起來，響成一組我從來也不知道然而的確在我體內存在著的生命的聲音。日子就彷彿雙倍地延長，絕望裏也有了朦朧遙遠的希望。」〔註13〕不僅如此，鐵凝還將這種生命之聲傳遞開來，譜出一曲美妙的充滿希望的歌，並將美與善播撒在人們的心靈深處。

通過對現代性與田園性理論的梳理與闡釋，我們來分析鐵凝小說敘事中的現代性與田園性。它其實已經滲透在前面各章節中，在這裡，只是更為集中地論述。我們的論述還是從時間意識和時間記年開始。現代性與田園性在鐵凝小說中最鮮明的體現便是陽曆紀年法與陰曆紀年法的不同應用。值得強調和注意的是，兩種記年方式所產生的敘事形式不是相互對立的，而是以一種和諧的方式連接在一起，是前行中的回望，進化中的循環，瞬間中的永遠。

最為明顯的標識出兩種時間刻度的小說是長篇小說《笨花》。在《笨花》中，兩種記時方式並存，一種是官方的記時方式，一種是民間的記時方式。官方記時從光緒年的年號一直到民國四十三年，以向中和軍旅生涯的榮辱浮沉為線索，以向中和的轉戰與升遷為標度，代表著笨花村以外世界的秩序、文明與發展，是一部霄煙彌漫，戰火飛紛的中國近現代史。民間記時是裹攜在官方記時之中的，是以笨花村的春種秋收，棉花的種植與收摘為線索，體現著民風民俗，民間的生活情趣，是一首民間的舒緩歌謠。這樣，兩種時間並行，使《笨花》在敘事結構上形成現代性與田園性兩條既平行又交織的線索，從而使整部作品既有不散的「地氣與人間煙火氣」，〔註14〕又有著「將柔順之德統一於民族國家的最高理念與最高利益」的敘事效果。〔註15〕

〔註12〕 鐵凝：《我與〈笨花〉》，《人民日報》2006 年 4 月 16 日。

〔註13〕 鐵凝：《像剪紙一樣美豔明麗》第 241 頁，人民文學出版社 2006 年版。

〔註14〕 陳超、郭寶亮：《「中國形象」和漢語的歡樂——從鐵凝的長篇小說〈笨花〉說開去》，《當代作家評論》2006 年第 5 期。

〔註15〕 郜元寶：《柔順之美：革命文學的道德譜系——孫梨、鐵凝合論》，《南方文壇》第 1 期。

　　此外，如果我們沿著鐵凝的《笨花》向上追溯會發現，這種敘事美學在她的作品中一直或隱或顯的呈現著。爲廣大讀者所熟知的《哦，香雪》就含有兩種時間，一種是火車開進大山的時間，雖然只有一分鐘，但卻成爲一種標誌性的時間，它標誌著現代時間進入到了封閉的大山，並將爲山民們帶來生活方式，思維方式的巨大變化。還有一種時間是大山自身的時間，那是日月的穿梭，四季的更替，山民們的日出而做日落而息，是一種循環的時間。這兩種時間構成現代與傳統相交織的和諧的敘事美學。如果說語言的詩意之美是《哦，香雪》的美形，那麼，現代與傳統相和諧的交織則構成了小說的美質。小說《孕婦和牛》與《哦，香雪》有異曲同工之妙，雖然沒有火車與大山的相矛盾與相契合，但依然有現代與傳統的和諧之美，那是與天地相通的互古的原野以及原野上不知起於何時的刻有文字的石碑，那是在現代文明的進程中生出的悠長的意境之美。

　　這些作品由於兩種時間意識的存在而產生了敘事上的落差與和諧之美，這在第一章的時空敘事中給以了詳細的論述。此外，兩種時間意識在敘事結構上也形成了小說的特色，那是線性的個體生命時間與循環的日常生活時間的各自發展，以及兩者的相互交織。這種交織體現爲前進中的循環與循環中的前進。《玫瑰門》是最爲深刻地體現了兩種時間結構的小說文本。

　　《玫瑰門》中有著完整的生命時間敘事，那是以婆婆司猗紋的一生爲主線的生命敘事。但是在這線性的生——死的生命歷程中，也有著人類學意義上的生命循環，那是死亡與新生的生命輪迴，是後代與前輩的血脈相依。生命繁衍生息，一代代地傳遞下來，由母親的母親，一直到我們，然後又由我們傳給子孫後代。雖然個體的生命終將消逝，但是人類的生命卻是脈脈相承，並且有著眾多的相似。因此，生命的感動就來自那給予我們生命的人，人類之愛也來自那血緣情深。《玫瑰門》中有兩個重要的人物，一個是婆婆司猗紋，一個是外孫女眉眉，她們兩個構成了生命的循環敘事。那是生命中無可擺脫的相似，是容貌、體態、氣質上的如出一轍，這是血緣烙下的印跡，它不可更改。在眉眉十四歲那一年，婆婆司綺紋拿出自己珍藏多年的化妝盒爲眉眉化妝，在鏡子中，她們發現了彼此的相像：「這不是眉眉的十四歲，這就是十八歲的司猗紋，這就是兩個司猗紋在鏡前的相縫在鏡前的合影。」（《玫瑰門》第 374 頁）不僅如此，在《玫瑰門》中，還傳達出人類生命的輪迴與相似，那是眉眉剛出生的女兒狗狗與婆婆司猗紋的相像：「她想給她起名叫狗狗，她

發現狗狗額角上有一彎新月形的疤痕，那是器械給予她的永恆。」（《玫瑰門》第 483 頁）而婆婆司猗紋額頭上也有一處月芽形的疤痕，那是外祖父的暴力留下的印跡。外婆最頑強生命的離世與重外孫女脆弱生命的出世在小說結構上不能不說是作者的有意安排，是生命的一次輪迴，也是對女性無可逃避的生育與弱勢宿命的思考。這種關於生命循環性的思考，使《玫瑰門》具有了人類學的意義。

　　人類生命的循環與個體生命的前行相依相偎，使鐵凝對人性的思考更為全面而深刻。那是《麥秸垛》中大芝娘與沈小鳳命運的相似與循環，是對女性愛欲與倫理的思考；《棉花垛》中米子與小臭子母女生命與命運的輪迴，依然是關於女性與欲與社會政治倫理的反思；《秀色》中張二家的和女兒張品命運的循環，以及循環中的變化，是循環中的前進，並指向一種光明的生命圖景。由於兩種時間結構的存在，鐵凝小說呈現為更為開闊的敘事空間。

　　此外，在敘事人稱的選擇上，鐵凝小說中的敘述者也總是能夠連接起兩種時間的人物，這些敘述者大都是居於城鄉之間的遊走者，於是，也便有了空間中的時間性，有了兩種時間的交織，有了對現代化進程的關注，對民間田園生活的情感，這種選擇或許是有意識的，或許與作者的經歷與思考不謀而合，從而成為了作者創作時的個人無意識。

　　《麥秸垛》的敘述者為第三人稱敘述者，但小說中的二級敘述者卻是作為知青的楊青。而知青是一類特殊的群體，它們連接起的是現代社會與鄉村社會，是進化時間與循環時間。楊青作為知青，她生命與生活中的一個端點是知青們下鄉的端村，是端村的麥田與麥秸垛，是一年四季的播種與收割，是端村人生命的繁衍與消亡，是代代相繼日日相隨的歲月。而楊青連接起的另一端是知青點上知青們的生命與被壓抑的愛情體驗，以及返城後無從言說的生活與心理落差。與端村不同，知青點已納入到現代性的規訓之中，因此，大芝娘離婚後再與前夫生下大芝似無不妥，而在知青點上沈小鳳與陸野明麥秸垛下的野合則被看做是大逆不道。兩種時間兩種文化以「知青」為紐帶，在《麥秸垛》中呈現了出來。

　　《青草垛》也以遊走於城鄉的馮一早為敘述者，呈現出兩種時間以及敘事上的美學。馮一早出生在山村，在縣城接受過現代知識的教育。作為一個死魂靈，他可以自由地遊走於傳統的民間社會和受到現代氣息薰染的客棧與城市。因此，在《青草垛》中出現了兩種敘事，一種是民間的敘事，最為明

顯的是人死後靈魂不滅的生命時間敘事。但是作爲死魂靈和受過現代教育的人，小說敘事的視角還延展到受到商業氣息和政治權力沾染的現代社會。於是，現代時間與鄉村時間在《青草垛》中生成的不是《哦，香雪》中的和諧之美，而是一種不和諧的斷裂之美。在這斷裂之中，更爲深刻地體現出審美上的張力和人文知識分子的深沉思考。

在鐵凝的小說中，這種敘述者或二級敘述者的城鄉身份，或城鄉之間生活與遊走的經歷，使得現代城市景觀與鄉村民間習俗以蒙太奇式的方式交替出現在小說文本之中，顯現出現代性與田園性相交織的美學效果。

敘事時空、敘事結構、敘事視角之外，由於公曆記年與農曆記年的不同，也形成了鐵凝小說中不同的語言表達方式。農曆記年方式存在於相對閉塞的鄉村，而鄉村的閉塞又形成了分屬於各地的式樣繁多的方言口語，在鐵凝小說中則是產生和應用於冀中的方言，以此而形成的民間話語體系。而公曆記年在被宣佈爲官方的記年方式後，普通話也被宣佈爲唯一標準的官方語言，因此，普通話則代表著一種更爲廣泛的社會心理認同，那是知識和現代文明的體現，是知識分子的啓蒙話語。此外，現代性與民間性的思維和審美方式，也使鐵凝小說的敘述語言在節奏上表現爲或快速或舒緩，在語言色彩上體現爲或絢爛或平淡的不同特色。而這些都體現出現代性與田園性以及現代背景下的田園回望的敘事美學。

在前行與回望中，在現代背景下的田園敘事中，鐵凝的小說具有了眞正的現代氣質，正如波德萊爾對畫家貢斯當丹·居伊在繪畫史上的作用和意義進行評價時寫到的：

> 他尋找我們可以稱爲現代性的那種東西，因爲再沒有更好的詞來表達我們現在談的這種觀念了。對他來說，問題在於從流行的東西中提取它可能包含的在歷史中富有詩意的東西，從短暫中抽取永恆。〔註16〕

在流行中提取出歷史中的詩意，在短暫中抽取永恆，這是居伊的價值所在，也是鐵凝小說體現出的藝術品格。而且對這種藝術品格的獲取不是偶然的，而是鐵凝有意識的藝術追求。在對具象主義繪畫大師巴爾蒂斯的創作風格進行評價時就體現出了這種追求，她這樣評價巴爾蒂斯：「敏感的時代精神和與之相應的完美形式——一種繼承優秀傳統和創新表現，把20世紀屢遭圍攻，

〔註16〕波德萊爾：《現代生活的畫家》第 31 頁，浙江文藝出版社 2007 年版。

險境叢生的具象藝術推到了新的難以有人企及的高度。」〔註17〕在這裡，鐵凝重點強調了「傳統與創新」，即傳統性與現代性。最後她寫到：

> 巴爾蒂斯與20世紀共始終，卻始終遠離這個世紀的時尚。有藝
> 術史家評論說，他是一位不屬於20世紀的畫家，然而他卻是一位能
> 夠影響21世紀繪畫藝術的爲數不多的幾個大師之一。這話也許武
> 斷，卻頗耐人尋味。〔註18〕

這是鐵凝對巴爾蒂斯的評價，巴爾蒂斯是在潮流之中的，又是遠離時尚的，是傳統的又是現代的，他的作品是連接起瞬間與永恆的藝術。我想，這種評價可以用於鐵凝自身。鐵凝與新時期的文壇保持著一種若即若離的關係，她不屬於任何一個流派，但卻是永在潮流之中。她立足於看似平常，卻又是無盡創作源泉的普通現實之中，去發現去體味去撫摸生命給予我們的感動，生活給予我們的情誼。她是寫實的，但又有藝術的想像與飛昇；她捕捉著藝術新的因子，又有著對傳統的創新性繼承。因此可以斷言，經過歷史時間的沖涮，鐵凝的小說不會因時代的前行而褪色，而將是有著持續的生命力，並將以它的美與善而安駐在人類的精神家園。

三、多種文化心理內涵

在「前行與回望」的時間意識和「現代背景下的田園回望」的敍事美學中，蘊含著的是鐵凝的多種文化傳承，主要有五四新文化運動以來的啓蒙文化、華夏悠久的儒家仁愛文化、鄉村民間的詼諧文化、以及西方繪畫藝術中的生命文化。這些文化構成了田園回望的主要精神內容。

鐵凝小說中的啓蒙文化是鐵凝作爲一個知識分子所持有的文化，是對科學、民主、知識、正義等進步觀念的認知與宣揚。《哦，香雪》、《這不是眉豆花》、《孕婦和牛》是山村封閉環境中對現代知識和外界文明的渴望與追尋，這是鐵凝小說中啓蒙文化的一個重要方面。此外，還有一個重要方面就是對自由、平等觀念的啓蒙，而這一啓蒙思想是與政治權力文化相對照而生成的，這顯示著鐵凝對社會權力的深入思考，對權力擠壓下人的恐慌心理的深刻透視。《明日芒種》、《兩個秋天》、《六月的話題》、《胭脂湖》、《請你相信》、《燈之旅》、《色變》、《沒有紐扣的紅襯衫》、《玫瑰門》、《樹下》、《小鄭在大樓裏》、

〔註17〕 鐵凝：《遙遠的完美》第161頁，廣西美術出版社2003年版。
〔註18〕 鐵凝：《遙遠的完美》第163頁，廣西美術出版社2003年版。

《省長日記》等作品都直接涉及到政治權力，以及在權力籠罩下人格的萎縮與人性的變異。

只要有國家的存在，就會有政治權力的存在，並且以顯在的或隱在的方式影響著人的思維方式、生活方式。尤其是在中國這個古老的國度，長期的大一統的社會更造成了森嚴的等級關係，而且對權力的頂禮膜拜已經成為了一種無意識的本能。權力由此也成為一種強大的規訓與制約的力量，並在不知不覺中成為了一種合理性的存在，而權力也成為文學史上不間斷的敘事母題。鐵凝小說的獨特之處在於，其小說中沒有正面的權力衝突，而是重在揭示小人物的生命個體在權力面前的內心恐慌，以及在權力規訓下產生的身不由己的人格的膽怯與懦弱。

《六月的話題》是關於政治權力的敘事。而且極有深意的是，權力的威力是在當權者受到輿論批評情況下的猶存。面對一張化名的舉報者的匯款單，那幾個被點名的局長顯得極為光明正大，而沒有做任何錯事的平頭百姓卻縮頭縮腦，他們害怕的無非是權力的神威，唯恐一不小心就會遭受權力的懲罰。在小說中，權力對人的壓榨，尤其是對人的心理的壓榨得到了形象的展現。而最為鮮明地體現出對權力極度恐懼的當是小說《請你相信》。在領取分房鑰匙的過程中，一次次的電話鈴聲成為顯現權力的聲音，它一次次地響起，一次次地對主人公於若秀製造著心理上的壓力，讓她的神經處於緊張狀態，最終無法承受這代表著權力的電話鈴聲而暈了過去。暈倒是因為激動與恐慌，而這種恐慌是來自權力的法力無邊與政策的說變就變。在權力面前，人顯得是那樣得無力與脆弱，當權者的一句話，一個電話就將決定著一個人的命運。在權力意志面前，何處去尋找自由與平等的身影？

這種面對權力時的無助無奈與被規訓一直在鐵凝的小說中延續著，《樹下》、《小鄭在大樓裏》、《省長日記》等都是從權力壓抑下的小人物的角度出發，來揭示他們對權力的恐慌，以及在權力規訓下個體人格的萎縮。《樹下》中的老於，一個家境清寒的中學教師，試圖保持一份知識分子的清高，在已是副市長的老同學面前高談闊論著文學和藝術，而對住房的請求難以啟齒。可也就是在這清談之中，其內心對權力的恐慌卻暴露無遺。

權力是無形中的有形，是任何時空背景下的在場，並對人的生命和生存狀態造成沉重的擠壓。通過對權力的恐懼症的敘寫，通過對權力頂禮膜拜的潛意識心理的揭示，展現了政治權力文化的霸權性，同時一種自由平等的啟

蒙思想便油然而生了。《胭脂湖》和《燈之旅》是權力者在無權力之後面對權力的反思，以及象徵性的對權力秩序的打破。然而，要想驅散政治權力在人心中製造的陰影，還需要太長的路途要走。由此看來，啓蒙之燈還需要在人間、在人的心中長久地照亮。

儒家文化中的仁愛思想貫穿在鐵凝的小說之中，並且是與改革開放後逐漸形成的商業權力話語相對照的。《東山下的風景》、《峽谷歌星》、《甜蜜的拍打》、《大妮子和她的大披肩》、《沙果》、《第十二夜》、《誰能讓我害羞》、《何咪兒尋愛記》、《青草垛》、《午後懸崖》、《永遠有多遠》等作品中，多有掩飾不住的對物質欲望的揭露之聲，而重新喚起人們道德與良知的是愛，是悠遠的卻又綿延存留下來的仁愛。

經濟的發展帶來了社會的進步，財富的積累，尤其是物質財富的豐富。然而，物質與精神原本就是一對矛盾的存在。中國有句古話叫「為富不仁」，是把商業利益與仁義道德相對立而論的。這句話有它的合理性，因為在社會體制還不健全的情況下，經濟利益的獲得是要以犧牲良知和善意為代價的。

《東山下的風景》、《甜蜜的拍打》、《峽谷歌星》、《誰能讓我害羞》是對商業語境下人性的拷問。《東山下的風景》中的會計媳婦圍繞著經濟利益的精打細算，《甜蜜的拍打》中的小女子在候車室理直氣壯的向乘客伸手討錢，《峽谷歌星》中山中少年為了多賺些小費向遊客的虛假哭訴，《誰能讓我害羞》是對商業語境下越來越難以言明的貧富矛盾的思考，這些都構成了商業背景下才有的對純樸人性的挑戰。而面對人性的拷問，鐵凝給出了關於愛與善的回答。《沙果》、《第十二夜》是對弱勢者的同情與悲憫，《大妮子和她的大披肩》、《永遠有多遠》是對傳統文化中仁義道德的不自覺的捍衛，而《何咪兒尋愛記》則是在欲望之圍中對真愛的尋找。

《何咪兒尋愛記》是對愛的尋找，有著極強的象徵意義。既然是尋愛，那就預示著曾經的丟失。是什麼使愛丟失呢？是一個又一個的誘惑：「這真是一個思變的時代，人人都想變得不是從前的自己。這真是一個欲望爆炸的時代，人人懷裏都似揣著幾枚灌滿欲望的手榴彈，不辨方向地隨意投擲，有時候投向他人，有時候也向自己引爆。」（《何咪兒尋愛記》，見《永遠有多遠》第 331 頁）對何咪兒的誘惑主要是現代商業社會中金錢的誘惑，是物質上的高消費與精神上的純享樂。她希望自己生活得更有色彩，但這種色彩不是靠自身的努力，而是依賴於對男性的攀附。因此，她對財富的欽慕與愛情的追

求便也成爲了水中之月鏡中之花，是一個個美妙而奇異的幻影。在一次次地被騙後，何咪兒才發現了什麼是眞愛，才要去尋回曾有的眞愛。

鐵凝在談到《何咪兒尋愛記》時說：「愛是太艱難的一件事，在我們這樣的時代，愛是什麼？以色列有一則解釋和平的諺語說：『和平如果不是同敵人的談判又是什麼呢？』套用這個句式我想說：愛如果不是那個尋找愛的過程又是什麼呢？」〔註19〕

尋愛，尋找的是那越來越被欲望之流裏攜而去的純淨的眞情。但那愛根本就沒有遠去，它分明就潛存在我們的內心深處，那是民族文化中不可或缺也永遠不能缺失的文化精髓。在鐵凝的小說中，這種悠久的文化不是自我的呈現，而是在現代個體生命體驗中的被激活，是在現代背景下釋放出來的新的光芒。

民間的詼諧文化出現在敘寫民間生活情趣的作品中，即《麥秸垛》、《棉花垛》、《青草垛》、《他嫂》、《笨花》等小說中。《麥秸垛》中的大芝娘富有生殖氣息的身體，栓子大爹的皮鞋以及與老效媳婦的風流韻事；《青草垛》中模糊嫄命名的由來，鬧洞房的民俗性表演；《她嫂》中「雞巴」口頭語的複沓式小合唱；《笨花》中笨花村黃昏裏的暧昧，鑽花棚的民間風情……這些是擺脫了官方意識形態的民間情趣，並與現代西方繪畫藝術一起形成了鐵凝小說中自由開放的生命形式。這種民間文化的獲取應得益於鐵凝在農村生活的那段經歷，而且由於她是以一種主動親近的態度來到鄉村，所以，在她眼中，田園風光、民間風俗不是代表著落後與愚昧，而是一種純樸與風趣，並與城市文明形成了鮮明的對照。這種民間文化的情趣在前面的論述中比較集中地給予了論述，這裡就不再展開。

西方繪畫中的生命文化出現在對人的身體和生命進行關注的作品中，如「垛」系列：《麥秸垛》、《棉花垛》、《青草垛》。浴女系列：《對面》、《無雨之城》、《小黃米的故事》、《秀色》、《大浴女》等。這種生命文化是對生命的禁忌文化的衝擊與解構，是鐵凝所特有的一種生命敘事。這一來自於西方現代繪畫的生命敘事在本章的第三節中將給予詳細地論述，這裡也不再多述。

啓蒙文化、仁愛文化、民間文化、生命文化相交織與相融合，共同形成鐵凝小說中多義而豐饒的文化內涵。本章的第二節和第三節將展開具體的論述，探討對鐵凝小說敘事產生重要影響並爲鐵凝所獨有的兩類文化與情結，

〔註19〕鐵凝：《鐵凝文集》第一卷《寫在卷首》，江蘇文藝出版社1996年版。

其一是長女情結與多種文化認同，其二是現代西方繪畫藝術對小說創作的影響。

第二節　長女情結與多種身份認同

在鐵凝的小說中，有一種內在的精神性格洋溢在作品中，這種精神性格可親、可愛、可敬，那是只屬於鐵凝的一種精神性格，散發著獨特的魅力。這種與眾不同的精神性格是什麼呢？我想，那是對他人、對社會、對人類的大愛與對自我生命主體的自愛的結合，是傳統文化與現代文化精粹的結合。而這種精神氣質最直接的體現就是對長女身份的認同。

長女作為一個藝術形象，在鐵凝的作品中一再地出現，這樣就構成了一種情結，可稱之為長女情結。長女介於母親與幼女之間，因而長女就具有了雙重身份。對於幼女來說，她起到母親般的呵護作用，具有母性特徵；而對於母親來說，她又是女兒，有著自身的生命體驗與感受，具有女性特徵。這是家庭身份的認同，而作為終究要從家庭走向社會的現代女性來說，這種長女情結也必然會影響到其社會身份，那是對他人的關愛和女性主體意識的體現。除母性與女性身份特徵外，作為沒有兄弟的長女，又自覺地承擔起了長子的身份，那是對於父親所代表的價值觀念的認同，是一種社會責任的擔當，是花木蘭式的強者意識，但這種長子意識以一種隱含的形式存在著。長女身份不僅僅是家庭和社會身份的認同，還是一定的文化身份的認同。它既體現著中國儒家文化的精華，是呵護、責任與承擔，同時還體現著現代社會女性的自我主體意識，是自尊、自愛與自強。鐵凝小說中的長女情結在敘事上表現出的這種大愛與自愛，在當代社會中有著獨特的意義，並構成一種中國形象。

一、長女情結中的母性情懷

在鐵凝的小說中，長女作為一個形象，一再地出現在作品的敘述之中，而長女形象中的母性情懷是最為感人至深的。在許多作品中，尤其是以家庭生活為題材的小說中，多能看到這種具有母性情懷的長女形象，其表現形式為姐姐對妹妹的母親般的呵護。列表顯示如下：

篇名	姐姐	妹妹	母性情懷
啊，陽光	莊曉靜	莊曉天	她恨自己，恨自己一時忽略了妹妹的穿戴，既然她是姐姐，又負著母親的責任，爲什麼還會有這樣的大意。（見《夜路》第 67 頁）
沒有紐扣的紅襯衫	安靜	安然	儘管那時我也是孩子，我也需要人的保護，可是想到我能去保護一個人，這又是一件多麼驕傲的事呀。（見《午後懸崖》第 259 頁）
玫瑰門	蘇眉	蘇瑋	如果在這之前她一直希望著自己被人保護，那麼現在她就要變作一個保護人的人了。她保護的不僅是小瑋，而是她的全家，這就是一種人類之愛的心靈的喚起。（《玫瑰門》第 284 頁）
大浴女	尹小跳	尹小帆	父母遠在葦河農場的日子裏，她們相依爲命。尹小帆愛吃蘋果和帶魚，尹小跳就盡可能多買給她吃。她知道她們的錢是不夠用來天天吃帶魚和蘋果的，那麼她就應該學會不愛吃蘋果和帶魚，她只看著尹小帆吃。（《大浴女》第 117～118 頁）

　　在小說《啊，陽光》、《沒有紐扣的紅襯衫》、《玫瑰門》、《大浴女》中，都有一對同時出現的姐妹，莊曉靜／莊曉天，安靜／安然，蘇眉／蘇瑋，尹小跳／尹小帆。在這些小說中，有著相近的故事和人物，有時連細節都是相似的。那是在文革歲月，由於父母不在身邊，年長妹妹幾歲的姐姐擔當起母親的角色，對妹妹進行悉心的關心與照顧。而且小說的敘述者都是姐姐，從姐姐的角度來表現對妹妹的呵護與關愛，這種母性情懷就更加眞切感人。在莊曉靜對莊曉天，安靜對安然，眉眉對小瑋，尹小跳對尹小帆的關愛裏，升騰著一種母愛般的情感，那是默默的而甜蜜的犧牲與奉獻，是長女情結中母性情感的體現。

　　而且這種情懷不斷地擴大，進而成爲成年後對長輩的關心與呵護。《大浴女》中尹小跳對母親章嫵的態度和情感就具有了一種母性情懷。母親章嫵在百貨公司的櫃檯前受到兩個氣焰囂張的年輕女人的欺侮時，尹小跳勇敢地站了出來，於圍觀的人群中解救出了母親。「她斷定這確是一種母性的情感，女兒必得獲得母性的情感才有可能善待和關愛她的母親。」（《大浴女》第 328 頁）

　　尹小跳對母親章嫵本來是懷著滿腔的憤恨的，因爲章嫵對孩子的疏忽，對家庭的背叛，從而造成了對女兒情感無法彌補的傷害。可是，那種血緣情

深，那種母性情懷，使尹小跳承擔起對日漸衰老的母親的愛護。在無助的母親面前，母親變成了孩子，而她則成爲了母親：「你的長輩就是你的孩子，你的長輩就是你的孩子！你必須具備這樣的胸懷。」（《大浴女》第 329 頁）此外，《玫瑰門》中蘇眉對於婆婆的照料也是這種母性情感的被喚起。雖然她曾多次發誓不再走進響勺胡同，不再去看婆婆，但還是一次次地走進了響勺，走進了婆婆的院落。癱瘓在床的婆婆，額頭上有著月牙形傷疤的婆婆喚起了她的母性情感。

　　這種家庭中的長女身份擴而大之，則成爲一種社會身份，那是「老吾老以及人之老，幼吾幼以及人之幼」的胸懷體現，是對沒有血緣關係的他人的關愛，是對社會道義的承受與擔當。那是《東山下的風景》中的女記者，她準備去縣裏，爲復員軍人的事認眞地奔走一下；是《麥秸垛》中楊青對陸野明的關心，這種關心更多的表現爲母愛而非性愛；是《沙果》中「我」對弱智女子沙果的關切與同情；是《第十二夜》中的女畫家對大姑的理解與安慰；是《大浴女》中尹小跳在內心深處建構起來的爲他人遮蔽風雨的精神花園。這些，都表現爲一種母性的情懷。我們來具體地讀一讀《沙果》中的敍述：

　　　　本來我是不準備接沙果的零錢的，卻又覺得拒絕沙果的零錢實在就是拒絕了沙果的一片心意；拒絕了沙果的心意就等於拒絕了沙果那份處理問題的能力。於是我幫沙果數出六毛錢，把多餘的零錢交還給她。沙果的臉立刻又紅了，她這次的紅臉顯然與上次不同，這次是爲自己有這找零兒的能力而興奮不已。（見《有客來兮》第 115 頁）

沙果是一位弱智女子，因爲她的腦子不夠用，也就不被人待見，包括她的母親和兒子。可是取奶站大媽和「我」對她的關心，卻是對沙果平淡日子的瞬間照亮，雖然不能持久，但也有著陣陣暖意。

　　鐵凝這種母性情懷形成的原因，既有家庭原因，也有文化原因。家庭中長女身份的認同，使她有了一種擔當的責任。而長女的責任則又有著傳統文化的傳承，那是一種理所當然的責任和義務。在小說《玫瑰門》中，父親的一封信中就體現出這種文化內涵：

　　　　爸的信封很大信紙也很大，但信很短。關於自己他什麼也沒說，他只告訴她，小瑋要住北京，會給婆婆增加更多的麻煩；小瑋住北京，眉眉將同時負起三個人的責任：爸爸、媽媽、姐姐。最後爸說：

> 「我已經看見了這個懂得怎樣照顧小妹妹的大孩子，她隨時隨地都
> 站在我的眼前。」爸的信果然感動了眉眉。……她保護的不僅是小
> 瑋，而是她的全家。這就是一種人類之愛的心靈的喚起。(《玫瑰門》
> 第284頁)

這是對長女身份的確認與認同，也是對傳統文化的認同，姐姐照顧妹妹，進而照顧全家，這是一種觀念的傳承，也是一種文化的傳承。

二、長女情結中的女性主體性敘事

長女既體現為對親人和他人的關愛，有對母性身份認同的一面。此外，長女也有女性身份認同的一面，那是對自我生命的關注。尤其是在主體性意識越來越得到強調的現代社會，即便是長女，也要從自我犧牲自我奉獻的傳統品格中走出來，釋放出主體性的光彩。《沒有紐扣的紅襯衫》中的安靜有自己的愛情追求，《玫瑰門》中的蘇眉有自己的情感經歷，而最有特點的則是《大浴女》中尹小跳和尹小帆的逐步升級的爭吵。成年後的尹小跳和尹小帆從保護與順從的姐妹關係中走了出來，都具有了主體意識，這時的尹小跳已經不再是小母親，尹小帆也不再是需要保護的客體，她們都成為了具有主體意識的成人。於是，由於價值觀念的不同，爭吵也就時有發生，並有逐步升級之勢。而這爭吵是對自我觀點的表達，是自我主體性意識的顯現，是人格尊嚴的維護。

我們來看尹小跳對尹小帆的第一次拒絕，那是尹小跳去看望正在讀大學的尹小帆，為她買了一件薄呢短裙。但是尹小帆不想要薄呢短裙，就想要尹小跳身上穿著的方競從國外帶回來的短風衣，尹小跳拒絕了尹小帆的無理要求：

> 這差不多是尹小跳第一次對尹小帆說「不」，她說得很快，卻並
> 不含混。心裏彆扭著，卻弄不清是哪裏出了問題。也許是她錯了吧，
> 為什麼她就不能把尹小帆喜歡的東西給尹小帆呢。她不能。(《大浴
> 女》第203頁)

雖然尹小跳曾像一位母親般的關愛著妹妹尹小帆，但她依然在尹小帆的無理要求面前說了「不」。就是在這一次次地絕不遷就地拒絕，絕不遷就地說「不」中，我們感受到了一種現代人格的力量。

　　記得在讀王蒙的文章《〈紅樓夢〉中的政治》的時候，很是贊同王蒙的看法。他說到《紅樓夢》中的探春厲害，是個政治人物，在抄檢大觀園中就可看出，他分析到：「王善保家的不知深淺，過去還撩了探春的衣裳，他還說衣裳我也搜了。這時探春「叭」一個嘴巴。這個嘴巴比王熙鳳的那個嘴巴又高明了。整個《紅樓夢》看得都相當憋氣，看哪都憋氣，就這個嘴巴不憋氣。《紅樓夢》就是靠了這個嘴巴，靠探春的這個嘴巴，使你看完了《紅樓夢》以後不至於患抑鬱症，一個重要的發洩。」〔註20〕

　　中國文化是崇尚謙恭禮讓的，中國人是講究委曲求全的，哪怕是受了委屈，哪怕是心裏憋氣，也不會輕易在人前正面直接地表達自己的意見和看法。忍氣吞聲、一團和氣是為人處事的準則，有時到了毫無原則的地步。《大浴女》中父母對尹小跳的做法就提出了批評：

> 尹亦尋和章嫵埋怨尹小跳不該和尹小帆唇槍舌劍，當尹小帆和
> 尹小跳發生爭吵時他們總是站在尹小跳一邊的，「讓著她」是他們不
> 變的原則。他們從來不認為尹小跳和尹小帆已是兩個成年人，兩個
> 成年人需要互相控制情緒和互相尊重。而他們卻總是說「讓著她讓
> 著她讓著她」，他們都知道些什麼呀！（《大浴女》第228頁）

這種忍讓的哲學體現在文學上就出現了眾多的讓人感到憋氣的形象，《紅樓夢》中的人物還不是最憋氣的，她們是些敢於表白，維護自我尊嚴的女子們，林黛玉說話尖酸刻薄是出名的；寶釵很會顧全大局，但如果誰要是對她的尊嚴進行侵犯，她也會反唇相擊，決不忍氣吞聲；就連襲人、晴雯、鴛鴦、小紅等丫頭們也都是敢表達自己的內心情感的。真正讓人感到憋氣的是當代的一些作品，是那些苦情戲的主角們，她們以賺取眼淚為能勢，卻又冠以宏揚了中國的傳統文化。鐵凝的小說是不那麼讓人憋氣的，原因就在於其小說中的人物敢爭敢吵，敢於說「不」，從而使人物有了主體性人格。

　　《大浴女》中的尹小跳就具有了這樣的主體性，她敢於跟欺負妹妹的人一拼死活，敢於和妹妹爭與吵，敢於說整過容的母親是一個怪物，敢於指出父親內心的膽怯與虛偽，不僅如此，她還能對曾經深愛過的人堅定地說「不」，那是對方竟的斷然拒絕。尹小跳的拒絕使她更顯得高貴而有尊嚴，這是具有了現代主體性特徵的現代女性形象。

〔註20〕王蒙：《〈紅樓夢〉中的政治》，《文學自由談》，2005年第1期。

　　鐵凝不單是把女性的主體意識賦予了帶有類自傳色彩的女性形象，而且這種個體主體意識也體現在其塑造的其他人物身上，如《無雨之城》中的陶又佳、丘曄；《青草垛》中的十三菱，《大妮子和她的大披肩》中的大妮子，《小黃米的故事》中的小黃米，《哦，香雪》中的鳳嬌，《夜路》中的榮巧。她們敢說敢幹，光明磊落，沒有更多的傳統觀念的束縛。下面我們引用《大妮子和她的大披肩》中的幾句話，看鐵凝是如何塑造這些活潑、歡快、大方、開朗的人物形象的：

> 「謝謝，再見。」胖人下了馬，轉身就走。
>
> 「錢呢？謝謝可不當吃不當喝。」大妮子上前一步。
>
> 「我白給你講伊犁呀？」胖人笑笑。
>
> 「你白吃我的蘿蔔呀？」大妮子也笑笑。（《巧克力手印》，第
> 166 頁）

大妮子是決不覥靦扭怩的，她對應得的報酬決不謙讓和不好意思說出口，這種爽快勁在鐵凝的小說中是隨處可見的，尤其是在表現農村女孩子的小說中。面對著這些沒心沒肺有啥說啥的女孩子，心情也會變得單純明朗起來。而閱讀鐵凝的小說，也就有了一種舒暢的快感。

三、長女情結中的長子意識

　　長女身份與長子身份是有共同之處的，他們都負有對弟妹的呵護與關愛的責任，但是兩者又有著不同，長女更突出家庭領域、情感空間，而長子更突出社會公共領域，理智空間。而在現代社會中，女子不單是在家庭中發揮作用，她們也要像男子一樣參加社會事務。於是，長女變成了長子，成爲了現代型的花木蘭，尤其是在沒有兄弟的家庭中。

　　在中國傳統社會中，長子長孫有著特殊的家庭地位，他們是王位（家族地位）和財產的唯一合法繼承人，家中沒有男丁即失去了血脈和香火，「不孝有三，無後爲大」已經成爲根深蒂固的傳統觀念。雖然現代社會尤其是在城市中，這種觀念正逐漸改變，但是不論是家庭中還是社會中，重男輕女的現象還是存在著。於是，在沒有男丁的家庭中，女孩子會自覺地承擔起男孩子的家庭和社會責任，這樣，長女就認同於長子的身份，具有了長子的性格特徵。而長子是與父系價值體系相認同的。中國學者李軍在《家的寓言》中，對長子身份進行了分析，認爲：

　　「幼子」的角色表示 Y 與母的結合，意味著認同並且依賴其母的 Y 扮演的是一種「幼子」的身份。「長子」則表示 Y 與父的結合，意味著 Y 對父性價值的認同從而成長爲「長子」。用我們的話說，「幼子」代表西方語境中的「俄狄浦斯」傾向，「長子」則代表著「拉伊奧斯情結」的內化傾向；與此同時，「幼子」也代表著中國文化語境中的道家傾向，而「長子」則代表著中國文化語境中的儒家傾向。〔註21〕

不僅是中國學者，就是西方學者也對長子的身份和性格進行了論述，而且得出了近乎相似的結論。精神分析學家阿爾弗雷德·阿德勒認爲：「長子通常被認爲具有足夠的權力和常識成爲父母的助手或支配弟弟妹妹的人。我們可以想像，不斷得到環境委以責任的信任，對一個兒童來說是多麼重要。他的思想過程有點類似於這樣：『你更高大、更強壯、更年長，因此你必須比他們更聰明。』」〔註22〕

　　我們在分析鐵凝的小說時發現，鐵凝小說中長女與父親的關係並不像有些研究者所認爲的那樣是戀父情結，而更像是父子關係。也就是說，不是女兒對父親的情感依戀，而是更近似於兒子對父親價值觀念的認同，是花木蘭式的替父從軍。雖然現代女性不再如花木蘭那樣在穿著上女扮男裝，但卻是一種內在精神上的女扮男裝，是對長子身份的認同。這種長子意識不僅是對父親價值觀念的認同，而且擴大之是對祖父、曾祖父等整個父系家族價值觀念的認同。與對母系家族的審視形成鮮明對照的是，對父系家族，鐵凝在作品中表現出來的更多的是崇拜與敬意，以及再建家族輝煌的意願與想往。花木蘭替父從軍，在沙場上建功立業。離開了戰場，她的魅力也就消失了；而現代女性，雖然不再是替父從軍，在戰場上建立功勳，但也是在事業上實現著父親的希望與夢想。鐵凝在散文《我看父親的畫》中寫到：「我是父親的孩子，從此更加渴望理解父親的風景。當我到了父親的年齡，在我的風景線上，能夠挽留住什麼呢？」〔註23〕

〔註21〕李軍：《「家」的寓言——當代文藝的身份與性別》第 64 頁，作家出版社 1996 年版。

〔註22〕（奧）阿爾弗雷德·阿德勒：《理解人性》第 114 頁，國際文化出版公司 2000 年版。

〔註23〕鐵凝：《我看父親的畫》，見散文集《女人的白夜》第 248 頁，江蘇文藝出版社 1996 年版。

　　這是對父親的理解，對父親事業的認同，以及對自己未來之路的想像。像父親那樣在事業上有所建樹，是對於自己的期望。而父親對鐵凝的事業也是支持的，沒有父親的支持，也就沒有鐵凝的作家夢。在《眞摯的做作歲月》中，鐵凝寫到她是如何走上小說創作之路的，其中父親起到了極重要的作用，不僅帶她去見作家徐光耀，還支持她去農村接受鍛鍊，體驗生活：「父親卻支持我的冒險。在那些日子裏，他的議論也總離不開中國農村。他用不懂得中國農民就不懂得中國社會這個道理來啓發和安撫我，那啓發和安撫是毫不猶豫的。」〔註24〕可以說，鐵凝的事業從起步，到大步地向前邁進，都與父親的支持與鼓勵不可分。在《鐵凝影記》中，在對一張「我父親和八歲的我」的照片進行講說時，鐵凝寫到：「我父親笑得很好，他始終對我充滿希望，從那時起對我的前途沒有講過一句悲觀的話。我相信，即使我終歸一事無成，他也會有辦法讓我對自己充滿信心。」〔註25〕拉康認爲，孩子長大後就要從想像界進入象徵界，並有了對父親所代表的價值與社會規範的認同。而這時，作爲長女的母性與女性的身份趨於淡化，而逐漸成長爲繼承父業的長子，並可以獲得事業上的成功。

　　這種成功立業的長子意識在小說中是有反映的，《玫瑰門》中寫到了蘇眉作爲一個畫家，取得了事業上的成功：

> 蘇眉的不冷清是她畢業之後的事，畢業、工作便是向社會的亮相。她要考慮四面八方上下左右，她既不願讓人說這個年輕畫家老氣橫秋循規蹈矩，也不願讓人把她形容成瘋瘋癲癲的夢囈者。同行們就她：「行，又新又能接受。」說內行點是有現代意識又注重傳統，說「專業」點是放得開又有基本功。蘇眉要的就是這「又新又能接受」，她站住了。站住了，是蘇眉的一個公開，又是一個內心的秘密。

（《玫瑰門》第 397 頁）

《大浴女》中也有關於尹小跳事業成功的敘述：

> 她把精力和聰明智慧用到職業上去，逐年爲出版社創下可觀的利潤。在這幾年裏，她的精力是集中的，她的內心是清靜的，她不再把眼淚往抽屜裏掉了，她的氣色漸漸她起來，生活的前方還有什

〔註24〕鐵凝：《眞摯的做作歲月》，見散文集《女人的白夜》第 446 頁，江蘇文藝出版社 1996 年版。
〔註25〕鐵凝：《鐵凝影記》第 43 頁，河北教育出版社 1998 年版。

> 麼機會吧？也許她在觀望，有那麼點兒過來人的平和，也有那麼點
> 兒不甘心者的企盼。(《大浴女》第 206 頁)

但是，這種長子意識在鐵凝的小說中是一種隱含性的敘述，也就是說，小說中沒有突出或說根本沒有出現事業與家庭相矛盾的敘述，不像是女強人小說模式，事業和家庭是截然對立的。鐵凝是將事業的成功與戀愛的失敗放在一個平臺上來敘述的，這樣看起來，事業的成功不是有意爲之，而是因爲不成功的愛情所至，是將愛情移植到事業的熱情之中，從而獲得了成功，是一種移情的結果。但是如果我們細細分析會發現，這不是移情的結果，而是主人公潛意識中根深蒂固地對事業的重視與追求，而這大大高於其對世俗家庭的看重。關於這點，我們以《大浴女》中的尹小跳爲例進行具體的解讀，主要從兩個方面來分析，一是其戀愛的對象，一是其對於婚姻的態度。

從她所追求的對象看，尹小跳愛得死去活來的初戀對象是文化名人方競，對尹小跳來說，方競與其說是婚姻的對象還不如說是精神的偶像。所以說，從表面上看，尹小跳追求的是婚姻，而實際上，她追求的是一位事業上的領路人，是精神的嚮導。方競對尹小跳的分析可謂是準確的：

> 因此——他吸了一口煙說，因此我是配不上你的。現在看上去
> 好像我在追逐你，我怎麼可能追逐得到你呢？你是一個追逐不到的
> 人——誰也別想。(《大浴女》第 25 頁) 他還說：「是驕傲，驕傲不
> 是我的，驕傲是你獨有的。」(《大浴女》第 27 頁)

「追逐不到的人」，那是尹小跳骨子裏的一種驕傲，是高傲，是高於俗世之人的氣質，那只能是事業上的大成就。

從對待婚姻的態度看，尹小跳只有戀愛的能力，而沒有結婚的能力與勇氣，她對婚姻充滿了恐懼：「秋天到了，婚期近了，尹小跳卻經常無緣無故地和陳在發脾氣。」(《大浴女》第 331 頁) 用陳在的話說是「你還缺乏一種勇氣，和一個結過婚的男人共同面對新生活的勇氣。」(《大浴女》第 337 頁) 陳在是不瞭解尹小跳的，尹小跳不是缺乏與一個結過婚的男人共同面對新生活的勇氣，而實在是尹小跳根本就無法面對一個世俗的婚姻。她需要的是生命的痛苦和孤獨，那樣她才有事業上的成功，也才有撒向人間的大愛。

在鐵凝的小說中有一個空白，那就是關於婚姻的空缺。尹小跳無法走入世俗婚姻的殿堂，而《玫瑰門》中蘇眉的婚姻也是一個敘述上的空白。蘇眉

懷孕生孩子的情節就給人突兀之感，因爲對她的婚姻沒有交代，而且她朦朦朧朧中愛的對象還不是自己的丈夫，而是另有其人。丈夫的面目是模糊的，只是一個象徵符號。戀愛婚姻的不成功，表面上看是對於婚姻的恐懼，而實際上是心高氣傲，無法認同於世俗的婚姻。愛情是尹小跳、蘇眉們的駐足之地，並不能成爲她們的停泊之所。她們的停泊之地在更爲廣闊的天地之間。狹窄的婚姻天地是要束縛她們的聰明才智的。由此可以說，戀愛婚姻和事業不能兩全，依然是現代女性的人生悲哀。

但是鐵凝小說中的長子意識是以隱含的形式出現的，她給出的不是女強人的形象，而是顯得柔弱無力的女性形象。她們事業的成功不是通過職場上的爭奪，而是通過戀愛的失敗來表現。這樣，事業的成功就隱藏在了戀愛的失敗之中，這樣，具有長子意識的長女們不是強有力的，而是帶著女性的柔弱、美麗與驕傲。強者的形象被遮掩了，突顯的是在淚水中頑強站立起來的令人憐愛的成功的現代女性，從而有著既感人又深沉，既美麗又婉約的美學意味。

這樣，在鐵凝的小說中就形成了長女的多種身份認同：母性的人類關愛，女性的現代生命體驗，父性的事業追求。三者相輔相成，有時又矛盾交織，從而形成既有傳統文化特徵，又體現現代意識的女性形象——長女，並進而成爲了一種中國形象。

第三節　西方現代繪畫藝術與小說創作

鐵凝小說的獨特之處還有一個原因，就是她對現代繪畫藝術的吸收和借鑒，並將其巧妙地運用到小說的創作之中，這樣她的小說就具有了不同於其他作家的特性。在二十世紀八十年代，當新潮作家們一窩蜂似地去追蹤模倣卡夫卡、福克納、馬爾克斯等文學巨匠的時候，鐵凝卻另闢蹊徑，走出了一條屬於自己的路，那是現代繪畫藝術給予她的滋養與靈感。莫奈、塞尚、夏加爾、巴爾蒂斯，這些現代繪畫大師們以他們的創作理念，他們的藝術傑作，不僅給了鐵凝藝術的薰陶，還直接影響了她的小說創作，並形成了不同於新時期其他作家的獨特風格，以及對於自我風格的堅持。如果說「五四」以來形成的本土文化是鐵凝小說創作的一個源頭，那麼，來自西方的現代繪畫藝術開闢了鐵凝小說創作的又一源頭。

一、「麥秸垛」與「大浴女」：西方現代繪畫的靈感捕捉

　　西方現代繪畫帶給鐵凝兩個最為重要的藝術發現，一個是「垛」，一個是「浴女」。這兩個發現，使鐵凝可以傲然屹立於文壇之上而獨領風騷。首先，我們來看鐵凝小說中的「垛」與現代繪畫《麥秸垛》的淵源。

　　鐵凝的小說《麥秸垛》直接來自法國印象主義繪畫大師莫奈的《麥秸垛》，對於莫奈的《麥秸垛》，鐵凝在《遙遠的完美》中給予了專門的論述：

> 吉維尼位於法國南部平原，那裡有一望無際的麥田，麥收過後堆起的麥秸垛，一年四季矗立在田野上，莫奈對此發生了濃厚的興趣。於是他運用他的顏色理論開始了對麥秸垛的不倦描繪：一年四季從冬到夏，一天之間從早到晚，直至他什麼也看不見為止。他跟著季節走，跟著陽光走，畫出了難以計數的麥秸垛系列。對麥秸垛的連續描寫，使莫奈的藝術呈現出一片燦爛和輝煌。〔註26〕

這是繪畫大師莫奈筆下的《麥秸垛》，而它對鐵凝小說創作上產生了怎樣的影響呢，鐵凝接著寫到：

> 我寫中篇小說《麥秸垛》時，剛剛見過莫奈《麥秸垛》的原作。冀中平原上的農民堆積麥秸垛的方式和法國人略有不同。但我聞過麥秸垛的氣味，我也從早到晚目睹過太陽、風雨對麥秸垛的照耀和吹拂。我圍繞麥秸垛紡織的故事是麥秸和人之間那悲喜交加的關係，那關乎生計的，關乎愛和死的難解難分的糾纏。〔註27〕

在莫奈的《麥秸垛》中，鐵凝發現了「垛」，發現了垛的顏色的奧秘。那不是顏色本身，那是由顏色的一年四季的變化所引發的關於時間的思考，關於人的生命的思考，是對於垛所蘊含的生命文化的發現。於是，鐵凝將繪畫的空間藝術轉換成了小說的時間藝術。在西爾維·帕坦所著的《印象……印象主義》中，也對莫奈的畫進行了闡述，書中寫到：

> 事實上，是生命給這些畫注入了清新的激情，新藝術的氣息，是生命使人震驚：大氣的生命，水流的生命，芳香和陽光的生命，難以捕捉的、無影無蹤的大氣的生命，匯總成令人讚歎的大膽和雄辯的創新，而它們實際上就是體現了感覺的細膩，表現出大自然偉大和睦的超凡智慧。春天新娘般的歡樂，夏天炎熱的沉悶，裹著金

〔註26〕鐵凝：《遙遠的完美》第83頁，廣西美術出版社2003年版。
〔註27〕鐵凝：《遙遠的完美》第85頁，廣西美術出版社2003年版。

色外衣的秋天躺在絳紫色眠床上奄奄一息，冬天披著輝煌而冰冷的
盛裝，生命無處不在，它煥發生機，絢麗斑斕。〔註28〕

對於瞬間的印象的捕捉，成就了莫奈的繪畫，而對於莫奈的繪畫的捕捉，使
鐵凝發現了時間，發現了生命的瞬間以及瞬間中的永恆。因此，在小說《麥
秸垛》中，鐵凝不是對某一個故事的述說，而是對與垛相連的有關人的生命
與生存的多個故事組的言說。其中有端村人的故事：以栓子大爹的皮鞋為核
心的栓子大爹——老效媳婦——老效的故事，以大芝娘為核心的大芝娘——
大芝娘的前夫——大芝——小池的故事，以小池為核心的小池——花兒——
五星的故事；有知青點的故事：楊青——陸野明——沈小鳳的故事；還有端
村與知青點相連接的大芝娘——沈小鳳的故事。這些故事又都與麥秸垛發生
關聯，那是發生在垛裏垛外的欲望升騰，於是，垛與人的生命欲望連接在了
一起。因此說，在鐵凝的小說《麥秸垛》中，「垛」，不僅擴展了小說表現的
時空，延伸了小說表現的內蘊，而且它已然成為了有生命的實體，經歷著時
間的風雨，目睹著歲月的滄桑，感受著欲望的明滅。端村——知青點，麥子
——垛——原野，理——欲，那一個個生命的瞬間綻放在原野上的麥秸垛旁，
《麥秸垛》由莫奈的顏色瞬間，轉為了鐵凝的生命瞬間。

「垛」的發現，使鐵凝一個大步就跨到了文學的前沿，並創造了獨具特
色的生命與文學意象。其他的方面估且不談，只這一個意象的選擇，就使鐵
凝的「三垛」高出王安憶的「三戀」。而且與其他的尋根小說相比，當紅火的
趕潮小說在多年後已成為歷史陳跡，鐵凝的「三垛」依然是文壇津津樂道的
話題。

現代繪畫藝術給予鐵凝的第二個重大影響是「浴女」形象的出現。

在鐵凝的小說中，有一個光彩照人的形象系列，那就是「浴女」系列。
那是《大浴女》中的尹小跳、唐菲，《秀色》中的張品，《小黃米的故事》
中的小黃米，《對面》中的「對面」，《無雨之城》中的陶又佳、丘曄，《玫
瑰門》中的宋竹西……她們赤裸的身體大膽而熱烈地綻放，以瞬間閃現的
美豔，照亮了或荒涼或平庸的原野與城市，咄咄逼人，美不勝收。〔註29〕

〔註28〕（法）西爾維・帕坦：《印象……印象主義》第 91 頁，錢培鑫譯，譯林出版
社 2006 年版。
〔註29〕此部分相關內容參見拙作：《鐵凝小說中的浴女形象與身體敘事》，《文藝爭鳴》
2009 年第 8 期。

這些浴女形象來自哪裏，在長篇小說《大浴女》中，鐵凝談到塞尚的名畫《大浴女》，但是，如果我們細緻地將鐵凝小說中的浴女形象與現代繪畫中的形象進行比較會發現，鐵凝小說中的浴女形象其實更接近於《草地上的野餐》中的裸女，那個裸女曾讓當時的畫壇震驚。有人這樣評說馬奈《草地上的野餐》以及野餐中的裸女：「天啊！多下流：一個一絲不掛的女人在兩個衣冠楚楚的男人中間！」〔註30〕但事實證明，《草地上的野餐》是多麼成功的繪畫作品：「一些作品被歷史賦予標誌性地位，篇章起首地位。這就有了前後之分。20世紀畢加索的《亞威農的少女》屬於此類作品；而在19世紀下半葉，扮演這個角色的正是《草地上的午餐》。」〔註31〕在《莫奈——捕捉光與色彩的瞬間》中，西爾維·帕坦也對這幅畫進行瞭解說：「馬奈的《草地上的午餐》在1863年的落選者沙龍展出。這幅畫有古代大師的遺風，借用了田園景色和酒神節的主題，也看得到提香、吉奧喬尼、拉斐爾等巨匠的風格，但有『現代』的元素。馬奈讓一個裸女坐在穿衣服的男人身邊，這是非常大膽的做法。」〔註32〕不只是馬奈的《草地上的野餐》，裸女畫在西方現代美術史上屢見不鮮，入選鐵凝《遙遠的完美》畫論中的裸女畫就有：塞尚的《大浴女》，高更的《永逝不返》，勃納爾的《慵懶》，馬爾蒂斯的《凱西的梳妝》、《壁爐前的裸女》、《貓照鏡》，懷斯的《戀人》等，這些都是有著「現代」元素的繪畫作品。

而這種「現代」元素在鐵凝的小說中也一再地出現，《對面》中的「對面」幾乎是光著身子出現在陽臺上的廚房裏，如「天外來的飛碟赫然放著光明一劃而過」；《無雨之城》中赤條條的陶又佳「攀上巨石在上面站住，周身潔白得像個發光體。」；《小黃米的故事》中的小黃米赤裸著自己在畫家老白的相機前充當模特；《秀色》中的張品面對李技術員時，李技術看見「一團白光從他的坑角冉冉升起」。這些裸女形象的出現使鐵凝的小說具有了「現代」因素，並且有著強烈的視覺和審美效果。對這些浴女形象的捕捉不得不說是來自於現代繪畫所帶來的創作靈感，而這些美好的健康的裸女形象也使鐵凝的小說炯異於其他作家的作品。

〔註30〕（法）加香：《馬奈：畫我所見》第53頁，譯林出版社2006年版。
〔註31〕（法）加香：《馬奈：畫我所見》第47頁，譯林出版社2006年版。
〔註32〕（法）西爾維·帕坦：《莫奈——捕捉光與色彩的瞬間》第19頁，譯林出版社2004年版。

對「垛」和「浴女」的捕捉，其實就是對美的瞬間的捕捉，而馬奈、莫奈、塞尚等畫家都被列入印象主義大師之列，由此可以說，印象主義繪畫流派對鐵凝的小說創作產生了極大的影響，並使她的小說獨具一種美學韻味。

從鐵凝的創作來看，最早對西方現代繪畫進行借鑒的當推到《哦，香雪》、《不動聲色》中的「火車」意象。也許因為火車在現代社會中已經過於普遍，所以往往被人忽略它所具有的現代性，而只是被看作一個普通的交通工具。鐵凝是否受到了莫奈繪畫中表現現代城市的火車畫的影響，我們沒有發現明確的相關文字，但是火車所蘊含的現代因素，成為鐵凝小說中不可忽視的一部分。

我們先來看莫奈繪畫中的「火車」，以及對其繪畫中火車意象的評價：「克洛德·莫奈先生是該團體中個性最突出的人物。他今年展出了精美的火車站室內畫。人們可以聽見火車進站的轟鳴，看見滾滾濃煙在空曠的天棚下翻騰。這就是今日的繪畫，在如此雄渾美麗的現代環境中的繪畫。我們的藝術家們應該找到火車站的詩意，就像他們的父輩在森林和鮮花中找到詩意那樣。」〔註33〕火車、火車站，在它出現之初是怎樣得令人歡喜和驚歎，它們成為了現代性的重要標誌。在鐵凝的小說中，「火車」也是一個主要的意象，在《哦，香雪》中最早出現，那個在臺兒溝車站只停留一分鐘的火車給人留下了極為深刻的印象，並且作為現代化的象徵溝通了人類的情感，在散文《又見香雪》中作者寫到了火車所代表的人類共同的情感：

> 一家名叫《毛筆》的雜誌的主編對我說：「你知道你的小說為什麼打動了我們？因為你表現了一種人類心靈能夠共同感受到的東西。」接著他又問我是否讀過肯尼迪總統的就職演說，我說很抱歉我從未讀過。他說肯尼迪在演說裏就向人們描述過他當年是怎樣從家鄉小村裏走出來第一次坐上火車的，肯尼迪的內心感受令人淚下。〔註34〕

也許因為火車在現代社會中已經過於普通，所以往往就被人忽略它所具有的現代性。但是，對火車意象的捕捉卻使鐵凝的小說從一開始就具有了更多的

〔註33〕（法）西爾維·帕坦：《印象……印象主義》第104頁，錢培鑫譯，譯林出版社2006年版。

〔註34〕鐵凝：《又見香雪》，見散文集《像剪紙一樣美豔明淨》第233頁，人民文學出版社2006年版。

現代因子。在中篇小說《不動聲色》中，鐵凝將故事的發生地安置在了火車站，一個經過改裝的公共廁所裏，火車進站出站的轟鳴聲是小說的一個主旋律，而車站中的標語、火車司機、火車頭的畫也是小說一再出現的意象，並且，小說還以「奔跑著的還是火車」作爲最後一小節的題目。其實，奔跑著的不單是火車，而是時代的車輪，是時代前進的步伐。鐵凝捕捉到了火車，捕捉到了現代性。但是或許因爲過於沉浸於時代的表層，而缺少了對於人的生命與生存的更爲深層的思考，所以，火車的意象沒有引起評論界足夠的重視。

從《哦，香雪》到《麥秸垛》再到《無雨之城》，對鐵凝來說是三種風格的躍動，具有里程碑的意義。火車、麥秸垛、浴女這三個意象都與印象主義繪畫相關，那裡隱藏著的是發現的眼睛。「印象派畫家的眼睛是人類進化中最爲發達的眼睛。它迄今爲止捕獲並且表達了各種最爲複雜的色調組合。」〔註35〕而鐵凝不單是用眼睛，更是用心靈與文字去捕捉生命的瞬間，也是波德萊爾所說的「過渡、短暫、偶然」的現代性的瞬間。

二、巴爾蒂斯與具象主義

現代繪畫中的現代因子照亮了鐵凝的小說，也照亮了文壇。但鐵凝是不滿足於對那「現代」瞬間的單純捕捉，而是要在瞬間中發現「永恆」，即如波德萊爾在《現代生活的畫家》中對居伊的繪畫進行評價時所寫到的：「對他來說，問題在於從流行的東西中提取出它可能包含著的在歷史中富有詩意的東西，從過渡中抽出永恆。」〔註36〕如何從瞬間到永恆，鐵凝是有自己的追求的，體現在創作方法上就是藝術既是現代的，又是寫實的，即如巴爾蒂斯那樣的具象主義的繪畫方法。由此我們說，鐵凝對現代繪畫藝術的第三個重要發現是巴爾蒂斯所代表的具象主義繪畫的藝術價值與藝術生命力。

在繪畫大師中，鐵凝極爲推崇的是二十世紀具象主義大師巴爾蒂斯，她以滿懷敬意的語氣談到巴爾蒂斯的創作：「巴爾蒂斯創造了自己的風格，他是寫實的，他是具象的，而這種寫實的具象又是非常不一般的，就是貌似忠厚老實的一種寫實，但又是非常現代的，他的內涵決不是俄羅斯的列賓式的那

〔註35〕（法）西爾維・帕坦：《印象……印象主義》第 88 頁，錢培鑫譯，譯林出版社 2006 年版。

〔註36〕（法）波德萊爾：《現代生活的畫家》第 32 頁，浙江文藝出版社 2007 年版。

種宏大敘事、那種情節性的繪畫所能涵蓋得了的，所以我覺得在這個意義上，巴爾蒂斯比列賓那批俄羅斯畫家更能觸及現代的。就是說，通過巴爾蒂斯式具象的表達，更能觸及現代人最內心深處的一些難以言表的困惑，他非常結實地打在你的心裏，而我覺得列賓這批畫家還停在說明性的階段，他要靠一種文學性的說明情節，來加重作品本身的分量。」〔註37〕

面對巴爾蒂斯的繪畫，鐵凝找到了藝術的一種契合點，那是寫實的與現代的融合。在和列賓等寫實畫家的比較中，鐵凝認為巴爾蒂斯式具象主義風格不是情節性的寫實，而是更能觸及現代人最內心深處的難以言表的困惑，是寫實的，又是非常現代的。因此，我想，它不是情節性的真實，而應該是心理性的真實，是對人內心世界的審視。

在畫論《遙遠的完美》中，鐵凝對巴爾蒂斯的組畫《貓照鏡》進行了分析，而且在長篇小說《大浴女》中又原樣進行了複製，只把評畫者「我」改為了小說的主人公尹小跳。她這樣闡釋巴爾蒂斯的《貓照鏡》：「人是多麼怕被觀察、被窺測啊，尤其不願被暗處的同類窺破。當人受到無所不知、無所不在，並時常為此暗自得意的貓的冷眼觀望時，那該是一種怎樣的不快。人是多麼愛照鏡子，誰又曾在鏡子裏見到過那個最真實的自己呢？所有照著鏡子的人都有先入為主的願望，那就是鏡中的自己應該是一張好看的臉。因此這樣的觀照即是遮擋。」〔註38〕

從巴爾蒂斯的《貓照鏡》中，鐵凝發現了人——鏡子，觀照——遮擋的關係，並且認為鏡相只是人的美好的想像，人在鏡子裏見到的是一個理想的自己，而那個真實的自己呢，我們無法真正地觀察到，而只有深入到內心深處去發現。那麼，透過鏡子窺測人的內心，對人的內心世界進行觀照，才會發現一個真實的自我，這種真實不是表面的真實，而是心理的真實了。

關於寫實的與現代的，鐵凝有比較通俗易懂的說法，那就是她說到的「大老實」與「大不老實」的關係，那就是「藝術需要一點出其不意」。在散文《寫作的意義》中鐵凝寫到：「我想說，寫作是不容易的，作家通過自己講述的故事，不僅要讓讀者感受他們熟知的種種氣息，還須有本領引讀者發現他們沒

〔註37〕鐵凝：《關於美術愛好》，見賀紹俊《鐵凝評傳》第 232 頁，鄭州大學出版社 2004 年版。
〔註38〕鐵凝：《遙遠的完美》第 164 頁，廣西美術出版社 2003 年版。

有能力發現和表述的一切陌生的熟悉。」〔註39〕是的，表現人所熟悉的並不難，表現人所陌生的也不難，但表現熟悉的陌生或陌生的熟悉，就需要一定的藝術功力了。

　　鐵凝的小說是寫實的，在她的作品中讀者總能看到故事發生的具體時間與空間，那是有著鮮明時代和社會印跡的時空。她所敘述的人群，不管是怪異的、偏執的還是正常的人，也都是現實中可感知的人。她不會故做玄虛讓讀者摸不著頭腦，一切都清清朗朗，明明白白，如同發生在你我身邊的故事。然而，這種寫實並不是生活的實錄，而是拋開鏡相，對人的心理進行的深入的窺測與審視，不僅是人的自然心理，還有人的文化心理。《大浴女》中對每個人的心理所做的透視，尤其是嫉妒、忌恨、內疚、懺悔等心理；《玫瑰門》中對司猗紋窺秘心理的探究；《永遠有多遠》、《有客來兮》、《樹下》、《省長日記》、《暈厥羊》等小說中對小人物文化心理的展現；《遭遇禮拜八》、《遭遇鳳凰臺》、《晚鐘》、《胭脂湖》等小說中對公眾性社會心理的發掘，都是對鏡子遮擋下人的深層次心理的觀照。

　　此外，寫實與現代結合得最爲完美的還有她的浴女形象系列小說。那些浴女們赫然放出光芒，眞地如天外的飛碟一般出現在塵世之中。如果從現實的角度來看有些不可思議，如《對面》中的「對面」，即便她知道對面樓裏是個大倉庫，沒有人居住，不會對她進行窺視，那左鄰右舍呢，那過往的行人呢，總歸也會出現的。因此，「對面」經常裸露著自己出現在陽臺之上不是眞實的存在，而只能說是藝術的想像了。然而，這又是完全可以接受的藝術的想像。《秀色》中的秀色是一個小山村，傳統的家庭和社會道德規範也會影響到這個村莊，因此，媳婦們集體用身體去挽留打井隊的做法從現實的角度來看是可疑的，但作爲藝術想像，卻是可行的。《笨花》中向喜路遇鬼的插曲，關於「活犄角」的傳說，也是一種想像中的眞實。其他如《棺材的故事》、《峽谷歌星》、《馬路動作》、《蝴蝶發笑》、《法人馬嬋娟》、《誰能讓我害羞》等，都是在現實之中製造出一種戲劇性衝突，於不可能處生出可能，於是，小說成爲了小說。這也成爲鐵凝在小說創作時的理念，她是寫實的，但又是現代的。

　　鐵凝關於巴爾蒂斯具象主義繪畫背景的說明也很重要，那是對具象主義的執著堅守：「這裡有一個背景，20 世紀末到新世紀初，具象派的繪畫還有架

〔註39〕鐵凝：《女人的白夜》第 216 頁，江蘇文藝出版社 1996 年版。

上的繪畫，是遭到強烈的抨擊和譴責的，覺得這個東西馬上要消亡，沒有存在的價值了，沒有存在的必要了，所以隨之而來的裝置藝術，行為藝術，還有其他一些觀念藝術。」〔註40〕就是在這樣的背景下，巴爾蒂斯創造了並堅持著自己的風格，他是寫實的，他是具象的，而且最終證明他的藝術是永恆的。

　　這不僅是對於寫實的堅持，而是對於一種創作理念的堅持。創作，來自於現實，最終要歸於現實，不管創作潮流如何變化，又有著怎樣的花樣翻新，不變的依然是這個社會時代的現實，以及在這個現實之上的藝術的想像。鐵凝不屬於任何一個流派，但它又永在潮流之中。我想，這與鐵凝對現代繪畫的理解，尤其是對巴爾蒂斯的具象主義的理解不無關係。

〔註40〕鐵凝：《關於美術愛好》，見賀紹俊《鐵凝評傳》第 232 頁，鄭州大學出版社
　　　　2004 年版。

結　語

　　火車在廣袤的大地上奔跑，高樓在天地間如雨後春筍般地繁殖，商廈裏充盈著琳琅滿目的商品，寬帶網絡將世界連接成一個家。我們在享受著現代化帶給我們的極大的物質豐富與交通便利。然而與此同時，時間也在加速度地奔跑，世界也在飛速地旋轉，人們駐足停息的時間都難以尋覓。在這個一切都將成爲快餐，一切都將轉瞬即逝，經典化已成爲昔日風景的消費時代，文學又將何爲？

　　海德格爾說：「在大地之上，天空之下，諸神之前，人詩意地居住」。〔註1〕可是，人又如何詩意地棲居？諸神已經逃逸，此在代替了彼岸，誰還能承擔起撫慰人的精神世界的職責，文學可以嗎？作家可以嗎？

　　在這個虛無與實用並存的時代，人面臨著生存的焦慮與精神的脆弱，在享受著現代化成果的同時，依然需要精神的慰藉，而文學依然承擔著這一使命。文學要依靠詩與思來感染乃至影響讀者，打開一片澄靜的天空。而文學中的敘事類體裁——小說，則是在故事和故事的敘述中，在鮮活的人物形象塑造上，在對生命與生存的關懷體貼中，完成精神性的創造。以此爲出發點來觀看鐵凝的小說，可以說，在故事與故事的講述中，在對人性善意而冷靜的審視中，在現代性關注與田園性守護中，鐵凝堪稱是新時期文壇，乃至現當代文壇中優秀的一個。

　　而這一結論的得出來自於對鐵凝小說所做的具體解讀和研究。本書主要從敘事時空、敘事結構、敘事視角、敘事語言、敘事的文化心理等五個方面

〔註1〕 海德格爾：《詩·語言·思》第 135 頁，彭富春譯，文化藝術出版社 1991 年版。

展開了對鐵凝小說的敘事研究，從而得出結論：鐵凝的小說既是寫實的，又是想像的，既是現代的，又是田園的，是現代背景下精神家園的回望與守護。

從敘事時空的角度來看，鐵凝小說的地域空間由於人物的遊走而處於不斷的位移之中，具體地說，是城市與鄉村之間的空間轉換。而這種轉換帶來的是人的心理上的時間落差，是現代生活體驗與田園詩意之間的強烈反差。這種時間性既表現爲現代時間意識的逐漸覺醒和現代觀念的逐步形成，但同時又有對固有生活方式和田園風情的難以割捨的迷戀，從而形成現代性背景下的田園回望。

從敘事結構來說，鐵凝小說的敘事結構不是純形式主義的結構，而是一個更爲深層的關於生命與生存的敘事結構，是歷時性的生命結構與共時性的生存結構以及隱形的社會歷史結構的交織。歷時性的生命結構包括了人的出生——成長——欲望——死亡，是一個完整的線性結構，體現著進化論意義上的生命哲學；而生存敘事既有對日常生活中衣食住行的敘述，也有對民間風俗的描寫，體現著民間意義上的生存哲學。此外，鐵凝小說中還有一個歷史與社會的隱形敘事結構，這一結構是生命結構與生存結構深厚的依託。

在敘事視角的選用上，鐵凝小說的敘事視角不是單一的，而是雙重的，既有現代性質的內心呈現，又有傳統意義的外部觀察。既有作者外位性的窺視與審視，又有隱含作者的情感介入；既有人物間的流動性限知視角，又有敘事者的全知視角；既有女性身份的第三性視角，又有讀者的期待視野。在敘事視角的選擇上，體現著鐵凝小說敘事的現代性與傳統性相融合的特質。

在敘事語言的運用上，鐵凝小說中的知識分子話語與民間話語、語言的節奏以及語言的色彩上都體現著小說現代性與田園性的雙聲話語。民間話語是鐵凝小說中一個獨特的語言現象，民間的方言口語還原了歷史與地域的話語情境，對身體——生命的直接引語的模仿，帶來了無禁忌的廣場狂歡色彩，而這些又透露出知識分子內心深處的話語衝動與快感，並成爲鐵凝小說敘事中快樂與詼諧的源泉。與民間話語相比，知識分子話語更多了些沉重的分量與質感，在詩意與反詩意、幽默與黑色幽默、對話與潛對話等話語形式中，表達著鐵凝小說思想的深度與力度。此外，鐵凝小說在語言形式上還形成了明快而舒緩的敘事語言的節奏，明麗而溫暖的敘事語言的色彩。

最後是對鐵凝小說敘事所進行的發生學研究，即從文化心理的角度探究

鐵凝小說敘事產生的原因。主要從三個方面進行論述，一是「前行與回望」的時間意識，這一時間意識奠定了鐵凝小說現代性與田園性的敘事風格。二是長女情結和多種身份認同，這是鐵凝小說敘事中關愛與體貼情懷的來源，有著儒家文化的基因。三是西方現代繪畫藝術對鐵凝創作風格的影響，這是鐵凝的小說創作不同於新時期其他作家的又一獨特的藝術資源，呈現出對現代文化的吸收與接納。

　　通過以上的分析可以說，鐵凝的小說在敘事上生成了其獨特的價值與意義，那是關於現代性的思考，關於田園性的回望，而且在敘述中，她沒有只執一端的偏執，而是將二者和諧地安置在作品之中。人類在創造著也在享用著現代化帶來的諸多文明與進步，不能無視它的價值和存在，因此，任何反現代性的言說都有些矯揉造作。然而，文學又絕不是歡欣鼓舞與拍手稱快，而是對人類精神的警醒，對詩意的精神家園的守護。在大地之上，在敘述之中，在體貼與關愛之下，鐵凝以她的故事和故事的敘述，以及對人性欲望的深層次探尋取得了她在文學史上的地位。

附錄：鐵凝近作的三維立體式敘事 [註1]

　　鐵凝於 2009 年相繼推出了四部短篇小說：《伊琳娜的禮帽》《咳嗽天鵝》《風度》《內科診室》，2010 年又推出短篇小說《1956 年的債務》。這五篇小說雖然講述了不同的故事，卻有著一個近乎相似的結構，並形成了敘事上的美學風格，借用繪畫或攝影中的一個詞來表示就是三維立體式，也就是說鐵凝的近作呈現爲三維立體式的敘事結構和美學特徵。

　　我們都有過看三維立體圖或 3D 影片的經驗，當我們面對一幅三維立體圖片時，首先看到的是一個包含了各種元素的排列無序的平面，但當你把視線對準了某個焦點時，一個精彩紛呈的層次清晰的立體世界就呈現在了眼前。懸浮在眼前的一層，我們稱之爲前景；稍稍遠去的一層，稱爲中景；往更遠處去的一層，稱爲後景。在三維立體圖中，每一層都清晰可見並逐層推進，漸行漸遠，漸行漸深，一個深邃而優美的世界呈現在我們的眼前，讓人驚歎它的神奇與美妙。

　　何以說鐵凝的這幾部短篇小說具有了三維立體式的敘事結構和美學特徵呢？我們還是借助繪畫與攝影中的透視理論，先從小說中的兩組人物談起。

一、雙重影像

　　閱讀小說《1956 年的債務》時，一個問題引發了我的興趣與思考，那就是我們都無法否認，1956 年的債務是直接與父親相關的。父親在 1956 年借了

〔註 1〕　《鐵凝小說的三維立體式敘事》發表於《文藝爭鳴》2011 年第 10 期，此處略
　　　　有修改。

5 元錢的債，拖欠了五十多年沒有償還，在臨終前將準備好的包括錢和利息的 58 元錢交給兒子，囑咐兒子一定要把錢還給債主。父親和債務是捆綁在一起的，但小說卻不直接聚焦於父親，透視父親的借債、欠債、還債的心理，而是聚焦於父親之外的另一個人物，父親的第六個兒子萬寶山，使萬寶山成為貫穿作品始終的人物，再以萬寶山的視角來透現父親和父親的債務，並且對萬寶山的行為和心理做了詳細的描寫與敘述。這種敘述方式讓人深感疑惑，這不是有些捨近求遠嗎？

以這篇作品的問題為基點回看其他幾部小說，發現前幾部小說也具有著與此相似的敘事結構：《伊琳娜的禮帽》並沒有對伊琳娜進行直接聚焦，或者還可以說，伊琳娜在小說中佔據的篇幅較少，主要是對敘述者「我」的行蹤和心理的細緻描述，並以「我」為視點來觀察伊琳娜。《咳嗽天鵝》中以司機劉富來聚焦天鵝和如天鵝般總是咳嗽的妻子香改，《風度》中以參加宴會的程秀蕊聚焦沒有出場的中心人物李博，《內科診室》中以患者費麗聚焦給費麗診斷病情的女醫生。他們之間的關係如下圖所示：

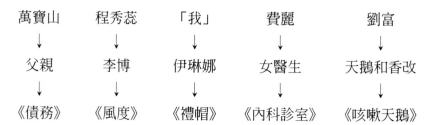

無疑，圖中箭頭所指向的是小說中的主角或中心，而前者，雖然緊鑼密鼓地粉墨登場並貫穿全文，其作為敘述者的身份更為明顯。由此可以說，作者在作品中製造了兩重影像，一重是用大量筆墨推出的小說中的敘述者形象，如萬寶山、程秀蕊、「我」、費麗、劉富等，他們構成了小說中的前景，是小說中主體人物的陪襯。還有一重是作者精心推出的一類人物形象，如父親、李博、伊琳娜、女醫生、天鵝和香改等，他們是在前景觀照下位於景深中部的焦點，是小說中的主體性人物。那麼我們要思考的問題是，這雙重影像在小說中是如何呈現的，又有著怎樣的敘事效果？

作為敘述者，其行蹤和心理連接起了綿延時間中的社會歷史。敘述者是故事的講述者，作者採用了散點式的移步換景法來追蹤這個敘述者，在一個移動著的大範圍的時空中展現人物的行動和心理。因此，對於敘述者，我們

大體上能夠看到人物的全貌，知道他／她的故事和命運遭際，對他／她有一個較爲全面而清晰的認識。如《1956年的債務》中，讀者對萬寶山極爲熟悉，知道了他小時候由於父親的欠債不還而導致的心理壓抑，由於父親的吝嗇而時時品味到的飢餓，父親病逝後替父親還債時的猶豫不決和滿心困惑等。《伊琳娜的禮帽》中，我們對敘述者「我」也瞭解不少，「我」是一個離異的女子，與同是離異的表姐結伴去俄羅斯旅遊，在旅行中對表姐迅速結交新歡表示不滿，對飛機上伊琳娜和瘦子的曖昧行徑感到憤懑，下飛機後歸還伊琳娜丟在飛機上的禮帽時感受到的輕鬆與歡快，可以說，作者對「我」的人生經歷和內在心理給與了極多的描寫與呈現。還有《咳嗽天鵝》中的劉富，他的稟性愛好，就連他與省軍區副政委女兒的那段小插曲我們都知道了。《風度》中程秀蕊的生活經歷，在法蘭西餐廳赴宴時內心的微妙活動。《內科診室》中女教師費麗的家庭狀況、個人情趣等，都在小說的敘述中給予了更多的介紹。這些敘述者在作品中最早出場，在讀者的閱讀視域中構成了小說中的前景。對於前景，以及前景在整個畫面上的作用，有專家認爲：「前景距讀者最近，在畫面上成像顯得較大。前景主要起著表現空間透視感、美化畫面的作用，它能烘托和映襯主體，渲染環境氛圍，抒發作者情感，增添畫面詩意」〔註2〕這是前景在圖像拍攝中的作用，在小說中，前景相當於文學作品中通常提到的社會歷史背景，它對主體的出場起到一個鋪墊的作用，並且揭示出故事發生的廣闊的時空背景。與通常所說的背景不同之處在於，前景中的人物還起到對主人公進行透視的作用，即由前景人物來觀察、透視後面將要出場的中心人物。因此說，前景中的影像既是敘述者和聚焦者，也是歷史時間和社會生活的承載者，他們的生活足跡拓展出一個極爲深廣的社會歷史時空。這從小說的故事時間和敘事時間上得以清晰地再現。

這幾篇小說中故事時間的跨度都比較長，敘述者多爲有著豐富閱歷的老人，他們沐浴過時代的風風雨雨，經歷過歷史時間的洗禮。萬寶山是1956年出生，到2008年52歲了；程秀蕊已經退休，也是近60的老人了；費麗女兒已上大學，劉富的女兒上中學，《伊琳娜的禮帽》中「我」稍年輕些，卻是個離異的單身女子，經歷了家庭組合與解體的變故。以這些有著豐富人生閱歷的人來講述故事，那故事裏面就飽含了社會生活的豐富性，具有了歷史歲月的滄桑感。

〔註2〕韓叢耀：《圖像：主題與構成》第164頁，北京大學出版社2010年版。

　　在敘述時間上，鐵凝採用了回望式時間敘事，或者說是倒敘：敘述者承載起的是整個故事時間，是社會歷史，但敘事時間卻很短，只是一個時空中的橫斷面，在極小的空間和極短的時間之內展開敘述。這種站在當下，對歷史進行回顧的敘事使鐵凝小說的懷舊成分增強了，這是其短篇小說近作與前期作品最為不同之處。如《1956 年的債務》的敘事時間是在 2008 年，故事時間是 1956～2008 年，時間跨度為半個世紀；《風度》的敘事時間是在法蘭西餐廳的聚餐時間，但故事時間是從知青下鄉到新世紀，時間跨度也是近 40 年；《內科診室》的敘事時間只是半個下午，故事時間幾乎是女患者費麗的半生；《咳嗽天鵝》、《伊琳娜的禮帽》也是在有限的敘事時間中展開無限的人生故事，這就使作品產生了時間上的張力，使短篇小說在短的篇幅中呈現出厚重的社會歷史內容。

　　由此可以說，在這幾部小說中，敘述者作為前景出現，其作用遠遠超出了敘述的功能，他／她也成為作品中不可或缺的人物。正是由於這些人物和他們人生歷程的貫穿，一個綿長而深厚的社會歷史場景才得以建構。

　　主要人物影像使現在時刻中的主體突顯。敘述者影像建構起社會歷史的廣闊視野，而由敘述者聚焦之下的主體人物則如歷史時空中的一塊浮雕，在前景的烘托與透視中清晰地浮現出來。這一主體性形象居於畫面的中間部位，成為圖像中的中心景觀。雖然這一影像在畫面中佔據的時空頗為有限，但由於它是主題的承載者而成為作品中的主體。

　　小說中的主體性人物是敘述者聚焦下的人物，是敘述者眼中或記憶中的人。這一中心人物在敘述者影像之後出場，出現在一個特定的時空之中，那是歷史時間中的某一時刻，廣闊區域中的某一封閉空間。也正因為是社會歷史時空中的一個切面，它映照出的必定是現實生活中最能體現時代精神和特質的人物與事件，給人留下的印象與思考也就最為深刻。如《風度》中那個「風度」出現的歷史瞬間，那是在城市大酒店法蘭西的聚餐中，敘述者程秀蕊記憶中的五十年前作為知青的李博所具有的風度。李博與吳端的乒乓球賽之後，程秀蕊追問李博誰贏了，李博沒有正面回答，但他的神態卻讓程度蕊感到了一種風度：

> 　　他把頭微微一偏，望著遠方低聲感歎道：「那個吳端，嗯，真棒。」他的神情真摯而又惆悵，或者還有一種清淡的思念。李博從來沒有告訴過程秀蕊那天的贏家是誰，程秀蕊卻永遠記住了五月的麥子地

裏李博的那個瞬間。陽光之下有一個詞在她心裏突然就湧現了：風
度。是了，那就是風度，那就是她在從他們那兒借來的書中見到過
卻從來沒有感受過的詞：風度。〔註3〕

李博的動作、感歎與神情成為了一個定格，定格在農村女孩程秀蕊的腦海中，
也定格在了讀者的記憶中。此外，那一瞬間中展現出來的風度，也成為了
值得回味的想像空間。《內科診室》中女醫生中式罩衣領子上那枚橫8字形
的中式扣襻，聽診器旁邊擺著的配有「凱蒂」貓手機鏈的粉色手機，這兩
種截然不同的物象放在一起形成一種強烈的對照，成為女醫生內心世界的
寫照。《1956年的債務》中萬寶山的父親因貧困而生成的極度吝嗇躍然於紙
上：將家中的糧食上了鎖的父親，翻烤一個個發黴燒餅給孩子們吃的父親，
去市場撿拾剩菜葉的父親。《伊琳娜的禮帽》中伊琳娜用小拇指鉤著為丈夫
買的禮帽盒走上了飛機，她的有點兒收縮的肩膀，長度過於保守的格子裙，
在瘦子撫摸下痙攣似的顫抖，對瘦子強硬腕力的激烈抵抗，與瘦子十指相
扣地相安睡去。這一系列的動作刻畫出伊琳娜的形象，那是在欲望膨脹的
現代空間中，欲與理進行較量的人物形象。《咳嗽天鵝》中大天鵝的咳嗽和
因缺水而裂開的腳蹼，香改在西屋因被丈夫冷落而不停的咳嗽聲。這些人
物以及他們的動作情態以瞬間的影像清晰而又深刻地印在了讀者的閱讀視
界之中。

　　這一時間敘事因為是截取的一個時空中的橫斷面，因此在敘事上體現為
一個「精」字，精細、精微、精雕細刻，在手法上則更多地運用了細節描寫。
由此，主體性人物便如浮雕般地呈現在了讀者眼前。《伊琳娜的禮帽》的細節
描寫最見功力，那是對伊琳娜和瘦子在飛機上的曖昧行為的描寫，是通過雙
方手的動作來體現的。瘦子的手在伊琳娜身體上的試探和向敏感部位的一點
點前行，伊琳娜從一開始的不反感與默許，到後來對瘦子的決絕抵抗，將手
從瘦子的手中拼死地撤回。兩人的手構成了雙人舞似的舞蹈動作，描寫細緻
而凝煉。《1956年的債務》中在小說的開頭和結尾都出現了父親張開了的胳
膊，「宛若一隻淒風中的大鳥」的動作，那動作懸浮在萬寶山的記憶中，也留
在了讀者的記憶中。對主體人物所做的細部刻畫，使主體性人物鮮明地突現
了出來，並預示了作品的主題意蘊。也正是由於這些細節的描摹與刻畫，小
說才更顯細緻，並成為精品。

〔註3〕鐵凝：《風度》，《長城》2009年第3期。

歷史時間與當下時間，開闊空間與封閉空間，散點追蹤與焦點透視，敘事時空以及敘述視角的變化，使得作為敘述者的人物與作為敘述者眼中的主體性人物成為雙重影像，構成立體圖像中的前景與中景。前景延伸出深廣的社會歷史時空，中景突顯出現在時間中最值得關注的社會現象和文化心理。雙重影像，兩種時空，彼此參照，相互映襯，形成了具有透視性與立體感的小說敘事時空。

只看到這雙重影像還不夠，在這兩層影像之後，還有一層若隱若顯的更為深度的影像，那就是在作品後景空白處所蘊含的小說的深層寓意。

二、深層意蘊

鐵凝這幾篇小說中還有一層影像，這層影像若隱實顯，在空白時間中展開，是作品的深層主題寓意。在圖畫和攝影作品中也存在著空白，空白是「一些如水面、天空、屏障等由單一色調形成的在取景框內顯示不出其外在輪廓形態的物象。它們也是畫面的有機組成部分，有著同主體一樣的認知能力和審美表現力。……空白不是什麼都沒有，它有的只不過更大更多。畫面有了這些空白才能透氣，才能有生機，才能成為有機的整體，才能形成精彩的畫面形式。」〔註4〕畫面的後景就由這些空白構成。

與圖畫和攝影作品相似，文學作品中也有空白。與畫面不同的是，小說中的空白更主要的是指隱藏在可見文字背後的，文本中沒有直接顯露出來的主題意蘊，如隱含作者的情感傾向、價值判斷、道德認同等，我們借用視圖中的說法也稱為後景。這些空白不僅使文章「透氣」、「有生機」，而且還使文章內涵得以顯現。在鐵凝近兩年的短篇小說中，空白部分得到了有意識的加強，大致出現在兩個地方，一是對主體人物進行聚焦時顯現出來的空白，一是小說結尾處在未來時間中展現的空白。

由於限知敘述視角的運用，作品就出現了大量的空白時間，使小說更加得耐人尋味。空白時間的出現還要從前面提到的雙重影像說起。小說中的主體人物是由敘述者進行聚焦的，這就決定了對主要人物的敘述採用的是限知性視角。敘述者看到的我們也看到了，敘述者不知道的，我們也就無從知曉。而小說中敘述者對主體人物的聚焦一般又是在一個時空橫切面上，因此，主

〔註 4〕 韓叢耀：《圖像：主題與構成》第 174 頁，北京大學出版社 2010 年版。

要人物更多的人生側面是不易被呈現的，或者也可以說是作者有意要隱藏的。這就在文本中留下了一個個空白，形成了一個個謎團，這些謎團雖然無需解但又誘使著我們去探尋答案，於是在留下永久追問的同時也形成了文本的巨大張力，這是作者敘述的高超之處。如《風度》中李博在做知青時與高手吳端的那場乒乓球比賽，到底誰是勝者？最終作者也沒有透露謎底，而是引出了主題寓意：風度。《1956年的債務》中，在半個世紀的時間裏父親是怎樣經受著欠債不還的心理煎熬，沒有人真切的知道。《內科診室》中女醫生有著怎樣的生活經歷，她由醫生變患者的身份轉換中有著怎樣的心理隱痛，小說中也沒有明說。《伊琳娜的禮帽》中伊琳娜在飛機上偶遇瘦子並有了一段曖昧交流，她對瘦子有著怎樣的情感？她對家庭又有著怎樣的責任？這些都由於敘述視角的限制而成爲了作品中有意味的空白。

但空白並非眞的空，它是構圖和敘事的一種技巧，所謂的「無景處都成妙境」〔註5〕。在小說中，有文字呈現的圖景只是冰山的一角，而空白則是冰山的絕大部分潛隱在大海的深處，需要讀者調動閱讀經驗和人生經歷去探知。這些空白在時間上表現爲過去時間中的「無」，是在回憶或觀察中無法透視的部分，需要讀者進行文本再創造，從「無」中推出「有」來。其中最精彩的是行爲語言背後顯露出來的人物的內在心理：《伊琳娜的禮帽》中伊琳娜與瘦子手的動作背後是女主人公欲望的流露與理性的掙扎，《1956年的債務》中父親飛鳥般的動作預示著人類良知的未曾泯滅，《咳嗽天鵝》中天鵝的咳嗽帶給人心靈的不安……正是實有背後的空無，提供了豐富的有待塡充的想像空間和主題空間。正如海德格爾所提到的中空的陶壺「陶壺的虛空決定了製造器皿過程中的全部操縱。器皿的物性並不在於由之構成的質料，而在於包容的虛空。」〔註6〕

在有中體現無，在無中顯現有，形成了敘事時空上的對比，敘事結構上的層次。那是作者對現代社會中人的物質存在與精神風範的思考，對曾經擁有的諸種美德的追憶與追問。在一切都面臨著解構與重建的現代社會，如何收集起那些散落的人類文明的碎片？

小說結尾的未來時間預示著作品敘事上的開放性。小說的深層寓意還隱藏在小說的結尾，在這幾篇小說中，大都有著一個能給人極大想像空間的開

〔註5〕 宗白華：《美學散步》第157頁，上海人民出版社2005年版。
〔註6〕 海德格爾：《詩·語言·思》第149頁，文化藝術出版社1991年版。

放式結尾，並呈現出主題上的多義性。這種開放性結尾指向未來時間。在未來時間中，作品的內容是「空無」，因爲未來永遠在不可企及的前方。但它又是主題上的實有，通過過去和現在的時間印跡而存在。在開放性的「無」中，去理解體味小說的「有」，這是文學作品最韻味悠長之處。這幾篇小說的結尾大多很精練，不妨摘錄下來細細感受：

> 這時，門開了。(《風度》)

> 啊，鮮花，水果，砒霜——不，鮮花，水果，矽霜。(《內科診室》)

> 我看見一個臉上長著痤瘡的中國青年舉著一塊小木牌，上面寫著我的名字。他就是在哈巴羅夫斯克的地陪了，我沖他揮揮手，我們就算接上了頭。(《伊琳娜的禮帽》)

> 也許他是想，要是從今往後給香改治咳嗽還有的是時間他又爲什麼非在今天不可呢？也許他是想，眼下回家才最是要緊。他記起今天是臘月二十三，年已經不遠了。(《咳嗽天鵝》)

> 他發現，當他勇敢地把胳膊舒展開來的時候，久已潛藏在身體內的什麼東西嘎巴巴地奔湧了出來，他那顆發緊的心也略微感覺到了平安。(《1956 年的債務》)

「門開了」，接下來會怎樣？正在我們想要知道的時候，小說來了個急刹車，嘎然而止，留給讀者的只有想像了：進來的是不是李博，李博曾有的風度的瞬間還會不會出現？《伊琳娜的禮帽》中「我」與地陪接上了頭，接下來會怎樣，在一個陌生人的世界裏，飛機上出現的一幕幕情景會不會在今後的旅途中再現？《咳嗽天鵝》中「年」不遠了，「年」在這裡是不是一個時間的轉點，過完年又會怎樣，劉富當眞就能接受了香改的邋遢與咳嗽？婚姻與家庭又將如何維續下去？《內科診室》中對生活的認識與感歎更是充滿了雙面性與複雜性，生活中時常出現的是鮮花、水果和矽霜，但誰又能保證生活中不會出現矽霜與砒霜的變奏呢？《1956 年的債務》中萬寶山認同了父親的勤儉與欠債還錢的人生準則，但是別墅中「趴替」的奢華消費卻讓人生出幾分猶豫：50 多年前的 5 元欠款和別墅裏孩子喝的 28 元一瓶的礦泉水，這時間上與心理上的巨大落差眞的就不存在了嗎？萬寶山心中那略微感覺到的平安與久藏心底的不安哪個更爲眞實？

這種結尾讓人回味，又蘊含深意，未來時間的開放性，體現著作者對現在的不確定性，以及對未來的不可知性，這樣就使小說多了一份沉甸甸的思考。遠去的是一些在現代時間中漸行漸遠，被人逐漸遺忘的傳統的生活方式和我們這個民族曾經擁有的美德，雖然作品中有著較為明確的價值判斷，小說的敘事節奏也漸進舒緩與輕鬆。但是，我們還是能夠看到，由於小說結尾的開放性，小說文本又呈現出多義性。在現代與傳統的交替中，那曾經規範著人們行為的美德，在經過了現代時間的沖刷之後，它還有沒有存在的價值，如果有，又將是在何種情境下得以保存？作品留給了我們諸多的深度思考，也是敘述者和主體人物雙重影像之後呈現的深層影像。

通過分析，我們發現了鐵凝近作中的三維立體式敘事結構。這種敘事結構在魯迅的《孔乙己》、馮驥才的《高女人和她的矮丈夫》等作品中已有成功的應用，而鐵凝則在前輩作家創作基礎上又做了進一步的改進，形成了自己獨特的敘事結構和美學風格。那就是前景人物更為濃重，主體人物更為精細，社會主題寓意更為深厚。也就是說，前景人物不單單是作為敘述者，起著穿針引線的作用，他／她是作品中的一個重要角色，在歷史時空中自由穿行，承載著悠長的歷史和廣闊的社會生活。中景人物所佔比例小了，但刻畫卻更為精細，更為集中地呈現出現代人所面臨的問題與困惑。這種敘事結構的運用使小說的內容豐富而不駁雜，人物突顯卻不單薄，歷史感更為強烈，立體感更為鮮明。這種敘事風格在其世紀之交的短篇小說《小格拉西莫夫》、《第十二夜》中已經有所顯現。

「作品的存在包含著一個世界的建立」[註7]，三維立體式敘事美學的建立，使鐵凝的小說世界呈現為具有著豐厚的歷史內涵，又有著鮮明時代意識的世界。但也正如韓叢耀提到的「前景是離鏡頭最近的地方，它在畫面中成像大，所佔面積大，又處在前景深的邊緣，稍不留神或技術掌握不當，就可能給畫面主體帶來不必要的損害。……因此使用時要慎之又慎。」[註8] 在短篇小說中，給讀者最深刻印象並讓讀者最終記住的依然是小說中的主體性人物，謹防中心人物被陪體所遮蔽。

〔註 7〕 海德格爾：《林中路》第 31 頁，上海譯文出版社 2004 年版。
〔註 8〕 韓叢耀：《圖像：主題與構成》第 166 頁，北京大學出版社 2010 年版。

參考書目

一、鐵凝著作

1. 鐵凝：《夜路》（小說集），天津：百花文藝出版社，1980 年版。
2. 鐵凝：《鐵凝小說集》，石家莊：花山文藝出版社，1985 年版。
3. 鐵凝：《鐵凝文集》1～5 卷，南京：江蘇文藝出版社，1996 年版。
4. 鐵凝：《鐵凝自選集》1～4 卷，北京：作家出版社，1997 年版。
5. 鐵凝：《鐵凝影記》，石家莊：河北教育出版社，1998 年版。
6. 鐵凝：《馬路動作》（中短篇小說集），北京：中國文聯出版公司，2001 年版。
7. 鐵凝：《遙遠的完美》，南寧：廣西美術出版社，2003 年版。
8. 鐵凝：《鐵凝日記——漢城的事》，北京：人民文學出版社，2004 年版。
9. 鐵凝：《笨花》，北京：人民文學出版社，2006 年版。
10. 鐵凝：《中國當代作家·鐵凝系列》1～9 卷，北京：人民文學出版社，2006 年版。

二、鐵凝研究重要論文

1. 茹志鵑：《讀鐵凝的〈夜路〉以後》，《河北文學》1978 年第 10 期。
2. 孫犁、成一：《孫犁、成一談鐵凝新作〈哦，香雪〉》，《青年文學》1983 年第 2 期。
3. 白燁：《評鐵凝的小說創作》，《人民日報》1983 年 9 月 18 日。
4. 雷達：敞開了青少年的心扉——讀鐵凝〈沒有紐扣的紅襯衫〉》，《十月》1983 年第 4 期。

5. 陳映實：《通向藝術王國的天地》，《長城》1984 年第 1 期。

6. 馮健男：《散論鐵凝的十年創作》，《河北學刊》1985 年第 4 期。

7. 王蒙：《香雪的善良的眼睛──讀鐵凝的小說》，《文藝報》1985 年第 6 期。

8. 藝峰：《追求和諧，但總是寂寞的》，《當代作家評論》1986 年第 6 期。

9. 雷達：《她向生活的潛境挖掘──讀〈麥秸垛〉及其他》，《當代作家評論》1987 年第 3 期。

10. 蔡葵：《寓變於不變之中──鐵凝近作漫評》，《當代作家評論》1987 年第 3 期。

11. 吳秉傑：《愛的追求與結晶──鐵凝作品印象》，《當代作家評論》1987 年第 3 期。

12. 曾鎮南：《讀鐵凝的〈晚鐘〉和〈色變〉》，《河北文學》1987 年第 3 期。

13. 王斌、趙小鳴：《〈麥秸垛〉的象徵涵義》，《作品與爭鳴》1987 年第 11 期。

14. 李雷：《〈麥秸垛〉頭重腳輕》，《作品與爭鳴》1987 年第 11 期。

15. 任玉福：《鐵凝近作的哲理意蘊》，《小說林》1988 年第 2 期。

16. 王力平：《徘徊在此岸與彼岸之間──鐵凝藝術世界剖析之一》，《文論報》1988 年 10 月 25 日。

17. 方偉：《論鐵凝審美意向與藝術個性之流變》，《河北學刊》1988 年第 6 期。

18. 堯山壁：《〈玫瑰門〉的門》，《文藝報》1989 年 3 月 18 日

19. 徐光耀：《題內題外話〈玫〉作》，《文論報》1989 年 3 月 25 日。

20. 董曉宇：《男性世界中女性的生命本相──談〈棉花垛〉中女性形象的塑造》，《作品與爭鳴》1989 年第 8 期。

21. 閻新瑞：《對現代鄉村青年女性的藝術把握──評鐵凝的〈棉花垛〉》，《作品與爭鳴》1989 年第 8 期。

22. 崔志遠：《鐵凝與荷花澱派》，《河北師院學報》（哲社版）1990 年第 3 期。

23. 董瑾：《困惑與超越──鐵凝、王安憶作品之解讀》，《上海文論》1991 年第 4 期。

24. 汪曾祺：《推薦〈孕婦和牛〉》，《文學自由談》1993 年第 2 期。

25. 陳超：《生命的眩暈和疼痛──讀鐵凝〈對面〉隨想》，《文論報》1993 年 7 月 17 日。

26. 劉榮林、張健全：《論鐵凝小說的自然觀與悲劇意蘊》，《張家口師專學報》1994 年第 1 期。

27. 陳映實：《深刻傳神的生命寫真——評鐵凝新作〈孕婦和牛〉與〈對面〉》，《小說評論》1994 年第 3 期。

28. 戴錦華：《真淳者的質詢——重讀鐵凝》，《文學評論》1994 年第 5 期。

29. 王緋：《鐵凝：欲望與勘測——關於小說集〈對面〉》，《當代作家評論》1994 年第 5 期。

30. 易光：《憤怒之筆——鐵凝小說一解》，《當代文壇》1995 年第 1 期。

31. 丁帆、齊紅：《尋找生命的純淨瞬間——論鐵凝的短篇小說》，《長城》1995 年第 3 期。

32. 馬雲：《男性敘事話語中的孕婦情境——鐵凝小說〈孕婦和牛〉引起的話題》，《河北師範大學學報》（哲社版）1995 年第 3 期。

33. 易光：《非女權主義文學與女權主義批評——兼讀鐵凝》，《當代文壇》1995 年第 5 期。

34. 范川鳳：《尋找理想和現實的和諧——鐵凝小說創作心路歷程探析》，《河北師院學報》（社會科學版）1997 年第 1 期。

35. 崔道怡：《令人落淚的短篇小說——我讀鐵凝的〈秀色〉》，《文藝報》1997 年 2 月 20 日。

36. 趙純興：《論新時期主旋律新人形象塑造——兼評鐵凝〈秀色〉》，《理論與創作》1997 年第 4 期。

37. 汪曾祺：《鐵凝印象》，《時代文學》1997 年第 4 期。

38. 陳超：《寫作者的魅力——我認識的鐵凝》，《時代文學》1997 年第 4 期。

39. 田中元：《都市女性的情愛尷尬——淺論〈無雨之城〉的人物內涵及結構藝術》，《陰山學刊》1998 年第 1 期。

40. 黃軼：《一株嫵媚而猙獰的罌粟花——讀〈玫瑰門〉中的司猗紋》，《鄭州大學學報》（哲社版）1998 年第 1 期。

41. 梁剛：《文化啟蒙衝動的審美置換——從修辭美學直讀鐵凝的〈哦，香雪〉》，《浙江學刊》1999 年第 2 期。

42. 王泉：《簡論鐵凝小說的意象語言》，《語文學刊》1999 年第 3 期。

43. 郝雨：《鐵凝近期小說的新開掘與新創造》，《小說評論》2000 年第 1 期。

44. 王海燕：《對立與和諧——論鐵凝的短篇小說》，《中國文化研究》2000 年第 2 期。

45. 李琳：《論鐵凝書寫女性的獨特方式》，《首都師範大學學報》（哲社版）2000 年第 3 期。

46. 范川鳳：《直面人生的悲劇和心靈的深淵——鐵凝近作中現實主義和荒誕手法運用小議》，《石家莊師範專科學校學報》2000 年第 3 期。

47. 郭寶亮：《靈魂的懺悔與拷問──評長篇小說〈大浴女〉》，《文藝報》2000年7月18日。

48. 朱青：《人性解剖的新突破》，《小說評論》2000年第5期。

49. 王春林：《盪滌那複雜而幽深的靈魂──評鐵凝的長篇小說〈大浴女〉》，《小說評論》2000年第5期。

50. 郝雨：《欲的突圍與潰敗》，《小說評論》2000年第5期。

51. 王一川：《探訪人的隱秘心靈──讀鐵凝的長篇小說〈大浴女〉》，《文學評論》2000年第6期。

52. 王蒙：《讀〈大浴女〉》，《讀書》2000年第9期。

53. 郝雨：《鐵凝近期小說論》，《河北師範大學學報》（哲社版）2001年第1期。

54. 齊紅：《拒絕與誘惑──〈玫瑰門〉與當代女性寫作的可能性》，《齊魯學刊》2001年第1期。

55. 翟興娥：《鐵凝小說中的人性意識──讀鐵凝的〈玫瑰門〉與〈大浴女〉》，《濱州師專學報》2001年第1期。

56. 尚秋：《論〈大浴女〉的敘事特點及其敘事效果》，《瀋陽師範學院學報》（社科版）2001年第4期。

57. 崔志遠：《探尋「人類情感」的心靈藝術──鐵凝小說創作綜論》，《河北學刊》2001年第4期。

58. 于晨綏：《從鐵凝、陳染到衛慧：女人在路上──80年代後期當代小說女性意識流變》，《小說評論》2002年第1期。

59. 林瑩：《鐵凝小說對人的「存在」的追問》，《寧波大學學報》（人文科學版）2002年第1期。

60. 黃旭、王萃紅：《最後一分鐘離場──論鐵凝小說的否定之美》，《當代文壇》2002年第4期。

61. 謝有順：《發現人類生活中殘存的善──關於鐵凝小說的話語倫理》，《南方文壇》2002年第6期。

62. 吳德利：《商業社會的生存境況與人際交往──讀鐵凝的〈誰能讓我害羞〉》，《理論與創作》2003年第1期

63. 張同儉：《論鐵凝的女性小說》，《保定師專學報》2003年第1期。

64. 閆紅：《論鐵凝「三垛」對五四女性文學的繼承和超越》，《廊坊師院學報》2003年第3期。

65. 李廣瓊：《審美與審醜的雙重變奏──論鐵凝小說的審美意識》，《理論與創作》2003年第5期。

66. 謝有順：《鐵凝小說的敘事倫理》，《當代作家評論》2003年第6期。

67. 賀紹俊：《鐵凝：快樂地遊走在「集體寫作之外」》，《當代作家評論》2003年第 6 期。

68. 趙豔：《罪與罰——關於鐵凝小說的道德倫理敘事》，《小說評論》2004年第 1 期。

69. 吳延生：《清淡自然 詩意醇郁——鐵凝早期小說的內在詩意》，《小說評論》2004 年第 2 期。

70. 張志忠：《現代人心目中的罪與罰——〈大浴女〉與〈爲了告別的聚會〉之比較兼及陀思妥耶夫斯基命題》，《長城》2004 年第 2、3 期。

71. 馬雲：《翩翩起舞的小說家鐵凝》，《河北師範大學學報》（哲社版）2004年第 2 期。

72. 鄧星明、蔡美娟：《鐵凝近作的「黑色幽默」傾向》，《當代文壇》2004年第 3 期。

73. 褚洪敏、翟德耀：《城市與鄉村人性的二重奏——鐵凝城鄉小說對照分析》，《山東師範大學學報》（人文社科版）2004 年第 6 期。

74. 賀紹俊：《與男性面對面的冷眼——論鐵凝女性情懷的內在矛盾》，《當代文壇》2005 年第 1 期。

75. 賀紹俊：《女性覺醒：從傾訴「她們」到拷問「她們」——論〈玫瑰門〉及其文學史意義》，《海南師範學院學報》（社會科學版）2005 年第 1 期。

76. 褚洪敏：《鐵凝小說研究綜述》，《河北師範大學學報》（哲社版）2005年第 2 期。

77. 萬孟群、李雪梅：《悲憫與救贖：女性性別自我指認的吶喊——王安憶、鐵凝性愛小說合論》，《成都理工大學學報》（社科版）2005 年第 3 期。

78. 徐晶：《鐵凝小說的獨特價值》，《河北大學學報》（哲社版）2005 年第 4 期。

79. 宋菲：《解讀鐵凝小說中的文化內涵》，《名作欣賞》2005 年第 24 期。

80. 范川鳳：《鐵凝小說的語言藝術》，《石家莊學院學報》2006 年第 1 期。

81. 王春林：《凡俗生活展示中的歷史鏡像——評鐵凝長篇小說〈笨花〉》，《小說評論》2006 年第 2 期。

82. 鐵凝、王幹：《花非花 人是人 小說是小說——關於〈笨花〉的對話》，《南方文壇》2006 年第 3 期。

83. 劉成才：《無母、審母與自審意識——鐵凝小說中的「母親」形象分析》，《太原師範學院學報》（社科版）2006 年第 4 期。

84. 劉芳：《走進笨花村的亂世風雲——論鐵凝力作〈笨花〉》，《當代文壇》2006 年第 5 期。

85. 閆紅：《〈笨花〉：女性敘事的隱痛及其藝術解決》，《當代文壇》2006 年第 5 期。

86. 南帆：《快與慢，輕與重——讀鐵凝的〈笨花〉》，《當代作家評論》2006年第 5 期。

87. 胡傳吉：《世俗煙火與兵荒馬亂的敘事倫理——論鐵凝的長篇小說〈笨花〉》，《當代作家評論》2006年第 5 期。

88. 陳超、郭寶亮：《「中國形象」和漢語的歡樂——從鐵凝的長篇小說〈笨花〉說開去》，《當代作家評論》2006年第 5 期。

89. 褚紅兵：《溫暖孤獨旅程——鐵凝小說中的流浪意識》，《理論與創作》2006年第 5 期。

90. 吳雪麗：《鄉村、本土與日常美學——論〈笨花〉在鄉土小說史上的意義》，《理論與創作》2006年第 6 期。

91. 沈紅芳：《鐵凝小說的敘事藝術》，《海南師範學院學報》（社科版）2006年第 6 期。

92. 陳映實：《營養心靈——由〈笨花〉說開去》，《小說評論》2006年第 6 期。

93. 王志華：《均衡與和諧——論鐵凝小說的悲劇觀》，《理論學刊》2006年第 6 期。

94. 閆紅：《「啓蒙理性的審美置換」——論〈哦，香雪〉、〈沒有紐扣的紅襯衫〉的現代性及其文學史地位》，《山東師範大學學報》（人文社科版）2007年第 2 期。

95. 梁會娟：《論鐵凝小說的審醜意識》，《河北學刊》2007年第 3 期

96. 劉惠麗：《部族儀式與文化自救：〈笨花〉新解》，《小說評論》2007年第 4 期。

97. 梁會娟：《試論鐵凝小說的鄉土情結》，《理論與創作》2007年第 6 期。

98. 褚洪敏：《鐵凝「三垛」敘事學解讀》，《東嶽論叢》2007年第 11 期。

99. （澳大利亞）蕭虹：《鐵凝早期作品中的暗流——〈灶火〉和〈麥秸垛〉的分析》，《南方文壇》2008年第 4 期。

100. 張莉：《仁義敘事的難度與難局——鐵凝論》，《南方文壇》2010年第 1 期。

三、相關理論著作（國內）

1. 孟悅：《歷史與敘述》，陝西人民教育出版社 1991 年版。

2. 張京媛主編：《新歷史主義與文學批評》，北京大學出版社 1993 年版。

3. 程文超：《意義的誘惑——中國文學批評話語的當代轉型》，時代文藝出版社 1993 年版。

4. 方珊：《形式主義文論》，山東教育出版社 1994 年版。

5. 張頤武:《大轉型——後新時期文化研究》,黑龍江教育出版社 1995 年版。

6. 李軍:《家的寓言》,作家出版社 1996 年版。

7. 楊義:《中國敘事學》,人民出版社 1997 年版。

8. 趙毅衡:《當說者被說的時候——比較敘述學導論》,中國人民大學出版社 1998 年版。

9. 陸揚:《精神分析文論》,山東教育出版社 1998 年版。

10. 陶東風:《社會轉型與當代知識分子》,三聯書店 1999 年版。

11. 馬雲:《中國現代小說的敘事個性》,中國廣播電視大學出版社 1999 年版。

12. 洪子誠:《中國當代文學史》,北京大學出版社 1999 年版。

13. 陳思和主編:《中國當代文學史教程》,復旦大學出版社 1999 年版。

14. 盛英:《中國女性文學新探》,中國文聯出版社 1999 年版。

15. 李澤厚:《美學三書》,安徽文藝出版社 1999 年版。

16. 吳士餘:《中國文化與小說思維》,三聯書店 2000 年版。

17. 陳厚誠、王寧主編:《西方當代文學批評在中國》,百花文藝出版社 2000 年版。

18. 李歐梵:《現代性的追求》,三聯書店 2000 年版。

19. 黃子平:《「灰闌」中的敘述》,上海文藝出版社 2001 年版。

20. 唐小兵:《英雄與凡人的時代》,上海文藝出版社 2001 年版。

21. 崔志遠:《燕趙風骨的交響變奏——河北當代文學的地緣文化特徵》,作家出版社 2001 年版。

22. 洪子誠、孟繁華:《當代文學關鍵詞》,廣西師範大學出版社 2002 年版。

23. 趙園:《北京:城與人》,北京大學出版社 2002 年版。

24. 洪子誠:《問題與方法》,三聯書店 2002 年版。

25. 許志英、丁帆:《中國新時期小說主潮》(上下卷),人民文學出版社 2002 年版。

26. 邵燕君:《傾斜的文學場——當代文學生產的市場化轉型》,江蘇人民出版社 2003 年版。

27. 陳曉明主編:《現代性與中國當代文學轉型》,雲南人民出版社 2003 年版。

28. 陳超:《打開詩的漂流瓶——現代詩研究論集》,河北教育出版社 2003 年版。

29. 陳平原:《中國小說敘事模式的轉變》,北京大學出版社 2003 年版。

30. 陳昕:《救贖與消費——當代中國日常生活中的消費主義》,江蘇人民出版社 2003 年版。

31. 余英時:《現代儒學的回顧與展望》,三聯書店 2004 年版。

32. 朱自清：《經典常談》，北京出版社 2004 年版。

33. 申丹：《敘述學與小說文體學研究》，北京大學出版社 2004 年版。

34. 張沛：《隱喻的生命》，北京大學出版社 2004 年版。

35. 孟悅、戴錦華：《浮出歷史地表》，中國人民大學出版社 2004 年版。

36. 戴錦華：《隱形書寫——90 年代中國文化研究》，江蘇人民出版社 2004 年版。

37. 賀紹俊：《鐵凝評傳》，鄭州大學出版社 2004 年版。

38. 張清華：《境外談文》，花山文藝出版社 2004 年版。

39. 李歐梵：《中國現代文學與現代性十講》，復旦大學出版社 2005 年版。

40. 程文超：《新時期文學的敘事轉型與文學思潮》，中山大學出版社 2005 年版。

41. 李澤厚：《實用理性與樂感文化》，三聯書店 2005 年版。

42. 范川鳳：《美人魚的魚網從哪裏來——鐵凝小說研究》，中國文史出版社 2005 年版。

43. 衣俊卿：《文化哲學十五講》，北京大學出版社 2005 年版。

44. 陳思和：《中國現當代文學名篇十五講》，北京大學出版社 2005 年版。

45. 張健：《中國喜劇觀念的現代生成》，北京大學出版社 2005 年版。

46. 張檸：《土地的黃昏》，東方出版社 2005 年版。

47. 魯迅：《中國小說史略》，人民文學出版社 2006 年版。

48. 吳國盛：《時間的觀念》，北京大學出版社 2006 年版。

49. 張健：《中國現代喜劇史論》，北京大學出版社 2006 年版。

50. 陳嘉明：《現代性與後現代性十五講》，北京大學出版社 2006 年版。

51. 宗白華：《美學散步》，上海人民出版社 2006 年版。

52. 朱光潛：《文藝心理學》，安徽教育出版社 2006 年版。

53. 馬雲：《鐵凝小說與繪畫、音樂、舞蹈——兼談西方現代藝術對中國文學的影響》，河北人民出版社 2006 年版。

54. 李楊：《50～70 年代文學經典再解讀》，山東教育出版社 2006 年版。

55. 郭寶亮：《王蒙小說文體研究》，北京大學出版社 2006 年版。

56. 李怡：《現代性：批判的批判》，人民文學出版社 2006 年版。

57. 王一川主編：《京味文學第三代》，北京大學出版社 2006 年版。

58. 王德威：《如此繁華》，上海書店出版社 2006 年版。

59. 周憲主編：《文化現代性精粹讀本》，中國人民大學出版社 2006 年版。

60. 張英進：《中國現代文學與電影中的城市：空間、時間與性別構形》，江蘇人民出版社 2007 年版。

61. 劉小楓：《沉重的肉身》，華夏出版社 2007 年版。

62. 劉小楓：《拯救與逍遙》，華東師範大學出版社 2007 年版。

63. 陳嘉明：《現代性與後現代性十五講》，北京大學出版社 2007 年版。

64. 梁會娟等：《冷峻的暖色》，花山文藝出版社 2007 年版。

65. 陳曉明：《不死的純文學》，北京大學出版社 2007 年版。

66. 陳順馨：《中國當代文學的敘事與性別》，北京大學出版社 2007 年版。

67. 戴錦華：《涉渡之舟——新時期中國女性寫作與女性文化》，北京大學出版社 2007 年版。

68. 王炎：《小說的時間性與現代性》，外語教學與研究出版社 2007 年版。

69. 汪民安：《身體、空間與後現代性》，江蘇人民出版社 2007 年。

70. 趙園：《地之子》，北京大學出版社 2007 年版。

71. 張檸：《中國當代文學與文化研究》，北京師範大學出版社 2008 年版。

72. 馮雷：《現代空間觀念的批判與重構》，中央編譯出版社 2008 年版。

73. 賀紹俊：《作家鐵凝》，崑崙出版社 2008 年版。

74. 楊紅莉：《民間生活的審美言說——汪曾祺小說文體論》，北京大學出版社 2008 年版。

75. 陳平原：《北京記憶與記憶北京》，三聯書店 2008 年版。

76. 陳曉明：《現代性的幻象——當代理論與文學的隱蔽轉向》，福建教育出版社 2008 年版。

77. 孟悅、羅鋼主編：《物質文化讀本》，北京大學出版社 2008 年版。

78. 崔志遠：《中國當代小說流變史》，中國社會科學出版社 2009 年版。

四、相關理論著作（漢譯著作）

1. （美）W・C・布斯：《小說修辭學》，北京大學出版社 1989 年版。

2. （法）熱拉爾・熱奈特：《敘事話語 新敘事話語》，中國社會科學出版社 1990 年版。

3. （美）米列娜編：《從傳統到現代——世紀轉型時期的中國小說》，北京大學出版社 1991 年版。

4. （德）M・海德格爾：《詩・語言・思》，文化藝術出版社 1991 年版。

5. （加）諾思羅普・弗萊：《批評的剖析》，百花文藝出版社 1998 年版。

6. （德）埃利希・諾伊曼：《大母神——原型分析》，東方出版社 1998 年版。

7. （法）西蒙娜・德・波伏娃：《第二性》，中國書籍出版社 1998 年版。

8. （俄）巴赫金：《巴赫金全集》1～6 卷，河北教育出版社 1998 年版。

9. （美）愛德華・W・賽義德：《賽義德自選集》，中國社會科學出版社 1999 年版。

10. （美）弗雷德里克・詹姆遜：《政治無意識》，中國社會科學出版社 1999 年版。

11. （加）謝少波：《抵抗的文化政治學》，中國社會科學出版社 1999 年版。

12. （奧）阿爾弗雷德・阿德勒：《理解人性》，國際文化出版公司 2000 年版。

13. （奧）西格蒙德・弗洛伊德：《日常生活的精神病理學》，國際文化出版社 2000 年版。

14. （法）讓・波德里亞：《消費社會》，南京大學出版社 2001 年版。

15. （英）約翰・湯姆林森：《全球化與文化》，南京大學出版社 2002 年版。

16. （美）愛德華・W・薩義德：《知識分子論》，三聯書店 2002 年版。

17. （美）詹姆斯・費倫：《作爲修辭的敘事——技巧、讀者、倫理、意識形態》，北京大學出版社 2002 年版。

18. （美）埃里希・弗羅姆：《健全的社會》，國際文化出版社 2003 年版。

19. （法）喬治・巴塔耶：《色情史》，商務印書館 2003 年版。

20. （英）彼得・奧斯本：《時間的政治》，商務印書館 2004 年版。

21. （法）西爾維・帕坦：《莫奈——捕捉光與色彩的瞬間》，譯林出版社 2004 年版。

22. （法）米歇爾・奧格：《塞尚——強大而孤獨》，譯林出版社 2004 年版。

23. （美）M・H・艾布拉姆斯：《鏡與燈》，北京大學出版社 2004 年版。

24. （德）于爾根・哈貝馬斯：《現代性的哲學話語》，譯林出版社 2004 年版。

25. （匈）阿格尼絲・赫勒：《現代性理論》，商務印書館 2005 年版。

26. （美）郝大維、安樂哲：《通過孔子而思》，北京大學出版社 2005 年版。

27. （美）華萊士・馬丁：《當代敘事學》，北京大學出版社 2005 年版。

28. （荷）米克・巴爾：《敘述學》，中國社會科學出版社 2005 年版。

29. （法）加斯東・巴什拉：《水與夢》，嶽麓書社 2005 年版。

30. （德）萊辛：《拉奧孔》，安徽教育出版社 2006 年版。

31. （法）西爾維・帕坦：《印象……印象主義》，譯林出版社 2006 年版。

32. （法）加香：《馬奈：畫我所見》，譯林出版社 2006 年版。

33. （美）弗雷德里克・詹姆遜：《時間的種子》，江蘇教育出版社 2006 年版。

34. （法）喬治—埃利亞 薩爾法蒂：《話語分析基礎知識》，天津人民出版社 2006 年版。

35. （美）勒内・韋勒克、奧斯丁・沃倫：《文學理論》，江蘇教育出版社 2006 年版。

36.（英）J‧G‧弗雷澤：《金枝》，新世界出版社 2006 年版。

37.（法）波德萊爾：《現代生活的畫家》，浙江文藝出版社 2007 年版。

38.（法）柏格森：《時間與自由意志》，商務印書館 2007 年版。

39.（法）米歇爾‧福柯：《規訓與懲罰》，三聯書店 2007 年版。

40.（法）米歇爾‧福柯：《知識考古學》，三聯書店 2007 年版。

41.（德）馬丁‧海德格爾：《林中路》，上海譯文出版社 2007 年版。

42.（美）愛德華‧W‧蘇賈：《後現代地理學——重申批判社會理論中的空間》，商務印書館 2007 年版。

43.（法）羅蘭‧巴爾特：《寫作的零度》，中國人民大學出版社 2008 年版。

44.（德）馬丁‧海德格爾：《存在與時間》，三聯書店 2008 年版。

45.（英）本‧海默爾：《日常生活與文化理論導論》，商務印書館 2008 年版。

46.（法）費爾南‧布羅代爾：《論歷史》，北京大學出版社 2008 年版。

後 記

　　對文學創作而言，男女已近乎等，而且女作家並不遜色於男作家，不管是用大腦寫作還是用身體寫作，只要是真性情就能產生出優秀的作品。但是對批評而言，男女是絕對不平等的，你只能用一種理性的範式來進行話語言說。對女性來說，哲學性話語是生疏和勉為其難的。因此在批評園地中，女性只能是偏居一隅。除了屈指可數的曾在女性主義批評中展露頭腳的女性批評家，其他的便名不見經傳了。於是，只要是一位女性研究者，就會有人說：研究女性主義吧！這是一種優待還是一種偏見？裏面是否也隱含著一種集體無意識：女人之見！

　　如果我們細細地想想，女人之見的產生有著必然的背景，那是狹窄的生存空間狹窄的觀察視野造成的必然的結果，是思想的被禁錮。足不出戶，大門不出二門不邁的圈養式管理，女子無才便是德的禁錮式教育怎麼能指望出現大的思想家呢？即便是在現代社會，在日常生活與宏大思想之間，女性的角色定位無疑也是在日常生活。在家庭與事業之間，家庭依然是首選，而在家庭生活之中，需要的只是小智慧而不是大思想。

　　於是，想像的豐滿與思想的退化是相依相偎的。這是藉口，但這也是一種事實。可是作為一名研究者，你不能把事實作為藉口一推了事，你必須在正視它的同時，使自己深刻起來。如果你不走向更為寬廣而博大的世界，並有所感悟和思考，淺薄與無知就會如影相隨。作為研究者，「我思故我在」依然並不過時。

　　在電影《哦，香雪》的拍攝過程中，鐵凝曾經感到了一種虛無：「香雪彷彿是個早先的故事了，彷彿已是小玉們依稀可辨的一個遙遠，又彷彿是個無

中生有的存在。」但她又用思辨驅逐著那個虛無與沮喪：「香雪並非從前一個遙遠的故事，並非一個與小玉的『早先』衣束相像的女孩，那本是人類美好天性的表現之一，那本是生命長河中短暫然而的確存在的純淨瞬間。」我想說的是，但願我的研究不是一個無中生有的文字遊戲，而成為對鐵凝研究的詩與思的精神存在。

張檸老師寫於八年前的序言現在看來依然生動活潑，閃爍著智慧的光芒。他提出「要保持和發揮敏銳的藝術直覺這種女性的長處，從細讀和批評開始，從個性化的批評寫作開始，積少成多，然後才有真正的學術上的歸納和總結。」這種治學的思路和方法，指引著我的批評與研究。在此書出版之際，徵得張檸老師的同意，這篇序言也作為了這部書的序。

感謝張檸老師，感謝花木蘭文化叢書的主編李怡教授，感謝楊嘉樂編輯，因為你們，2018 年的春天格外明媚。

2018 年 4 月於頤興園